Montréal est une femme
(Comme l'a si justement chanté Jean-Pierre Ferland)

THIERRY GONTHIER

MONTREAL EST UNE FEMME

Roman

Les Editions Brochafoin

Copyright © 2022 Thierry Gonthier

Tous droits réservés.

ISBN : 9798372664586

A Christian, Daniel et Jean

J'explore mes rêves, nourris de mes souvenirs et de mon imagination.
Paul Cézanne

C'est ainsi que nous avançons, barques luttant contre un courant qui nous rejette sans cesse vers le passé.
F. Scott Fitzgerald

Car je fais dire aux autres ce que je ne peux si bien dire, tantôt par faiblesse de mon langage, tantôt par faiblesse de mes sens. Je ne compte pas mes emprunts, je les pèse.
Montaigne

LE BERCAIL

1

Longtemps, j'ai cru que le Québec faisait partie du Canada. Maintenant qu'un peu de sirop d'érable coule dans mes veines et que la feuille du drapeau canadien est tombée de son arbre d'illusions, je sais qu'il ne s'agit que d'une proximité géographique. J'ai commencé à parcourir le chemin qui a mené à l'éclosion de la fleur de lys dans mon cœur, le lendemain de ma première nuit à l'auberge de jeunesse de la rue Aylmer.

Mais avant celle-ci, il fallut passer l'épreuve des douanes.

Lorsque l'on atterrissait à l'aberration qu'était l'aéroport de Mirabel, on se sentait tout de suite au Canada : de grands espaces avec peu de monde. C'est en tout cas ainsi que je le ressentis en débarquant de ma Savoie natale, mal dégrossi, le son des clarines encore dans les oreilles.

J'ignorais alors que si j'arrivais au Canada, c'est du Québec que je repartirais. Dans le *flipper* du passage des douanes, le Français que j'étais, ne le nommant pas encore machine à boules, rebondit sur le mauvais douanier qui m'envoya dans le couloir des individus avec lesquels une connaissance plus fouillée était souhaitée.

Nullement épaté par l'intimité déballée de la maigre garde-robe contenue dans mes deux sacs, l'agent resta toutefois dubitatif devant le génépi fait maison, macérant dans une ancienne bouteille de Perrier. Essayant vainement de deviner quelles étaient ces herbes étranges noyées dans ce déconcertant mélange, plus habitué à en découvrir sèches que trempant dans l'alcool, il dut hésiter à faire appel à l'équipe de déminage avant de finalement dévisser courageusement le bouchon et humer le danger. La déflagration olfactive lui fit reculer la tête et bien qu'impressionné par les émanations, il décréta avec clémence : « On va vous taxer ça comme du vin mais c'est certainement plus fort ». Quant aux saucissons, qui, malgré leur visa « produit de Savoie » n'arriveraient jamais à bon *porc*, leur confiscation fut justifiée par l'interdiction d'entrées de denrées périssables dans le pays. J'eus beau expliquer qu'avec moi ils n'auraient pas le temps de l'être et qu'on pouvait également me considérer comme en étant une, le douanier, aussi hermétique à mon humour que la frontière à la charcuterie française, conclut.

— C'est beau.
— C'est surtout bon.
— C'est beau ! répéta-t-il avec impatience.
— Oui, c'est bio !
— Non ! Je veux dire, c'est bon !
— Ah bon ? Vous les avez déjà goûtés ?
— C'est bon, allez-y ! répéta-t-il avec un geste de congédiement ne laissant place à aucune équivoque.

Ma première leçon de québécois !

L'avenir m'apprendra que si toute la francophonie utilise la même boîte à outils linguistiques, nous ne les utilisons pas tous pour le même usage. Cela peut être source de malentendus mais aussi de poésie quand le Québécois décide d'aller piocher dans les pages jaunies et délaissées de notre grimoire commun. Il en ressort des expressions magiques, desquelles certains de mes compatriotes, faute de vouloir les comprendre, préféreront se gausser. Mais ceux-ci, avant de venir arbitrer le vocabulaire des autres, devraient mettre fin à leurs propres conflits hexagonaux, comme celui par exemple, entre la chocolatine et le pain au chocolat.

J'étais déçu d'avoir été dépouillé de ce qui avait le plus de valeur à mes yeux, mais je pense que le douanier l'était tout autant, la longueur de mes cheveux avait dû lui faire suspecter une dépendance autre qu'à la charcuterie, même fumée.

Le long trajet d'autobus entre Mirabel et Montréal me laissa le loisir de repenser à mes vacances de l'année dernière au Québec. Le pays m'ayant plu, j'avais décidé de venir y tenter ma chance, ma saison d'hiver à la station de ski de La Plagne terminée, sachant que la suivante m'attendrait en cas de désillusion. Après un arrêt à la gare centrale, l'autobus daigna enfin me relâcher au terminus Berri-UQAM, me laissant traîner mes lourds sacs jusqu'à l'auberge de jeunesse.

Lors de ma première soirée, j'y rencontrai un immigrant belge, nanti de son permis de résident et d'une promesse d'embauche. Le défi était tout autre pour moi qui n'avais qu'un visa de touriste et comptais subvenir à mes besoins avec l'argent gagné sur place. Le douanier en retournant mes sacs dans tous les sens n'y avait heureusement trouvé aucune trace de mes véritables intentions. C'est au Hard Rock Café, autour de quelques bières et au son d'un Good Lovin'[1], repris par le groupe présent ce soir-là, que Jean-Yves me proposa de l'accompagner dans sa prochaine recherche d'un logement.

C'était moins d'une dizaine d'années après que Pierre Elliott Trudeau ait assommé le Québec avec la pelle du rapatriement de la constitution, plus exactement juste avant qu'il ne commence à creuser le trou qui servira à enfouir les accords du Lac Meech. Il reviendrait ensuite régulièrement dans l'ombre, tel un Machiavel, piétiner la tombe de la souveraineté du Québec, ne prenant jamais congé de son mépris pour la province qui l'avait vu naître[2].

***

Le lendemain, Jean-Yves s'apprêtait à commencer sa recherche en sonnant à la porte d'un appartement situé dans le quartier Côtes-des-Neiges, alors que je songeais seulement consacrer cette première semaine à découvrir la ville.

---

[1] Good Lovin' (The Young Rascals)
[2] Des faits historiques clairement relatés et étayés dans l'ouvrage *La régression tranquille du Québec* (Rodrigue Tremblay)

Remettant ma propre prospection locative à plus tard, je l'accompagnai seulement par curiosité. Mais Montréal avait décidé de me kidnapper avant cette vague échéance.

Dès l'ouverture de la porte, la blonde qui nous accueillit me regarda de manière insistante, écoutant à peine ce que lui disait Jean-Yves. Elle se ressaisit rapidement, nous apprenant que l'appartement se libérait car elle déménageait avec une autre colocataire près de l'université Concordia où elle poursuivait ses études. Elle parlait un français correct et notre anglais étant moyen, la langue utilisée lors de cette conversation fut sûrement un mélange des deux. Mais par égard pour une anglophone faisant l'effort d'essayer de parler français, je reproduirai l'échange dans cette langue.

— Mais c'est un 5 1/2, il faut que l'on trouve une troisième colocataire, dit-elle au sujet de son futur logement.

— Je pensais que tu cherchais quelqu'un pour reprendre cet appartement, lui objecta Jean-Yves.

— Oui, mais je cherche aussi pour celui dans lequel j'emménagerai près de l'université.

— Moi, je ne cherche pas une colocation. Je veux juste visiter celui-ci.

— De toute façon ma colocataire préfère une fille.

Après un silence, me fixant, elle ajouta.

— Et toi ça t'intéresse pas ?

Nous la regardâmes avec étonnement et je lui répondis en souriant.

— J'ai les cheveux longs mais je ne suis pas une fille.

— Je sais bien, mais je peux m'arranger avec elle.

Je fus un peu pris de court. Je n'avais pas envisagé la colocation car j'étais un peu refroidi par l'expérience de ma première saison à La Plagne où au bout de quelques jours, un de mes colocataires et moi, à court d'assiettes dans les placards, avions découvert que le troisième, plutôt que les laver, préférait dissimuler sa vaisselle sale dans un fond de garde-robe.

— Comment ça marche ?

— On demande juste deux cents dollars par mois pour la chambre. Moi je paye un peu moins car je m'occupe seule du ménage.

— Je ne sais pas trop… je n'ai même pas de lit.

— Je pense que ça peut s'arranger. On a les clés après-demain, tu pourrais venir voir si ça te plait. Ça te laisse le temps d'y réfléchir.

— C'est où ?

— Près du métro Guy.

Elle me donna l'adresse exacte et rendez-vous pour le vendredi après-midi. Une fois dans la rue, Jean-Yves, rigolard, me fit remarquer.

— Je crois que tu lui plais.

— Mais non, elle cherche seulement un colocataire.

— Ouaiiis, une fille ! dit-il en se marrant.

— C'est juste que je tombe au bon moment.

— Ouais, pis t'as de bonnes références et tu apportes tous les meubles, ironisa-t-il.

— …

— Tu lui as tapé dans l'œil, j't'e dis. T'as pas vu comme elle te regardait ?

— Si, j'me demandais bien pourquoi.

— Tu ne piges pas vite, toi.

L'avenir montrera qu'il avait raison et bien que je ne comprenne pas pourquoi, Samantha, appelée souvent Sam, avait jeté non pas un sort en remuant le nez, mais seulement son dévolu sur moi. Je n'avais rien remarqué, comme à mon habitude. Quand une fille qui me plaisait me souriait, je regardais derrière moi, incrédule, à la recherche d'un autre destinataire, et si elle ne me plaisait pas, je le faisais par subterfuge pour éviter de l'encourager. Ce faisant, à force de regarder ailleurs, j'étais toujours seul.

Le jour suivant, j'effectuais un achat dans un dépanneur de la rue Sherbrooke quand je fus abordé par un individu au teint blafard, attiré par mon accent français. Il engagea la conversation puis me demanda ce que je faisais au Québec.

— Tu ne veux pas travailler ?
— Ben non, je n'ai pas le droit, répondis-je un peu méfiant.
— Moi non plus, mais j'ai travaillé quand même.
— Où ça ?
— Dans un restaurant.
— Et ils t'ont engagé sans papiers ?
— Ça arrive souvent dans les restaurants. Si ça t'intéresse, je sais qu'ils cherchent quelqu'un pour me remplacer. Tu as juste à demander Bernard en disant que tu viens de la part de Porcelaine.
— C'est ton nom ça ?
— C'est le surnom qu'on me donnait à cause de mon teint.

Je me dis qu'on n'avait pas dû limoger Porcelaine (je n'ai pu m'empêcher ce jeu de mot mais c'était vraiment son surnom) sinon il ne m'aurait pas dit de venir de sa part.

— Pourquoi t'as arrêté ? C'était pas bien ?
— Si, ils sont sympas mais mon visa de touriste arrive à expiration, je dois partir demain.
— De toute façon, je ne connais rien à la restauration
— Moi non plus, c'est pas vraiment indispensable pour ce travail.

Je l'informai, toujours un peu sur mes gardes, que j'allais y réfléchir. Mais après l'avoir remercié, je le quittai néanmoins avec l'adresse exacte en poche.

Après en avoir débattu avec moi-même, nous décidâmes d'un commun accord d'attendre le lendemain, après la visite de l'appartement, pour prendre une décision concernant cette opportunité. La nuit porte conseil et il y avait de la place pour celui-ci dans mon sac de couchage.

**

Le lendemain, mon plan, les rues rectilignes de Montréal et leur numérotation logique - Est/Ouest arbitrées par la rue Saint-Laurent, et celles perpendiculaires qui germaient au sud, arrosées par le fleuve du même nom pour croître vers le nord -

me permirent de trouver facilement le bloc appartement du 2205 de la rue St-Marc. Sam m'accueillit avec un grand sourire et tout en me faisant visiter, m'informa de l'arrivée prochaine de sa colocataire. Un plancher de bois franc, comme souvent à Montréal, courait sur toute la grandeur de l'appartement, du salon à la cuisine en passant par les trois chambres distribuées le long d'un couloir. Je trouvais la pièce vacante plus spacieuse que la chambre de Samantha mais c'était probablement dû à son ameublement composé uniquement d'une petite table, d'une chaise et d'un futon posé à même le sol. Un mobilier spartiate, digne d'une cellule, mais j'étais prêt à purger ma peine sans faire preuve de bonne conduite lors de mes futures sorties nocturnes car la pièce bien éclairée par une fenêtre donnant sur la rue Lincoln, un étage plus bas, était fraîchement repeinte et propre. Y traînait d'ailleurs encore dans un coin, une vieille balayeuse n'aspirant plus qu'à un repos réparateur. La visite se termina près de l'entrée, devant la chambre fermée à clé de son occupante originaire d'Inde. Sam m'expliqua que ses parents l'avaient autorisée à poursuivre ses études au Canada mais étaient opposés à une cohabitation avec des étudiants du sexe opposé. Je me retins de rétorquer avec malice que ce n'était pas un obstacle puisque je n'étais pas étudiant.

— Est-ce que la chambre te convient ?

Je considérais qu'avoir trouvé aussi rapidement, sans même chercher, une chambre meublée pour un prix raisonnable était une belle occasion.

— Oui, mais je ne connais pas le quartier.

— Il y a beaucoup d'étudiants et le métro est tout proche. Ça devrait te plaire.

— Est-ce que ton colocataire te convient ?

— Je pense que ça devrait aller… s'il me paie en début de mois, répliqua-t-elle avec un sourire.

— Il reste le problème du sexe.

C'est en la voyant rougir que je compris la méprise mais j'ajoutai à la confusion en essayant maladroitement de la dissiper.

— Je veux dire avec ta colocataire.
Elle écarquilla les yeux.
— Attends ! Attends ! Laisse-moi t'expliquer, je voulais dire est-ce que tu lui as dit que j'étais un homme ?

Elle comprit le malentendu, et plus vite que le reste du Canada, les nuances et différences entre les deux langues qui faisaient que l'on restait attachés à la nôtre. Des bruits de pas dans l'escalier la poussèrent à bousculer les événements car elle lança avec agitation.

— Pas encore. Est-ce que tu as les deux cents dollars sur toi ?

— Non, j'ai seulement cent.

— Peux-tu les préparer ? demanda-t-elle en se dirigeant rapidement vers sa chambre.

Revenue promptement avec cent dollars, elle attrapa les miens au moment où la porte d'entrée s'ouvrait, révélant une fille soigneusement maquillée, aux oreilles parées de perles et encadrées de longs cheveux noirs. Elle portait un sari et sembla surprise de me trouver là. S'entama alors un échange en anglais entre les deux à une vitesse défiant ma compréhension. Samantha parvint en brandissant les billets, à clore la discussion et le bec de son interlocutrice. Celle-ci haussa les épaules en signe de reddition et après un bref salut, entra immédiatement dans sa chambre. Sam m'avouera plus tard lui avoir forcé la main, l'enjoignant à trouver elle-même la troisième colocataire ou avancer les deux cents dollars manquants, si sa solution pour combler cette somme ne lui convenait pas.

Le soir même de la visite, je débarquerai avec mes deux sacs et Sam aura ses premières attentions en me prêtant des draps. Après ces débuts précipités et malgré mes rares présences à l'appartement, limitées au sommeil ou au repos, j'apprendrai au fil des jours à connaître un peu mieux mes deux colocataires. Le prénom de l'apparition en sari étant trop compliqué pour rester gravé dans ma mémoire, je la surnommerai rapidement Princess, et ma vie dissolue qui la déroutera, lui inspirera d'y répondre par Supertramp. Bien qu'elle portait le sari de manière exceptionnelle, elle était toujours très bien maquillée, ménageait ses mains aux ongles longs soigneusement manucurés en se contentant de déambuler avec prestance dans l'appartement et ne faisait pas grand-chose d'autre que s'occuper de sa personne. C'était une enfant gâtée avec qui j'échangerai peu car nos cultures et modes de vie différaient trop, mais hormis ce premier contact quelque peu tendu, elle restera toujours aimable quoique distante à mon égard.

Je ne fréquenterai pas Sam autant qu'elle l'espérait, mais comme les premières semaines, elle cherchera plus de proximité et sa gestion des comptes provoquant immanquablement de brèves rencontres, nous partagerons quelques moments, allant même parfois jusqu'à nous retrouver pour prendre un verre. Je la trouvais sympathique et elle ne fatiguait pas les yeux - comme aurait dit P.G Wodehouse - mais nous n'avions pas les mêmes attentes et par respect pour quelqu'un m'ayant fait confiance, je n'aurai jamais l'intention d'abuser de la situation. Elle le comprendra rapidement et comme moi, en viendra sûrement à la conclusion qu'une coucherie entre colocataires ne serait pas une bonne idée. Ainsi s'écouleront mes mois de cohabitation avec la fée du logis et la princesse indienne. La première me prenant pour l'incarnation d'un prince charmant et la seconde pour un libertin. La vérité se trouvant probablement entre les deux. Mais avant cela, il me restait à découvrir la place qui allait me permettre de commencer mon immersion dans la culture québécoise.

***

Le conseil que m'avait porté la nuit fut de me rendre au restaurant Le Bercail après la visite de l'appartement, Porcelaine m'ayant assuré de la présence du patron à partir de 17 heures. Comme il me restait deux heures, je décidai de m'y rendre à pied par la longue artère commerciale Sainte-Catherine, découvrant en les croisant, les noms des rues transversales qui allaient me devenir familières les mois suivants, où j'aurai le loisir d'effectuer ce trajet à maintes reprises à toute heure du jour et souvent de la nuit. Je réalisai être très en avance après avoir passé la rue Saint-Laurent et j'en profitai pour arpenter le Quartier Latin que je prendrai l'habitude de fréquenter assidument lors de mes sorties vespérales. Je repérai ainsi le restaurant, proche de l'UQAM, et l'heure venue, je poussai la porte derrière laquelle deux petites salles se côtoyaient en s'ignorant, chacune ayant sa propre fenêtre et son propre décor. Un presque bistrot avec des banquettes s'opposait à une salle à manger pourvue de chaises et petites tables. Un serveur du nom de Jacques me conduisit en cuisine pour rencontrer son associé Bernard qui m'informa du besoin de combler un poste pour la plonge et travailler au froid. Devant la fraîcheur de mon accueil à l'énoncé de « travailler au froid », il me réchauffa de ses explications en me détaillant cette fonction consistant à préparer les entrées et les desserts, ces derniers ne demandant pas une grande expertise; il suffisait de découper les parts de gâteaux faits par le chef. Sachant compter jusqu'à huit, j'avais donc toutes les compétences requises pour cette tâche. Bernard cherchait quelqu'un pour assurer le service de jour et celui d'un samedi soir sur deux. Comme il travaillait doublement depuis le départ de Porcelaine et avait du mal à recruter, il ne fut regardant ni sur le postulant ni l'absence de permis de travail. J'étais content de ne pratiquement pas avoir à travailler la fin de semaine et on décida d'un commun accord de faire un essai. Dès lundi matin, Sylvain, le chef de jour, sera mon professeur culinaire et s'avèrera aussi ma première passerelle vers la culture québécoise.

    Ce ne fut pas d'avoir atteint mes objectifs, somme toute modestes, qui m'étonna, mais d'avoir touché ces deux cibles sans même avoir eu le temps d'armer le fusil de mes intentions. J'avais en trois jours, trouvé travail et logement sans même avoir esquissé les prémices d'une recherche. Le Québec avait compris avant moi que j'étais fait pour lui. Il ne me restait plus qu'à récupérer mes affaires à l'auberge de jeunesse et… je laissai lentement cette pensée flotter dans ma tête avant de la capturer, le sourire aux lèvres : rentrer chez moi.

***

J'emménageai en moins de quinze minutes et reconnaissant de la confiance accordée à un inconnu, j'invitai Sam à souper. Elle accueillit ma proposition avec joie, et consciente de mes moyens limités, me conduisit au Peel Pub, tout en gardant la tenue classique que je lui verrais souvent porter et qui révélait son sérieux et son manque de fantaisie. Elle n'était pas très grande malgré les talons de ses escarpins, et le maquillage léger allié à ses cheveux attachés en chignon se mariaient parfaitement avec la sévérité de la jupe crayon sombre, la veste et le chemisier blanc. Elle aurait pu passer pour une secrétaire ou une avocate, suivant le contenu de son portefeuille ou le lieu qu'elle fréquentait. Je la dépassais d'une tête et mes jeans, perfecto et cheveux longs me conféraient l'allure, soit d'un étudiant, soit d'un voyou selon le préjugé du regard. Notre couple disparate arriva sur la rue Peel où je découvris un grand bar très bruyant, qui devait l'être encore plus les soirs de matchs de hockey, diffusés sur de grands écrans, et qui attirait par ses prix beaucoup d'étudiants. C'était parfait pour mon budget et l'ambiance peu propice aux rendez-vous amoureux évitait tout malentendu. Après avoir commandé bières et ailes de poulet, Sam sembla se décontracter un peu. Heureusement, depuis la fin de mes études, où j'étais sorti à cause de mon indiscipline avec un niveau d'anglais frisant le « Do you can », j'avais amélioré celui-ci grâce à quelques voyages et aussi à ma curiosité de vouloir saisir ce que dissimulaient les morceaux de musique anglophone que j'écoutais. Cette fois-ci le respect de la version originale donnera un aperçu plus réalisme du sabir de nos échanges.

— Qu'est-ce que tu attendre de ton trip à Montréal ?
— Have fun !

— What kind of fun ?
— Sortir dans les bars, have drinks, talk to people.
— As we're doing now?
— Not exactly, je veux rencontrer des Québécois. Et des Québécoises, ajoutai-je avec un petit sourire.
— Je suis une Québécoise, affirma-t-elle en bombant le torse, pleine d'espoir. I was born in Hull.
— I mean, french speaking.
— Why ?
— Because when you're talking, I have no idea what are you talking about. I don't understand anything, tentai-je pour la taquiner.
— Noooo ! Je sais c'est faux, dit-elle en riant.
— C'est vrai, il m'arrive de comprendre quelques mots.
— Je ne comprends pas « marrive ».
— It doesn't matter. Je veux connaître la culture québécoise. French québécoise.
— Qu'est que tu veux dire avec culture ?
— La musique, le cinéma, les livres, les gens, la langue…
— La langue des Québécoises ? me coupa-t-elle en fronçant les sourcils.
— Et des Québécois !
— Je ne comprends pas. Elle pointa sa bouche ouverte et ajouta. Tongue of Québécois ?
— Nooon ! Langue, c'est language aussi.
— Ah, ok… mais c'est le même language comme toi.
— Français oui, but the way they talk is different.
— Laquelle est meilleure ?
— Les deux sont bonnes. Juste différentes.

Elle acquiesça, regarda pensivement dans la salle quelques secondes et tourna de nouveau les yeux vers moi.

— To be honest, you're right. I'm not a Québécoise, I'm a Quebecer.

Elle m'apprit que pour les anglais, un habitant du Québec est un Quebecer mais s'il parle français, c'est un Québécois. Après une hésitation, elle accepta une seconde pinte, défit son chignon et secoua la tête pour libérer ses cheveux, sous mon regard amusé.

— Allez ! Soyons fous !

— What ? interrogea-t-elle.

— Nothing, répondis-je, et je changeai de sujet. Pourquoi tu es la seule à faire le ménage ? On pourrait se partager la tâche.

— Tu veux dire laver les taches ?

— Mais non, I mean we could share the duty.

— Oh, no. Je n'ai pas beaucoup d'argent alors c'est bon pour moi payer moins le loyer.

— And euh… our roommate is ok to pay more? Sorry, I don't remember her name.

— Yeah. It's a strange name… dit-elle pensive.

— Trop compliqué pour moi.

— Anyway, her majesty doesn't want to do anything. So… soupira-t-elle avec un sourire pincé.

— On dirait que tu ne l'aimes pas.

— Well, ce n'est pas mon amie, c'est just my roommate. Mais on a un bon arrangement. She's correct… juste un peu…

— A little bit princess ?

— Yeah ! You're right. That's it. Princess ne veut pas casser ses nails, laundry est trop compliquée pour Princess…

Et elle se mit à rire de bon cœur. Elle commençait à avoir les yeux pétillants, s'était enhardie à défaire deux boutons de son chemisier et ne remettrait pas sa veste pour le retour. Voilà pourquoi en arrivant à l'appartement, elle se permit ce que j'interprétai comme une invitation.

— Do you remember where is your room?

— Yes madam ! confirmai-je sérieusement.

— And do you remember where is mine?

— Euh… oui, juste au fond.

— Anyway, pas important si tu trompes, dit-elle dans un soupir en se dirigeant vers le fond du couloir.

Mais je n'ai jamais décidé d'aller au fond…des choses.

2

J'avais certainement passé ma fin de semaine la plus sage de l'été quand je me réveillai ce premier lundi, frais et dispos comme je le serai rarement. J'optai pour mon moyen de transport préféré à Montréal et partis d'un bon pas en direction de la rue Sainte-Catherine, à la recherche d'un peu de carburant. Entre les rues Saint-Mathieu et Guy, je repérai une petite galerie commerciale où l'on pouvait acheter bagels et beignets variés. Cela composera souvent le menu de mon déjeuner, pris tout en marchant. Je n'omettrai pas de révéler qu'il m'arrivera aussi de m'en abstenir, l'appétit contrarié par les turpitudes de la veille. La température ne comblait pas les attentes d'un mois de mai mais je laissai rapidement la fraîcheur derrière moi en accélérant le pas. Je ne fus donc pas surpris de trouver porte close en arrivant au Bercail où je fis la connaissance de Sylvain me suivant de peu pour ouvrir. Il avait plus la corpulence d'un sportif que d'un cuisinier et se montrera, dès nos premiers échanges, chaleureux et patient, puis généreux et amical, devenant rapidement bien plus qu'un collègue de travail lorsqu'au cours des nombreuses invitations et moments partagés hors du restaurant, il m'initiera à la culture québécoise et à une manière de parler le français qui n'a pas à rougir de la nôtre. J'eus un peu de mal au début avec la sonorité des mots et certaines expressions que j'adopterai par la suite tout naturellement. Il suffit d'être curieux mais aussi poli pour comprendre tout ce que le parler québécois apporte à la langue française, l'enrichissant d'expressions savoureuses et imagées. Il n'y a que les rustres pour oser se moquer de la manière de s'exprimer des gens dans leur propre pays, à l'instar du balourd qui va railler la décoration du logement de ses hôtes, pensant qu'il a l'apanage du bon goût. J'espère que certains Français aveuglés par leur suffisance, comprendront qu'au Québec, c'est eux qui ont un accent. Un Français pourrait résumer cela par : « Tout est relatif » et un Québécois par : « L'accent, c'est pas dans la gorge des uns, mais dans l'oreille des autres », dixit Plume Latraverse. Je vous laisse le choix de la plus belle formule, le mien est fait.

A peine avions-nous pénétré dans le restaurant, que Sylvain me fit descendre à la cave par un escalier abrupt, qualifié par lui de *drette en torrieu*. Le local, servant aussi de vestiaire, contenait conserves, bocaux et denrées diverses. Il était sombre car la noirceur avait du mal à être chassée par les deux tristes ampoules nues suspendues aux poutres du plafond bas. Lorsque je descendrai d'urgence en plein coup de feu, à la recherche d'un quelconque produit alimentaire, elles me feront souvent perdre la toque, fournie par Sylvain en même temps que le pantalon et la veste blanche. Cette courte visite terminée, remonté vêtu de ma panoplie de parfait cuisinier, je découvris mon exigu espace de travail, composé d'un frigo derrière moi, d'une planche de boucher me faisant face, surmontée d'un passe-plat pour poser les assiettes garnies et de deux bacs pour la plonge à ma droite. Tellement profonds que j'y perdrai parfois mes illusions. A ma gauche, se trouvait le domaine du chef, avec frigos, fourneaux et éviers pour le récurage des chaudrons. Je n'ai jamais su si cette tâche m'incombait, Sylvain l'effectuant lui-même la plupart du temps : au Bercail, l'entraide primait sur la hiérarchie. Du côté du Grand Canyon de mes bacs, presque au bout du couloir menant aux deux salles, siégeait un petit bar dissimulé à la clientèle et côté chef, un long corridor débouchait sur une porte donnant sur la cour arrière.

Je commençais à peine à me familiariser avec les lieux quand arriva Simone, à qui Bernard avait demandé de venir travailler en binôme pour les premiers jours de mon apprentissage. Tout un personnage, qui aurait manifestement trouvé sa place dans les Chroniques du Plateau Mont-royal de Michel Tremblay. La soixantaine avancée, elle régentait son domaine tel un petit Napoléon et seule la différence de taille dû l'empêcher de pincer la joue du grognard des cuisines, placé provisoirement sous ses ordres. Toute la brigade, soupçonnant que le restaurant restait le seul endroit où elle se sentait encore importante, feignait de la craindre, et même Bernard hésitait à contrarier ses manies et habitudes. Selon ses règles bien établies, chaque chose et chaque personne se devait de rester à sa place dans la cuisine. Tant qu'à son plan de travail, il était toujours propre, contrairement à son caractère. Elle colorait ses humeurs d'expressions imagées comme celle pour quelqu'un pris en aversion : « Cuila, je lui souhaite une colonie de morpions et pas de mains pour se gratter ». Je ne sais quel problème lui posait mon prénom mais malgré Sylvain l'ayant reprise plusieurs fois au début, elle persisterait à m'appeler Kiri et continuerait à n'en faire qu'à sa tête, qu'elle avait aussi dure que celle de Trudeau.

***

Cette première semaine m'apprit à faire salades, sauces, vinaigrettes, pâtes à tarte et autres tortures dont je notais soigneusement les recettes dans un petit calepin, auquel je me réfère encore aujourd'hui. Pour ajouter à mon tourment, on m'enseigna aussi, péniblement car j'avais du mal à les dompter, le dressage des assiettes pour les entrées et les desserts. Je pus néanmoins faire montre de mon talent dans deux domaines où j'excellais : la plonge et l'épluchage des patates. Commença de concert mon parcours pour l'obtention de mon doctorat es joual dont je notais soigneusement les expressions dans mon cœur, duquel elles s'échappent encore tout naturellement aujourd'hui. Avec Simone la Montréalaise d'un côté et Sylvain le gars de Chibougamau de l'autre, j'avais le Québec en stéréo. Deux professeurs émérites qui me donnaient ainsi l'impression d'attaquer directement au niveau secondaire, sans classe préparatoire. Au bout de ces cinq jours à valser avec Simone entre plan de travail et vaisselle sale, Bernard m'annonça que j'étais engagé. Je le devais certainement plus à l'appui de Sylvain qui avait vu se profiler l'ombre d'un futur compagnon d'amusement masquant le piètre aide-cuisinier. Bernard s'était facilement rangé à son avis puisque c'était moi ou rien, quant à Simone, elle ne fut pas consultée car même Bocuse ne lui aurait pas donné satisfaction. Je ne me glorifierai pas en pensant que j'étais mieux que rien mais j'avais du travail et c'était déjà quelque chose.

Pour fêter l'événement, Sylvain m'invita à boire une bière au Bar Saint- Sulpice, situé aussi sur St-Denis, à deux coins de rues du restaurant. Je découvris un établissement me paraissant quelconque jusqu'à ce que nous traversions la salle pour rejoindre la grande terrasse arrière et sa verdure. Attablés près de la fontaine, nous pûmes jaser environ une heure avant de voir le fond du pichet de bière en fût, commandé par Sylvain. Faisant fi de ses molles protestations, j'insistai pour offrir une deuxième tournée et étirer ainsi l'instant sur cette terrasse animée dont l'ambiance m'avait déjà conquis. Cette première étape de mes nuits montréalaises servira souvent d'amuse-gueule à celles-ci et suffira parfois à combler mon appétit du soir. Je contribuerai modestement à augmenter le chiffre d'affaires de ce commerce mais à l'aune des nombreuses belles soirées que j'y ai vécues, ça ne faisait pas cher du souvenir. Il restait la moitié de la bière quand Sylvain me quitta pour rejoindre sa blonde l'attendant chez eux. Ayant décidé de partir explorer les lieux, mon pichet à la main comme seul moyen de subsistance, je parvins à un petit balcon garni de seulement trois tables déjà occupées. Comme j'aimais cet endroit surplombant la terrasse, j'y restai debout à observer la clientèle en contrebas, pendant qu'assis à proximité, trois filles et un gars discutaient avec entrain.

Au bout d'un moment, une grande rousse me faisant face s'adressa à moi, d'un air désolé.

— Tu sais, on n'est pas sur le bord de partir.

— Oh non, non ! J'attendais pas pour ça, dis-je, reculant en signe de dénégation.

— Hey ! Encore un maudit Français, s'exclama-t-elle, rieuse. T'es tout seul ?

— Oui.

— Reste pas debout, tire-toi une bûche, enchaîna celle de dos, se retournant vers moi.

— Pardon ?

— Va te chercher une chaise, viens t'en avec nous autres.

— On va te présenter quelqu'un, précisa la troisième.

Je pris place entre les deux, face à la rousse et au gars qui n'avait toujours pas ouvert la bouche. Je compris mieux la situation quand on me présenta cet autre Français, récemment rencontré et avec lequel j'échangerai peu ce premier soir. Maintenant qu'Amaury m'est devenu proche, je n'ai aucun mal à imaginer comment il avait fait pour se retrouver si rapidement en bonne compagnie. Je partageai le reste de mon pichet dans leurs verres pendant que Gabrielle, la rousse, m'apprit qu'elles se surnommaient La gang des androgynes. Elle l'expliqua en me présentant Josée, la brune à ma gauche et Dominique aux cheveux noirs et courts, à ma droite : « Tu vois, que des prénoms mixtes ». Chacun y allant de son pichet, la bière Molson, légère au début, devint de plus en plus lourde et après une conversation ayant décollé à cinq personnes, je remarquai que mes cervicales faisaient leur choix, ne pivotant plus hors de l'axe de Dominique alors que celle-ci avait le torticolis bloqué sur moi depuis belle lurette. Notre module se détacha des autres pour entrer en orbite autour de notre aparté, alors que s'ajoutait en bruit de fond la conversation du trio et que j'empêchais mes yeux de rouler dans son bustier. Elle m'expliquait partir pour plusieurs mois en Inde dans une semaine, quand elle s'interrompit, s'excusant.

— Je vais aller me repoudrer le nez.

Je ne pus m'empêcher de la suivre des yeux, admirant une plastique mise en valeur par sa tenue que je n'avais pas encore eu l'occasion de remarquer. Je trouvais amusant de l'entendre employer une expression aussi désuète pour s'excuser d'aller aux toilettes. Le rural peu habitué aux nuits urbaines comprit sa naïveté, lorsqu'à son retour, elle rapprocha sa chaise afin de poser la main sur mon genou et dit pleine d'allant.

— Aaah ! J'étais morte ! Là, je suis repartie pour toute la nuit.

— Si ça fait cet effet, moi aussi je vais aller aux toilettes, crus-je bon de répondre avec le sourire de l'innocent que j'étais.

— Malheureusement, j'en ai plus, dit-elle d'un air désolé.

— De quoi ?

— Ben, de la coke, chuchota-t-elle.

— De la quoi ? demandai-je complétement perdu.

— Coke, articula-t-elle à voix basse. Puis elle renifla un petit coup pour m'éclairer.

— Ah oui ! fis-je l'air sûr de moi.

Elle me regarda avec un sourire, passa la main sur ma joue et je sentis qu'elle choisissait bien ses mots afin de se mettre à mon niveau.

— T'as pas compris, hein ? J'essayais de te dire avec humour que j'allais prendre de la drogue dans les toilettes. De la cocaïne... par le nez plus précisément.

— Ah, d'accord ! Désolé, je suis un peu idiot, hein ?

— Non, tu viens juste d'arriver. T'es tout neuf... conclut-elle d'un baiser sur la joue.

J'eus le temps de me remettre de mon embarras pendant qu'Amaury, le plus généreux de tous, remplissait à nouveau nos verres. Mon radiateur à bière étant assez plein pour faire un homme de moi sans que la surchauffe me fasse rougir, je me rapprochai encore plus de ma voisine, posant à mon tour la main sur son genou pour lui déclarer, droit dans les yeux.

— Les promesses de splendeur qu'on devinait quand tu étais assise se sont concrétisées quand tu t'es levée.

— Qu'est-ce que je dois comprendre ? dit-elle feignant la candeur.

— Je peux le dire en québécois pour te montrer que j'apprends vite.

— Enweille ! Shoot !

— T'as un beau body en tabarnak !

Elle rit et se recula un peu, justifiant sa tenue en raison d'une figuration dans le court-métrage d'un ami et le fait de n'avoir pas eu le temps de repasser se changer chez elle.

— C'est du linge qu'on m'a prêté, le pantalon est trop moulant, et avec les bottes montantes et le bustier, ça fait un peu trop *Pretty woman*. Quand je marche, je me sens provocante[3].

Le dernier mot avait été chantonné, et devant mon regard étonné, elle ajouta.

— C'est une chanson de Marjo. Tu connais pas ? Tu t'intéresses à la musique ?

— Presqu'autant qu'à toi.

— T'es un chanteur de pommes, toi.

— Je ne sais pas ce que ça veut dire mais rassure-toi, le pantalon te va comme un gant… Un gant de chirurgien même, tellement il est moulant.

Revenue de nouveau très proche, elle posa ses mains sur mes cuisses.

— Et quel effet ça t'a fait quand tu l'as vu ?

— Ça m'a fait comme un coup de bistouri dans l'estomac.

— Je vais te recoudre ça, me chuchota-t-elle à l'oreille avant de m'embrasser.

Je ne me souviens plus de la suite de la conversation, j'avais dépassé la dose prescrite et à l'écoute de Pink Floyd

---

[3] Provocante (Marjo)

s'échappant de l'intérieur du bar, je constatai que j'étais moi aussi, confortablement engourdi[4]. Je fixais ses yeux bleus, essayant de me concentrer, mais j'avais l'impression d'être Mowgli pris dans les anneaux de la séduction de Kaa.

Gabrielle me sortit de mon hypnose en se levant soudainement dans un grand raclement de chaise.

— Il me reste juste assez de cash pour prendre un taxi.

— Moi, pour prendre le métro, dis-je en fouillant mes poches.

— Qui embarque avec nous pour finir la soirée chez moi ?

— La nuit, tu veux dire, corrigea Amaury.

L'esprit embrumé, je fis mes calculs, le « nous » englobant à coup sûr les trois aux prénoms épicènes, il ne resterait plus qu'une place disponible dans le taxi. Devinant les intentions de ma cavalière presque à califourchon sur moi, Amaury, bon prince, déclina l'invitation.

— Moi, je suis fatigué. Je vais me coucher.

— Tiguidou ! se réjouit-elle, avant de se lever en me saisissant la main.

Je vis avec évidence, alors que nous marchions à la recherche d'un taxi, que tout compte fait, personne n'avait respecté la posologie d'une consommation mesurée. Me voilà donc assis sur le siège avant d'un taxi, sans aucune idée de l'heure ni de l'endroit où j'allais. La main de Dominique jouait maintenant dans mes cheveux. J'espérais qu'ils ne fussent pas trop imprégnés de l'odeur de cuisine du restaurant et ceci me rappela n'avoir pas mangé depuis le service du midi. Les Allemands, experts en la matière, affirment qu'une bière équivaut à deux tranches de pain ; il m'aurait fallu beaucoup de jambon pour faire les sandwichs de cette soirée.

Assis dans le salon d'un appartement en demi sous-sol, on écouta plusieurs artistes québécois pendant que les filles faisaient tourner un pétard. Je n'avais pas pris place dans le manège, la douceur de la peau de Dominique et ses ongles me

---

[4] Comfortably Numb (Pink Floyd)

griffant doucement le dos, suffisaient à m'étourdir. Gabrielle et Josée étaient allées s'étendre sur un canapé dans un coin de la pièce et se frottaient maintenant l'une contre l'autre, elles semblaient nous ignorer mais leur présence suffisait à empêcher notre intimité de dégénérer. Pourtant, elles ne remarquèrent même pas notre départ quand Dominique se leva.

— Tu me raccompagnes chez moi ?
— J'ai pas le choix, je sais même pas où on se trouve, dis-je l'air fataliste.
— T'inquiète pas, c'est pas loin et y'a un métro tout proche.
— Elles sont bisexuelles ou lesbiennes, Josée et Dominique ? demandai-je alors que nous marchions.
— Elles sont justes "faites", alors elles ont l'amitié chaleureuse.
— Et toi, tu as l'amitié comment ?
— Viens je vais te montrer, répondit-elle, m'entraînant dans un petit parc.

Nous nous retrouvâmes de l'autre côté d'un muret, partiellement cachés d'une petite rue, uniquement peuplée de quelques arbres au feuillage doucement agité par une légère brise. Un décor favorable à la détermination de Dominique. Plaqué par surprise contre la paroi de pierres, j'essayais de calculer en vain le nombre de mains parcourant avec frénésie certaines parties de mon corps que je n'ose moi-même toucher en public. Peu habitué à tant d'audace mais agréablement assiégé par cette pieuvre humaine, je pus quand même faire une sortie pour constater que ce modèle de pantalon très moulant ne permettait pas le port de dessous féminin. Alors que je priais pour que nous restions dissimulés de la voiture de police qui passait roulant au pas, Dominique décida de s'agenouiller devant moi pour unir sa prière à la mienne. Le gyrophare était éteint mais j'avais quand même des lumières plein les yeux. Nos dévotions faites, elle m'abandonna trop rapidement à mon goût, m'expliquant avoir quitté sa colocation pour habiter chez ses parents, jusqu'à son départ pour l'Inde. Je restai seul, à attendre l'aube et l'ouverture d'une station de métro de la ligne bleue, dont j'ai oublié le nom. Son numéro en poche, un panaché d'émotions diverses se mélangeaient dans ma tête, le sucre du plaisir gâché par l'amertume de cette nuit tronquée.

Je me voyais déjà en tombeur, je tomberai de haut…

3

Je me réveillai tard, le lendemain après-midi, mais flottaient encore dans mon cerveau marécageux, les noms des artistes qu'on m'avait fait découvrir la veille. L'appétit en berne à cause de la vase stagnant dans mon estomac, je décidai d'aller assouvir celui pour laquelle je n'en manquais jamais : la musique. Douché et rasé de loin, je partis à la recherche d'une gamelle pour y déposer les galettes des interprètes qui m'avaient séduit. Je trouvai mon bonheur en achetant un baladeur pour CD dans une petite boutique de la rue Saint-Laurent. L'appétit venant en marchant, j'allai jusqu'au coin de Berri et Sainte-Catherine me composer un menu de Marjo, Offenbach et Plume Latraverse, chez le disquaire Archambault. Au retour, j'essayai le restaurant libanais Basha près de chez moi. Sa cuisine roborative et économique me satisfit et j'y retournerai régulièrement à toute heure, m'asseoir devant la vitrine du premier étage et observer les passants déambuler sur Sainte-Catherine. Mon activité du reste de l'après-midi se résumera à rester couché dans ma chambre, m'immergeant dans la musique québécoise comme je le ferai souvent lors de mes rares présences à l'appartement. Je découvrirai au fil du temps que le Québec n'exportait pas ses plus beaux trésors et que les artistes connus outre atlantique n'étaient pas forcément les plus intéressants. J'aimais rester seul avec la musique, en tête à tête avec les émotions qu'elle me procurait. Je ne me contentais pas de l'entendre mais la laissais aussi m'envahir religieusement, sans autre distraction que le plafond où défilait le cinéma de mon imaginaire.

Appliqué à décoder les chansons de Plume, je ne vis pas le temps passer et les 20 heures digitales de mon réveil me ramenèrent en mémoire la proposition d'Amaury faite la veille de se retrouver au Saint-Sulpice. Il sera le seul compatriote que je fréquenterai, évitant les autres, simplement parce que j'étais venu au Québec pour m'immerger dans une culture différente, au contact de personnes aptes à me la faire découvrir. Je n'avais jamais eu l'instinct grégaire et ne voyais aucun intérêt à voyager si ce n'était pour être dépaysé. Mais je ne regretterai pas cette exception car il deviendra mon inoubliable compagnon de navigation sur un océan de nuits. Nous partagerons des joies, des déceptions, quantité de pichets de bière, pas mal de pizzas et même un logement, mais jamais d'attirance commune pour une fille, et cette différence de point de vue sur l'idéal féminin aidera à notre bonne entente.

Je retrouvai Amaury m'attendant debout, une bière à la main, dans un Saint-Sulpice bondé. Cheveux noirs coupés courts, il arborait une tenue dont je le verrai rarement se départir. La couleur des tee-shirts, sous la veste noire comme son jean, sera la seule variante, alternant sans trop d'excentricité entre le noir et le blanc. Un style à l'opposé de mes cheveux longs, jeans et blouson de cuir, mais nous nous découvrirons, lors de nos sorties nocturnes, un humour et des buts communs. Nous étions des buveurs raisonnables, contraints par la haute fréquence de nos expéditions à rarement déroger à cette règle qui nous permettait d'atteindre, sans glisser, des heures où la déclivité vers des contacts rapprochés s'accentuait. La soirée de la veille resterait exceptionnelle, autant par sa consommation d'alcool que son bouquet final. Après celle-ci, s'installera une sorte de routine agréable, quoique essoufflante, me faisant sortir environ cinq ou six soirs par semaine ; elle occasionnera d'agréables rencontres qui ponctueront ma vie. Certaines seront des virgules, d'autres des points, toujours dans l'attente de pouvoir ouvrir une parenthèse que je souhaiterai voir se refermer le plus tard possible. Je ne vis pas, à la lumière de nos premières sorties, qu'Amaury visait le même but mais avait seulement de sa vie, une écriture à la ponctuation plus fréquente. Je le percevrai à tort, à l'écoute de ses premiers récits, comme un joyeux aventurier alors qu'il était en réalité quelqu'un d'instable et torturé, ayant occupé des emplois hôteliers dans plusieurs pays d'Europe, croyant toujours que la bière serait moins amère ailleurs. Quelques mois auparavant, il avait déposé sa mélancolie teintée d'espoir à Montréal et connaissait déjà plusieurs endroits pour se divertir, dont un bar de nuit au coin de Rachel et Saint-Denis. Alors que nous marchions en direction de celui-ci, je ne compris pas la signification des mots chuchotés par l'individu croisé en bas de Sherbrooke, avant qu'Amaury ne m'explique que « haschcoke » n'était pas une salutation autochtone. J'apprendrai à ignorer ces deux ou trois vendeurs de rêves qui semblaient avoir la laisse trop courte pour opérer plus loin.

Longeant les terrasses et escaliers extérieurs de la rue Saint-Denis, qui me séduisait plus que Sainte-Catherine bordée de blocs commerciaux, j'allais dépasser la ligne d'attente dissimulant une vitrine quand Amaury me signala qu'on était arrivés.

— Il faut faire la queue.
— Pourquoi ?
— Je ne sais pas mais faut attendre.
— Attendre quoi ?

Voilà notre différence toute crachée ; cela faisait plusieurs soirs qu'il patientait devant ce bar avant d'entrer, sans vraiment chercher à savoir pourquoi, alors que j'avais besoin de connaître le fonctionnement pour évaluer la durée de l'attente. Je me posais trop de questions et lui pas assez. J'essayais d'évaluer à l'avance les conséquences de mes actes, au contraire de lui qui constatait les siennes à posteriori. Un gars devant nous se retourna.

— C'est à cause de la capacité.

— Comment ça ? lui demandai-je
— Le bar a une licence pour un nombre limité de personnes, quand la capacité maximum est atteinte, le portier doit attendre que des clients sortent pour faire entrer les suivants.
— Tu penses que ça peut être long ?
— Un samedi soir, ça peut être long, oui.
— Ok, merci.
— Bienvenu.
— Tu vois, il faut attendre, dit Amaury fataliste.
— Maintenant, on sait au moins pourquoi, répondis-je, satisfait d'avoir une explication.
— Si tu préfères, on peut essayer d'aller au Business, c'est sur Saint-Laurent.
J'hésitais quand le gars se retourna à nouveau.
— Oubliez-ça, j'en viens, c'est encore pire.
Cette phrase allait changer le cours de ma vie, car sans celle-ci, j'aurais probablement renoncé à entrer au Passeport et peut-être pris mes habitudes ailleurs que dans ce bar, devant lequel nous attendions. J'y vivrai tellement d'évènements et de rencontres marquantes, qu'un effet ptérodactyle plutôt que papillon serait plus approprié pour parler des conséquences de cette remarque anodine.

La première immersion qui suivit la longue attente fut pourtant décevante quand je découvris un petit local tout en longueur, me donnant la sensation de pénétrer dans un sous-marin enfumé. Après avoir payé l'admission au vestiaire, à la suite du sas d'entrée emprisonné entre deux portes vitrées, on descendait deux marches, laissant derrière nous quelques tabourets et tables hautes surplombant la minuscule piste de danse illuminée par l'indémodable boule à facettes. Cette légère dénivellation permettait d'entrevoir, malgré la pénombre et la fumée compacte, les silhouettes s'agitant au gré des humeurs du DJ mixant ce soir-là. Derrière sa cabine située au bout de cette piste d'où décollait souvent la soirée, s'étirait un long comptoir en bois vernis, parfois difficilement accessible en raison du joyeux désordre, et derrière lequel barman et barmaid assuraient un service amical et efficace, dans un chassé-croisé continu où les mains se délestaient avec célérité de consommations de toutes sortes. L'unique serveur ou serveuse arpentait les lieux, laissant naviguer avec habileté au-dessus des têtes, un plateau débordant de bières et boissons diverses, destinées aux naufragés ayant dérivé trop loin du bar, emportés par le flot des clients. Après avoir soulagé son cabaret, il retournait au port, prenant au passage d'autres commandes, d'une écoute rendue laborieuse par le volume élevé de la musique. Pour échapper un peu aux basses vibrantes ébranlant les murs, on pouvait trouver refuge près des toilettes et de la sortie de secours qui fermaient la parenthèse de cette bruyante animation. En vingt ou trente pas, suivant notre état d'ébriété, on avait traversé le Passeport, un petit bar tout ce qu'il y avait de plus banal, sans artifices ni décoration particulière pour le distinguer et pourtant très prisé des noctambules. Un engouement probablement dû à la clientèle d'habitués et au *staff* chaleureux qui lui conféraient une ambiance particulière, presque familiale. J'y découvris d'ailleurs ce soir-là, s'agitant derrière le bar, deux des plus célèbres membres de cette famille, sans leur accorder toutefois une attention spéciale, malgré la bonne humeur qu'ils faisaient régner sur leur domaine. Je développerai pourtant au cours des années à venir des liens amicaux avec Claude et Jean.

Ma première fermeture d'un bar québécois me permit de découvrir le dernier service et l'effet qu'il eut sur Amaury quand il me désigna deux filles, debout autour d'une des tables bordant la piste de danse, alors que résonnait encore à mes oreilles l'annonce du DJ qui me deviendra rapidement familière : « Last call, dernier service ».

— Plus de temps à perdre, il faut aller leur parler, s'impatienta Amaury.

— Pardon ?

— Si elles sont encore là, toutes seules après le « dernier service », c'est qu'elles attendent la même chose que nous.

— Mais j'attends rien moi !

— Trouve quelque chose d'intelligent à dire.
— Je trouve que ce qui serait intelligent, c'est de ne pas aller les importuner.
— Alleeeeez ! Viens, insista-t-il avant de partir dans leur direction.

Je le suivis d'une démarche aussi peu convaincue que du bien-fondé de celle-ci, traînant les pieds, sans voir ce que l'on pouvait bien dire à une inconnue à 3 heures du matin, dans un bar qui se vidait peu à peu, sans avoir l'air désespéré. J'ai toujours eu du mal à aborder les filles de cette manière, trop d'orgueil pour accepter d'être rembarré, détestant être l'emmerdeur de service et peu sûr de mon pouvoir de séduction. Amaury, lui, hésitait rarement à établir un premier contact mais avait toujours assez de tact pour s'effacer s'il sentait qu'il dérangeait. Au début, je le crus uniquement intéressé par le sexe mais je compris rapidement qu'il avait juste besoin d'amour, aussi éphémère ou superficiel fut-il. Il en voulait de petites bouffées, sans pouvoir attendre le parfum qui l'enivrerait. Au final, il était comme moi, à la recherche d'une personne pour faire un bout de chemin mais la patience lui faisait défaut. Je n'étais pas doué pour le jeu de la séduction factice et parfois le culot d'Amaury me mettra dans des situations pas toujours souhaitables. Je préférais laisser les filles venir à moi, et si la personne m'intéressait, il suffisait alors d'insérer une pièce pour que je lui joue la sérénade toute la nuit. J'avais la chance de vivre à une époque et dans un pays où la gent féminine n'était plus sous le joug des conventions sociales d'un autre âge, ce qui me permettra souvent, à mon grand soulagement, de ne pas être celui qui faisait les premiers pas.

Toujours est-il que je n'avais pas encore trouvé les mots appropriés pour aborder la blonde à la crinière de lionne debout face à moi, qu'Amaury faisait déjà la ventouse buccale à la brune l'accompagnant. La sidération commune teintée d'amusement qui nous saisit à la vue de nos amis respectifs, nous donna l'occasion d'engager la conversation. J'y gagnerai le droit d'être reconduit en voiture jusqu'à la rue St-Marc, nos deux tourtereaux, que nous n'étions toujours pas parvenus à décoller, assis sur la banquette arrière. Conclusion suffisante pour cette nuit car si je voulais bien coucher parfois le premier soir, ce n'était jamais dès la première heure.

***

Le lundi suivant, remonté dès 9 heures des entrailles du Bercail, je me retrouvai face à celui qui allait devenir mon pire ennemi. Enorme, posé sur mon plan de travail, il me fixait tel un œil de cyclope atteint de conjonctivite, attendant que débute une de mes tâches matinales qui consistait à préparer les assiettes de hors-d'œuvre et pire, à en goûter la principale composante : le chou rouge. J'exécrais la salade de chou rouge, et encore plus le matin quand j'étais parfois à jeun. Elle sera mon cauchemar quotidien pendant de nombreux mois car ne réussissant que rarement l'assaisonnement du premier coup, l'expression « goûter à l'échec » prendrait plus que jamais tout son sens. A peine mes tâches matinales achevées, le goût infâme du chou encore en bouche et l'envie d'envoyer ce crucifère au diable, je dus essuyer seul mon premier coup de feu de midi. Malgré les efforts du personnel de salle pour inciter les clients à choisir les entrées du jour, les assiettes de hors d'œuvres restaient orphelines et je devais me démener à répondre à leur choix à la carte, pendant que le bac de plonge se remplissait. Voyant les commandes affluées, regardant la lumière au bout du long couloir menant à la cour arrière, comme un prisonnier attendant sa libération, je regrettais le débit régulier du télésiège au pied duquel j'étais en poste l'hiver. Mais mêmes les pires choses ont une fin et je parvins, grâce à l'empathie des serveuses et l'aide de Sylvain, à l'accalmie souhaitée qui arriva aussi soudainement que la fin d'une averse. Ne pouvant que progresser, je m'améliorais chaque jour et je pus atteindre le vendredi soir, sain et sauf, en ayant compris détester autant la restauration qu'apprécier l'ambiance de travail car bien que la cuisine fut typiquement française, le dépaysement souhaité était présent grâce au personnel. A l'exception de Bernard, le patron arrivé de Suisse dans les années 60, c'était du 100 % québécois pure laine, majoré par les riches expressions de Sylvain, originaire de Chibougamau. Cette ville, située à plusieurs centaines de kilomètres au nord de leur métropole, était pour les Montréalais, synonyme du Québec profond. Bien profond même. Je le compris par les taquineries auxquelles avait parfois droit Sylvain, au hasard de certaines rencontres faites ensemble. On pouvait résumer l'enclavement de sa ville, à la réponse qu'il me fit alors que nous étions en chemin vers le Saint-Sulpice pour me présenter à sa compagne.

— Ça fait longtemps que tu es avec ta blonde ?
— Depuis mes 16 ans. Elle vient aussi de Chibougamau.
— Tu l'as rencontrée comment ?
— Tout le monde se connaît à Chibougamau.

Nancy n'était pas avare de son charmant sourire qu'elle distribuait aussi généreusement que sa gentillesse. Le premier pichet n'était pas terminé que je l'aimais déjà. Mais toutes les filles, quelle que soit leur beauté, n'étant heureusement pas désirables à mes yeux, elle était la blonde idéale pour mon ami. Je m'amuserai souvent de sa spontanéité et elle n'attendit pas longtemps après les présentations pour en faire preuve.

— Les premiers jours, Sylvain pensait que t'étais un peu attardé.
— Tabarnak Nancy ! T'étais pas obligée d'lui dire.
— Sylvain ! Sacre pas, tabarouette !
— Tabarouette si tu veux, mais t'étais pas obligée de lui dire pareil... Après un instant, il ajouta dans un soupir : Câliss...
— Sylvain !!!

Je mis mon casque bleu pour mettre fin au conflit.

— C'est pas grave, mais j'aimerais bien savoir pourquoi « attardé » ?
— Parce que souvent quand je te disais quelque chose, tu me regardais et tu grouillais pas.

Il est vrai que plusieurs phrases m'avaient laissé aussi interdit qu'un Québécois devant la question référendaire de 1980. Je demandai des précisions.

— Quand ça ?

— Je me souviens pas moi… quand… quand j'ai dit, par exemple : « Va t'en dumper le sac de vidange en arrière avant que le truck s'en vienne ». C'est quel mot que t'avais pas compris ?

— J'avais juste compris « sac », concédai-je piteusement.

— Super. Tu veux savoir ce qu'aurait dit un Québécois à ta place ?

— Oui.

— Il aurait dit : « De quossé ? »

— Et ça veut dire quoi ?

— C'est ce que tu réponds quand tu ne comprends pas ou ne veux pas comprendre.

— Sylvain ! Fais-lui pas accroire des affaires de même, intervint Nancy, puis elle me précisa. C'est pas vrai, tous les Québécois parlent pas comme ça.

Fier de sa remarque et tout sourire, Sylvain suggéra.

— C'est à toi de payer un pichet.

— De quossé ? lui répliquai-je avec un air faussement étonné.

— T'apprends vite mais paie pareil.

Un nouveau pichet fut servi et j'amputai la serveuse d'une partie du pourboire prévu pour aller tenter de joindre Dominique, depuis une cabine téléphonique au fond du bar. Ce troisième essai fut le dernier, je compris qu'elle me fuyait, regrettant peut-être s'être permise, en même temps qu'une tenue inhabituelle, des audaces ne l'étant pas moins venant d'elle. De retour de mon infructueux appel, j'acceptai la première invitation à souper du couple, à leur domicile tout proche sur la rue Wolfe. Leur fréquence ainsi que mes cinq repas hebdomadaires au Bercail me permirent de survivre à l'été, puisque le reste du temps mon régime alimentaire était à l'image de mon rythme de vie, erratique. J'essayais de me coucher tôt au minimum un soir par semaine, mais hormis celui-ci, soit je rentrais directement à 17 heures pour une longue sieste avant de ressortir jusqu'à la fermeture des bars, soit je me prenais les pieds dans le tapis du Saint-Sulpice, faisant l'impasse sur la récupération. Mes colocataires, comme moi aussi parfois d'ailleurs, avaient du mal à suivre cet agenda cahoteux. Je m'en rendis compte lors d'une de mes rares présences dans la cuisine, un dimanche après-midi où j'avais préparé des œufs en neige pour aider au rapprochement avec le Canada anglais.

— Hi Princess !
— Hi Supertramp !
— How are you doing ?
— Good !
— You never told me what you said to your parents? demandai-je en sortant des bols.
— About what ?
— About me.
— About you ? I don't talk about you to my parents ! s'exclama-t-elle surprise.
— Sam told me that they don't want a man in your home.
— Ah ! Ok. I see what you mean ! I didn't say anything about that, they are so far… Anyway, you're not a man, you're a ghost.
— A ghost ? Why a ghost ?
— 'Cause you're never here ! You're always out at night. In fact, you're not a ghost, you're a vampire.
— Funny. But you are strange too. Always in your locked room. I've never seen it. Is there a sacred cow inside ? interrogeai-je, le regard faussement suspicieux.
— Oh ! you wanna see my bedroom ? Come ! dit-elle en m'invitant de la main.

J'eus l'impression d'arriver en Inde lorsque je pénétrai dans cette pièce décorée de statuettes, coussins et gravures aux murs. C'était chargé et kitsch, mais ça lui ressemblait. Un décor des

mille et une nuits, tout comme celles que je vivrai à Montréal. Elle ressortit sur mes pas et demanda avant de fermer la porte.
— Satisfied ?
— Yes, don't forget to lock, dis-je, un soupçon d'ironie dans la voix.
— Never with a naughty boy at home, répliqua-t-elle.
Sam, arrivée sur ces entrefaites, nous accueillit dans la cuisine.
— Oh! Oh! What were you doing in the bedroom ? nous taquina-t-elle en croisant les bras.
— Que des bonnes choses, répondis-je, complice.
— What did he say ? s'inquiéta Princess rougissant un peu.
— Nothing good for you ! grimaça Sam en me faisant un clin d'œil intercepté par notre victime.
— Ah! You're laughing at me ! rouspéta celle-ci
Je servis les œufs, profitant de Sam comme traductrice pour me reposer le Shakespeare.
— J'ai préparé avec amour un dessert pour vous.
— C'est gentil, dit Sam avec un sourire.
— What's this ? demanda Princess faisant la moue.
— A nice surprise for us, lui répondit-elle.
— A French dessert, précisai-je.
— I don't trust French cooking.
Sam la regarda avec stupéfaction et martelant chaque mot, lui dit.
— You – don't – trust – French – cooking ! What kind of cooking do you trust ? German cooking ?
— Tu pourrais juste goûter, tentai-je un peu déçu.
Elle poussa le bol vers Princess, l'exhortant avec un regard de désapprobation.
— Yes, taste it ! Open your mind !
— And your mouth, renchéris-je.
— No, thank you.
La récalcitrante recula puis partit vers sa chambre, ajoutant.
— I'm not hungry.
Sam me regarda, l'air désolé et prit son bol.

— Elle est si rude sometimes.
— No, she's not rude. She's…
Et je pointai le doigt vers elle, l'invitant à finir la phrase.
— She's… She's… ?
— Fromage ?
— Mais non ! Tu te moques de mon accent, c'est ça ?
— Un peu. Sometimes, quand tu dis cheese, je me demande qui tu vas parler. Mais je sais c'est pas le bonne réponse.
— Wow ! you're funny, today ! Alors, she – is…
Elle hésita un instant et s'exclama dans un éclat de rire.
— Princess !

Je songeai, la voyant plonger sa cuillère dans la crème, que mentionner à l'invitée rebelle que celle-ci était anglaise, aurait peut-être suffi à la convaincre.

— Mmhh…really delicious. Tant pis pour elle.
— Tu sais qu'elle m'a comparé à un vampire parce que je sors beaucoup la nuit.
— Elle a raison… mais je pense, tu bois pas le sang mais la bière.

Elle me remercia pour le dessert et me proposa comme souvent, de prendre mes draps en même temps que les siens pour aller les laver à la buanderie. Elle avait compris que ma vie était de l'autre côté de Saint-Laurent mais restait de manière désintéressée, tout autant attentionnée.

**

Je garderai la cadence tout l'été, ne voulant pas décevoir ou inquiéter mes colocataires, et les soirs où je ne fréquentais pas les bars dansants, j'allais dans le Quartier Latin, soit au Grand Café, soit aux Beaux Esprits, pour écouter les artistes de blues locaux se produire en toute intimité, sur une petite scène entourée de quelques tables. J'y découvrirai Bob Walsh, Bob Harrison, Stephen Barry et plusieurs autres ainsi que deux des plus belles expressions du parler québécois si savoureusement imagé : le ruine-babines et la musique à bouche, ne me lassant jamais d'écouter des harmonicistes tels que Guy Bélanger, Carl Tremblay ou encore Jim Zeller.

    J'étais au courant des spectacles et de la vie culturelle locale grâce à la lecture de l'hebdomadaire gratuit Voir, disponible à l'entrée de boutiques comme L'échange ou Le colisée du livre, commerces offrant, à la satisfaction de mon portefeuille, la possibilité d'acquérir ou céder livres et disques usagés. Ces acquisitions assouvissaient ma curiosité pour la belle province, parfaits compléments de mes rencontres faites dans les bars. Mes sorties nocturnes presque quotidiennes n'avaient pas pour but la consommation d'alcool, et mes bières, aussi rares que mes heures de sommeil, servaient surtout de tremplin pour aller à la rencontre des gens. L'introverti avait besoin de celles-ci pour faire le saut, passer l'intro et entamer la conversation. S'il y eut des rencontres grâce à la convivialité de la terrasse du Saint-Sulpice, elles furent beaucoup plus nombreuses au Passeport. Seul ou avec Amaury, j'avais bien fait quelques sorties dans d'autres bars comme Chez Swan, Le Belmont, Le Business et j'en oublie certainement, mais notre radeau de naufragés du soir était invariablement ramené par les vagues de houblon vers le Passeport qui deviendra notre port d'attache. J'y allais souvent, quand Claude et Jean travaillaient, à l'heure moins achalandée de l'ouverture, afin de profiter de cette tranquillité pour échanger avec eux, et être parfois présenté à d'autres habitués dont je commençais à faire partie. Je pouvais ainsi me faire une idée objective de la politique québécoise et canadienne, discutant autant avec des péquistes que des fédéralistes. Musique, littérature et cinéma avaient aussi leur place et j'essayais toujours de donner à la conversation, même pour ces sujets, une couleur fleurdelysée. L'autre motivation, qui prenait place quand la musique devenait trop forte pour les conversations sérieuses, était celle de tout célibataire de mon âge normalement constitué et soumis aux tentations d'une grande métropole. Et si l'échange culturel ou politique du début de soirée avait lieu avec une jolie fille plutôt qu'un gros moustachu, je dois reconnaitre qu'alors, je faisais d'une bière deux coups. Le basculement se produisait autour de minuit, coïncidant parfois avec l'arrivée d'Amaury si, pris par son travail, il me rejoignait seulement son service terminé. Barman au Harry's New York bar, il n'hésitait pas à me faire profiter de ses généreux pourboires, certains reçus dans d'étranges conditions, comme ce fameux soir où un membre de la mafia irlandaise n'appréciant pas sa tête, lui avait intimé l'ordre de disparaître, posant dédaigneusement sur le comptoir un billet de cent dollars. Forcé de se retrancher en cuisine, il y passa avec l'assentiment de son patron, une partie de la soirée à pratiquer l'oisiveté. J'étais troublé par la gestion assez anarchique de ses billets, me donnant l'impression qu'il en cultivait dans toutes ses poches. Quelle que soit celle choisie, il en cueillait toujours plusieurs, tous chiffonnés et pour la plupart rouges bien mûrs plutôt que verts. Alors que moi, je les gardais soigneusement pliés et classés dans la profondeur droite de mes jeans, juste à l'opposé d'une valeur de tout autre importance. Peu après son arrivée, on migrait du comptoir vers un endroit stratégique, dans le but d'observer le ballet des noctambules, tout en le commentant de réparties vaseuses tirées de comédies françaises, que l'intégration remplacera peu à peu par celles de Crusing Bar[5]. Perchés comme deux vautours, nous attendions de repérer un couple de tourterelles en mal de compagnie, afin de fondre sans impétuosité sur ces proies providentielles. La libido en bandoulière mais le cœur dans le sac à dos, on attendait souvent de ces rencontres éphémères de ne pas être uniquement le premier mouvement d'une symphonie inachevée. Amaury était comme un joueur compulsif ne pouvant s'empêcher de participer, alors que pour ma part, je ne tentais ma chance que dans l'espoir de gagner le gros lot. Néanmoins, des besoins inassouvis me feront parfois miser à des tables où j'aurais dû m'abstenir de m'asseoir.

---

[5] Crusing Bar (Robert Ménard)

***

Je devais travailler un samedi soir sur deux, mais sans trop de frustration, car c'était le jour où la clientèle des bars étant plutôt composée de gens extérieurs à l'île, je ne retrouvais pas au Passeport l'ambiance habituelle. C'étaient les seuls services au restaurant, hormis pendant ses vacances, où l'on m'associait à d'autres chefs cuisiniers que Sylvain. Comme Loulou, collègue pas désagréable mais avec qui j'avais du mal à trouver des sujets de conversation, sans doute parce qu'après s'être fait dépouiller de ses économies par les Raëliens, il était arrivé un soir les cheveux droits sur la tête, soutenant à qui voulait l'entendre, mieux capter ainsi les signaux des extraterrestres. Ou encore Bernard, le patron, qui la cinquantaine bien sonnée, ne risquait pas de capter grand-chose avec son crâne dégarni. J'aimais l'entendre me dépeindre le tableau du Québec, à son arrivée dans les années 60. On y trouvait très peu de produits importés d'Europe et surtout les traditionnels légumes locaux de base. Artichauts, brocolis, avocats, asperges ou autres étaient tout autant absents des épiceries que les cassoulets, bœufs bourguignons ou choucroutes de la carte des restaurants. Une peinture sépia, loin de la diversité des étals colorés de certaines fruiteries découvertes à mon arrivée, ainsi que de la variété ethnique des commerces de bouche montréalais, permettant de voyager gustativement d'excellente manière et pour n'importe quelle bourse. Si le visa d'immigration était une formalité à son époque, la procédure s'était complexifiée et Bernard me conseilla, si je désirais rester, d'entamer les démarches sans attendre afin de régulariser ma situation. Je n'hésitai pas à suivre son conseil et acceptai la promesse d'embauche offerte pour étoffer ma demande, d'autant plus qu'elle nous engageait très peu.

Mes samedis libres me confirmaient l'atmosphère différente de ces nuits, lors de mes retours pédestres du Passeport jusqu'à ma chambre de la rue Saint-Marc. Les groupes, encore nombreux sur les trottoirs, bien qu'il fut 4 heures du matin, braillaient, voire s'invectivaient parfois, et de plus en plus en anglais lorsqu'on progressait vers l'ouest et la rue Crescent, fief des bars de cette communauté. Un coin où il n'était pas rare de voir, répandue sur les trottoirs, la composition du souper de certains de ces fêtards. Pas le meilleur soir pour découvrir la ville.

Durant la journée, essayant d'éviter la noyade, je poursuivais mes immersions culinaires et surtout québécoises au Bercail. J'avais droit à ma leçon de joual quotidienne en écoutant l'émission radiophonique « Les deux minutes du peuple[6] », diffusée sur CKOI. Cela nous donnait l'occasion de faire une pause d'environ… deux minutes, voire plus si Sylvain devait m'en faire l'exégèse. Certains jours, je faisais face au coup de feu sans regarder la pendule, pouvant deviner l'heure grâce aux commandes d'une des serveuses, qui s'enfilait chemin faisant vers la cuisine, de petites rasades en cachette. Heureusement pour elle, les patrons étaient compréhensifs et heureusement pour la fiabilité des commandes, une telle extrémité n'était atteinte que ses jours de grosse déprime.

« Deux salades du jour ». Il était midi.

« Deux chalades du chour ». Seulement 13 heures

« Deux chour du lachade ». Enfin 14 heures. L'heure de surveiller qu'elle ne reparte pas en salle avec une assiette de reliefs.

Bien que je fasse de mon mieux, quand j'étais parfois débordé, j'entendais le staff me suggérer, mystérieusement railleur, d'aller plutôt me reconvertir au 281. Sylvain finit par m'expliquer l'allusion, me désignant l'enseigne du club de danseurs nus, pratiquement visible depuis l'arrière du restaurant. Il faut dire que la nature m'ayant affublé d'un nez fort, m'avait en contrepartie, probablement pour m'éviter un basculement vers l'avant, doté de fesses incontournables, au sens propre comme au figuré. Celles-ci, défiant la gravité, étaient presque assez rebondies pour accueillir en leur sommet une pinte de bière. Certaines rencontres nocturnes me

---

[6] Capsules de François Pérusse dans l'émission *Yé trop d'bonne heure*, diffusées de 1990 à 1996 sur CKOI-FM.

révéleront que les femmes, à l'instar des hommes, portaient souvent leurs regards sur cette partie de notre anatomie et n'avaient rien à nous envier concernant les remarques salaces. Heureusement, il arrivait quand même, comme ce soir de juin, que l'on s'intéresse à moi sans avoir vu l'envers du décor.

4

Mon compère habituel et moi patientions à l'entrée du Passeport, derrière deux filles s'étant faites surprendre par la farceuse météo montréalaise qui avait décidé de couper le chauffage sans préavis, laissant après plusieurs nuits chaudes revenir les fraîcheurs d'avril. Devant moi s'offraient les épaules agitées de frissons d'une petite brune aux longs cheveux raides. En bon montagnard habitué aux brusques changements de température, je ne m'étais pas laissé abuser par cette fin de printemps déguisée en été. Par pure altruisme, j'abandonnai mon perfecto pour envelopper son léger blouson en jeans à l'épaisseur imprudente. Si j'avais pu voir son visage avant, je me serais sans doute départi de tous mes vêtements pour emmitoufler la belle entièrement, mais si j'avais pu lire l'avenir, je n'aurais pas même mis la manche de mon blouson dans l'engrenage d'émotions vers lesquelles ce geste allait m'entraîner. Elle se retourna surprise, je me justifiai en écartant les bras : « Tu faisais pitié ». Me jaugeant un instant, elle resserra le blouson qui commençait à glisser doucement de ses épaules, puis me gratifia de ce sourire qui allait me torturer pendant des mois. Mes yeux tournèrent comme les rouleaux d'une machine à sous, mais sans m'octroyer le gros lot car ils s'arrêtèrent sur un seul cœur, le mien, qui à son premier regard, avait déjà dégouliné dans mon estomac. Du bandit manchot, je n'avais rien d'autre en commun et je l'aurais volontiers serrée dans mes bras. Elle était la plus belle fille croisée depuis mon arrivée et c'était à moi qu'une telle créature allait daigner adresser la parole.

— Tu vas prendre froid, m'avertit-elle.

— Si on était dans un mélo, je te dirais que ton sourire me réchauffe déjà, mais j'espère surtout que l'on n'attendra pas trop longtemps.

— Oh ! Mais c'est la galanterie française, dit-elle avec un accent maniéré, caricaturant le mien.

— Qui ne peut que s'incliner devant tant de beauté, gente dame, répliquai-je avec la même exagération, tout en esquissant une révérence.

Après le crochet du sourire, succéda l'uppercut de son rire. J'étais KO debout. Amaury eut alors la mauvaise idée de s'en mêler, s'adressant à la rouquine devant lui.

— Sous son blouson de cuir, se cache un cœur d'or.

— Et toi, tu ne me donnes pas ta veste ? essaya-t-elle.

Piégé et de nature frileuse, il s'exécuta à contrecœur. Ainsi perforèrent nos vies, Roxanne et Marylin, qui les pimenteront chacune à leur façon. Nous entrâmes enfin, après vingt longues minutes d'attente et je me délectai de la chaleur du bar tout en suivant Roxanne pour la bière offerte en guise de remerciement. Installés au fond de la salle, dans un coin propice aux confidences, je la découvrais un peu bavarde et manquant parfois d'humour. Mais ce n'était pas au petit gros buvant sa bière au bar à qui elle faisait l'honneur de sa conversation, ni aux deux bellâtres près de la piste de danse, c'était bien à moi, uniquement à moi, et cette constatation suffisait à mon bonheur. Ecouter est le secret de la séduction, paraît-il. Ce soir-là, je suivis surtout cette maxime et bien que je ne sache pas si j'ai séduit, j'ai obtenu son numéro de téléphone comme satisfecit.

Marylin dansait beaucoup, Amaury pas du tout. Il possédait, tout comme moi, une dispense pour cause médicale; on avait peut-être la danse dans le sang mais une mauvaise circulation. Par conséquent, aucun frémissement ne laissait présager leur rapprochement futur. De mon côté, j'étais tellement conquis que je pensais naïvement en avoir fini avec nos soirées à la Knokke-Le-Zoute, comme nous les nommions, Amaury et moi. Ces nuits où nous quittions le Passeport à la fermeture, avec des espoirs déçus plein les poches. On s'arrêtait alors prendre un hot-dog et une frite chez Lafleur, faisant le bilan de nos aspirations et vaines tentatives, assis sur un banc du Carré Saint-Louis, avant d'entamer la longue marche pour rentrer chacun chez soi, le cœur en déroute et la bite sous le bras[7]. Il me faudrait encore amputer de quarante-cinq minutes ma courte nuit de sommeil pour descendre la rue Saint-Denis, emprunter Sainte-Catherine plutôt que Sherbrooke, afin d'accompagner plus longtemps Amaury qui bifurquerait ensuite en direction de la Gauchetière, tandis que je poursuivrais vers la rue Saint-Marc. Dès lors qu'il se trouverait sur le trottoir opposé, nos échanges se termineraient parfois de manière futile, avant qu'il ne rejoigne son improbable colocation.

— A demain, t'essaieras de l'être un peu plus.
— Un peu plus quoi ?
— Séduisant !
— Ouais, ben toi, t'essaieras de l'être un peu moins.
— Séduisant ?
— Non, con.

Une manière complice de s'avouer heureux d'avoir trouvé en l'autre un compagnon d'infortune, et si par chance, l'un des d'eux terminait la soirée dans des bras chaleureux à la pilosité moins fournie, il avait invariablement une pensée pour celui qui rentrait, accompagné du seul bruit de ses pas résonnant sur les trottoirs de la ville.

J'étais allé une seule fois chez Amaury, sans parvenir à deviner l'usage antérieur de ce local, partagé avec certains employés des Foufounes Electriques, le bar *underground* de Montréal. Il était sans doute le seul des colocataires sans piercing, ni cheveux d'une couleur invraisemblable. Dans une

---

[7] Knokke-le-Zoute Tango (Jacques Brel)

pièce se trouvait une cloison de trois toilettes, telle que celle présente dans les lieux publics, avec leurs portes métalliques respectives, n'allant ni jusqu'au sol ni jusqu'au plafond. Ne manquaient que les urinoirs pour se croire à l'intérieur d'un bar. Les portes des chambres, sans poignée, se fermaient à l'aide d'un anneau muni d'un cadenas. Je n'eus pas à visiter la salle de bains mais sa ressemblance avec les douches communes d'un vestiaire sportif ne m'aurait pas surpris. Amaury n'avait pas l'air perturbé d'habiter ce qui devait être une ancienne manufacture ou un bar désaffecté. C'est dans sa chambre que je découvris sa passion, en même temps que la machine à écrire servant à l'assouvir. Sous le Casanova du Plateau Mont-Royal, se cachait le Baudelaire de la Gauchetière. Pendant qu'il retranscrivait le jour sa mélancolie accouchée de ses déceptions nocturnes, la mienne n'aurait plus qu'un seul nom : Roxanne.

Elle sera mon obsession, une chimère pour les mois à venir. Comme j'avais préféré lui donner le numéro du Bercail, où j'étais bien plus souvent qu'à mon domicile, chaque appel pour une réservation me faisait tendre l'oreille et celle-ci devait bien toucher le sol quand je décidai, par pure curiosité démographique, de partir sur le pouce une fin de semaine, au Saguenay-Lac-Saint-Jean, afin de vérifier la légende urbaine soutenant qu'on y rencontre un homme pour huit femmes. Confortablement assis à l'arrière d'un coupé sport décapotable, de la musique forte pour toute conversation, je fus conduit rapidement à Québec par un jeune couple, relayé ensuite par un groupe partant en camping au bord du lac. A 14 heures, j'y étais, plus vite arrivé qu'en autobus Voyageur. Mes providentiels compagnons de voyage me trouvèrent même de la place dans une de leurs tentes, après une soirée en leur compagnie au bar Le Crapaud à Alma, suffisante pour réfuter le mythe du harem québécois. Constat confirmé à mon retour lors de mon étape à Jonquière, de même que pour celui des vastes forêts désertes que comptait la province, lorsque fatigué, le routier m'ayant pris à bord de son camion, fit un arrêt entre Chicoutimi et Québec.

— C'est drôle, c'est ici qu'on s'est déjà arrêtés à l'aller, lui fis-je remarquer.

— C'est normal, c'est le seul relais sur deux cents kilomètres, répondit-il avec un sourire amusé.

Mieux valait ne pas oublier de faire le plein.

***

Au Québec, l'été, c'est le festival des festivals, les distractions ne manquent pas, et Sylvain et Nancy m'invitaient souvent à les accompagner lors de leurs sorties dominicales à l'extérieur de l'île. De retour à Montréal, nos excursions se concluaient souvent par une Nancy, sautillante telle une gamine sur le siège de la voiture, et implorant : « On va-tu manger une poutine ? ». Ainsi, je découvris et redécouvris à plusieurs reprises, car il était difficile de résister à Nancy, ce mets québécois loin de faire l'unanimité dans la belle province.

Il y avait aussi nombre d'événements se déroulant à Montréal intra-muros ; j'adorais les scènes musicales en plein air, disséminées un peu partout dans le centre de la ville, dont celle du Festival de Jazz, aux styles plus diversifiés que ne l'indiquait son nom. Arpentant dans tous les sens les rues bruyantes de musique, ainsi que les plus tranquilles, comme celles petites et arborées du Plateau Mont-Royal avec leurs maisons colorées et leurs typiques escaliers extérieurs, je laissais alors la culture québécoise et la ville me pénétrer par tous les pores. Mais en dépit de cela, il restait toujours de la place sous mon épiderme pour Roxanne. On la rencontrait parfois, au hasard de nos sorties au Passeport, en compagnie de Marylin qui dansait toujours autant alors qu'Amaury, toujours pas. Certes, je parvins à décrocher quelques rendez-vous en tête à tête, plus propices aux rapprochements, mais je compris que nos attentes n'étaient pas les mêmes, lors de cet après-midi pluvieux qui nous contraignit à nous réfugier au Bobards, les pieds dans les coques de cacahuètes jonchant le plancher. Ce bar, connu pour fournir gratuitement les *pinottes*, encourageait les clients à en abandonner leurs enveloppes au sol. La serveuse passait régulièrement avec un gros balai pour regrouper le troupeau, poussant même par terre d'un geste de la main, les dernières récalcitrantes musardant encore sur les tables. Installée face à moi, Roxanne, graphiste de métier, griffonnait mon portrait sur un papier. J'examinai celui-ci, vraiment ressemblant.

— Est-ce que tu es capable de dessiner le tien au-dessous ?

Elle s'exécuta, sans oublier le chapeau qui était pour moi la cerise sur le gâteau. Elle n'avait pas besoin de ça pour être désirable, et ce couvre-chef que j'appréciais particulièrement parant les têtes féminines, ne risquait sûrement pas de réfréner mes envies. Je pris la feuille pour y faire un ajout.

— Pourquoi tu m'as mis une moustache ?
— Ça fait moins : la Belle et la Bête.
— N'importe quoi ! T'es bête, dit-elle haussant les épaules.
— Et toi, t'es belle. Tu vois, tu viens de dire que t'es d'accord avec moi.
— Tu n'es pas mal non plus, mais je sors d'une histoire compliquée. Je ne suis pas prête à m'engager dans une autre aventure.
— Tu verras, avec moi c'est pas compliqué.

S'ensuivit une explication sur sa définition sentimentale de « compliqué ». Très tactile, comme beaucoup de Québécoises, et toute à son exposé, elle pensait me consoler en me caressant régulièrement le bras. Peu habitué à cette soudaine manifestation de tendresse, je l'écoutais et glissais lentement sur la pente savonneuse qui m'amènera à tomber définitivement amoureux d'elle.

Mais je ne me décourageai point car j'avais compris au fil de nos conversations, qu'avec elle, toutes les relations amoureuses étaient compliquées. Elle avait une porte-tambour à l'entrée du cœur et à peine sortie d'une liaison, se laissait entraîner dans une autre. Je me disais donc qu'avec un peu de patience... le prochain roulement de tambour m'introniserait peut-être.

J'en avais encore en réserve, lorsque malgré la belle soirée de juillet, nous préférâmes l'exiguïté de L'Ile noire, un petit pub calme sur Ontario, à l'agitation de la grande terrasse du Saint-Sulpice. Nous eûmes juste à faire quelques pas pour aller manger ensuite un hamburger à la Paryse, où elle profita des nappes en papier et des crayons de cire - mis à la disposition des clients sur chaque table - pour dessiner tout en me parlant de mon pays, comme si par ce geste et la concentration apportée à son esquisse, la discussion resterait forcément à un stade léger, secondaire, établissant ainsi une certaine distance entre elle et moi ; elle semblait préférer ébaucher un croquis plutôt qu'une quelconque intimité.

— Pourquoi tu me poses tant de questions sur la France ?

— Parce que j'aimerais y aller. Qu'est-ce que tu trouves le mieux ? Le Québec ou la France ?

— Aucun des deux n'est mieux.

— Pourquoi tu veux rester au Québec alors ?

— Parce que c'est différent et j'aime Montréal.

— C'est ce que je voudrais aussi, quelque chose de différent. J'ai besoin de bouger.

— Mais tu veux y aller combien de temps ?

— Je voudrais faire comme toi, essayer de trouver du travail.

Ma chance était qu'elle aimait la France et en parler avec moi, mon malheur, qu'elle l'attirerait assez pour vouloir y émigrer loin de moi.

Au retour, alors que nous déambulions dans les rues, nous fûmes surpris de reconnaître, apparaissant sur un écran géant, Jean, le barman du Passeport, qui figurait dans une comédie québécoise[8] projetée en plein air, place Emilie-Gamelin. La province n'était finalement pas si grande et Montréal encore moins car le trajet pour la raccompagner me parut bien court.

---

[8] L'assassin jouait du trombone (Roger Cantin)

Elle m'avait pris machinalement le bras et je la sentais, plus proche que jamais, se laisser un peu aller. En arrivant devant chez elle, je m'appuyai dos à la rambarde de l'escalier extérieur en lui tenant les mains.

— Je t'inviterais bien à entrer mais ça serait une mauvaise idée.

— Moi, je la trouve excellente.

— Mais non, je sais bien ce que tu attends de moi. Je suis pas niaiseuse.

— Et j'attends quoi ?

— Une relation sérieuse et je ne suis pas prête pour ça. Tu me plais bien mais ça adonne mal. Je suis toute mêlée dans ma tête.

— Une relation pas sérieuse alors ? suggérai-je, l'attirant vers moi.

— Tu sais bien que ce n'est pas ça que tu veux. En plus, je veux aller en France, et toi, rester ici. A quoi bon commencer quelque chose.

— T'en a pas envie ? chuchotai-je, la prenant par la taille et la collant, afin qu'elle sente mon désir pour elle.

— Si, souffla-t-elle, fermant les yeux.

Alors que je pensais pouvoir enfin monter à l'abordage de mon rêve, elle dut réaliser qu'aussi près des côtes françaises, son bateau commençait à prendre l'eau et que le risque de noyade était proche. Prudente, elle fit machine arrière.

— Mais tu es un gars intéressant et je ne veux pas gâcher notre relation pour une histoire de sexe.

— Tu préfères coucher avec des abrutis ?

— Sois pas méchant, tu m'as très bien comprise. Arrêtons-nous là, je me sens comme une agace-pissette.

— Une quoi ?

— Une fille qui prend plaisir à exciter sans vouloir aller plus loin.

— Ah... une allumeuse ! m'exclamai-je, ajoutant un peu frustré. C'est sûr qu'Hydro Québec a dû augmenter la cadence à la baie James depuis que je te connais.

— Si c'est ce que tu penses, mieux vaut que l'on cesse de se voir, dit-elle cinglante.

— Mais non ! répondis-je sur la défensive.

— C'est comme tu veux. Je te laisse m'appeler, comme ça il n'y aura pas de malentendus.

Sa disparition fut précédée d'un rapide baiser sur la joue et d'un froid « bonne nuit ». J'aurais acquiescé à bon nombre de desideratas de sa part pour continuer à la voir car il n'était pas difficile, dès lors que j'étais épris, de me mener par le bout du nez. Il devait avoir un anneau qui y poussait en même temps que naissaient mes attirances.

Roxanne souffla le chaud et le froid tout l'été, contrairement à Montréal qui cessa ses sautes d'humeurs météorologiques. Je n'avais pas encore traversé les rigoureux hivers québécois mais j'en découvris cet été-là l'autre extrême, n'ayant jamais eu aussi chaud que dans cette ville. Je ne transpirais pas facilement et fus donc surpris de sentir mon tee-shirt trempé, collé au corps, moulant comme une seconde peau, alors que j'étais assis à l'ombre en terrasse, avec le lever de coude pour seul exercice. Ces séances de sauna ne suffisaient pourtant pas à évacuer Roxanne de sous ma peau. Avec Sylvain, nous allions souvent lors de ces journées caniculaires, particulièrement difficiles en cuisine, trouver refuge dans la relative fraîcheur offerte par le petit couloir menant à la ruelle, à l'arrière du Bercail. De cet endroit plus ou moins frais, nous observions les robineux qui avaient fait du lieu une véritable cour des miracles. On y voyait un fauteuil roulant que ces fourbes s'échangeaient sans aucun scrupule, effectuant à tour de rôle, des allées et venues ininterrompues jusqu'à l'entrée du métro, espérant grâce à ce fallacieux handicap, émouvoir les usagers et faciliter ainsi ces quêtes quotidiennes. Le prétendu handicapé revenait à la fin de son « quart de travail », soudainement guéri, poussant devant lui le fauteuil rempli de bouteilles de bière, sans sembler manifester le moindre remord pour l'imposture. Il m'en restera une méfiance viscérale à répondre aux sollicitations des *quêteux*.

5

L'été et Roxanne fuyaient entre mes doigts depuis plusieurs semaines et j'arrivais à l'automne de ma patience envers elle, quand je reçus une convocation à un entretien à la délégation du Québec - à Paris en octobre - visant à l'obtention de mon visa. Espérant partir pour mieux revenir, j'orchestrai rapidement les préparatifs pour ce départ précipité et mes premiers adieux furent pour mes colocataires. Sam parvint à me trouver une remplaçante qui emménagerait logiquement au début du mois et Bernard proposa de m'héberger sur son canapé rue De La Roche, pour les deux semaines restantes. Ce court séjour suffira à me donner l'envie d'habiter sur le Plateau Mont-Royal. Bien sûr, je le connaissais maquillé par l'effervescence de la nuit mais je fus conquis par l'animation diurne de ce quartier dynamique, jeune, foisonnant de logements abordables et petits commerces de proximité, cernés par la verdure du Mont-Royal et du parc Lafontaine.

J'eus droit en guise d'adieu de la part de Simone à ce qui devait s'apparenter à un compliment dans sa bouche, ma médaille décernée par ce petit empereur des cuisines : « C'est de valeur, tu t'en venais pas pire pantoute ». Je pris mon dernier chèque de deux cent vingt-cinq dollars, ne comprenant toujours pas comment Bernard, par un tel mode de paiement, pouvait s'acquitter du salaire d'un employé non déclaré. Enfin libéré des obligations liées au départ, je profitai des quelques jours restants que Montréal m'offrait sous un persistant soleil automnal.

***

Je commençai l'enterrement de mon premier séjour montréalais en compagnie d'Amaury et de la diaspora de Chibougamau, composée de Nancy, Sylvain et leur ami Paul. J'avais fait sa connaissance, toujours au Saint-Sulpice, lors d'une soirée d'été où nous n'avions pas fait honneur à la gastronomie française, prenant des chemins cabossés, jamais empruntés par le Gault et Millau. Inquiète, sa faim lui avait demandé vers 21 heures, à quel endroit de l'horloge placions-nous le dernier chiffre du 5 à 7 auquel il avait été convié. Il lui avait répondu en ayant la malheureuse et étrange idée, d'aller au dépanneur pour rapporter à la table, des boîtes de sardines accompagnées de biscuits salés. Ce pique-nique improvisé, sans couverts ni assiettes, n'était pas d'un grand raffinement et la serveuse, enrichie par tous nos pourboires de l'été, avait daigné fermer les yeux et surtout les narines en passant près de notre table aux alentours maintenant déserts. Les autres clients, incommodés depuis l'extraction difficile de notre pêche des boîtes pas très coopératives, avaient abdiqué devant les effluves de la marée. Nous avions continué à acheter son silence par de généreux pourboires à chaque pichet et leur nombre lui avait sûrement donné les moyens de rester muette pendant encore une bonne semaine.

Revenons maintenant à cet été indien, où le Mont-Royal, semblant vouloir s'assurer de mon retour, avait sorti toute sa palette de couleurs. Afin de permettre aux derniers téméraires de profiter en terrasse d'une température encore clémente, le Saint-Sulpice y avait laissé des tables mais rentré son personnel au chaud, nous obligeant à aller passer commande à l'intérieur. La température fraîche et l'ambiance qui le devenait beaucoup moins, nous autorisa à être légèrement bruyants car les voisins courageux étaient rares. Notre menu de pointes de pizza à un dollar, achetées à proximité du bar, enseigna à Paul ce qu'était la composition d'un repas équilibré - selon le guide alimentaire canadien - composé de produits laitiers, céréales, viandes et légumes. Nous avions étiré les pichets afin que nos abus n'écourtent pas trop vite ce qui était ma dernière soirée, mais Nancy se faisant désirer pour nous rejoindre, je me levai pour aller en commander un autre au bar. Je patientais, tripotant mon billet de dix dollars, quand j'aperçus une fille accoudée à mes côtés, me regardant étrangement, les yeux baissés. Voyant que je l'avais remarquée, elle leva la tête pour me saluer avec un sourire.

— Désolée de t'avoir reluqué comme ça mais j'étais intéressée par quelque chose de bien précis.
— De quoi tu parles ?
— Ça te dirait de faire un casting demain ?
— Un casting ? Je ne suis pas comédien, moi. Et j'ai un accent en plus.
— Pas besoin de parler, on filme juste une partie du corps pour une pub.
— Une pub pour des jeans ? présumai-je, pensant que j'aimerais bien que l'on regarde un peu plus mon cœur que mon cul.
— Non, pas du tout ! Tu n'es pas mal mais… comment dire sans te vexer… tu es dans la moyenne, tout simplement. Je voulais parler d'un casting demain.

J'étais d'accord avec elle, j'avais toujours trouvé que mon physique, mon intelligence, ma force, ma gentillesse, bref toute ma modeste personne était moyenne. Le problème est que dans ce domaine, contrairement aux lois mathématiques, quand on est moyen partout, on se situe finalement en dessous de la moyenne. Mon pichet commandé, ne comprenant pas ce qu'elle me voulait, je m'apprêtai à partir.

— De toute façon, je ne suis pas disponible demain.

Elle se mit alors à rire et me retint par le bras.

— Attends ! On s'est mal compris ! C'est vrai que ça pouvait être mêlant. C'est tes mains que je trouve belles. Je voulais dire un casting <u>pour</u> les mains, mais c'est prévu seulement la semaine prochaine.

— Ah, ok ! dis-je tout fier de remonter un peu ma moyenne et comprenant ce qu'elle fixait auparavant. C'est pour un strip-tease de marionnettes ?

— Non ! dit-elle en souriant poliment à ma tentative d'humour. C'est une annonce pour une carte de crédit avec uniquement des gros plans sur les mains. Si ça t'intéresse, je t'encourage à venir car je pense que tu as de bonnes chances, il y a peu de candidats.

— Malheureusement, je serai parti la semaine prochaine.

— C'est de valeur. Je te laisse quand même ma carte. C'est jeudi. S'il y a du changement, appelle-moi.

Je jetai un œil dessus en retournant à notre table, et me dis qu'il était quand même amusant de prénommer sa fille Pamela quand on s'appelait Laframboise. Un peu trop de la la pour moi.

— Et ben, t'es allé le chercher dans les Laurentides ton pichet ? me demanda Sylvain à mon arrivée.

— A Chibougamau même, renchérit Paul.

— La bière en fût n'est pas encore arrivée à Chibougamau, répliquai-je pour les taquiner.

— Regarde donc le fin finaud là, répondit Sylvain. On va voir si t'es si malin. Je vais te faire passer ton examen final de joual avant que tu partes.

— De quossé ?

— Non, ça c'était ta première leçon. Là, c'est une devinette. Hier comme j'étais fatigué et que je voulais dormir, j'ai mis l'égouttoir à pâtes sur l'oreiller de Nancy. Pourquoi ?

— Je sais pas mais comme Paul n'a pas l'air d'en savoir plus, j'ai droit à un indice.

— Passoire, dit Sylvain en rigolant.

Paul et moi firent de même mais pas Amaury, imperturbable.

— J'ai pas compris.

— Pas-a-soir, dis-je pour l'éclairer.

— Amaury recalé, ajouta Sylvain.
— M'en fous, j'ai déjà mon visa.
— Avec ce que ton *chum* a bu, je pense que tu ne devrais pas ranger la passoire, dis-je à Nancy qui arrivait sur ces entrefaites.

Voilà une idée de la haute tenue des échanges philosophiques de cette soirée qui se termina évidemment au Passeport, petit rituel auquel nous ne risquions pas de déroger, et encore moins la dernière nuit.

Ce soir-là, tout le monde contribua à ma future gueule de bois et je n'eus pas trop à tester la profondeur de mes poches. Amaury fit preuve de sa générosité coutumière, comme souvent envers moi qui étais moins en fonds. Claude et Jean m'offrirent plusieurs bières, Sylvain, Nancy et Paul ne furent pas en reste, même s'ils partirent trop tôt selon moi et suffisamment tard selon eux. Donc à l'heure où l'abus d'alcool me rendit plus volubile que ma bile l'eut voulu, je les raccompagnai devant le bar pour un dernier adieu. Après quelques effusions et promesses de s'écrire, je mis Sylvain au défi, comme preuve de notre amitié, de nous asseoir simultanément sur un muret détrempé par l'averse. Il ne rechigna même pas et à défaut d'être frères de sang, nous devînmes frères de culs mouillés. Il faut croire que ce n'est pas toujours les actes les plus glorieux qui restent gravés dans nos mémoires. Mais j'étais encore assez lucide pour faire preuve de discernement et me gardai bien, en retournant à l'intérieur, de raconter cette humide prouesse à Roxanne qui nous avait rejoints dans la soirée. Les planètes s'alignèrent pour nous accorder un ultime tête à tête, pendant que Marylin, épuisée de danser, accordait enfin toute son attention à Amaury, fatigué de boire. Je n'imaginais pas à quel point brillait ma bonne étoile jusqu'à ce que je ne reçoive la météorite de 3 heures du matin sur la tête.

La musique venait de s'arrêter, alors qu'installés dans un coin sombre, favorable à l'intimité mais faisant face à la caisse du bar, je ne pus finir l'une de mes phrases, constatant avec surprise que le corps étranger présent dans ma bouche n'était autre que la langue de Roxanne. Etant bien élevé, j'essayai de lui faire bon accueil, empruntant cette route sans savoir où elle menait jusqu'à être soudainement pris dans les phares d'une voiture. Ravi de son petit effet et avec son tact habituel, Jean braquait dans notre direction un des spots présents au-dessus du comptoir. Roxanne et moi, nous enfuîmes comme deux lapins en direction de son terrier de l'avenue Casgrain. Je fus aussi surpris par les événements en découvrant son corps, qu'un coureur qui aurait pédalé fort et s'apercevrait avec surprise en relevant la tête, qu'il a lâché le reste du peloton. J'avais du mal à croire en ce que je n'espérais plus, mais si j'avais gagné une étape, le maillot jaune ne serait pas pour moi car je devais abandonner la course demain.

J'étais triste de partir mais je compris qu'elle s'était laissée aller à ce moment d'égarement, uniquement encouragée par la conviction de le voir dilué dans mon absence. Devais-je avoir l'humilité de me dire qu'elle m'avait offert son corps ou la prétention de penser qu'elle s'était offerte le mien ?

Peu d'heures de sommeil nous séparèrent de la sonnerie du téléphone. J'entendis Roxanne rire dans le salon où elle était allée répondre, puis l'ayant rejointe, je me saisis du combiné tendu.

— C'est Marylin, elle veut te parler.

— Salut lâcheur, on voulait juste te souhaiter un bon voyage.

— Merci, mais c'est qui on ?

— C'est moi, vu que t'es parti comme un voleur hier soir.

— Amaury ? Ben, qu'est-ce que tu fais chez Marylin ? m'étonnais-je au son de la voix familière.

— La même chose que toi, si t'es pas trop niaiseux.

— Je pensais qu'elle te plaisait pas.

— Fallait juste qu'elle arrête de bouger pour que je puisse la viser. Aïe ! Arrête Marylin, je rigole, entendis-je après un petit bruit interprété comme une gentille claque.

— Ça t'a pris du temps.

— C'est toi qui dit ça mon cochon ?

Je ne pris pas ce mot qu'il employait à tout propos au premier degré, mais plus comme un signe d'affection. Un nouvel engagement à correspondre précéda la fin de cette conversation.

Le disque de Cowboy Junkies que me fit découvrir Roxanne, restera à jamais pour moi attaché à ces moments et la journée me sembla durer seulement le temps de son écoute. J'échangeai avec elle ma troisième promesse épistolaire, cette absence allait me coûter cher en timbres. Nos adieux s'étirèrent tellement que je ne pus passer qu'en coup de vent chez Bernard pour faire mes bagages, contraint de dépasser laborieusement la vitesse autorisée par mes excès de la veille. J'avais prévu une grasse matinée pour me requinquer avant un méticuleux empaquetage, et je me retrouvais à partir avec deux sacs, aussi en désordre que mes pensées.

J'eus la chance qu'Archambault soit assez proche du terminus pour me laisser le temps d'acheter le disque[9] écouté chez Roxanne, avant de sauter dans l'autobus menant à l'aéroport. Son écoute ne suffit pas à couvrir le bruit de l'avion s'arrachant du sol, me donnant l'impression que mes tripes restaient collées au tarmac.

---

[9] The Trinity Session (Cowboy Junkies)

RUE CHABOT

1

Je fus surpris à mon arrivée à Paris de voir la foule des piétons me dépasser alors qu'à Montréal, c'était l'inverse. Je ne sais pas s'ils fuyaient le coût de la vie de la capitale, mais celui-ci rattrapa rapidement mon portefeuille, et si je trouvai un hôtel bon marché pour cette ville, il ne l'était pas pour moi. Je fus reçu le lendemain à la délégation du Québec par une fonctionnaire trop zélée à mon goût, qui m'accorda un visa de travail pour un an seulement, arguant de mon manque d'expérience dans la restauration et en l'occurrence, d'une possible inaptitude à occuper l'emploi offert par le Bercail. Je ne pouvais évidemment lui mentionner avoir déjà occupé ce poste tout l'été mais lui fis quand même remarquer, sans succès, l'illogisme de son raisonnement qui préjugeait de la valeur des compétences acquises après une année, et les décrétait arbitrairement périmées au-delà de cette période. Je dus malgré tout me contenter de cette aumône et attendre qu'elle soit validée définitivement au niveau fédéral ; le Canada, faisant preuve de sa condescendance habituelle envers le Québec, gardait les prérogatives de la vérification du casier judiciaire et de l'état de santé. Sachant qu'il n'y aurait aucun obstacle dans ces domaines, il ne me restait plus qu'à patienter quelques semaines, selon les dires de la fonctionnaire.

De retour dans ma région natale, j'envoyais des lettres enflammées à Roxanne, qu'elle éteignait en retour par des mots d'amitié. Ma patience usée par l'attente, je profitai d'un billet de train bon marché pour aller faire une escapade à Copenhague dont Amaury m'avait souvent parlé, ainsi que de son ami avec qui je visitai la ville et fis quelques sorties nocturnes. Mais une seule bière coûtant le prix d'une soirée au Passeport, j'eus rapidement l'impression de voir plus souvent l'effigie imprimée sur les billets de banque que le visage des Danoises, vanté par Amaury. Je battis donc vite en retraite chez mes parents qui m'hébergeaient durant cette période. Après trois longs mois, je reçus enfin le précieux sésame. Le facteur n'avait pas fini sa tournée que j'achetais déjà un billet d'avion au départ de Paris, seul vol bon marché disponible en cette saison. Comme il n'était pas envisageable d'abandonner encore une fois ma collection de CD, qui m'avait tant manqué pendant mon dernier séjour montréalais, c'est avec soulagement que je me délestai de mes deux sacs et de la malle les contenant, sur le tapis roulant de l'enregistrement, après un éreintant périple à travers les diverses correspondances, train, métro, RER, qui m'avaient amené jusqu'à Roissy.

***

Quand je sortis de l'aéroport de Mirabel pour prendre le bus, je compris que le roquet qui me mordait les mollets - légitimant l'expression « froid mordant » - était l'hiver québécois. Il faisait -30°C et j'allais découvrir si la mauvaise réputation d'un Montréal revêtu de son manteau d'hiver - faite par certains Québécois - était fondée.

Suite à mon entretien à la délégation du Québec, j'avais informé Amaury qu'il pouvait se mettre en quête du logement pour lequel nous avions envisagé une cohabitation. Ses actuels colocataires, un peu trop bruyants pour ne pas interférer avec les dialogues de ses personnages de papier, baignaient les lieux d'une ambiance de succursale des Foufounes Electriques qui commençait à lui peser. Il avait trouvé le rez-de-chaussée idéal dans un duplex de la rue Chabot, à deux pas de l'avenue Mont-

Royal. Les propriétaires partaient pour l'année en Espagne et le louaient entièrement meublé, vaisselle, télévision et téléphone compris. Etant tous les deux surtout pourvus d'espérances, celles-ci furent largement dépassées par cet heureux coup du sort. Je découvris un beau 5 ½ avec cour arrière, Amaury s'était attribué pour sa peine, la grande chambre double dans laquelle trônait sur un bureau son nouveau traitement texte. C'est ce jour-là que j'ai commencé à comprendre que l'écriture était plus qu'un passe-temps pour lui. La confirmation s'ancra définitivement en moi quand je vis qu'une seule autre passion pouvait le détourner de la rigueur mise à s'y astreindre quotidiennement.

— Tu as des nouvelles de Roxanne ?
— Je la vois parfois avec Marylin.
— Ah ! Tu vois encore parfois Marylin ?
— Non, je vois parfois Roxanne car je vois souvent Marylin.
— Oh ! Oh ! Explique-moi ça.
— Ben, tu ne devrais pas me voir trop souvent car je dors souvent chez Marylin.
— Tu dors ?
— Ah, commence pas ! Je couche si tu préfères.
— Ah ! Ah! Tu es amoureux Galinette ! m'exclamai-je avec l'accent provençal.
— Mais non, c'est juste qu'après la première nuit, on s'est revus… et puis voilà…
— Quoi voilà ? Est-ce que vous faites autre chose que coucher… ou dormir puisque tu es si susceptible ?
— Ouais, on va au ciné, au resto, des trucs comme ça.
— Est-ce que ça arrive souvent ?
— Plusieurs fois par semaine.
— Est-ce que tu l'aimes bien ?
— Ben, oui !
— Est-ce que tu es content quand tu la vois ?
— Ben, autrement, je la verrais pas.
— Est-ce que tu me prends pour un con ?
— Non. Pourquoi ?

— T'es amoureux et puis c'est tout ! Est-ce qu'elle a réussi à te faire danser ?

— Tu sais bien que je ne danse pas.

— Bon, tu l'aimes pas encore vraiment alors, t'es juste amoureux.

Je serai donc souvent seul à l'appartement, du moins les premiers temps, car mes retrouvailles avec Roxanne ne se passèrent pas comme je les avais rêvées mais seulement de la manière dont l'entêtement de mon subconscient m'avait empêché de les imaginer. Elle avait été pourtant claire dans ses lettres et je sentis après les amabilités d'usage que la situation l'était toujours autant pour elle. J'injectai à notre conversation la dose nécessaire d'hypocrisie pour l'endormir, afin de ne pas l'effrayer.

— J'espère que tu avais compris que la nuit passée ensemble ne changeait rien entre nous, s'empressa-t-elle de préciser.

— Bien sûr.

— Non, parce que tes lettres étaient belles mais j'ai pas l'impression que ça parlait juste d'amitié.

— Je me suis laissé emporter par ma plume mais j'avais compris. Ce que je ne comprends pas, c'est pourquoi tu as couché avec moi, continuai-je, bien qu'appréhendant la réponse.

— J'en avais envie depuis longtemps et comme tu partais le lendemain, ça ne portait pas à conséquence… Non ?

Je marquai un temps d'hésitation, redoutant de lever une fois pour toutes, ce voile qui me cachait une désolante vérité. Elle me regarda en fronçant les sourcils, attendant une confirmation. Je m'empressai de lui concéder sur un ton se voulant le plus convaincant possible.

— Non ! Bien sûr.

— Et je pensais pas que tu reviendrais aussi vite.

— Ah ben, c'est gentil ça.

— Mais non ! C'est pas ce que je veux dire pantoute. Je suis contente de te voir mais j'aimerais juste qu'il n'y ait pas de malentendu. Surtout que j'ai demandé un visa de travail pour la France.

    Voilà, je croyais l'avoir bien endormie mais c'est elle qui m'avait bien réveillé. Je m'étais bercé tellement fort d'illusions, qu'elles se retrouvaient toutes éparpillées sur le sol. On n'apprivoise pas les chats sauvages[10], elle aurait plutôt dû me le chanter, j'étais plus perméable à la musique qu'à la sensibilité féminine. En la quittant devant le bar Le Quai des Brumes, mon avenir sentimental assombri et mon moral maussade comme le ciel gris, planté sur le trottoir sale de neige piétinée comme mes rêves, je songeais qu'il me faudrait m'en inventer de nouveaux. Je n'avais pas encore remis les pieds au Passeport depuis mon retour, je décidai d'y remédier le soir même en allant me rincer le cœur à la bière. L'accueil du staff, ajouté à ma déception me firent exagérer le nombre de cycles de rinçage de la machine à oublier.

    Je fus réveillé vers 10 heures par le couinement d'une ambulance passant sur Mont-Royal. Mon premier rappel des débordements de la veille fut d'avoir la désagréable impression qu'un plaisantin m'avait versé un sac de farine dans la bouche durant la nuit, puis vint la perception oculaire d'avoir eu affaire à un marchand de sable trop zélé. La migraine aussi était là, comme une chape de plomb pesant sur mon cerveau. Espérant qu'elle s'atténue un peu, je décidai de patienter malgré l'inconfort de mes draps trempés de sueur. Mais une envie d'eau glacée sur le visage me tenailla rapidement. Trop promptement redressé, je ressentis la sensation d'un roulement de bille dans mon crâne. La tête prise à deux mains, j'attendis sa complète stabilisation. Après m'être aspergé le visage, j'eus la faiblesse de croire en une amélioration, mais malgré les deux grands verres d'eau ingurgités goulûment, qui me firent l'effet de pénétrer ma langue comme une terre asséchée, je me rendis à l'évidence, la gueule de bois venait d'atteindre sa vitesse de

---

[10] Les Chats Sauvages (Marjo)

croisière et elle ne céderait qu'en même temps que moi à un sommeil, ô combien réparateur. Quel calvaire ![11]

---

[11] Quel Calvaire (Plume Latraverse)

2

Un incendie au Bercail, peu après mon départ pour la France, avait permis de garder facilement ma place au chaud ; la réouverture aux termes des travaux n'étant prévue que début février. Cela me laissa le temps de dialoguer avec ce nouveau Montréal aux rues gercées de congères et dont j'avais du mal à comprendre les caprices inédits. J'étais habitué à une neige tombant doucement à gros flocons pour napper tranquillement les montagnes alpines de sa blancheur et non à cette tempête rendue furieuse par le blizzard, comme si elle se sentait impuissante à remplir sa tâche, freinée par la petitesse de ses grumeaux tournoyants. Une inquiétude illégitime, car les matins où j'étais réveillé par le bip de recul du ballet des déneigeuses, m'attendait inévitablement sur la rue une vision apocalyptique, surtout pour un propriétaire de voiture. Les tribulations hivernales des automobilistes me confortaient dans l'idée qu'il valait mieux être piéton à Montréal et avoir pour seul défi, celui d'effectuer le parcours du combattant pour se rendre à quelques coins de rue, tout en restant debout. J'adorais aussi les journées de ciel bleu enfantant un froid sec, un peu moins celles humides où le vent tirait le mercure vers le bas. Mais dans l'ensemble, je me mis à aimer encore plus la ville à cause de ses humeurs changeantes.

Amaury passant cinq soirs sur sept avec Marylin à se persuader qu'il n'était pas amoureux et les autres à écrire, j'accueillis avec plaisir la proposition de Sylvain, dès la réouverture du Bercail, de pallier l'absence de terrasse du Saint-Sulpice par une séance de sport hebdomadaire. Il m'initia au « jeu de la 8 », pratiqué sur les tables de billard américain de la salle branchée du Swimming, sur Saint-Laurent, ou celle plus classique mais plus professionnelle, coin Saint-Denis et Mont-Royal. Nous engraissions, à coup de 50 *cennes* la partie perdue, une grosse boîte de jus de tomates vide, recyclée en tirelire pour un futur repas partagé dans un restaurant, dont la qualité culinaire se déciderait en fonction du contenu de la conserve à son ouverture. Mon piètre niveau de joueur contribuera majoritairement à son remplissage, mais la convivialité de ces soirées qui se terminaient souvent par un steak/frites au City Pub, valait bien plus que quelques misérables pièces.

***

Depuis ma déception avec Roxanne, j'avais congelé ma libido pour l'hiver, mais ça devait être à l'intérieur de son frigo car chaque fois qu'elle ouvrait la porte sur l'une de nos rencontres amicales, la petite lumière d'un espoir s'allumait dans le fond. Je gardais mes habitudes au Passeport, y allant régulièrement et arrivant parfois dès l'ouverture. L'oisiveté des débuts de soirée de Claude et Jean facilitait les conversations, je devins progressivement pour eux, un peu plus qu'un simple habitué. Ce rapprochement se concrétisa le soir où les ayant rencontrés au bar Le Lézard, ils m'invitèrent à les suivre dans leur virée au Village, dans le but de me faire découvrir une autre facette de Montréal. Le Village étant le quartier gay, l'homosexualité y était bien mieux accueillie que dans celui de mon enfance. Avant d'arriver à Montréal, je n'avais jamais rencontré de gays, seulement des pédés. C'était malheureusement la seule appellation, avec tapette, utilisée dans ma ruralité. Si je n'ai pas participé aux brimades endurées par l'élève légèrement efféminé fréquentant mes classes de secondaire, je n'ai rien fait non plus pour les empêcher, et c'est sûrement la honte qui m'interdit d'avouer que j'ai dû en rire parfois[12]. Je partais donc de loin quand débuta mon chemin vers la tolérance aux autres, ce jour où je compris que Claude et Jean étaient gays, bien que ne formant pas un couple, si ce n'est derrière le bar du Passeport, dans leur numéro de duettistes d'ambiance. Je n'ai pas gardé de souvenirs précis du moment de cette découverte, devenue anecdotique, nous avions trop à partager pour laisser cette différence faire avorter une amitié naissante. Il n'y eut jamais d'ambigüités entre nous car leur perspicacité me devina *straight*, bien avant que la mienne, moins rodée à ce milieu, ne me permettre de voir qu'ils ne l'étaient pas. Jean, plus grand que moi, costaud et dégarni, était fort loin des clichés de l'homosexualité gravés dans mon esprit. Beaucoup le trouvaient généralement drôle, sauf la cible de ses saillies car le tact restait souvent à la porte de ses indiscrétions ou allusions grivoises. Aucune méchanceté ou curiosité malsaine dans ses propos, mais plutôt la naïveté de l'enfant motivé par la soif de savoir, sans discernement sur les réactions provoquées. Attendant rarement d'accueillir une quelconque forme d'assentiment à sa question ou de vérifier le succès de sa plaisanterie, il continuait d'essuyer son comptoir, tête baissée, sans voir le malaise provoqué qui allait parfois jusqu'au départ de sa victime. Il relevait alors la tête, tout étonné de découvrir des regards réprobateurs : « Ben, quoi ?! ». Ayant de la répartie et pratiquant l'autodérision, j'étais plus gêné quand il visait les autres que moi-même et m'attachais à cette figure du Plateau, agréablement surprise par la rapidité et la manière dont je m'intégrais au Québec car nous partagions tous les deux, cet amour pour la belle province. Il entretenait malgré tout une bonne complicité avec les clients, telle cette habituée verbomotrice, régulièrement assise au bout du bar, à qui il recouvrait la tête d'un torchon lorsqu'elle était en surrégime : « On couvre la perruche », raillait-il.

---

[12] Voir la note de l'auteur en fin d'ouvrage.

Claude, quant à lui, ressemblait à un rejeton d'un couple O'Timmins et O'Hara, personnages tirés de Lucky Luke[13]. Aucun scrupule ne me retient de faire cette comparaison très exagérée puisqu'il en est lui-même l'auteur. Cela ne l'empêchait pas de dégager un certain charme et beaucoup de sympathie, venant sûrement du sourire qu'il affichait en permanence derrière le bar. J'avais d'intéressantes discussions avec ce lecteur cultivé, féru de théâtre et de cinéma, qui m'informa de mon droit, en tant que résident de Montréal, à une carte gratuite pour les bibliothèques de la ville. Je pus ainsi, suivant ses judicieux conseils, découvrir entre autres, l'œuvre de Michel Tremblay et ses Chroniques du Plateau Mont-Royal, savoureuse peinture d'une époque révolue de ce quartier dont je m'enticherai.

J'acceptai donc l'invitation à les accompagner, poussé par ma nature curieuse à profiter de l'occasion de découvrir un autre Montréal nocturne, que je n'aurais pas osé explorer seul. Après avoir laissé Jean à ses amis dans un des bars du Village, au sein duquel j'avais été frappé par les drag-queens et la décoration insolite, Claude me proposa de terminer la tournée par un lieu qu'il trouvait triste et ne fréquentait guère, mais typique d'une partie de la communauté gay. Je me sentis rapidement mal à l'aise dans cet environnement uniquement masculin, à dominance cuir et moustache, et le fus plus encore en réalisant me fondre parfaitement dans ce décor, vêtu de mes indémodables jeans et perfecto, mais heureusement sauvé par mon visage glabre. Le contraste avec l'atmosphère colorée des drag-queens croisées auparavant rendait l'ambiance encore plus glauque. Après une bière ingurgitée, on quitta rapidement cet endroit dont je ne retins pas le nom, n'ayant aucunement le projet d'y retourner. De retour au Passeport, je me sentis dès mon arrivée comme un poisson remis dans son bocal.

***

---

[13] Les Rivaux de Painful Gulch (Morris/Goscinny)

Le rude climat espaçait mes sorties, m'incitant à profiter de mon hibernation pour réaliser des compilations musicales sur le combo CD-cassettes acheté à mon arrivée. J'utilisais les CD empruntés à la cinémathèque ou ceux occupant les trois-quarts de ma commode, le dernier tiroir suffisant pour mes vêtements, révélait mes priorités. Je fréquentais aussi, assidument, l'impressionnante bibliothèque centrale de Montréal, durant ces semaines d'hiver qui m'amenèrent à ce soir d'avril, où le yoyo de la température tentait pour la énième fois de nous faire croire à l'arrivée d'un printemps tant espéré. En faisant office de joyeux plagiaire, je dirais que j'étais assis au Bobards, pas loin de la porte, à regarder danser les « Belles Gueules » sur une vieille *toune* de Deep Purple[14], quand une blonde aux *dreadlocks*, toute de cuir vêtue, fit son entrée. Je la suivis des yeux, ayant du mal à m'intéresser au trio de musiciens qui faisait de son mieux dans un coin de la salle. Elle fit le tour des lieux, semblant chercher quelqu'un puis s'installa debout, dos au bar, une bière à la main, gardant un œil intéressé sur les déplacements de tous les clients. Ce n'est donc pas de me sentir également observé, en allant me débarrasser de mon surplus de brasserie québécoise aux toilettes qui me surprit, mais de la voir, dès mon retour, se diriger vers ma table pour s'y asseoir, sans un sourire ni même une invitation de ma part.

— Hi, mate !

— Salut, répondis-je, n'appréciant toutefois pas qu'elle m'aborde directement en anglais dans une province francophone, mes principes en accord avec ma faible maîtrise de cette langue.

---

[14] « Assis au Bock pas loin d'la porte,
J'r'garde danser les Black Label,
Sur une vieille toune d'Eddy Mitchell. »
Jonquière (Plume Latraverse)

Je ne compris pas la phrase suivante mais devina à son accent prononcé que lui demander de parler plus lentement serait déjà un effort suffisant pour elle.
— I don't understand your English.
— It's not important. I don't talk much.
— Neither do I.
— Good match ! dit-elle en cognant sa bouteille contre mon verre.
— Where are you from ?
— Australia.
Cette réponse balancée pour se débarrasser, elle s'empressa d'aborder mais en articulant, le point qui l'intéressait vraiment.
— Do you know Quasimodo ?
— The bar or the guy ? demandai-je imperturbable
— The bar, précisa-t-elle avec le même sérieux.
— Yes, it's very close.
— Would you come with me ? Elle afficha enfin un sourire tout en inclinant la tête de manière invitante.

J'étais rarement allé au Quasimodo, situé pourtant juste un peu plus loin, de l'autre côté de la rue. Je me dis qu'y conduire cette fille aux manières intrigantes briserait la monotonie de cette soirée solitaire.

Un croche-pied du hasard me fit tomber au bar sur le gars m'y ayant conduit la première fois. Je discutai avec lui pendant qu'elle dansait beaucoup, trinquait un peu et parlait encore moins, sauf parfois avec lui. Son bilinguisme leur permit de plus longs échanges et manifestement de plus intimes, si j'en juge par un vieux *flyer* qu'il annota avant de lui remettre. La musique ne m'aurait pas permis d'entendre sonner minuit, bien que je sache qu'il était encore tôt, quand m'ennuyant un peu et la voyant en bonne compagnie, j'attendis son retour de la piste de danse pour pointer son blouson laissé près de moi.

— Watch your stuff. I'm leaving.

Elle me prit alors par surprise en même temps que son blouson, m'empoignant une fesse pour se mettre sur la pointe des pieds afin de déposer un brusque baiser sur ma bouche, conclu par un : « Okay, let's go ! », puis me précéda jusque dans la rue où, ne sachant quelle direction prendre, elle s'arrêta net.

— Where do you live ?

— I don't even know your name, lui dis-je en écartant les bras.

— Kim ! Puis se grandissant à nouveau, elle me souffla à l'oreille. Kimmy, if you fuck with me.

— My home is a little bit far, tentai-je un peu interloqué pour la décourager.

— I pay the cab !

Elle me fixa avec défi, attendant une réponse. C'était un peu précipité pour moi, mais je ne me sentais pas de bois, sauf à une certaine extrémité de mon anatomie, car elle était très mignonne malgré ses airs de garçon manqué. Je lui répondis, le même air de défi dans les yeux, insistant sur son diminutif, lancé auparavant avec provocation.

— Ok. <u>Kimmy</u> !

Au matin, j'avais compris pourquoi ses compatriotes chantaient *You shook me all night long*[15]. Bien qu'elle m'ait lessivé, essoré et rincé une partie de la nuit, je m'étais réveillé tôt, la découvrant entièrement nue, dormant paisiblement couchée sur le dos. J'eus du mal à reconnaître dans ce tableau l'ouragan de la veille, tellement elle semblait féminine et vulnérable sans son armure de cuir masquant un corps étonnamment gracile ; sa peau claire et sa faible pilosité tellement blonde qu'on la devinait à peine, accentuaient encore plus l'impression de fragilité. Je ne pus m'empêcher de lui caresser le bras pour sentir la douceur de sa peau, plus de nectarine que de pêche. Elle ouvrit les yeux, désorientée, me regarda en prenant le temps de se situer et dit d'une voix ensommeillée.

— I don't know your name.

— You didn't ask.

---

[15] You Shook Me All Night Long (AC/DC)

— I'm asking.

Je lui répondis en souriant, elle réalisait enfin que j'étais un être humain. Mais chassez l'Australienne, elle revient au plus tôt. Refermant les yeux, elle s'étira, le sourire aux lèvres.

— It was a good fuck, Jerry. No ?

Intrigué par l'absence de réponse, elle entrouvrit les paupières, attendant que je quitte mon air abasourdi. N'étant pas très optimiste quant à l'avenir de notre relation, je ne jugeai pas nécessaire de corriger l'anglicisation de mon prénom et levai les yeux au ciel, lâchant ironiquement.

— You're so romantic !

Elle me fit entendre son rire pour une rare fois et m'expliqua, par bonheur brièvement car j'avais du mal à suivre son débit, avoir quitté son île depuis presque un an pour parcourir l'hémisphère nord, probablement pour un unique périple qui tirait à sa fin. Elle avait donc bien l'intention d'en profiter jusqu'au bout et avait appris à s'endurcir en voyageant seule. Puis elle se leva, toujours nue, me laissant admirer des seins seulement entraperçus la veille et s'inquiéta de savoir si nous étions seuls. Rassurée par ma réponse, elle partit en direction de la douche sans m'inviter à venir lui frotter le dos, ses dreadlocks comme seule parure. Je ne pus ensuite que lui proposer les céréales et le lait, trouvés boudant chacun à un bout de la cuisine, souvent désertée ces derniers temps. Notre festin presque terminé, elle sortit de sa poche le *flyer* de la veille.

— Do you know this place... ? elle hésita devant la prononciation du nom et abandonna, me tendant le papier.

— Show me, dis-je, car il était couvert d'écritures.

— Just here. Elle pointa un endroit au milieu des graffitis.

— Ah ! Les Foufounes Electriques ! Yeah, I know, it's famous. I could try to explain to you how to get there.

— It's easier if you come with me.

— Tonight ? No way ! Over my dead body !

— I would prefer your living body.

J'ignorai son clin d'œil et sa tentative d'humour.

— Well, Kimmy, I have to go to work now, dis-je en me levant.

— Tomorrow ? insista-t-elle, la tête inclinée sur le côté avec une petite moue charmante, tout en me fixant de ses yeux verts.

J'avais compris qui menait la danse depuis qu'elle m'avait fait découvrir la capote vaginale, mais n'ayant à mon agenda aucun conseil d'administration important pour le lendemain, je me dis qu'après une bonne nuit de sommeil, je devrais être prêt à affronter les Foufounes.

***

J'étais encore sur la rue Marie-Anne quand je la vis de loin, attendant devant les Bobards où nous avions rendez-vous.

— Hi Kimmy. How are you doing?

— Hi ! et elle me claqua rapidement une bise sur la joue. Si ça continuait, elle allait presque faire preuve de tendresse

— What are you doing outside? It's cold.

— I'm so excited to see this bar. Let's go!

Informée de la direction à prendre par mes premières enjambées, elle vint à ma hauteur d'un petit pas rapide, mais si j'avais du mal à la suivre dans certains domaines, elle s'essoufflerait bien avant moi dans celui-ci. Elle était un peu plus bavarde que la dernière fois mais je ne compris pas la moitié des motivations qui la poussaient à vouloir aller aux Foufounes. Je ne fus pas agréablement surpris à notre arrivée car le groupe faisant du bruit ce soir-là était encore un de ceux dont les Foufounes avaient le secret. Tant mieux, je n'étais pas pressé de le voir révélé aux autres. Je l'endurai une quinzaine de minutes près de la scène puis fit signe à Kimmy que je m'éloignais un peu. Elle hocha la tête sans sembler faire attention. Avec Scorpions ou AC/DC, mon curseur était à son maximum, alors c'était trop pour moi de subir des compositions à la Sex Pistols, jouées à la vitesse d'Iron Maiden et beuglées d'une voix à la Lemmy Kilmister, par un chanteur semblant faire une crise d'épilepsie. Je m'étais réfugié dans le renfoncement d'un escalier pour siroter ma bière quand une petite punkette, voulant peut-être s'ouvrir à d'autres horizons que l'épingle à nourrice, s'arrêta à ma hauteur.

— Pourquoi tu restes dans ton coin ?
— C'est pas mon genre de musique.
— C'est quoi ton genre ?
— Eclectique.
— J'connais pas cette musique. Moi, j'aime bien le punk-rock.
— Tu dois être contente alors ?
— Ouais, mais j'aime quand ça bouge plus.

Je cherchais une réponse pertinente quand Kim surgit, paniquée, déversant une salve de phrases trop rapides pour que ma compréhension les rattrape.

— Faut le dire au gros Michel, conseilla ma punkette.
— Qu'est-ce qui arrive ? J'ai rien compris !
— Elle s'est fait voler son blouson.

La police, pourtant coutumière des descentes aux Foufounes, n'était décidément pas là aux moments opportuns. Le bien-nommé gros Michel, portier sûrement le plus célèbre de Montréal avec son physique à la Obélix, arriva justement sur ces entrefaites, précédé de sa bedaine et suivi d'un maigrelet en costume qu'il tirait par la cravate d'une seule main, tenant l'objet du délit dans l'autre. Il nous expliqua l'avoir intercepté à la porte, intrigué par ce vêtement de cuir jurant avec le reste de sa tenue qui détonnait déjà avec la singularité des lieux. Kim gardait son argent dans ses poches de pantalon mais tenait quand même à son blouson car elle voyageait léger. Cette mésaventure lui coupa l'envie de rester plus longtemps. Satisfaite d'avoir vu le bar, elle trouvait étonnamment le groupe trop bruyant et préféra rentrer, m'informant de son avion pour Vancouver qui décollait très tôt le lendemain. J'appris aussi son hébergement chez de simples connaissances, dans un tout petit appartement situé près du Café Campus sur Côte des neiges.

— I'd like to take a walk to see the city before I leave.
— It's too far.

— Your home is closer, no ?
— Pardon me ?
— My friend's sofa is not comfortable. Please ? insista-t-elle avec la même moue charmante que la veille, toujours agrémentée de ses superbes yeux verts. Une combinaison qui devait lui ouvrir beaucoup de serrures et ma porte n'étant même pas fermée à clé…
— Oh ! You know this word ? Say it again ! dis-je satisfait d'avoir enfin le contrôle.
— Pleaaaaaase ! répéta-t-elle avec un air désarmant de petite fille.

J'ignore qui de nous deux je pris en pitié, mais j'acquiesçai à sa demande et lui fit remonter St-Denis, puis traverser le parc Lafontaine afin qu'elle garde un beau souvenir de la ville. Elle dû avoir du mal à survivre aux Foufounes, car arrivés à l'appartement, les siennes n'avaient plus rien d'électriques. Elle se coucha, frigorifiée, et se blottit dans mes bras en chuchotant : « Have sex in the morning ». Me voilà converti, selon sa convenance, de godemichet à radiateur électrique et roulé une fois de plus dans la farine. Au réveil, ses batteries rechargées par la nuit, elle m'expédia dans le tambour de sa machine à baiser, mais ça sentait un peu le travail bâclé de la fille ayant déjà la tête à son avion. Programme court, essorage rapide, pas de cycle délicat sur ce modèle australien. Nos désirs charnels fraîchement repassés et rangés, elle me serra énergiquement dans ses bras, presque aussi tendrement que mes coéquipiers de rugby après une victoire. « It was fun » furent ses dernières paroles avant de se volatiliser, me rangeant probablement dans ses histoires déjà oubliées. Je me laissai tomber sur une chaise avec un soupir que je ne saurais qualifier.

Même si au cours de cette mémorable rencontre, je m'étais fait mener par un autre bout que celui où se logeait habituellement l'anneau de ma dépendance amoureuse, j'avais encore fait preuve de faiblesse devant une femme attirante alors qu'à l'inverse, je savais faire preuve de caractère et de ténacité dans les autres aspects de ma vie. Une pugnacité jugée positive par certains, alors que d'autres, en désaccord avec moi, me reprochaient d'être têtu comme une mule. A tort, car contrairement à l'âne qui refuse d'avancer, fidèle à mon signe, j'ai l'entêtement plus productif du bélier, qui lui, n'accepte pas de reculer. D'ailleurs cette nuance importante m'avait fait rédiger une lettre adressée à la Ministre de l'Immigration du Québec, après lecture d'un article dans lequel elle affirmait : « En dépit des efforts déployés par le gouvernement, l'immigration francophone progresse encore trop lentement au Québec ». Devant cette incurie administrative, je lui avais fait part avec ironie et politesse, de la contradiction de ses propos face à mes mésaventures pour obtenir un visa de résident permanent, auquel je n'avais pas renoncé. Quelques semaines avaient suffi pour recevoir une réponse inespérée du Chef de cabinet, probablement *le Boss des bécosses*, m'informant avoir demandé à la délégation du Québec à Paris de me convoquer pour une nouvelle entrevue ; on pouvait y discerner, avec un peu de perspicacité, une lueur encourageante entre les lignes.

3

Malgré notre cohabitation, je voyais moins Amaury que l'année dernière. Entre son travail et le mien, nous étions rarement à l'appartement ensemble et sa liaison avec Marylin nous laissait très peu d'occasions de reconstituer notre doublette nocturne. L'événement qui allait réamorcer notre routine estivale se produisit en mai, peu avant l'arrivée d'un été tout neuf. Ce soir est resté dans ma mémoire car c'est celui où j'ai échangé avec une de ces célébrités québécoises, habituées du Passeport. Roy Dupuis était en train d'acquérir une certaine notoriété au Québec grâce à son rôle dans la série Les Filles de Caleb. N'ayant jamais vu celle-ci, je ne pouvais juger si son attitude de Brando des Plateaux Mont-Royal et télévisés était fondée. Je ne suis pas certain non plus qu'un tel succès ne m'aurait pas monté à la tête, surtout si j'avais été encensé comme il l'était. J'en étais à mon rituel de début de soirée au bar avec Claude, quand il l'interrompit, prenant place à mes côtés. Alors qu'il m'adressait la parole, certainement par désœuvrement, notre barman préféré étant accaparé par d'autres clients, je décidai de m'amuser à ses dépens, plus poussé par une humeur taquine que par véritable jalousie.

— Salut ! C'est quoi ton nom ?
— Et toi ?
— Tu me niaises ?

— Non, pourquoi ?
— Je suis Roy Dupuis.
— On se connait ?
— Je joue dans Les Filles de Caleb.
— Et de quel instrument tu joues ?
— Tu connais pas Les Filles de Caleb ?
— Non ! C'est quel genre de musique ?
— Ah, mais c'est parce que tu viens d'arriver au Québec.
— Non, ça fait deux ans que je suis là.
— Hey Claude ! Y m'niaise ton *chum* là ?
— Pourquoi ? interrogea celui-ci en s'approchant.
— Il dit qu'il connait pas Les Filles de Caleb.
— Y t'niaise.

Je lui fis un clin d'œil, lui tendant mon verre. Il trinqua mollement et mit une fin prématurée à notre récente amitié. Juste après, arriva Amaury.

— J'étais certain de te trouver là.
— Moi, je suis surpris de t'y voir. T'es pas avec Marylin ?
— Tu vois bien.

A son air sombre, quelque chose n'allait pas.

— Un problème ?
— C'est fini avec Marylin.
— Je te dirais bien que c'est juste une querelle d'amoureux mais comme tu ne l'es pas…
— Comme c'est drôle.

Au ton de sa réponse, ça semblait vraiment sérieux.

— Si ça peut te consoler, dis-toi que tu as une peine d'amour après avoir vécu une histoire, alors que moi je l'ai eu avant de vivre quoique ce soit.
— Ça ne me console pas. Mais je ne me ferai plus avoir. Maintenant ça va être juste « sex for sex ».
— Tu dis ça parce que t'es triste mais tu sais bien que tu n'en seras pas capable.
— Mais si ! Je ne suis pas un cœur d'artichaut comme toi.
— Hey ! J'ai pas un cœur d'artichaut.
— Tu parles, oui !

— Bon, peut-être un peu, mais les feuilles piquantes le protègent bien.

Il ne voulut pas me livrer les dernières pages de son roman d'amour dont l'excipit restera un mystère pour moi et se mit à écluser les bières comme je ne l'avais jamais vu faire. L'aide du taxi fut incontournable pour retourner à l'appartement où, je ne sais quel réconfort il pensait y trouver, je le découvris, peu après notre arrivée, allongé dans la baignoire à se lamenter en faisant de drôles de bruits. Ce n'était pas la complainte du phoque en Alaska[16] mais celle du béluga en pyjama.

***

Amaury entra ensuite dans sa période d'écrivain maudit, tout son temps libre passé reclus dans sa chambre, d'où s'échappaient les répétitives et minimalistes compositions déprimantes de Philip Glass. Je ne sais pas si sa peine d'amour était en gestation d'un Goncourt mais il commença à m'inquiéter. Je dus l'abandonner quelques jours pour aller honorer ma convocation à Paris où je fus reçu par la même fonctionnaire et compris, à son air affable dès ses premières paroles, que mon visa n'attendait plus qu'un coup de tampon. Je pense que son ministère de tutelle avait dû lui faire entendre que s'il faisait tout pour attirer des immigrants francophones, il serait préférable pour son avenir de ne pas décourager ceux qui, motivés, parvenaient jusqu'à son bureau. Ayant l'aval du Québec, il ne me restait plus pour l'obtention du statut de résident permanent, qu'à attendre les habituelles vérifications sanitaires et judiciaires du gouvernement fédéral. Quand je revins à Montréal, sous un ciel sans nuage et une chaleur caniculaire pour un mois de juin, je profitai qu'Amaury soit sorti de sa retraite pour me saluer, et tentai de le stimuler.

— Si tu allais prendre l'air, t'es blafard.
— J'ai pas envie.

---

[16] La Complainte du Phoque en Alaska (Beau Dommage)

— Viens, je te paie une bière au Saint-Sulpice.
— Je préfère écrire.
— C'est pas comme ça que tu l'oublieras. Je savais bien que ton histoire de « sex for sex », c'était du pipeau. T'es juste un beau parleur, ajoutai-je pour le faire réagir.
— Tu verras bien, plus tard.
— C'est le moment. Les robes raccourcissent à mesure que les journées rallongent. Les filles doivent porter leur garde-robe du solstice.
— Ben, vas-y sans moi.
— Tu sais bien que sans toi, je ne suis pas capable d'aborder une fille.

J'ironisais sur ce qui recelait sans doute un fond de vérité. Il tomba dans mon piège et se leva en capitulant.

— Ça, c'est bien vrai. Allez ! On y va pour toi !

Si j'avais connu l'épilogue de cette nuit, je n'aurais certainement pas affiché cet air satisfait, alors que nous marchions vers le Saint-Sulpice. Pour l'instant, je me félicitais de son humeur qui s'améliorait à la vue de chaque sourire féminin croisé dans la rue. C'était les beaux jours et cela se ressentait sur le moral des Montréalais, et les libidos tirées vers le haut par le mercure rendaient la soirée propice aux rencontres. La terrasse bruyante était bondée mais la chance nous laissa trouver deux places à une petite table, assez proche de celle de trois filles pour entendre malgré nous leur conversation. Il devait en être de même pour la table suivante, occupée par un trio de mâles à la testostérone débordante des yeux, car ils ne trouvèrent rien de mieux pour tenter leur abordage que d'essayer d'imiter grossièrement la diction de leurs voisines. Ces trois Français en goguette, bardés de certitudes sur la connaissance de leur langue, entamèrent une drague lourdingue, basée sur des comparaisons condescendantes entre la France et le Québec. C'en était tellement gênant, qu'Amaury et moi cessâmes notre conversation, de peur que notre accent laisse à penser que nous naviguions sous le même pavillon que ces flibustiers de bas étage. Les sourires féminins se firent de plus en plus pincés à mesure que la patience s'étiolait et nos voisines n'eurent d'autres choix que d'ignorer ces goujats, ainsi que leurs remarques, dans lesquelles l'orgueil ou la bêtise mettait l'attitude de leurs victimes sur le compte de la fierté plutôt que de leur propre grossièreté. Je n'ai pas honte d'être Français et nous considère même, à l'instar de tout autre touriste, comme ambassadeurs de notre pays à l'étranger. Cependant, j'apprécierais de certains de mes compatriotes, une attitude moins colonisatrice afin de me permettre d'être toujours fier de mes origines. L'appellation québécoise de « maudit Français » est probablement due en partie, à l'attitude condescendante de ces donneurs de leçon, persuadés de parler le bon français et qui, aveuglés par leur inculture, présument d'origine québécoise tout mot dont ils ignorent jusqu'à l'existence. Le vrai français ? Il n'y a qu'un seul français et c'est le même dans toute la francophonie, bien qu'il soit enjolivé d'expressions diverses et colorées, selon les régions et le pays. La propension qu'ont certains à mettre sur le dos d'un dialecte local leur méconnaissance de certains mots, pourtant présents dans le dictionnaire mais tombés en désuétude dans leur pays, confine à la bêtise. Ce sont les mêmes qui vont alimenter à foison leurs conversations d'argot ou d'anglicismes inutiles. Un de ceux-ci, le pull noué sur les épaules, signe indéfectible d'appartenance à sa tribu, avait même trouvé le moyen de me soutenir que « prendre ombrage » était une expression québécoise. Il n'est pas surprenant qu'il puisse en être persuadé si sa dernière lecture datait de « Oui-oui chez les brigands[17] ».

Au nom de la patrie, Amaury et moi nous sentîmes obligés de nous excuser auprès de nos voisines, afin d'éviter qu'elles imaginent cette brochette de malotrus, représentative de nos compatriotes. Malgré leurs sourires polis, nous mîmes rapidement fin à la conversation pour ne pas leur laisser croire

---

[17] Oui-Oui chez les brigands (Enid Blyton)

que nos excuses étaient prétexte à leur *chanter la pomme*. N'en déplaise à ceux pensant que ce n'est pas du vrai français.

Après un hamburger dans la décoration années 50 de L'anecdote, nous quittâmes la rue Rachel pour aller faire une tentative au très couru club house Le Business. Malgré deux tickets vestimentaires très différents, nous ne gagnâmes pas à la loterie du tri sur l'apparence, effectué par le portier. Nos dollars étaient les bienvenus lors des soirées calmes mais pas les vêtements aux poches les contenant, lorsque le club était bondé. Nous aboutîmes finalement dans un lieu où ce genre de considération n'était pas pris en compte. L'attente devant le Passeport fut relativement brève car la température estivale retenait les gens plus longtemps en terrasse.

De retour du bar avec nos bières, Amaury crut bon de m'informer de la présence de deux princesses, près du distributeur de cacahuètes, bien loin des châteaux de mon enfance où elles rêvaient aux princes charmants, mais il faut bien se confronter un jour aux désillusions de la vie d'adulte. Devant son insistance, je partis constater la présence d'une grande brune avec un short cycliste et une plus petite, en jupe. Je lui fis remarquer à mon retour la rareté au Passeport de cette clientèle parlant anglais.

— Et alors ? On ne te demande pas de faire un discours, me dit celui pour qui l'anglais n'était pas un souci.

— Les anglophones, je sors d'en prendre, ça manquait un peu de douceur pour moi.

— Quoi ? Tu ne m'as pas parlé de ça.

Ne lui ayant rien dit de ma « lune de miel » avec Kim, pour m'éviter ses quolibets, j'esquivai la remarque.

— Tu ne m'as pas parlé non plus de la raison de ta rupture avec Marylin.

— Ok ! Match nul ! Revenons à ce que nous avons sur le feu pour copuler ce soir.

— Amis de la poésie, bonsoir ! Là, on commence déjà à s'éloigner du prince charmant.

— La plus petite parle français, je l'ai entendue discuter avec le serveur.

— Peut-être, mais elle me plait pas.

— Hé ! Tu te prends pour Alain Delon, toi.

— Qu'est-ce que tu crois ? Il a besoin d'un peu de sentiment pour ces choses-là. N'oublie pas qu'il a un cœur d'artichaut, rétorquai-je avec hauteur.

— Ah oui ! Tu parles de toi à la troisième personne ? On croirait vraiment entendre Delon ! Bon... T'es compliqué toi, tu ne sais pas ce que tu veux.

— Mais je ne veux rien moi, je t'ai rien demandé.

— Si, tu m'as demandé de sortir de ma chambre en me promettant de la féminité dans ma soirée.

Que pouvais-je répondre ? Il avait raison. De plus, s'il y avait des fins de mois où je tirais le diable par la queue, l'abstinence et la chaleur de cette fin juin avaient inversé les rôles. La vue des jambes et du short moulant accentuait encore plus la traction et l'attraction. Je résistai un peu pour la forme en plaisantant.

— Vas-y tout seul, je garde ton sac à main.

— Tu sais bien que ça ne marchera pas, elle ne voudra pas abandonner sa copine.

— Ok ! Mais si je ne plais pas à la grande, je laisse tomber.

— Mais tu vas lui plaire mon Delon, et mon intuition me dit qu'elle est toute douce. Moi, ça m'est égal, j'ai juste besoin d'effacer Marylin.

— C'est pas avec cette gomme-là que tu vas l'effacer.

— Je vais y arriver avec plusieurs.

— Je ne pense pas. Tu as appuyé trop fort avec le crayon. Le papier est trop marqué, il va falloir que tu déchires la page.

— Garde tes métaphores à deux balles au cas où tu écrirais un jour et viens pratiquer ton anglais.

Nous voilà partis dans notre position d'attaque habituelle, Amaury précédant d'un pas assuré, l'ersatz d'un Delon traînant les pieds. Le cocktail de désir concocté par le démon printanier de la chair ayant le même effet sur les deux sexes, nous eûmes à peine le temps d'apprendre qu'il s'agissait d'une Québécoise et de son amie Américaine en visite, que nous étions dans le salon de la rue Chabot. Ma cavalière avait dû abuser de ce breuvage car ses fesses n'eurent pas le temps de marquer de leur empreinte le canapé, qu'elle les dirigeait prestement vers ma chambre après s'être enquise de son emplacement. Je les suivies, moulées dans leur écrin de tissu et à peine étions-nous entrés, qu'elle referma la porte, s'adossant à celle-ci pour m'alerter sur l'urgence de son désir : « Fuck me ! Fuck me ! ». Considérant le niveau de vocabulaire demandé ces derniers temps, ce n'était pas la peine d'avoir fait anglais première langue. La réserve dont elle avait fait preuve jusqu'alors accentua l'effet de surprise mais ne voyant personne d'autre dans la pièce, j'étais bien obligé de me rendre à l'évidence d'être l'objet de la demande ainsi que du désir. Sans avoir vraiment la volonté de reculer, bien que préférant emprunter des chemins un peu plus fleuris, je dus piétiner une nouvelle fois mon manuel du romantique amoureux, déjà bien écorné par l'aventure australienne. Il ne me resta plus qu'à mettre à profit mes récents enseignements pâtissiers pour la démouler de son short en cédant à mes bas instincts. Très bas même.

La testostérone à marée basse après avoir expédié les affaires courantes, je contemplai le plafond, y voyant, accoudée à la balustrade de mes principes, ma conscience m'observer d'un regard réprobateur. Je n'étais pas fier de moi et me morigénais intérieurement, quand la partenaire éphémère allongée à mes côtés, dut en arriver aux mêmes conclusions puisqu'elle se leva pour aller sangloter tout bas dans le salon. J'essayai maladroitement de la consoler alors qu'elle m'avouait se sentir coupable, non pas d'avoir trompé un amoureux mais d'avoir céder à l'appel des sens, poussée par l'impatience de ne pas en trouver un. Elle me quitta, accompagnée de son amie, en même temps que la courte nuit. Amaury devait encore dormir et je retournai moi aussi à la même occupation, jusqu'à tard dans la matinée où il choisit de pointer son nez, attiré par l'odeur de nouvelles fraîches.

— Comment a été ta nuit ?

— Psychothérapique.

— Qu'est-ce que tu veux dire ?

— Je me comprends. Mais la prochaine fois tu garderas tes intuitions. J'espère pour toi que la météo du Québec était moins mouvementée que celle des Etats-Unis.

— M'en parle pas ! Tu sais ce qu'elle m'a dit ?

— Je sens que je ne vais pas tarder à le savoir.

— En voyant mon traitement texte, elle s'est exclamée : « Ah, un écrivain ! C'est intéressant ça ».

— C'est tout ?

— Attends ! Plus tard, alors que j'étais derrière elle en train de m'essouffler, elle a ajouté : « Tu dois avoir de l'imagination si t'es écrivain ». Je n'ai pas compris avant qu'elle précise : « Dis-moi des mots cochons ».

— Et tu as dit quoi ? l'interrogeai-je en pouffant.

— Ben, comme elle avait dit cochons, je lui ai dit : « Cochonne ». Alors elle me reprend : « Non ! Insulte-moi ! ». Eh ! Mais moi je ne suis pas habitué, j'osais pas trop.

— Alors ?

— Alors, j'ai dit : « Salope ! ». Je la sens qui s'énerve un peu : « Non ! Mieux que ça ! ». Je ne comprends pas trop ce qu'elle attend alors j'essaie du bout des lèvres : « Grosse salope ? ».

— C'est bon ça, non ? tentai-je pour le féliciter.

— Eh bien non monsieur ! Parce qu'elle s'est retournée, impatiente : « Bon, finissons-en ! Tu manques vraiment de vocabulaire pour un écrivain ! ». Ben, je vois que ça te fait rire au moins. Qu'est-ce que t'aurais dit toi, gros malin ?

— Je ne sais pas. Mais si un jour j'écris un livre, comme tu aimes le persifler parfois, tu peux être sûr que je n'oublierai pas de raconter cette anecdote.

4

Force m'était de constater, au vu de mes dernières expériences, que concernant ma recherche de l'âme sœur, je n'en étais pas même à l'arrière-arrière petite cousine. Après avoir sorti de sa torpeur le Mr Hyde qui sommeillait chez Amaury, je me promis de me sevrer de nos sorties nocturnes pour l'été. La vieille bicyclette donnée par Bernard fut plus qu'un palliatif pour m'y aider et je pris plaisir à parcourir Montréal à vélo, d'un bout à l'autre de l'île grâce au réseau de pistes cyclables, découvrant des coins m'étant inconnus. J'avais souvent l'occasion d'emprunter celle qui allait du vieux Montréal au parc René Levesque, longeant le canal Lachine pour se terminer par une pointe de terre pourfendant le fleuve Saint-Laurent. L'air y était parfois tellement saturé de mannes qu'il fallait mieux ne pas oublier de se tenir coi en pédalant, au risque d'être rassasié avant l'heure du souper. Je l'empruntais souvent avec Sylvain qui venait travailler à vélo, depuis leur déménagement à Ville LaSalle, et m'invitait régulièrement pour des soirées chez eux, lesquelles s'éternisaient parfois assez pour justifier le report au lendemain des quinze kilomètres du retour. J'y croisais, fortuitement ou non, des copines de Nancy dont une avec qui j'aurais bien essayé d'oublier Roxanne, toujours présente dans un coin de ma tête. Mais comme de son côté, elle n'avait rien à oublier, elle me dit d'oublier ça. Je saisis tellement bien le message, que le soir où le coup de pédale rendu paresseux par l'heure tardive, nous dûmes partager l'unique chambre d'amis, je ne tentai pas d'influer sur sa décision de ne m'ouvrir rien d'autre que sa couche. Nous passâmes une nuit tout ce qu'il y a de plus fraternelle, bien que cette chaste relation n'interdise nullement de se rapprocher un peu, ce qui ne fut même pas le cas. Nos hôtes crurent difficilement à cette abstinence et nous eûmes droit pendant quelques mois à leurs allusions, confortées par des circonstances qui me firent m'astreindre à une autre nuit monacale deux semaines plus tard. Etre bercé avant de m'endormir par cette respiration féminine si proche, me donnait l'envie d'en trouver une à l'unisson avec la mienne. Amaury n'eut donc pas à insister beaucoup, quelques jours plus tard, pour abattre mes résolutions lorsqu'il m'invita à l'accompagner au Passeport. J'avais tenu un mois. Comme dit Plume Latraverse « Les promesses d'ivrognes... ça s'tasse quand la soif te pogne ».

Ce n'était pas « l'alibi-do » qui justifia la sortie de ma retraite mais l'envie de trouver la méthadone féminine pour me sevrer définitivement de Roxanne. J'étais en convalescence et ce n'était pas par masochisme que je la rencontrais de temps à autre pour l'entendre me parler de ses problèmes sentimentaux, mais pour avoir lors de ces brefs moments, la confirmation qu'en dépit de mon attirance, nous n'étions pas plus faits pour nous entendre que le Québec et le Canada. J'appliquais l'homéopathie amoureuse et étais en voie de guérison. Dans ma recherche d'un ersatz médicamenteux, je trouverai cependant une drogue tellement pure que la crainte m'empêcherait d'y goûter. Je n'étais pas sorti pour une de ces rencontres illusoires et Amaury le comprit quand, accoudé à l'une des tables hautes surplombant la piste de danse, il remarqua ne plus avoir toute mon attention.

— Eh ! Tu m'écoutes quand je te parle ?
— Pas souvent non.
— Qu'est-ce que tu regardes ?

— Tu te rappelles quand tu m'as demandé ma description de la femme idéale ?

— Ouais, tu n'as pas été capable de la faire.

— Eh bien, elle est là, dis-je en lui désignant du regard la fille debout, près du vestiaire en haut des marches, qui parcourait des yeux la faune nocturne du bar.

J'avais à seulement quelques mètres, celle souvent imaginée inatteignable, sans pourtant parvenir à la décrire. Essayer de le faire serait la déprécier et rendrait ordinaire quelqu'un de remarquable à mes yeux, longtemps fantasmé et qui prenait soudain forme, si proche de moi. Réunissant à elle seule et dans une parfaite harmonie, chacune des caractéristiques physiques aimées chez certaines. Elle était la quintessence absolue de la beauté. Mais cela allait, de manière difficilement compréhensible, au-delà de l'image qu'elle projetait. Quand bien même d'aucuns, fous assurément, prétendraient changer une ou deux de ses particularités, la fascination exercée sur moi resterait la même, tant cette perfection ne pouvait être facilement altérée. Plus la soirée avançait, plus je voulais lui parler, et moins je m'en sentais capable. J'étais accoudé au bar, discutant avec Claude, quand elle vint se glisser entre un client et moi pour commander une consommation. Son bras frôlait le mien, loin d'être fier comme un coq, j'en eus la chair de poule et sentis mon estomac se racornir comme un papier se consumant. Elle était seule, attendant son verre, si proche que l'occasion était inespérée. Ai-je tenté de commander à mes lèvres de former un mot ou bien me suis-je étouffé avec ma gorgée de bière, il n'empêche qu'elle s'est tournée vers moi, le regard interrogateur.

— Pardon ?

Je dus lui jeter un regard effaré car elle crut bon de préciser.

— Tu m'as parlé ?

Il aurait suffi pour briser la glace d'un simple hochement de tête, même le chien en peluche sur la plage arrière des voitures en est capable. Ça ne me semble pas très compliqué comme introduction. Pour la suite, je me débrouille généralement assez bien pour improviser. Mais vous le croirez ou non, je réussis à bouger la tête dans le mauvais sens, sans même ouvrir la bouche. Quoiqu'en repensant à mon état, elle l'était peut-être déjà. J'espère juste ne pas avoir bavé devant elle. Ce qui est certain, c'est qu'aucun mot n'en est sorti.

— Ah bon. Je croyais, dit-elle prenant son verre et sa *Black Label* avant de m'abandonner.

Ce n'étaient pas les raisons habituelles, déjà évoquées, qui m'empêchaient de lui parler car j'avais assez de répartie pour répondre à une fille qui m'abordait. C'était un sentiment nouveau, insoupçonné, apparenté à de la timidité, peut-être son cousin germain. Amusé de me voir si emprunté, Amaury l'affubla du surnom de Falbala, nymphe gauloise devant laquelle un Obélix submergé par l'émotion est incapable d'articuler la moindre parole intelligible[18]. Sa proximité m'avait fait par conséquent ressentir un trouble identique, mes sens percevant à mon insu, une attirance plus que visuelle. Comme le dit si bien Patrick Süskind[19]: « L'odeur est sœur de respiration. Elle pénètre dans les hommes en même temps que celle-ci ; ils ne peuvent se défendre d'elle, s'ils veulent vivre. L'odeur pénètre directement en eux jusqu'à leur cœur et elle y décide catégoriquement de l'inclination et du mépris, du dégout et du désir, de l'amour et de la haine ».

Et je n'avais pas même encore humé son parfum que mon inconscient avait déjà senti ce qu'elle pourrait être pour moi. Cela explique qu'Amaury la trouvait juste « pas mal » car il ne la respirait pas de la même manière que moi. Peut-être avait-il encore les poumons encombrés par Marylou ? De toute façon, la beauté n'est rien de plus qu'un ensemble de caractéristiques physiques qui varient selon les époques et sur lesquelles une majorité de personnes s'accorde. Je n'ai jamais aimé cette norme et selon moi, les filles les plus attirantes sont souvent celles s'en affranchissant. Falbala avait une taille de guêpe, tellement mince qu'elle ressemblait à une caricature de BD.

---

[18] Astérix Légionnaire (Goscinny/Uderzo)
[19] Le Parfum (Patrick Süskind)

Celle-ci, trop fine au goût de certains, mettait pourtant en valeur le reste du corps et ses seins bien proportionnés. Elle avait une grande bouche, aux lèvres pulpeuses, dont le magnifique sourire lorsqu'elles s'entrouvraient, dévoilait une dentition parfaite. Ses grands yeux sombres étaient encadrés par une longue chevelure ondulée, noir de jais. Amaury aimait les blondes nordiques aux yeux bleus et lèvres fines, son avis ne pouvait donc faire loi. Je n'étais d'ailleurs pas le seul à la dévorer des yeux car elle avait aussi ce qui n'entre dans aucune norme : du charme à revendre. Et elle aurait pu faire fortune.

Pendant quelques semaines, j'allai plus souvent au Passeport, espérant la revoir, avec la ferme intention de lui parler. J'étais déçu quand elle ne s'y trouvait pas et lors de ses rares apparitions, paralysé par le syndrome d'Obélix, je me contentais de la regarder discrètement, faisant preuve d'une imagination intarissable pour me trouver des excuses et reporter mes balbutiements à une prochaine fois. Ces tentatives avortées étaient régulièrement précédées de soirées en solitaire au cinéma. J'avais découvert le Ouimétoscope sur Sainte-Catherine et le vieux Cinéma Théâtre Outremont sur la rue Bernard, les deux diffusaient des films de répertoire au prix modique d'un dollar. Ce tarif dérisoire concurrençait aisément la télévision et permettait de découvrir et d'apprécier, entre autres, tous ces réalisateurs québécois inconnus en France, comme le savoureux et militant Pierre Falardeau, pour n'en citer qu'un seul. J'avais fait l'acquisition, au magasin entrepôt de la chaîne Distribution aux Consommateurs, d'un baladeur d'un très bon rapport qualité/prix, ayant pour seul défaut son épouvantable couleur jaune criard. En attendant de bouleverser ma vie, il agrémentait mes sorties, diffusant les compilations sur cassettes réalisées l'hiver précédent. J'adorais ces chaudes soirées où sortant du cinéma, je me laissais glisser lentement sur mon vélo, de Bernard à Chabot, et il m'arrivait de continuer à sillonner les petites rues calmes du Plateau Mont-Royal pour prolonger ces moments suspendus, quitte à passer plusieurs fois devant le 4582, sans rentrer. L'écoute était sacrée pour moi et je refaisais des tours de pâtés de maisons pour éviter d'interrompre Bruce parlant de sa terre promise, le laissant encore courir dans la rue pour qu'il m'amène jusqu'aux ténèbres du bord de la ville[20]. Ne manquait à mon bonheur que Falbala, en amazone sur le cadre de mon vélo.

***

Sylvain venait toujours au moins une fois au cours de la semaine travailler en voiture, de sorte que nous pûmes continuer, le boulot terminé, à engraisser notre tirelire grâce à mes constantes défaites sur le tapis vert. Seul changement au programme, les traditionnelles soirées post-billard au City Pub s'étaient déplacées dans la cour arrière de notre appartement, et leurs steak-frites, déclassés par nos délicieux *T-bones* au barbecue. D'autres soirs, nous nous récompensions de notre chaude journée en cuisine, à la terrasse du Saint-Sulpice, mais restreint par ses obligations de cycliste ayant un long trajet à parcourir, Sylvain restait raisonnable et ne s'éternisait pas. Souvent, Amaury le remplaçait pour la deuxième mi-temps alors que moi, je disputais toute la partie. Lors d'une de ces occasions où l'on jouait presque les prolongations, il me désigna une table, près de la fontaine, occupée par une blonde boudinée dans une jupe trop courte et sa copine nageant dans un ample pantalon.
— Je pense que tu as un ticket là-bas.
— C'est dans ta tête.
— Non, je t'assure, elle n'arrête pas de regarder par ici.
— Laquelle ? La blonde à la jupe prétentieuse ?
— Qu'est-ce que tu veux dire ?
— Qu'elle gagnerait à s'habiller autrement.
— C'est vrai. Mais je parlais de l'autre.
— Celle qui a le pantalon modeste, alors.

---

[20] The Promised Land – Racing in the Street – Darkness on the Edge of Town (Bruce Springsteen)

— Je ne comprends toujours pas.

— Dis donc Baudelaire, t'as perdu ton dictionnaire de rimes ? Tu piges pas vite ce soir. Je veux dire qu'il est dommage qu'elle cache ses formes sous un pantalon aussi large.

— Qu'est-ce que tu sais de ses formes ?

— Je les ai remarquées quand elle est allée aux toilettes.

— T'es allé aux toilettes avec elle ?

— Eh ! Mais c'est moi qui bois depuis une heure et c'est toi qui es bourré ? Avant d'aller aux toilettes, elle s'est accroupie pour prendre quelque chose dans son sac et son pantalon l'a moulée suffisamment pour que je me fasse une idée.

— Ah ! Ah ! Tu l'as remarquée aussi, mon cochon. Tu devrais aller lui parler alors.

— Commence pas.

— Quoi ! C'est pas Falbala.

— Justement !

— Alors quand c'est Falbala, tu ne peux pas et quand c'est une autre, tu ne veux pas.

— J'ai pris des résolutions.

— Lesquelles ?

— De ne porter que des 501.

— ???

— Les jeans avec une braguette à boutons ! Comme ça, je ne me déculotte pas facilement.

— Mais t'as raté ta vocation, toi ! C'est pas en cuisine que tu devrais travailler mais dans un magasin de vêtements.

— En tout cas, en ce moment, ta braguette à toi, risque pas de rouiller.

— Pff... Mais que veux-tu, c'est ma manière d'essayer d'oublier Marylin.

— Et ça marche ?

— Non.

— Pourtant, ce n'est pas faute d'essayer, il y a un de ces va-et-vient dans ta chambre. J'ai cru que tu étais amoureux quand j'ai croisé deux jours de suite la même fille dans le couloir.

— Tu exagères beaucoup. Il y en a eu juste trois.
— C'est vrai, mais j'ai l'impression que tu es en train de te perdre.
— C'est surtout toi qui essaies de me faire perdre le fil de la conversation. Tu vas lui parler ou pas ?
— Si on était au Passeport, sans hésiter, mais pas ici, ripostai-je pour me débarrasser.

Le Saint-Sulpice était un des nombreux bars du Quartier Latin et le Passeport était situé au cœur du Plateau Mont-Royal qui en comptait environ quatre-vingt - non, je ne les ai pas tous faits ! - incluant les nombreux du proche boulevard Saint-Laurent. Montréal était d'ailleurs réputé dans tout le Canada pour sa trépidante vie nocturne, surtout comparée à celle des autres provinces où les bars fermaient à une heure du matin. Ma surprise était donc légitime, quand bien plus tard au Passeport, Amaury me poussa du coude, pointant l'entrée du menton. Le hasard avait guidé jupe prétentieuse et pantalon ample jusqu'à notre repaire et je fus bien obligé de reconnaître qu'effectivement, la seconde nous dévisagea en passant. Elles s'installèrent dans le fond, près du bar. Amaury me regarda, goguenard.

— Sans hésiter tu disais ?
— Et merde ! lâchai-je avec dépit.
— Tu peux y aller, Falbala n'est pas là, elle ne sera pas jalouse.
— Toi aussi t'as raté ta vocation. Tu devrais t'inscrire au Festival Juste pour Rire.
— Elle vient encore de regarder vers toi.
— Vu les probabilités qu'il y avait de les retrouver ici, la coïncidence est quand même troublante.
— C'est un signe ! Décide-toi ! Elle attend quelque chose.
— Je ne sais pas, mais comme je n'ai qu'une parole, mes principes m'obligent à aller m'en servir.

Cela dit, je partis m'enquérir des attentes de cette jeune personne. Amaury n'eut pas le temps de me regretter et s'étonna de mon prompt retour.

— Déjà revenu ?
— En tout cas, c'est pas moi qu'elle attend.
— Qu'est-ce qu'elle a dit ?
— Elle est myope.
— C'est ce qu'elle t'a dit ?
— Mais non ! Elle m'a dit : « Ça tombe bien que tu viennes me parler car je trouve ton copain très beau ».
— Tu te fous de moi !
— Moi aussi ça m'a paru incroyable mais tous les goûts sont dans la nature. Viens, je vais te présenter à cette chère Nathalie. Elle n'a pas l'air farouche, si tu veux remettre une couche de peinture sur Marylin, c'est l'occasion.

Je dus me dévouer pour tenir compagnie à la blonde qui se serait sentie de trop au milieu de leurs roucoulements. Ce fut sans regrets car son intelligence était inversement proportionnelle à la longueur de sa jupe et cette dernière était bien tout ce qu'elle avait de prétentieux. En dépit de la musique forte, nous eûmes, ainsi qu'une extinction de voix, une conversation très instructive sur l'échec de l'accord du lac Meech. Le Canada avait une fois de plus bafoué le Québec avec la complicité de Trudeau, officiellement retiré de la politique mais toujours prêt à manigancer en coulisse quand il s'agissait de nuire à la province francophone. Indépendantiste et défenseuse de la langue française, elle en était révoltée et conclut pleine d'espoir.

— Enfin, au moins on ne devrait pas revoir Trudeau, Premier ministre du Canada.
— Pas lui, non. Mais méfie-toi, il reste ses enfants, lançai-je comme une boutade.
— Tais-toi ! Prophète de malheur ! s'esclaffa-t-elle.

Heureusement que le Québec est présent pour défendre notre langue car les Français, plutôt que de se moquer de la francisation à outrance de certains mots, devraient comprendre que lorsqu'on est entourés d'une mer de 270 millions d'anglophones, il est indispensable de colmater la moindre brèche, au risque de laisser le bateau francophone prendre l'eau. Mes compatriotes devraient au contraire se prosterner devant ce peuple qui écope héroïquement depuis des décennies pour sauvegarder une culture unique en Amérique du nord. Cela fait longtemps qu'en France nous avons abandonné le navire, parsemant nos conversations de mots incorrectement prononcés, tirés d'une langue la plupart du temps parlée peu ou prou. Michaelle Jean[21] a fort justement averti : « Donner à l'anglais un statut dominant, au point d'introduire dans notre quotidien ses mots à la place des nôtres, c'est suicidaire ».

Comme ce soir-là, je n'eus pas le plaisir de tergiverser une fois de plus en contemplant Falbala, je quittai mon interlocutrice peu après le départ d'Amaury et Nathalie, le temps de les laisser me précéder à l'appartement...

***

Souvent seule au Passeport, Falbala ne repartait jamais accompagnée malgré les nombreux prétendants qui l'abordaient. Le cercle de personnes qu'elle connaissait semblait restreint et bien que ses sorties au bar soient régulières, elle ne pouvait être une habituée de longue date car je l'aurais assurément remarquée plus tôt. Elle était apparue subitement et je commençais à craindre qu'elle ne disparaisse aussi vite, avant même d'avoir connu son prénom. L'été commençait à s'essouffler et un ami allait arriver de France dans quelques jours, pour un séjour de trois semaines à Montréal. J'espérais d'autant plus la venue de Falbala ce soir-là, afin de profiter de cette possible dernière soirée tranquille en solitaire, où je serais le seul témoin de mon échec, si jamais je me décidais à lui parler. Je fus exaucé en la voyant arriver peu après moi, affichant un inhabituel air triste. La voir seule, dans un des coins les plus sombres, me donna le courage suffisant pour enfin l'approcher ; j'étais arrivé à la conclusion que le plus simple à dire était la vérité. Elle ne s'aperçut de ma

---

[21] Gouverneure Générale du Canada & Secrétaire Générale de la Francophonie

présence qu'au moment où je parvins à lâcher difficilement le premier mot.

— Bonsoir !

Elle se tourna légèrement vers moi pour voir si elle me connaissait, un peu surprise qu'on la sorte de ses pensées. Il faisait très sombre mais pas assez malheureusement pour masquer mon manque d'assurance. Elle me répondit par un mot souvent utilisé au Québec comme salutation, se prêtant bien à notre début de conversation car la musique trop forte, particulièrement à cet endroit, imposait un échange haché et difficile, comme si la ligne était mauvaise. J'avais omis ce paramètre dans ma dérisoire stratégie.

— Allo !

— Tu connais Astérix ?

— Non, c'est un ami à toi ? répondit-elle, se mettant ensuite de profil, la tête inclinée pour tendre l'oreille au sens propre comme au figuré.

Trop ému d'avoir les lèvres aussi près de sa joue, je ne perçus pas le second degré et précisai stupidement.

— Mais non, c'est un personnage de BD.

— Bien sûr que je connais, je te niaisais.

— Tu connais Falbala alors ?

— Elle, non. C'est une amie à toi ?

— Tu me niaises toujours ?

— A moitié, je me doute qu'elle a un rapport avec Astérix mais je la connais pas.

Comme toujours, j'étais plus à l'aise, une fois mon diesel démarré et pus poursuivre avec moins d'hésitation.

— En fait, elle a un rapport avec Obélix qui n'est pas un ami à moi mais à Astérix.

— Lui, je le connais. Mais c'est pas mon genre.

— Je te raconte ça parce que mon ami t'a surnommée Falbala.

— Ah bon ? Pourquoi ?

Advienne que pourra, il était temps de passer la seconde, sans attendre une minute.

— Falbala, c'est une très belle fille et quand Obélix la voit, il n'est plus capable de parler. Et moi, quand je te vois, je me sens comme Obélix devant Falbala.
— Ah oui ? Mais tu me parles bien là.
— Ça m'a pris des semaines pour oser le faire.

Elle sourit mais n'ajouta rien, puis se remit à regarder la piste de danse, perdue dans ses pensées. Elle semblait soucieuse. J'avais l'impression que mon poisson, après avoir cassé sa ligne, repartait au large. Je cherchais un autre appât à lancer quand il ressortit la tête de l'eau.

— C'est pas facile de hurler pour parler et je suis fatiguée, je vais finir ma bière tranquillement et rentrer chez moi.
— Ok. Je vais te laisser alors… Tu peux juste me dire ton prénom ?
— Myriam.

Je répondis simplement « bonne soirée » puisqu'elle ne semblait pas intéressée à connaître le mien. Je m'apprêtais à m'éloigner lorsqu'elle me mit la main sur l'épaule pour ajouter dans mon oreille.

— C'était *cute* ton histoire. T'es juste mal tombé. Bonne soirée.

Falbala s'était transformée en Myriam, sans douleur pour moi, car elle ne m'avait pas repoussé, seulement gentiment écarté. Je n'étais même pas déçu. Pour cela, il aurait fallu avoir la présomption de croire qu'une telle fille puisse s'intéresser à moi. Elle quitta le bar quinze minutes plus tard, confirmant ainsi sa prétendue fatigue et instillant le doute dans mon esprit. J'avais peut-être mal interprété le « mal tombé ». Voulait-elle plutôt dire sur la mauvaise soirée et non pas sur la mauvaise fille, comme je l'avais cru ? Sur le chemin du retour, en examinant la conversation à la lumière des lampadaires de l'avenue Mont-Royal, je commençai à la voir d'une manière plus optimiste que dans l'obscurité du bar. Est-ce que la prochaine fois, je ne devrais pas éclairer ce propos sibyllin ? Je ne savais pas encore que je n'aurais pas cette chance. J'étais assez fier d'avoir surmonté mon blocage et éprouvai le besoin de l'annoncer à Amaury. Voyant de la lumière à la fenêtre de sa chambre, je cognai à sa porte et le trouvai songeur devant son traitement de texte, sûrement en conflit avec un de ses personnages.

— J'ai parlé à Falbala, annonçai-je fièrement.

Je fus surpris de sa réponse laconique et de son manque de réaction à l'annonce du plus grand évènement depuis que l'homme a marché sur la lune.

— Moi, à Nathalie.

— Ah bon, je croyais que tu ne l'avais pas revue.

— Non, mais une seule fois m'a suffi pour gagner à la loterie.

— De quoi tu parles ?

— Elle m'a appelé pour me dire qu'elle avait une Chlamydia.

— C'est quoi ça ? Une fête juive où t'es invité ?

— Imbécile ! C'est une MST.

— Ah bon ? Je ne connais pas.

— T'as bien de la chance, je ne connais que trop, comme d'autres d'ailleurs.

— Tu ne mets pas de capote ?

— Pas toujours… et pas pour tout… Tu veux que je te fasse un dessin ?

— S'il est ressemblant, ça pourrait être intéressant.

— J'en ai marre, je vais bientôt pouvoir faire un guide des cliniques pour maladies vénériennes. Je connaissais déjà celles de Londres, Copenhague et Paris. Je vais pouvoir ajouter Montréal.

— T'as pas travaillé à Amsterdam aussi ? ironisai-je.

— Ça va ! Je ne les fais pas à chaque fois non plus ! Je suis malchanceux, c'est tout.

— C'est surtout que tu ne fais pas gaffe. Le SIDA, ça te dit quelque chose ?

— J'y vais à l'intuition. Si je le sens bien, je ne mets pas de capote car j'aime mieux sans.

— Tu dois avoir le nez bouché alors. Moi, c'est la vie que j'aime.

— Bon, ben je vais devoir allez chez le docteur. Si c'est comme les autres cliniques, tu devines rapidement ceux qui sont dans la salle d'attente pour autre chose qu'une maladie de peau.

— Dire que ça aurait pu être moi. Heureusement que t'étais là. Je vais t'appeler mon paratonnerre à Chlamydia.

Enfin un sourire. Il se déridait et me questionna sur Falbala, mais les anges étant asexués, son expertise en MST ne m'était d'aucune utilité.

5

L'arrivée de Guy, en provenance des vieux pays, m'obligea à changer ma routine en fréquentant moins le Passeport. Je me devais de lui faire voir les aspects culturels de la ville, alternant savamment centres d'intérêts et distractions plus légères. Comme il avait en tête l'élue de son cœur restée au pays et moi Falbala, les motivations des soirées étaient différentes de celles avec Amaury qui, en notre compagnie, comprit vite qu'il risquait plus la gueule de bois qu'une autre MST. D'autant plus que Guy avec son mètre 95 et presque cent kilos était un buveur endurant et un gros mangeur. La minuscule Binerie servait des plats typiquement québécois et était connue depuis longtemps pour ses délicieuses fèves au lard ou plus récemment pour avoir servi de toile de fond au film Le Matou[22]. Ses menus Entrée/Plat/Dessert/Breuvage plafonnés à 3,25 $, signifiaient une exemption de taxes et contribuèrent à en faire une de mes cantines régulières. Je ne pouvais donc manquer d'y emmener Guy, qui ne dérogea pas à sa réputation quand, après avoir fini son pudding chômeur, il commanda au serveur.

— Un autre, s'il vous plait.
— Dessert ? lui demanda celui-ci.
— Non. Menu.

---

[22] Le Matou (Jean Beaudin - tiré du roman d'Yves Beauchemin)

J'étais déjà un habitué mais le serveur se rappellera de moi comme étant l'ami de l'ogre aux yeux bleus. Après ce double salto culinaire, nous acceptâmes l'invitation de Claude et Jean à les accompagner à un chalet loué près de Chesterville. J'en profitai pour perdre ma virginité de conducteur au Québec, évitant de m'arrêter au pied des feux de circulation, situés contrairement à la signalisation européenne, de l'autre côté du carrefour. Jean conduisit la voiture de location pour le retour, alors que l'aller fut en partie consacré à un long débat entre lui et Claude pour savoir qui de Chesterville ou de Victoriaville était la capitale de la poutine. Je répondis à la curiosité de Guy, intrigué par cet échange, que la poutine était une sorte de tartiflette ayant mis du déodorant.

Nous passâmes trois jours près d'un lac, dans un chalet typique en bois rond avec véranda et tête d'orignal au mur, à se goinfrer de blés d'Inde, bleuets et fraises, achetés en chemin. Cette véritable cabane au Canada, fidèle à l'imaginaire européen, avait quand même la particularité d'appartenir à Plume Latraverse qui est au Québec, ce que Renaud est à la France. Son œuvre devrait servir de manuel d'intégration à l'usage des nouveaux immigrants car ses textes avaient été mon meilleur professeur de joual et ses chansons, un livre d'images colorées du Québec et de ses habitants. Quand le four où cuisait un pâté chinois nous lâcha, nous n'eûmes d'autre choix que de contacter le propriétaire. Mais on ne s'attendait pas à voir arriver en personne, l'homme fidèle à sa légende, boîte à outils dans une main et un beau « Ossti de câliss de tabarnak de poêle à marde » à la bouche. Après quinze minutes de bruits d'outils divers, couverts par une variété encore plus grande de sacres, il repartit en s'excusant à sa manière : « Y m'fait toujours ça ce p'tit criss, mais c'est ben correk asteure ». Je ne pense pas que l'on aurait eu droit à la même scène en louant la maison du distingué Léonard Cohen, ni le même souvenir cocasse à envelopper dans mon drapeau du Québec.

***

Ayant bénéficié d'une dispense exceptionnelle pour m'absenter quelques jours du Bercail, je dû, au retour du chalet, laisser Guy en compagnie d'Amaury pour retrouver ma chère et tendre salade de chou. Un soir, rentrant du travail, je les retrouvai tous deux profitant de la verdure de notre cour arrière, un sac du magasin Sport Expert posé sur la table. Il me parut évident de m'adresser à Guy.

— Tu t'es acheté des chaussures de sport ?
— Non, c'est moi, intervint Amaury.
— Toi ?
— Et j'ai le short aussi.
— C'est pour offrir ? me moquai-je.
— Non, j'ai décidé d'aller courir dans le parc.
— T'es sérieux ? Le seul sport que tu connaisses, c'est celui en chambre. Et pour courir… à part après les filles.
— Tu verras…

Et j'ai vu. Par contre les chaussures, elles, n'ont plus jamais revu la lumière du jour.

Amaury m'embarqua sur un autre sujet et du même coup dans une drôle d'histoire.

— Tu sais que Guy voudrait aller à New-York cette fin de semaine ?
— Oui, je sais. Mais maintenant les Français ont besoin d'un visa pour y entrer et il aurait dû en faire la demande avant de quitter la France.
— De toute façon, le problème serait le même pour toi, plaida Guy.
— Non, car j'ai une carte soleil.
— C'est quoi ça ?
— La carte d'assurance maladie du Québec. C'est suffisant pour rentrer aux Etats-Unis.
— Mais je pense à ça, intervint Amaury. Il pourrait prendre la mienne.
— On ne se ressemble pas du tout, dit Guy.
— Ah, ça, c'est sûr ! L'un est beau et l'autre non. Je vous laisse vous distribuer les rôles.

— Mais il n'y a même pas de photo ! Tu aurais juste à retenir ma date de naissance au cas où, insista Amaury, ignorant ma remarque et lui tendant sa carte.

— Tu peux passer juste avec ça ? Sans photo ? s'étonna Guy.

Je le vis tourner la carte entre ses mains, la tentation regardant par-dessus son épaule.

— En théorie oui, mais moi je ne la sens pas votre combine.

— Il ne risque rien. Si ça ne marche pas, ils vont juste lui refuser l'entrée.

— Qu'est-ce que t'en sais ? T'es pas douanier.

— Toi non plus. Donc, c'est à lui de décider, conclut Amaury.

— Ça sera peut-être la seule occasion de ma vie d'aller à New-York. Ça te dérange ? me demanda Guy.

— Moi ? Je m'en fous ! Je ne crains rien, je suis en règle.

— Je vais quand même laisser mon passeport ici, au cas où ils me fouilleraient.

Cette phrase aurait dû me rappeler avec qui je m'aventurais en montant dans ce bus, ce mémorable vendredi soir à 23 heures. Nous pensions, voyageant de nuit, économiser une nuit d'hôtel et tromper plus facilement la vigilance des douaniers endormis. Le premier point fut une réussite totale grâce à l'hospitalité américaine.

***

C'est quand le bus s'arrête que nos ennuis démarrent. Il est environ minuit, mais dans le poste de Champlain, toutes les lumières sont allumées et les garde-frontières bien éveillés. Les passagers doivent descendre pour faire la file à l'intérieur du bâtiment. Si je passe sans problèmes au travers du tamis des formalités, après avoir quand même dû vider mes poches et présenter mes papiers, il en est tout autrement pour Guy. Lorsque qu'il tend sa carte au douanier, celui-ci a un rictus canin en l'examinant. Il en a aussi malheureusement le flair.

Les anglophones, profitant de l'hégémonie planétaire de leur langue grandement facilitée par notre passivité, n'ont bien souvent pas la courtoisie d'apprendre à dire simplement bonjour et merci dans la langue des pays qu'ils visitent, mais il est par contre bien légitime qu'un douanier américain grogne en anglais quand on passe devant sa niche. Néanmoins, pour faciliter la lecture et puisque je n'ai pas l'intention de laisser cette domination linguistique s'étendre jusque dans mes modestes écrits, convenons ensemble que notre agent a bénéficié de ma part, d'un cours accéléré de français.

— Quelle est votre date de naissance ? demande-t-il.

La réponse fuse trop vite, comme une leçon bien apprise. Ça manque de naturel. Le douanier se désintéresse de la carte et fixe Guy longuement. Trop longuement. Il savoure ce moment où la suprématie que lui confère sa fonction peut influer sur le sort d'un voyageur. Il a trouvé son os et n'a pas l'intention de le lâcher facilement. Je ne sais si Guy avait répété pour la question suivante mais je dois reconnaître qu'il aurait pu tomber sur une réponse plus facile.

— Pouvez-vous m'épeler votre nom ?
— A-M-A-U-R-Y
— Non. Votre nom de famille.
— D-E-D-I-A-B-L-E-M-E-R-V-I-L

Le gabelou reste compréhensif sur les hésitations à épeler dans une autre langue, mais il semble attendre autre chose et demande.

— C'est tout ?
— L-E, s'empresse de compléter Guy.
— Vous pouvez y aller, dit son tortionnaire au chauffeur du bus qui, certainement habitué à ces retards, patiente calmement.

Guy tend la main pour récupérer sa carte. Son détenteur la pose sur le comptoir tout en gardant un doigt dessus et ajoute d'un ton menaçant.

— Vous monsieur, vous ne partirez pas d'ici avant que je ne connaisse votre véritable identité.

Habitué à voir dans notre courrier, l'inscription dissimulée par la griffe du douanier, je ne suis pas surpris de la tournure des événements. Amaury De Diable-Mervil. Pas besoin d'un nom de plume avec un tel patronyme, sonnant comme celui d'un écrivain d'un autre siècle. L'absence du tiret aurait pu passer mais les deux lettres soutirées par l'attente maligne du douanier sont vraiment de trop. Je suis libre de suivre les autres voyageurs mais Guy donne la touche finale au tableau canin en m'adressant un regard de cocker en détresse. Mon intention n'est pas d'aller seul à New York et ma loyauté me pousse à rester, bien que je ne sois pas certain que la force de cette poussée aurait été suffisante, si j'avais pu prédire la suite des événements. Le douanier va me prouver par ses réponses que s'il a peut-être le flair du chien, il en a aussi certainement le Q.I.

— Je peux l'attendre ? lui demandé-je.
— Pourquoi ? C'est bon pour vous !
— Tout le monde à bord ! répète le chauffeur du bus.

Le monde ne se résumant plus, dans le poste, qu'aux douaniers, mon compagnon d'infortune et moi, je me sens obligé de prononcer à contrecœur.

— Je reste ici. Vous pouvez partir.
— Vous êtes ensemble ? commence à réaliser le douanier.
— Oui.
— Vous le connaissez ?
— Oui.
— Depuis combien de temps ? ajoute-t-il, s'intéressant un peu plus à moi.
— Environ dix ans.
— Et vous saviez que ce n'était pas son vrai nom ?
— Bien sûr, avoué-je sans pouvoir m'empêcher de lever les yeux au ciel.

Je réalise la portée de mes paroles lorsque se prononce en version originale, cette phrase si souvent entendue dans les films américains : « Vous êtes en état d'arrestation. Tout ce que vous direz pourra être retenu contre vous… ». La perception en est différente, les mains contre un mur et les jambes écartées, que devant le petit écran, confortablement assis dans son canapé.

***

Je ne comprenais pas vraiment quel délit nous avions pu commettre pour se retrouver enfermés dans cette pièce, dont une des parois était entièrement vitrée. Après avoir fait montre de légèreté, peut-être fîmes-nous preuve de paranoïa car craignant d'être enregistrés, nous jouâmes cette scène à voix haute pour - le mot se prêtant bien à la situation - dédouaner Amaury de toute implication.
— Amaury ne sait pas que tu as pris sa carte ?
— Non, il la laisse toujours traîner partout. Je pensais la remettre à sa place dès notre retour.
— C'est quand même pas brillant d'avoir perdu ton passeport.
— Je sais, surtout que j'avais le visa.
Le douanier, satisfait d'avoir un os à ronger, s'était fait un plaisir de nous menacer d'une peine d'emprisonnement conséquente, avant de nous abandonner à notre appréhension et notre cellule vitrée. L'attente du lendemain et d'un policier devant décider de notre sort fut inconfortable physiquement et psychologiquement. Pendant que Guy me confiait ses craintes de sévices sexuels dans le milieu carcéral, en termes trop explicites pour me permettre de les relater, je regardais les nuages obscurcir l'horizon de ma demande de visa de résident, tentant vainement de trouver le sommeil sur mon banc de bois. La nuit, quoique passablement bien avancée, sembla s'éterniser ; le matin tarda à arriver, mais pas autant que l'inspecteur tenant notre sort dans une main et un beignet dans l'autre.
Après avoir écouté notre histoire, il s'avéra plus perspicace et compréhensif que le préposé aux frontières, et ne voyant pas en nous des délinquants, nous proposa comme porte de sortie

de plaider coupable en comparution immédiate. Coupable de quoi ? L'interprète assistant le juge nous le traduisit ainsi : *Complot pour tenter de faire entrer illégalement un citoyen étranger aux USA, infraction qui peut être punissable d'une peine maximale de dix ans d'emprisonnement.* Je trouvais que c'était un peu fort de café, d'autant plus que je n'en buvais jamais. Mais c'est quand même avec soulagement que nous nous empressâmes de prononcer à tour de rôle : « I plead guilty ». Le taux de change nous fut favorable car nous échangeâmes notre lourde peine de prison contre 125 dollars d'amende chacun. Nous quittâmes le bureau du juge, soulagés, moins surpris d'être à nouveau menottés l'un à l'autre, et Guy ne répéta pas comme lors du trajet aller : « Si ma mère me voyait… ». Et la mienne alors ? Moi, pour qui le passé criminel se résumait à avoir franchi en bande, la clôture de la piscine municipale, seul obstacle à une baignade au clair de lune.

Le rêve américain de Guy s'était transformé en cauchemar et j'aurais dû l'appréhender avant que nous le soyons nous-mêmes car il était un véritable aimant à douanier. N'était-ce pas lui, lors de nos passages devant les guérites suisses pour se rendre au Paléo Folk Festival de Nyon, qui avait eu droit, trois années consécutives, à une fouille intégrale ? Il était à chaque fois le dénominateur commun du groupe arrêté, alors que je passais sans problèmes en moto, jeans troués et blouson noir, sans même qu'on me demande de retirer mon casque d'où dépassaient mes longs cheveux. Après Amaury, le paratonnerre à Chlamydia, voilà Guy, celui à douanier, sauf qu'il fallait se tenir loin de lui quand la foudre frappait.

Nous nous serions bien passés de la sollicitude dont firent preuve les autorités américaines en nous raccompagnant au poste de Lacolle. Les relations avec les agents canadiens ne s'amorcent jamais bien quand on arrive dans une voiture de police, escortés de deux inspecteurs, et ce malgré l'absence de menottes retirées juste avant la descente de voiture, grâce au fameux regard de cocker de Guy à destination cette fois-ci de nos gardes chiourmes. En délinquants maintenant aguerris, nous ne sommes pas surpris de retrouver le même type d'hébergement, seule la langue du personnel de service aux chambres diffère. Plus familière, elle nous semble au début plus amicale, à tort, car elle ne nous soustrait pas aux interrogatoires serrés. L'absence de pièce d'identité pose problème pour l'entrée de Guy sur le sol québécois alors que l'on trouve que mon casier flambant neuf, fraîchement acquis, ne me va pas au teint. Après l'hospitalité américaine pour la nuit, le transport du retour, offert au frais des contribuables canadiens, comprend également la chambre à Montréal, dans une sorte d'hôtel faisant office de lieu de rétention jusqu'à la comparution pour enquête, fixée au lendemain. Tant de générosité minore de notre budget le montant de l'amende qu'on dut acquitter.

Le lendemain, commence l'attente anxiogène dans une autre pièce, au mur vitré maintenant familier, sûrement apprécié des claustrophobes. Premier à être appelé, Guy revient une heure plus tard, rassuré par son interrogatoire avec une fonctionnaire. N'ayant commis aucun délit au Canada, le seul obstacle à sa libération est son absence de preuve d'identité. Il pourra s'en affranchir sous condition de retrouver son passeport. Son appel téléphonique autorisé lui a permis d'indiquer à Amaury, à mots couverts, où chercher précisément. Il reste très optimiste quant au résultat, sachant très bien l'avoir « perdu » dans la poche droite de son sac. La soi-disant recherche a manifestement porté ses fruits car Guy est libéré un peu plus tard, ce qui m'encourage à attendre plus sereinement, persuadé de bénéficier de la même clémence. Je tombe malheureusement sur un autre fonctionnaire, entonnant une chanson aux paroles moins agréables, accompagnée d'une musique vindicative, bien qu'il s'agisse de notre première rencontre. Le genre de personne qui, habitant seul une cabane isolée, adopterait un chien non pas pour la compagnie, mais pour avoir quelqu'un à dominer. Dans l'unique but d'affirmer une autorité toute relative, il m'annonce que je serai conduit directement à l'aéroport pour être expulser du pays, sans même l'autorisation de récupérer mes affaires à mon domicile. Devant mon étonnement de subir un traitement différent de celui de mon ami, ayant déjà pu quitter les lieux, il sort du bureau pour s'informer et je devine aux bribes de conversation provenant de l'extérieur que sa supérieure est à l'origine de la décision concernant Guy. Bien que cela lui en coûte, il n'a d'autre choix que de se calquer sur celle-ci et me libérer, non sans m'avoir fait rageusement signer quelques documents. Deux jours de privation de liberté m'auront suffi pour éprouver une forte sensation de soulagement, à pouvoir décider sans entrave de la destination que prendront mes pas, au sortir du 1200 de l'avenue Papineau. Ils me mènent bien évidemment à la rue Chabot où m'accueille Guy, en l'absence d'Amaury, parti travailler.

— Je commençais à m'inquiéter, je ne comprenais pas pourquoi il ne te relâchait pas, toi aussi.

— Heureusement que tu es passé en premier avec quelqu'un de plus compréhensif, sinon va savoir comment cette histoire se serait terminée pour moi.

— Pourquoi ? Qu'est-ce qu'ils t'ont dit ?

— Je suis tombé sur un con, zélé en plus, il voulait m'expulser directement.

— Moi, elle m'a simplement dit que je devais partir à la date indiquée sur mon billet d'avion, sans oublier ce jour-là, de me signaler au bureau d'immigration de l'aéroport pour prouver mon départ. Pas toi ?

— Pas au début. Mais il a dû se plier à la décision de sa supérieure. Qu'est-ce que tu as expliqué pour ton passeport ?

— Ce fou d'Amaury l'a rapporté en disant qu'il l'avait trouvé dans le jardin, en plus il l'avait sali avec un peu de terre pour faire plus vrai. Il va déclarer sa carte d'assurance maladie perdue et tout est bien qui finit bien.

— Pas pour moi.

— Comment ça ?

— Je suis inquiet pour ma demande de visa de résident. Normalement, le gouvernement fédéral vérifie les casiers judiciaires.

— La fonctionnaire que j'ai rencontrée m'a dit que l'on n'avait commis aucun délit au Canada et qu'on aurait uniquement un casier aux Etats-Unis. Pas à toi ?

— Il est resté très évasif et j'avais trop peur qu'il change d'avis pour m'attarder. Disons que ce n'est pas le Québécois le plus agréable que j'ai rencontré. Il m'a juste dit, comme à toi, que j'avais intérêt à quitter le pays avant l'expiration de mon visa, sans oublier de pointer à l'aéroport.

— Je ne pense pas qu'ils vérifieront ton casier dans tous les pays. Logiquement, ils ne devraient le faire que pour la France.

— Faut espérer. Seul l'avenir le dira.

Mais l'avenir, par définition, était devant nous et ma nature anxieuse me fera sentir en permanence, la pointe de cette épée de Damoclès qui me chatouillait le cuir chevelu. J'étais également inquiet de n'avoir plus revu l'ombre de Falbala depuis que j'avais franchi le gué de mes appréhensions à lui parler. Si Amaury n'avait pas été témoin de mes atermoiements, j'aurais pu croire l'avoir rêvée, et qu'elle était retournée depuis lors, dans les limbes de mes phantasmes.

***

Le bar venait d'ouvrir. Assis devant Claude, j'étalais sur le comptoir mes inquiétudes concernant mon avenir quand les deux petites mains qui me bandaient les yeux, me les dissimuleront pour le reste de la soirée. J'écartai ce masque parfumé et me retournai.

— Hey ! Roxanne ! Ça fait longtemps que je ne t'ai pas vue. Je t'ai bien laissé quelques messages mais tu ne m'as pas rappelé.

— Oui, désolée, j'étais dans une histoire compliquée.

— Toujours le même gars ?

— Non, c'est ça le problème. Mais finalement, il ne s'est rien passé.

— Pourquoi ?

— Trop compliqué…

Sa porte tambour n'avait pas eu le temps de rouiller. Je lançai une boutade.

— Je t'avais pourtant dit qu'avec moi, ça serait pas compliqué.

— Tant mieux ! Ce soir j'ai justement besoin de quelque chose de simple avec un ami pour me consoler.

— Je pensais qu'il ne s'était rien passé entre vous.

— Justement…

Je la pris dans mes bras et elle se laissa aller contre mon épaule.

— Il me faudrait un plus gros câlin que ça.

— C'est pour ça que tu es là ? demandai-je sans être certain de comprendre ce qu'impliquait ce sous-entendu.

— Je voulais aussi te dire que j'ai obtenu un visa de travail pour la France, je pars dans trois jours.

— Tu serais partie sans me dire au revoir ? m'étonnai-je.

— Ben non ! Puisque je suis là.

— Pour être consolée !

— Un peu des deux.

— Bon, tu veux boire quelque chose ?

— Non, je suis juste venue te chercher pour qu'on garde un bon souvenir tous les deux.

— Mitigé pour moi.

— Parce que tu t'es menti à toi-même, je t'avais prévenu. J'ai toujours été *cash* avec toi.

— C'est vrai, mais ça m'a affecté quand même.

— C'est parce que tu es trop fleur bleue. Tu idéalises trop tes relations avec les femmes. Faut pas croire qu'on cherche juste l'amour.

Comme je l'aimais bien mais n'étais plus amoureux d'elle, je pouvais maintenant plaisanter à propos de mes rêves fanés.

— J'aurais pu être ton bâton de vieillesse.

— Je préfère ton bâton de jeunesse, répliqua-t-elle, mutine.

— Roxanne ! Je ne te reconnais plus !

— C'était juste pour appuyer mes dires. Tu vois, on n'est pas si différentes des hommes. On y va ?

— Tu prends des risques. Cette fois-ci, il nous reste trois jours. Ça nous laisse du temps pour une belle romance, j'ai même le temps de te demander en mariage.

— Contentons-nous de la nuit de noces. J'ai trop de préparatifs pour mon départ. Allez-viens ! On perd du temps.

— Tu es comme une feuille morte, toi. Tu tombes toujours dans mes bras à l'automne, constatai-je alors que nous quittions le Passeport à une heure inhabituelle.

Je la suivis sans hésiter car si le rêve était fané, la fleur embaumait encore. Arrivé dans ma chambre, je mis le même disque de Cow-Boy Junkies. L'identifiant aux premières notes du second morceau, *Misguided Angel*[23], elle affirma dans un sourire.

— Tu vois, tu es trop fleur bleue.
— C'était pour voir si tu t'en souvenais.
— Comment aurais-je pu oublier ?

Indéchiffrable Roxanne. Je ne saurai jamais ce que j'avais représenté exactement pour elle, elle qui n'aura été finalement pour moi, qu'une légère ponctuation dans ma vie, pas même un point, juste une virgule. La relation redevenue épistolaire se prolongera un peu, puis la hache du temps donnera ses derniers coups pour couper le fil qui nous reliait encore.

***

L'automne prenait peu à peu ses marques. En l'absence de nouvelles d'Immigration Canada, je décidai de devancer l'expiration de mon visa pour ne pas me priver de l'apport financier non négligeable d'une peut-être dernière saison d'hiver à La Plagne. Mon retour à Montréal, devenu maintenant hypothétique, nous décidâmes Sylvain et moi, d'occire notre cochon avant mon départ pour la France. S'aidant d'un ouvre-boîte pour l'éventrer, nous eûmes la surprise d'extraire de ses entrailles, la somme de 170 dollars, pécule nous autorisant un

---

[23] Misguided Angel (Cowboy Junkies)

repas à l'une des meilleures tables de Montréal : au Toqué ! Le menu sept services, accompagné d'un verre de vin différent s'accordant à chaque plat, signifiera pour moi la fin de mon histoire avec Le Bercail ; je n'avais nullement l'intention à mon retour, si ce repas ne sonnait pas aussi le glas de mes espoirs d'établissement au Québec, de poursuivre mon aventure dans la restauration.

De son côté, Amaury avait décidé de ne pas chercher d'autre logement après la restitution du nôtre en fin d'année. Il partirait à Londres, presque sur la queue de mon avion. Faute n'était pourtant pas de lui avoir seriné qu'il faudrait peut-être connaître le but de sa quête perpétuelle, avant d'espérer l'atteindre toujours ailleurs. La page de la rue Chabot allait se tourner définitivement, signifiant la fin d'une époque insouciante, car mon espéré retour me demanderait d'implanter plus solidement les racines d'un nouvel emploi, d'un nouveau logement et probablement avec un autre colocataire. Quoiqu'il faille s'attendre à tout avec Amaury, il était capable de faire deux fois le tour de l'Europe avant de revenir à son point de départ pour m'accueillir. J'avais toujours eu du mal avec l'irréversibilité du temps qui m'interdisait de revivre les bons moments ou d'essayer de corriger les erreurs passées. J'éviterais par exemple, de prendre une seconde fois cet autobus ayant eu pour terminus, mes ennuis douaniers aux conséquences encore inconnues. Mais je n'avais d'autre choix pour l'instant que de monter dans celui grondant face à moi, ayant décliné l'offre de Sylvain et Nancy de me conduire à l'aéroport, leur évitant ainsi le long trajet entre Mirabel et le centre-ville.

Je me délestai de mon lourd chargement à l'enregistrement, hormis mes regrets qui l'étaient tout autant, et embarquai dans l'avion, une nouvelle fois le cœur gros, espérant qu'il y aurait encore de la nostalgie en préparation qui m'attendrait à Montréal. C'était ma quatrième traversée de l'océan cette année, me serait bientôt familier, le visage de toutes les hôtesses d'Air Transat. J'avais déjà le Montréal Blues[24] et hâte de les revoir en sens inverse. Quand on a trempé ses rêves dans les eaux du Saint-Laurent, on y revient forcément.

---

[24] Montréal Blues (Gaspard Valentin)

RUE SAINT-DENIS

1

Je la tenais entre les mains, sans parvenir à y croire. Malgré l'excitation, je décachetai avec précaution la grande enveloppe brune, récupérée dans la boîte aux lettres de mes parents, relais postal temporaire puisque je faisais une courte étape chez eux, avant de monter pour la saison d'hiver à La Plagne. Je découvris le cœur battant, un courrier provenant de l'ambassade du Canada et en compris le contenu positif dès la lecture des premiers mots « Nous sommes heureux.. », reléguant aussitôt les douanes américaines à une anecdote amusante tandis que je m'usais les yeux sur le terme « Droit d'établissement permanent ». Cela faisait seulement deux jours que j'étais en France, le destin semblait avoir attendu mon retour pour relâcher cette lettre, comme une dernière surprise réservée dans ce pays. Ce courrier délivré une semaine plus tôt, ma saison à La Plagne n'aurait été plus qu'une voie de sortie, oubliée le long de la route montréalaise sur laquelle j'étais déjà bien lancé. Fataliste en dépit de cette farceuse chronologie, j'allais quand même pouvoir apprécier le cœur léger, mon dernier hiver en montagne, persuadé de ne plus rencontrer aucun obstacle empêchant mon retour à Montréal.

***

Mi-décembre, je retrouvai mon petit 13 m² de l'immeuble Le Sierra Nevada et malgré mon absence de l'hiver précédent, la même affectation au biplace du Biollet. Bien que la dénomination du poste fût conducteur de télésiège, nous stagnions lui et moi sur cette pente depuis de longues années, à l'instar de mon collègue de travail, un vieux savoyard portant béret et moustache en guidon de vélo, et dont les expressions, mâtinées de patois, pouvaient laisser les touristes aussi perplexes qu'un Français face au joual québécois. Son caractère acariâtre, ayant fort probablement usé mon remplaçant, semblait s'être répercuté sur ce télésiège, toujours de mauvaise humeur lui aussi. Un vieux deux places aux sièges en bois qui tendaient à adopter, juste après le virage en sortie de poulie, une position horizontale inadaptée à l'accueil des passagers, nous obligeant à maîtriser ce matériel caractériel pour éviter qu'il ne fauche les skieurs lui tournant le dos. Après ces journées à jongler entre mes deux grincheux, je me faisais ou laissais, suivant mon humeur, parfois piéger au bar Le Refuge. Ce repaire de beaucoup de saisonniers était situé juste après la boulangerie sur le chemin menant à mon studio. Si j'avais le malheur ou le bonheur d'être repéré par certaines connaissances, accoudées au comptoir près de la vitrine, ma bonne éducation m'obligeait alors à entrer pour les saluer et la politesse s'en mêlant aussi, m'interdisait de refuser la consommation offerte. J'offrais ensuite ma tournée pour ne pas passer pour un mal élevé, suivie de celles de tous ceux à qui les bonnes manières importaient tout autant. Ces excès de courtoisie en entraînant d'autres, les tournées se poursuivaient jusqu'à point d'heure. Au final, chacun rentrait chez soi, l'estomac clapotant et en guise de souper, la baguette plus qu'à moitié grignotée. Il fallait donc choisir entre éviter la boulangerie et rentrer directement, privé de notre pain quotidien (Amen), ou s'accrocher les pieds et se contenter de celui-ci comme unique repas. J'exagère pour enrichir la légende car de nombreux soirs, aucun de mes - bien nommés par Plume - mauvais compagnons[25] ne se trouvaient sur mon chemin. Une de cette fin de journée ne présageant rien d'exceptionnel, alors que je me dirigeais vers Le Refuge, j'assistai à une splendide figure acrobatique, réalisée par sa non moins belle exécutante, piégée par une des traîtreuses plaques de glace tapies sous la neige du stationnement. Elle était encore au sol à faire l'état des lieux quand je m'approchai pour l'aider à se relever.

— Ça va ?

— Oui, j'ai juste un peu mal aux fesses… Et aussi à ma fierté.

— Il ne faut pas. On a beau être habitués, ça nous arrive à tous au moins une fois dans la saison. Tu arriveras à marcher ?

— Oui, oui ! Je vais juste là de toute façon, dit-elle en pointant Le Refuge.

— Moi aussi, j'ai rendez-vous avec un ami.

Nous entrâmes ensemble dans la petite salle, inhabituellement déserte pour l'heure.

— Mon ami n'est pas là, dis-je. Et comme il est toujours en retard, je risque d'attendre longtemps.

— Mon amie n'est pas là non plus.

— On peut les attendre ensemble, si tu veux.

— D'accord, mais on reste au comptoir, j'ai encore la fesse sensible. Je sens que je vais avoir un gros bleu demain.

— Ça ira bien avec la météo, ils annoncent grand beau.

— Oui, c'est super. Je dois aller faire du surf avec mon amie.

— Moi, du ski avec le mien.

Durant l'attente de nos amis respectifs, Marjolaine m'apprit être étudiante et venir à chaque période de vacances scolaires, dans l'appartement de ses parents à Plagne 1800. De mon côté, aucune explication nécessaire, mon écusson des remontées mécaniques témoignant de mon activité. Arriva avec trente

---

[25] Les Mauvais Compagnons (Plume Latraverse)

minutes de retard pour un passage express, mon ami, la barbe en broussaille, et surexcité comme souvent les gens de petite taille.

— Salut ! Ça va ou bien ? me demanda-t-il, puis il accompagna d'un : « Mademoiselle », un bref signe de tête, en direction de Marjolaine.

— Tu as l'air bien pressé.

— Oui, je ne m'arrête pas. J'ai un problème au boulot et je serai certainement d'astreinte demain, alors je suis juste passé te dire de ne pas compter sur moi.

— Sympa. Tu me laisses tomber, quoi.

— Tu iras avec mademoiselle, elle est charmante.

— Plus que toi, c'est sûr.

Et il repartit en coup de vent. Je m'accommodais assez bien de la solitude mais s'il y avait une chose que je détestais faire seul, c'était bien skier. Je profitai de sa remarque pour essayer de pallier ce problème.

— Il a raison.

— De dire que je suis charmante ? demanda-t-elle, amusée.

— Nooon !

— Je ne suis pas charmante ? insista-t-elle en éteignant son sourire pour mimer la déception.

— Très ! C'est d'ailleurs pour ça que je voulais me proposer de vous servir de guide, à toi et ton amie.

— On connait très bien la station, on n'a pas vraiment besoin d'un guide.

— Bon ben tant pis, j'aurai essayé.

— Mais on n'a rien contre de la compagnie, ajouta-t-elle malicieusement.

— Super ! On se donne rendez-vous demain matin ici ?

— Oui, c'est bien. Dix heures ça te va ?

— Parfait ! Tu feras attention à la plaque de glace.

— Je ne risque pas de l'oublier. Bon, je vais rentrer téléphoner à mon amie car c'est bizarre qu'elle ne soit pas encore là.

On sortit ensemble et elle s'assura avant de me quitter.

— Il y aura plus de monde demain matin, tu penses que tu vas me reconnaître ?

— Facile. Tu seras la schtroumpfette à la fesse bleue.

***

En faction devant Le Refuge, le lendemain, je la vis arriver seule.

— Ton amie cherche une place pour se garer ?

— Non, elle a finalement appelé hier soir pour me dire qu'elle avait un problème avec sa voiture et était bloquée dans la vallée.

— Tu vois, tu as bien fait d'accepter ma proposition.

— C'est sûr. Mais tu ne fais pas de surf ?

— Non, j'aime affronter les problèmes de face.

— Tu n'as jamais essayé ?

— Une seule fois. Je suis tombé plus souvent dans cette journée que dans toute ma vie de skieur.

— C'est embêtant. J'ai peur de te retarder car je viens de commencer et je ne suis pas encore très douée.

— T'inquiète pas, j'ai tout mon temps.

Il me suffisait effectivement de profiter de la splendeur des montagnes sous ce ciel limpide pour être satisfait. D'autres occasions de dévaler plus rapidement les pentes hors-piste se présenteraient au cours de la saison. C'était la seule occupation de mes jours de congé ensoleillés, les autres au temps maussade étant consacrés à la grasse matinée et la lecture.

Les contacts physiques, inévitables pour l'aider à se relever, ou la soutenir lors de l'embarquement compliqué par son surf sur les télésièges, contribuèrent à estomper une gêne bien naturelle entre deux personnes se connaissant depuis peu. Elle illumina ma journée par son sourire indécrochable malgré ses nombreuses chutes. Je songeais, la regardant couchée dans la neige, ses longs cheveux châtain roux épars telles des langues de feu autour de sa tête, n'avoir pas perdu au change en troquant mon petit ronchon barbu contre cette Blanche-Neige, avec qui on croquerait bien la pomme. Nous allâmes manger au restaurant d'altitude situé au sommet du Biollet, honorant ainsi les invitations répétées du patron, reconnaissant de l'aide apportée chaque matin pour l'embarquement de ses victuailles sur le télésiège. A la fin de la journée, je sentis la surfeuse avoir les rotules flageolantes. Si je ne pouvais lui dire que c'était le planté de bâton qui n'allait pas, je lui proposai néanmoins d'aller boire un vin chaud sur les pistes, dans une ancienne bergerie tenue par deux Anglaises, rencontrées à l'époque où j'étais en poste sur le secteur de Plagne-Bellecote. Il nous réchauffa sans refroidir nos porte-monnaies car on les invita à rester au fond de nos poches. Marjolaine fut un peu gênée de n'avoir rien eu à débourser de la journée, je la mis à l'aise, lui faisant remarquer la similitude de nos situations. Nous nous quittâmes sur une première bise, sans qu'aucun rendez-vous futur ne soit évoqué.

Trois jours eurent à peine le temps de fondre sous le faible soleil de décembre, qu'elle se glissait de nouveau dans mes pensées ainsi qu'au pied du télésiège. Je m'adonnais alors à la monotone mission de feindre d'ouvrir un œil sur la validité des forfaits, le regard dissimulé derrière mes lunettes de soleil. Elle tenait à m'inviter au restaurant pour me remercier de sa journée de ski tous frais payés et de l'attente évitée au pied des remontées grâce à ma compagnie. Je cédai assez facilement, lui proposant d'aller le lendemain à l'Estaminet, restaurant qui faisait justement une soirée spécialement dédiée au *baeckeoffe,* contraint par la longue préparation de ce plat alsacien.

***

Marjolaine fit la grimace en voyant arriver son assiette.
— Ça n'a pas l'air de t'inspirer.
— Si, si. Ça semble très bon... mais c'est copieux.
— Je me suis dit que c'était plus original qu'une raclette ou une tartiflette.

— Tu as eu raison mais je ne suis pas certaine d'en venir à bout.

— On ira vendre ce qui reste sur le front de neige, ça réduira le montant de ton addition.

En combinaison de ski, le visage sans fard, elle était déjà charmante. Mais je la découvrais ce soir-là, resplendissante dans des vêtements plus moulants, et plus femme grâce au léger maquillage, qui en la vieillissant légèrement, gommait ses dernières traces d'adolescence. Avec ses cheveux entre le châtain et le roux et ses yeux entre le gris et le bleu, elle était la fille de l'entre-deux. Si j'ignorais ses intentions, les miennes étaient d'éviter qu'elle ne devienne celle d'entre deux avions, pour ne pas être tiraillé entre deux pays. Cela explique mon manque d'enthousiasme quand elle me demanda.

— Qu'est-ce que tu fais pour le 31 ?

— Rien de spécial, je travaille le lendemain. De toute façon, les soirs où l'on doit s'amuser par décret n'ont jamais été mon truc. Et toi ?

— Je n'aime pas trop le 31 non plus.

— Non, je veux dire, qu'est-ce que tu fais, toi ?

— Ah, ben juste un petit réveillon tranquille avec mes parents. Par contre le 3, il y a une soirée spéciale à la discothèque d'Aime 2000 pour fêter le début de l'année olympique. Ça pourrait être sympa, il devrait y avoir plus de professionnels de la montagne que de touristes.

— Tu n'es pas touriste toi ? lui fis-je remarquer.

— Si, mais j'ai reçu une invitation par l'entremise de mon université car j'ai participé à un concours pour le logo des JO.

— Tu étudies en quoi déjà à Nîmes ?

— Art-Design. Viens faire un tour, on se souhaitera une bonne année.

— Je ne pense pas. Je ne vais pas trop en boîte. Un autre jour peut-être.

— Ça m'étonnerait, je pars le lendemain.

— J'y penserai mais je ne te promets rien.

Ce n'était pas le manque d'attirance mais le fait de percevoir sa réciprocité qui me faisait hésiter à accepter l'invitation. Je ne pouvais risquer de m'embarquer dans une relation hivernale alors que mon cœur était déjà enregistré sur un vol printanier. J'avais le travail saisonnier mais pas le sentiment.

***

Passer devant La Cheminée, un vendredi après le travail, n'était pas l'idéal pour éviter les tentations. Mais en avais-je vraiment l'intention ? Ce tout petit bar entièrement vitré, situé au carrefour très passant de trois galeries commerciales, était également fréquenté par mes mauvais compagnons. Ceux-ci y faisaient justement la circulation ce soir-là. Le feu dans mon gosier passa au rouge à l'intersection, m'obligeant à m'arrêter pour les retrouver. Quelques excès liquides plus tard, ça parlait un peu plus fort et l'idée lancée d'aller à la soirée à Aime 2000 fut saisie au vol par tout notre petit groupe, moi y compris. L'ambiance festive du moment m'avait fait oublier mes résolutions concernant Marjolaine. Le temps de passer revêtir une tenue plus appropriée et je partais, sans le savoir, à la rencontre de mes futurs émois.

Je n'étais plus au Québec et en eut le rappel lors de notre arrivée à la discothèque. L'absence du contrôle de l'affluence à l'entrée remplaçait l'inconvénient de la file d'attente, par celui de la difficulté à circuler à l'intérieur de la boîte, tellement pleine, qu'on aurait eu du mal à fermer le couvercle. Malgré tout, à peine étais-je entré, qu'attirés comme deux aimants qui aimeraient devenir amants, Marjolaine et moi nous retrouvâmes face à face. Elle sembla surprise mais heureuse de me voir et m'en donnera la confirmation plus tard, alors que côte à côte, passifs dans une discussion au sein d'un groupe, je sentis un insecte de chair se lover dans ma main. Je refermai instinctivement la toile de mes doigts sur lui, sans me douter m'être piégé moi-même dans un futur dilemme. Je ne sais plus qui de nous deux profita de ce lien de doigts tressés pour entraîner l'autre dans un coin tranquille, mais le temps de mieux connaître la sensualité de nos contours, nous étions dans sa voiture à parcourir les quelques kilomètres nous séparant de plus d'intimité. Si vous escomptiez une description détaillée de la suite, vous vous êtes trompé de livre et trouverez aisément d'autres types de littérature, avec moult détails explicites sur ce genre de scène. Je préciserai seulement qu'elle était douce, très douce, et après ma cavalcade australienne, me donna l'impression, par un trot me convenant mieux, de rentrer au pays retrouver des contrées plus familières. Elle était jeune aussi, très jeune, je le réalisai à son départ au milieu de la nuit, dicté par le souhait de ne pas vouloir inquiéter ses parents en découchant. Elle entrait dans la vingtaine alors que j'en sortais presque, mais ça devait être par la même porte pour que nos vies se percutent aussi agréablement. Trop peu d'heures plus tard, après une levée du corps difficile, le souvenir de son « A bientôt » résonna dans ma tête, me rappelant l'annonce de son départ prévu aujourd'hui. Je commençais à avoir la désagréable impression que mes nuits à deux débouchaient justement toujours sur un départ. Le manque de sommeil et une météo humide rendirent ma journée de travail longue et fatigante, au point que celle-ci achevée, je fis un retour Monopoly en allant directement chez moi, sans passer par la case boulangerie et sans toucher un verre au Refuge. Une carte de visite trouvée dans ma boîte aux lettres me dessina un sourire, confirmant mon envie de revoir Marjolaine. La barrière de papier de mes résolutions avait été consumée par le feu de nos sens. J'étais en France depuis moins d'un mois et sans être au fait de ses pensées, je savais avoir tout l'hiver pour surseoir à mon propre questionnement.

Je ne sus jamais vraiment grâce à quelle fonction son père bénéficiait d'un appartement, mis à disposition par le comité d'organisation des JO jusqu'à la fin de l'hiver, mais Marjolaine en profitera largement aussi, rejoignant ses parents à chaque période de vacances scolaires. Je n'attendis pas son appel et c'est aussi bien ainsi puisqu'elle n'avait pas mon numéro.

Sortant sa carte de visite et de ma réserve, je lui téléphonai, m'informant de son arrivée prochaine et lui fixant rendez-vous chez moi pour le lendemain, afin d'aller skier si le temps le permettait. Il fut superbe ce jour-là, mais c'est moi qui ne le permis pas, quand elle apparut à ma porte, vêtue de sa combinaison de ski rouge, le surf à la main et le sourire aux lèvres. Je l'invitai à entrer pour tester le bon fonctionnement de sa fermeture éclair, elle résista mollement en riant.

— Eh ! Mais qu'est-ce que tu fais ?! On doit pas aller skier ?
— On a le temps, toute la neige ne fondra pas aujourd'hui.
— Mais ça me gêne !
— Tu me semblais moins pudique la dernière fois.
— J'étais préparée, là je ne m'y attendais pas, j'ai de vieux dessous même pas coordonnés.
— C'est pas grave, tu ne les garderas pas longtemps et je suis certain que le reste est bien coordonné avec mes envies. Mais si je comprends bien, c'était prémédité la dernière fois ?
— Pas du tout, ce n'était pas de la préméditation, juste de la prévoyance.
— Au cas où tu rencontrerais quelqu'un ?
— Au cas où tu viendrais…
— Et ?
— Tu m'as très bien comprise.

Je n'avais pas chômé pendant toute cette discussion et la gardais dans mes bras, avec un peu moins de tissu entre nous.

— Bon, j'arrête alors ?
— Trop tard ! Maintenant que tu as vu mes dessous, autant en finir rapidement, il fait tellement beau dehors.
— Rapidement ? Pas question, tu ne voudrais quand même pas que je ternisse ma réputation.
— Longtemps mais rapidement quand même pour qu'on puisse voir un peu le soleil. Mes parents vont se poser des questions si je rentre sans avoir pris des couleurs.
— Ils ne t'ont jamais appris qu'un petit chaperon rouge comme toi, ne devrait pas venir si tôt le matin, déranger le loup

affamé dans sa tanière ? Tu es bien naïve pour connaître si mal les hommes.

— Apprends-moi alors.

Je n'avais pas grand-chose à lui enseigner mais nous fîmes de notre mieux pour s'apprivoiser, durant ses courts séjours. Je ne dus pas trop l'ennuyer avec mes intarissables monologues sur le Québec car elle m'invita à lui rendre visite pour une fin de semaine à Nîmes. J'aurais dû anticiper les problèmes en voyant cette attirance assez forte pour me faire accepter de parcourir autant de kilomètres pour deux jours seulement. Mais nous avions encore tout le printemps pour y penser et nous visitâmes avec insouciance les arènes, avant que mes pieds ne quittent le sable pour retourner dans la neige.

***

Au séjour à Nîmes, succédèrent les vacances de Pâques à La Plagne. Plus le lien se tissait, moins le futur était évoqué. Nous nous contentions de l'instant présent. La fin de la saison de ski approchait ainsi que celle de la brève visite de Marjolaine. Elle devait partir demain. Bien qu'ayant fait les autruches aux sports d'hiver, la tête dans les congères, il fallait maintenant se rendre à l'évidence, nous avions beau retourner le calendrier dans tous les sens, le mois prochain était bien le même que celui inscrit sur mon billet d'avion. Elle profita des vingt minutes de l'interminable trajet du télésiège des Blanchets pour engager une conversation, entrecoupée de longs silences que seul perturbait le bruit des poulies au passage des pylônes.

— Tu penses qu'on pourra se revoir avant ton départ ?

— Je ne sais pas, il ne reste plus qu'un mois, je pars le 28 mai.

— Pas la peine de préciser, je connais parfaitement la date de ton vol.

Le ton triste, quoique tranchant, me fit tourner la tête mais elle ne laissa rien paraître derrière ses lunettes de soleil, pour une fois rabaissées sur son nez, contrairement à son habitude de souvent les utiliser comme bandeau pour maintenir ses cheveux. Ne sachant que répondre, je me mis à fixer le bout de mes spatules. Elle laissa passer un long silence avant de reprendre sur un ton plus habituel.

— Tu sais que je me suis inscrite pour une année universitaire à Barcelone ?

— Tu m'en as parlé, oui.

— J'aimerais bien aller découvrir le campus de l'université, le mois prochain.

Je ne savais si elle avait terminé mais ce ne fut pas un ange qui passa, mais un pylône. Après le bruit des poulies, je m'apprêtais à rompre le silence, quand elle ajouta.

— Tu penses que ton père te prêterait une nouvelle fois sa voiture pour que tu m'accompagnes ?

— Sûrement, elle est plus adaptée aux longs trajets que ta boîte à beurre.

Mon père avait une grosse Lancia, faite pour avaler les kilomètres, contrairement à sa petite Peugeot fatiguée qui avait du mal à les digérer. Content de me voir offrir une porte de sortie et ainsi pouvoir remettre nos adieux, je m'empressai d'ajouter.

— En plus, je ne suis jamais allé à Barcelone, on devrait bien trouver deux ou trois jours en mai, entre la fin de saison et le 28.

— J'en suis sûre, dit-elle, posant sa tête sur mon épaule.

Je la serrai contre moi et l'autruche enfouit de nouveau la sienne dans la neige, rassurée d'avoir tout un mois devant elle.

Cette année, la saison s'éternisant jusqu'à début mai, on termina en effectif réduit et je passai les derniers jours comme vigie au sommet du télésiège, à surveiller le débarquement des skieurs rescapés qui dévalaient des pentes de neige molle, déjà cernées de plaques de terre. On était loin de l'effervescence des JO et le coup de grâce de mon ultime saison enfin donné, je descendis passer quelques jours dans la maison familiale, régler quelques détails pour préparer mon départ. Une semaine avant celui-ci, je devais passer prendre Marjolaine chez elle, sur la route de Barcelone.

***

Plus je m'approchais de nos trois jours restants, plus ils me paraissaient maigres. Cela m'incita à partir au lever du jour. A neuf heures, je faisais un stop glissé à Nîmes, tel un hydravion faisant le plein de temps pour en saupoudrer notre séjour à Barcelone. Nous arrivâmes dans la capitale catalane assez tôt pour prendre le dîner dans une des petites rues calmes invitant à la flânerie. Son futur campus visité, c'est près des Ramblas plus animées, qu'on loua une chambre d'hôtel au sommier bruyant qui nous obligea à faire preuve d'imagination. Le lendemain, après une visite de l'énigmatique Sagrada Familia, je m'étais assis sur un banc du parc Güell et Marjolaine s'était invitée sur mes genoux. Alors qu'elle contemplait les œuvres de Gaudi, je préférais admirer son profil abandonné à mon regard, songeant n'avoir eu le temps, depuis notre rencontre, de ne connaître que le côté face de sa personnalité. La douceur de mai n'avait pas laissé le moindre monticule de neige pour que l'autruche puisse enfouir à nouveau sa tête; je devais me rendre à l'évidence, il m'arrivait ce qui m'aurait paru inconcevable il y a à peine quelques mois : j'avais une boule au ventre à l'idée de prendre l'avion pour Montréal. On aurait dit que le destin dressait un dernier obstacle devant moi pour mesurer l'intensité de mon attachement à cette ville. S'il n'était pas envisageable d'y renoncer sans connaître la force de mes sentiments pour Marjolaine, ni sa réciprocité, j'avais par contre encore envie de faire un bout de chemin avec elle, dut-il mener à une impasse. Je bougeai légèrement les jambes, ce qui lui fit demander.

— Je suis trop lourde ?

— Non... c'est mon cœur qui est trop lourd.

Elle tourna la tête vers moi et je compris à son regard, l'avoir ramenée bien malgré elle à de sombres pensées, occultées momentanément par la fascination de ce jardin

original. Elle fit ce qu'elle pensait être un sourire mais ce n'était qu'une pâle imitation de ce dont elle était capable.
— N'y pensons pas.
Essayant de s'y refuser, elle détourna à nouveau la tête. Je me mis à jouer avec la douceur du lobe de son oreille pour finir par tirer légèrement dessus, ce qui lui fit enfin me donner l'attention que je lui réclamais.
— Quoi ?
— Pensons-y justement. Qu'est-ce que tu fais cet été ?
— Je n'ai pas vraiment de projets pour l'instant. Pourquoi ?
— Pourquoi tu ne viendrais pas à Montréal ?
— Parce que tu ne me l'as jamais demandé ?
— Ça ne te plairait pas de passer tes vacances là-bas, puisque tu n'as pas de projets ?
— Et pourquoi tu penses que je n'ai pas de projets ?
— Euh… parce que tu espérais que je te le demande ?
— J'en rêvais. Mais je n'ai pas assez d'économies pour passer deux mois à l'étranger.
— Tu n'as pas besoin de beaucoup, tu seras nourrie, logée, et pour le reste, tu paieras avec ton corps.
— Je peux même te donner un acompte ce soir, si tu veux.
— Tout de suite, dis-je en l'embrassant.
— Tu n'as pas peur de te faire arrêter pour attentat à la pudeur ? me taquina-t-elle.
— Les lois espagnoles sont plus permissives.
Elle se moquait de mes excès de pudeur qui me faisaient habituellement réserver les moments de tendresse à la sphère intime. Elle sembla autant soulagée que moi avant d'être assaillie par un doute.
— Tu penses que j'ai encore le temps de trouver un billet d'avion ?
— Si tu pars avant le début des vacances scolaires, tu n'auras même pas besoin, comme moi, de décoller de Paris. En juin, il y a des charters au départ de Lyon… et peut-être de Marseille… A vérifier quand même.

On abandonna nos inquiétudes dans la chambre d'hôtel pour faire le plein de bonne humeur lors du retour. Sur fond de musique reggae ensoleillée, nous échafaudions de multiples projets, tels des enfants voyant les vacances d'été promises, comme une éternité. A Nîmes, les adieux au goût d'un simple au revoir s'éternisèrent. Assez pour que Marjolaine me mette plusieurs fois en garde sur l'heure avancée ; elle craignait de me voir surpris au volant par le sommeil. Je la rassurai, mais pourtant cela faillit bien m'arriver, une première dans ma vie. Première qui aurait pu être la dernière, sans un coup de klaxon salvateur. Je ne lui en fis jamais part, un non-dit dérisoire, au regard d'autres aux conséquences nettement plus dommageables.

Une semaine plus tard, une bringue et une nuit blanche en surpoids dans mes bagages, des amis me laissèrent au TGV de 6 heures, direction Paris, avant d'aller noircir la leur. Jamais le voyage vers Montréal ne me parut aussi court. Je dormis aussi profondément durant les trois heures de train que les sept heures de vol, abandonnant sans regrets mon plateau repas à Air Transat. Mon seul moment de veille fut le trajet en RER, où je dus lutter contre le sommeil pour ne pas manquer ma station. Réveillé brusquement par la sortie du train d'atterrissage, j'étais encore à moitié endormi au passage des douanes, baigné par l'impression que mon séjour en France n'avait été qu'un rêve.

2

J'étais attendu chez Jean, qui louait une de ses chambres à la semaine ou au mois. L'homme tiroir avait dans chacun une panoplie. A celle d'hôtelier, s'ajoutaient le barman du Passeport, le vendeur de billets d'avion pour une agence de voyages, le figurant cinématographique et le pseudo banquier accordant de petits prêts personnels ; une recommandation suffisant comme caution. Il se félicitait de n'avoir rencontré jusqu'à présent qu'un seul mauvais payeur et calculait les intérêts à l'aide de tableaux garnissant les feuilles d'un petit livre jaune. Peut-être existait-il d'autres tiroirs, jamais ouverts en ma présence ? Jean, personnage unique, attachant, parfois indiscret voire maladroit mais rarement agaçant et surtout, jamais méchant. Je savais cette chambre destinée uniquement à des séjours provisoires, mais l'arrivée prochaine de Marjolaine m'obligeait de toute façon à trouver rapidement un vrai logement. L'appartement, occupant les deux derniers étages d'un triplex, était pourtant assez spacieux pour accueillir un troisième locataire. Typique de certains vieux logements du Plateau, on accédait à ses étages par un escalier intérieur très raide, pourvu d'une corde le long du mur, servant à actionner le pêne de la porte d'entrée, sans avoir à descendre. Les fondations, outrageusement martyrisées par le sol sablonneux de l'île, permettaient à une bille, simplement déposée sur le plancher incliné, de rouler lentement jusqu'à l'autre bout de la pièce. Malgré cette vétusté ou peut-être grâce à elle, un charme s'en dégageait, accentué par une vieille baignoire sur pattes en griffes de lion, d'anciennes fenêtres à guillotine en encorbellement et une architecture biscornue donnant lieu à des recoins cachés, dont la délicate décoration exploitait agréablement l'aspect insolite. Mais Jean et son colocataire ne souhaitaient l'augmentation du nombre d'occupants que sur une courte période. Je connaissais un peu ce second Claude car il officiait parfois comme barman aux Bobards. Il faut croire que la fréquentation de ce logement poussait à la polyvalence, puisqu'il s'occupait aussi d'organiser la logistique d'approvisionnement des buvettes pour plusieurs festivals à Montréal. S'y ajoutaient des extras lors d'événements spéciaux dont l'un lui avait fait vivre une drôle d'aventure. Il me la raconta un jour où je remarquai, fouillant dans ses disques, un cadre tombé derrière un meuble de sa chambre. Après l'avoir ramassé et débarrassé de sa couche de poussière, stigmate d'un long oubli, je m'exclamai avec surprise.

— Hey Claude ! Mais... on dirait Ron Wood avec toi sur cette photo.

— Ah oui, je me demandais où elle était passée, répondit-il négligemment.

— Attends, tu as une photo de toi avec...

M'approchant de la fenêtre pour mieux voir le cliché, ne fit qu'ajouter à ma sidération.

— Mais... c'est Keith Richard qui te tient par l'autre épaule !

— Oui, les deux étaient là.

— Mais comment tu as eu cette photo ? Qu'est-ce qu'elle fait cachée ? Moi, j'aurais une photo comme ça, elle serait accrochée au mur, bien en vue.

— Elle y était.

— Ouais, ben vu la couche de poussière, ça devait être avant *Tatoo You*[26].

— Tu veux que je te raconte ?

— Ben oui !

— Alors en 89, quand ils sont passés au stade olympique, un *chum* m'avait demandé si je voulais faire un extra à un des bars du concert. Comme c'était bien payé, j'ai accepté sans hésiter. Le jour convenu, j'arrive avec mon *pass* et on me conduit dans une grande pièce avec un comptoir dans le fond et une table de billard.

— Tu n'as pas trouvé ça bizarre ?

— Non, comme on m'avait dit de porter une chemise blanche, j'ai pensé que c'était un bar pour les médias. J'avais déjà connu ça l'année d'avant pour le concert *Human Rights*. Comme il n'y avait personne dans la salle, on me dit de m'installer et d'attendre. Au bout d'une heure, je suis content de voir enfin arriver un petit groupe qui s'installe dans un coin, mais je reste éberlué en croyant reconnaître Mick Jagger parmi eux.

— T'étais pas sûr ?

— Non, pas tout de suite, la salle était grande et seulement deux personnes se sont approchées pour venir chercher des consommations. Mais quand j'ai vu Keith Richards apparaître avec Ron Wood et un autre gars, je n'ai plus eu aucun doute. Ça, c'est pas une gueule que tu peux rater ! Surtout qu'il s'est dirigé droit sur moi pour me demander une bouteille de Jack Daniel's et des verres.

— Et puis ? dis-je en l'encourageant, impatient de connaître la suite.

— Et puis, ils sont allés s'installer tous les trois autour de la table de billard, ignorant carrément les autres déjà arrivés. J'étais déjà sacrément content d'avoir certainement servi le client le plus célèbre de toute ma vie, mais attache ta tuque,

---

[26] Album des Rolling Stones de 1981.

c'est pas fini… au bout d'un moment, il revient au bar et me dit, en anglais évidemment.

— Eh mon gars, est-ce que tu sais jouer au billard ?

— Euh… oui, monsieur.

— Laisse tomber le monsieur, je suis Keith. Quel est ton nom ?

— Claude, bafouillé-je, me demandant pourquoi il jugeait nécessaire de se présenter.

— Claude, on attend le quatrième pour le billard mais il n'arrive pas. Viens jouer avec nous.

— Mais je dois rester pour les servir, lui dis-je en désignant le groupe à l'écart. Ça devait être à l'époque d'une des chicanes entre lui et Mick Jagger car il me répondit.

— Oublie-ça. Si sa majesté Jagger a besoin de quelque chose, sa cour s'en occupera. Difficile de refuser, alors je l'ai suivi. Après une rapide présentation aux deux autres joueurs, la partie allait commencer, entre les deux guitaristes et les deux *nobodies*, quand je vois Ron Wood fouiller dans ses poches. Je demande, un peu inquiet.

— Euh… j'espère qu'on ne joue pas pour de l'argent ?

Je me suis senti bien stupide quand Keith Richards est parti à rire, me rétorquant.

— Tu penses vraiment qu'on a besoin du billard pour gagner de l'argent ?

Je coupai Claude dans son récit pour lui demander comment il avait fait pour la photo.

— On a fait deux ou trois parties. J'ai pas joué beaucoup car c'était pas long qu'ils vident la table, ils doivent pratiquer le billard autant que la guitare. Le quatrième gars s'est finalement montré et j'allais partir quand Keith Richards me demande si je voulais un souvenir de ce moment. Pas le temps de répondre, qu'il appelle le photographe désœuvré accompagnant le journaliste faisant une interview de Mick Jagger. Et ça a donné la photo que tu vois.

— Mais comment tu as fait pour la récupérer ?

— Et ben, j'y croyais pas trop mais le photographe m'a demandé mon adresse et il me l'a bien envoyée.

Après cette anecdote, il restera toujours pour moi le Claude, empreint de cette aura d'avoir joué au billard avec les Rolling Stones.

***

Dès le soir de mon arrivée, je repris mes bonnes vieilles habitudes et me rendis à l'ouverture du Passeport, en compagnie de Jean. Celui-ci m'ayant informé, sans me donner plus de détails, du désir de Claude - l'autre, celui ne jouant jamais au billard, pas même avec Mick Jagger - de me voir sans tarder. Quand il me vit arriver, il sortit de derrière son comptoir en s'exclamant.

— Hey ! Regarde donc la grande visite qui s'en vient !

Après une chaleureuse poignée de main, il m'entraîna un peu à l'écart.

— Viens. Faut que je te jase de quelque chose.

Puis se tournant vers Jean.

— Toi, garde le fort un moment.

— Tu me laisses pas le temps de boire une bière ? demandai-je

Il fit signe à Jean qui nous servit en blaguant.

— C'est offert... par Claude.

— Tu as fait bon voyage ? s'enquit celui-ci sans relever la remarque.

— Comme dans un rêve, au sens propre comme au figuré car j'ai dormi tout le long.

— *Good* ! Bon, désolé de te bousculer mais il va falloir que je retourne aider Jean à monter le bar, avant l'arrivée des clients.

— Je suis curieux de savoir ce que tu as de si urgent à me dire.

— C'est urgent car j'ai besoin d'une réponse rapide pour pouvoir me tourner de bord, si ça adonne pas pour toi.

J'attendais juste ton arrivée pour savoir si ça t'intéresserais. Donc voilà, mon coloc s'en va dans un mois et j'ai pensé à toi pour le remplacer.

Je n'en revenais pas d'une telle chance dès mon arrivée, mais je me devais d'être honnête avec lui.

— Ça serait le *fun*, mais je dois te prévenir que je vais avoir de la visite pendant deux mois, et je pense que tu cherches un seul coloc.

— Quel genre de visite ? Un beau gars ? dit-il en feignant de l'intérêt.

— Non, une fille que j'ai rencontrée en France.

— Une blonde ?

— On peut dire ça.

— T'es allé te magasiner une blonde dans les vieux pays, mon snoreau ! Pourtant tu sais qu'icitte, on a de la pitoune à revendre.

Il me charriait mais je le devinais intrigué.

— Et après les deux mois, elle fait quoi ?

— Ben... elle repart.

— Ouuuh... attention aux amours longues distances, mon *chum*. Ca maganne en ossti.

— Je sais. Mais si j'avais eu mon permis de résident une semaine plus tôt, je serais resté à Montréal, sans jamais la rencontrer. Et si je ne l'avais pas eu du tout, peut-être qu'on serait restés ensemble en France. Je pense qu'il était écrit que ça devait se passer comme ça, alors je ne me pose pas trop de questions.

— Ouais... ça me parait ben mal embarqué ton affaire, dit-il, dubitatif. Mais si ta copine est fine, c'est pas un problème pour moi.

En une seule phrase, il avait résumé cette situation délicate et complexe que je me refusais de voir comme telle depuis plusieurs mois. Comme on était d'accord sur le principe, les détails seraient réglés plus tard car Jean s'impatientait de son absence. Montréal me faisait une nouvelle fois bon accueil, m'offrant une colocation avec quelqu'un que j'appréciais, de plus dans un appartement déjà meublé. Ne manquait qu'un lit pour finaliser mon installation et voir ma recherche aboutir, sans même, une fois de plus, l'avoir commencée.

    Après me les avoir grands ouverts, Montréal allait de plus me serrer dans ses bras. Dès le lendemain, l'autre Claude m'offrit, grâce à ses nombreux contacts, de travailler au Festival de Jazz de Montréal, ainsi qu'à ses préparatifs et au défilé de la Saint-Jean Baptiste. Le festival, assez confidentiel au début des années 80, drainait maintenant des spectateurs du monde entier et requérait une logistique impressionnante, dont celle de la chaîne de vente des produits dérivés, de laquelle on me proposait d'être un maillon. Ce contrat d'environ trois semaines coïnciderait malheureusement avec le début du séjour de Marjolaine. J'hésitais à la délaisser dès son arrivée et ce n'est pas cette première paie en dollars - facultative étant donné mes économies de l'hiver - qui fit pencher la balance, mais l'attrait de voir les coulisses de ce grand évènement musical, même en occupant un poste quelconque. Je ne mesurais pas encore la valeur de ces journées perdues sans Marjolaine ; c'est souvent le recul qui révèle le dérisoire de certaines raisons ayant motivé nos décisions. Claude me permit aussi de toucher un autre revenu, par la réalisation de cassettes, des compilations de morceaux piochés parmi ma lourde collection de CD. Je me félicitais l'avoir traînée au-dessus de l'océan pour j'espérais la dernière fois. Cette commande de musique d'ambiance pour Les Bobards me permit, en fouillant parmi les CD déjà à l'appartement, dans l'espoir de dénicher du matériel inédit, de tomber sur un coffret retraçant la carrière d'Yvon Deschamps dont j'avais vaguement entendu parler. Je découvris un humoriste, qui par la longévité de sa carrière, me fit connaître les mœurs et habitudes du Québec des décennies précédentes, contribuant ainsi un peu plus à mon intégration et à ma compréhension de l'humour québécois.

***

Je débutai mon contrat au volant d'un camion rempli d'accessoires divers : tee-shirts floqués aux couleurs de la belle province, drapeaux fleurdelisés et tous les autres produits dérivés, dédiés aux spectateurs agglutinés le long des rues, par lesquelles passait le défilé de la Saint-Jean Baptiste. Laissant mes collègues s'approvisionner dans le véhicule roulant au pas, je n'avais pas besoin de beaucoup de concentration pour le diriger et tout le loisir de penser à Marjolaine qui arrivait le lendemain. Déjà informée de mon impossibilité de l'accueillir, je comptais sur Jean pour lui donner accès à l'appartement. On y passera une seule nuit cependant, puisque je profiterai de mon unique journée de relâche, avant le début du festival, pour emménager avec Claude. Comme il me fut difficile, au cours de mes échanges épistolaires avec Marjolaine, de vraiment percevoir son ressenti quant à ce soudain changement de programme, la hâte de la revoir n'avait d'égale que la crainte de sa déception.

***

Je m'engouffrai dans l'entrée du 3761 Drolet après avoir traversé à grands pas le Carré Saint-Louis. Marjolaine m'attendait en haut de l'escalier. Son inaltérable sourire commença à dissiper mes inquiétudes qui finiront par s'évanouir entièrement devant la compréhension, l'empathie et le fatalisme dont elle fit preuve ensuite. Je ne sais si j'en étais le détonateur, mais cette fille était une bombe de bonne humeur. Rien ne gâcha nos retrouvailles et nous pûmes le lendemain, participer à la compétition annuelle du premier juillet au Québec : le déménagement. Nous transportâmes à pied jusqu'à mon nouveau logement, futon et lit achetés dans une boutique plus bas sur la rue, sous l'œil indifférent des passants habitués à ces scènes estivales, dans une ville où la majorité des baux se terminaient le 30 juin. En m'installant dans cette petite portion de la rue Saint-Denis, délimitée par les rues Rachel et Duluth, je levais le rideau sur la scène du théâtre d'une grande partie de ma vie montréalaise pour les prochaines années. Si elle débutait côté jardin au coin de Duluth, elle se concentrera ensuite, majoritairement côté cour, au coin de la rue Rachel.

Les journées de travail intenses du festival, parfois d'une quinzaine d'heures, s'écoulaient quand même rapidement ; baigné dans l'ambiance musicale, je circulais parmi la foule compacte, muni de mon diable, capturant des bribes de concerts tout en approvisionnant les kiosques de souvenirs, disséminés dans le périmètre de l'évènement. Laisser la responsabilité de l'entrepôt à une frêle blonde aux yeux bleus, dans une société beaucoup moins empreinte de machisme que la France, ne dérangeait pas l'équipe, pourtant majoritairement composée d'hommes. Le féminisme très présent au Québec me confortait dans l'idée d'une France trop conservatrice, voire rétrograde dans beaucoup de domaines, alors que j'adhérais à des valeurs d'égalité, donnant une place aux femmes qu'elles ne devraient même pas avoir à revendiquer. J'avais par contre plus de mal avec certaines extrémistes, comme cette fille me traitant de macho pour mettre effacé en lui tenant la porte, un geste pourtant dû autant à la politesse qu'à la galanterie. Sa remarque ne me fera pas pour autant renoncer à éviter de les envoyer valdinguer dans les visages me suivant, qu'ils soient moustachus ou féminins, ce qui n'est d'ailleurs pas forcément antinomique avec certaines féministes du sexe pas toujours si faible. J'eus aussi une partenaire de table, s'offusquant de m'entendre mettre sur le compte de notre différence de chromosomes, sa difficulté à finir son plat, pourtant identique au mien. Je ne sais si cela est dû à des résidus de machisme ou de vieille France, mais on ne m'enlèvera pas de l'idée qu'il y a pourtant plus de chance que la performance du double menu, ingurgité à La Binerie par mon ogre aux yeux bleus, soit égalée par un homme plutôt qu'une femme, eut-elle la moustache revendicatrice et du poil aux pattes.

La bonne ambiance régnant au sein de l'équipe, me fit un peu regretter de devoir décliner la plupart des invitations à prendre une bière après le travail, souvent à la micro-brasserie

Le Cheval Blanc. Mais les fins de soirées passées avec Marjolaine étaient déjà très courtes. Heureusement, Claude qui s'était gentiment offert de lui servir momentanément de guide, ne lui laissait guère le temps de s'ennuyer, lui faisant découvrir de multiples endroits tout en évitant, selon mes recommandations, ceux que je nous réservais. Il avait même trouvé l'occasion de mettre à profit ses talents artistiques, lui demandant pour un mur de la cuisine, une fidèle représentation d'un menu des années 50, qui se marierait parfaitement avec son mobilier rétro déniché dans une brocante de la rue Duluth.

Elle termina sa calligraphie peu avant la fin du festival et pour fêter l'événement, Claude l'invita à boire un verre au Passeport, avant que je ne les rejoigne vers minuit. Je la retrouvai assise au comptoir, en compagnie de Nhat, un des barmen travaillant ce soir-là. A eux deux, ils auraient pu faire un concours de sourires et quand ils se tournèrent vers moi sous les lumières tamisées, j'eus l'impression d'une publicité pour un dentifrice.

— Hey mon *chum* ! Tu m'avais caché que tu avais une belle blonde comme ça.

— Tu t'en es bien occupé j'espère.

— Mets-en. Heureusement que j'étais là, les requins commençaient à tourner autour. Tu devrais pas la délaisser comme ça.

— Ça va changer dans pas longtemps, crois-moi.

Je n'étais pas surpris que sa beauté, mise en valeur par la flamboyance de ses longs cheveux qui tranchaient sur sa petite robe noire, suscite les convoitises. Fier d'être son dauphin, préféré à tous ces prédateurs, je l'emmenai nager un peu à l'écart de l'animation du bar, laissant Nhat abreuver les squales.

— Tu ne t'es pas trop ennuyée aujourd'hui ?

— Non, je suis allée au Musée des Beaux-Arts avec Claude.

— Même pas ennuyée de moi ?

— J'aurais préféré que tu sois là, évidemment.

— Au musée ! J'aime autant pas y avoir été.

— Espèce d'inculte.
— J'ai une proposition pour une autre forme de culture. Tu dois sûrement connaître Zachary Richard.
— Non. Pourquoi sûrement ?
— Ben à cause de... commençai-je, stoppé net par une idée.
— A cause de quoi ?
— Rien, tu verras demain. Je devrais finir un peu plus tôt puisque c'est la clôture du festival. On aura toute la journée du lendemain pour ranger l'entrepôt.

***

J'aimais Zachary Richard pour sa musique mais aussi parce qu'il était un descendant du peuple acadien, lequel en refusant de prêter allégeance à l'Empire britannique, avait planté un des jalons de la résistance francophone en Amérique du nord. En raison de mon travail, je savais ne pouvoir arriver que pour la fin du concert, mais c'est aussi celui-ci qui me permettrait d'entrer avec Marjolaine, alors que tous les billets étaient vendus depuis longtemps. J'avais l'accès libre grâce à mon laissez-passer professionnel du festival et le personnel à l'entrée m'avait assuré fermer les yeux, si une personne m'accompagnait pour les trente dernières minutes. Se rendre au Spectrum fut très simple pour Marjolaine qui m'y attendait devant la devanture illuminée. J'aimais ce type de salle avec ces petites tables disséminées et son bar, beaucoup plus conviviale que celles où les sièges s'alignaient comme dans un cinéma. Dans l'ambiance chaleureuse de ces 1200 places, à la configuration rappelant le New Morning à Paris, où j'eus l'occasion d'applaudir le troubadour intemporel Elliott Murphy, j'avais déjà pu voir John Hiatt, Chris Réa et Paul Personne, mais rien ne remplacera le souvenir de cet échantillon de Zachary Richard. Dès notre entrée, nous fûmes mis dans l'ambiance par la fièvre Zydeco qui enivrait la salle, la plupart des gens, debout, tapaient du pied ou giguaient, envoutés par la danse endiablée de l'accordéon et du violon.

J'attendais l'accalmie, cantonné dans le fond de la salle, espérant que l'article paru dans le « Voir » serait exact dans sa description de la tournée. Les trois derniers morceaux allaient en valider la fiabilité. Debout derrière Marjolaine, lui tenant les mains, je l'enserrai aux premiers accords de l'avant-dernière chanson et lui murmurai à l'oreille : « Ecoute ». Dès les premières paroles, elle se retourna vers moi en souriant et vit se former sur mes lèvres, les mots chantés sur scène : « Marjolaine, j'ai ta vie dans la mienne[27] », puis elle se tourna de nouveau, laissant aller sa tête sur ma poitrine pour savourer l'instant. Pendant *la berceuse créole*[28], clôturant le spectacle, nous étions fondus l'un dans l'autre et jamais plus nous ne serions aussi proches. Je laissais dire à la musique ce que je n'étais capable d'exprimer et Zachary conclut, bien à propos, par ses mots : « En espérant que vous allez passer une belle nuit d'amour dans les bras de quelqu'un que vous aimez ».

De cet instant magique, découlera la plus belle période du séjour de Marjolaine. Mon contrat avec le festival terminé, je découvrais la facilité de la cohabitation à plein temps avec elle. Dès le matin, elle retrouvait son sourire à peine froissé, quitté seulement dans les bras de Morphée. Son enthousiasme et sa curiosité à découvrir ces petites choses qui font la douceur de vivre à Montréal, les rendaient encore plus agréables. Si Amsterdam est une carte postale, Montréal est un puzzle qu'il faut assembler pour mesurer l'étendue de son charme. Nous venions d'en poser une nouvelle pièce en allant profiter de la quiétude du Lac aux Castors, et après avoir admiré la ville depuis le belvédère, je voulus lui faire goûter les sandwichs à la viande fumée, dans un vieux restaurant réputé pour ces *smoked meat*. L'absence de la file d'attente habituelle devant la vitrine de Schwartz me fit croire, à juste titre, à une journée exceptionnellement chanceuse... mais pas pour nous. Une fois serrés autour de l'une des petites tables, collées les unes aux

---

[27] Marjolaine (Zachary Richard)
[28] La Berceuse Créole (Chanson traditionnelle)

autres et ne permettant aucune intimité, mon voisin nous fit remarquer.

— Vous êtes arrivés juste un peu trop tard.
— Comment ça ?
— Vous êtes les premiers à entrer depuis que Céline Dion est partie.
— Elle était là ?
— Oui, pis est ben fine à part ça.
— Ça t'aurait fait une drôle d'anecdote, dis-je à Marjolaine.
— En plus, elle a réglé la facture de tous les clients présents. Vous allez être les premiers à payer, conclut-il d'un air désolé.

Trois jours plus tard, se présenta Nina Hagen au Continental, restaurant fréquenté par des artistes québécois à qui il ne restait plus pour certains, une fois leur repas terminé, qu'à traverser la rue pour finir la soirée au Passeport. Elle vint s'asseoir à deux banquettes de nous mais sans proposer, elle, de payer les notes de la salle. Un dédommagement pourtant légitime au regard de celles qu'elle m'avait volées, quelques années auparavant à Grenoble, lors de son concert tronqué abruptement suite à une engueulade avec ses musiciens. Ce geste pécuniaire aurait aidé à faire passer le coût du billet resté en travers de ma gorge et sûrement réconcilié avec l'excentrique allemande. Céline et Nina auront été mes deux rendez-vous manqués de l'été, avant celui d'Al Pacino, l'année suivante.

***

On pilla de toutes leurs promesses ces journées ensoleillées de juillet. Je commençais à m'attacher à Marjolaine. Trop. « Ces moment-là, on les espère à bout de bras et à chaque fois qu'on les vit, on veut cristalliser sa vie[29] » chantait justement son homonyme. Le temps filait comme notre voiture sur l'autoroute vers Barcelone. Nous avions vécu cette histoire à l'image de ce voyage, bavardant et riant avec insouciance, bref

---

[29] Doux (Marjo)

privilège de nos jeunes années, mais cette fois-ci le prix demandé au péage serait beaucoup plus élevé. Je décidai alors de sortir prématurément de cette relation, pensant qu'afficher un détachement factice, limiterait pour nous deux, les coûts sentimentaux de notre inévitable séparation. Une dérobade pas très glorieuse, peu appréciée de mon corps qui se rebella.

Je me réveillai un matin, l'estomac lourd du poids de toutes ces contradictions. Cette pesanteur disparut après le déjeuner, répit de courte durée car remplacée une heure plus tard par une atroce brûlure. Après trois jours à l'endurer, je me décidai à consulter un médecin qui diagnostiqua, sans examen complémentaire et sur la seule description des symptômes, un ulcère du duodénum. Ce fut plutôt l'enfer du petit bonhomme quand la brûlure se transforma par une sensation de pieu tournant dans mon sternum. Confronté à l'impossibilité de trouver le sommeil, taraudé par cette douleur permanente, Marjolaine m'aidait à le chercher en m'enseignant une technique de respiration consciente. Une main sur mon front, l'autre sur mon ventre, elle me fut d'une grande aide, parvenant à m'apaiser et passant, à vingt ans à peine, d'un sentiment amoureux à un instinct maternel. Dans sa bienveillante abnégation, elle alla même jusqu'à proposer de renoncer à notre semaine prévue aux Iles de la Madeleine. Mais entre deux remontées gastriques, j'en eus quand même une d'altruisme et le voyage fut maintenu.

De ce voyage à quatre en voiture, accompagnés de Claude et Josée, son amie travaillant au Continental, je garderai le souvenir de longues heures de souffrance sur la banquette arrière, à mordiller le col de mon perfecto - une manière comme une autre de serrer les dents - pendant que Marjolaine essaiera de me réconforter. Je ne pus apprécier, ni les homards du Nouveau- Brunswick, ni la traversée de l'Ile du Prince-Edouard, pas plus que le détour au Bic pour passer la nuit chez une amie de Claude. Grâce à moi, mes compagnons de voyage purent bénéficier d'une excursion imprévue aux urgences de l'hôpital de Rimouski, où l'on m'administra le même breuvage pâteux qu'à Montréal, tout en me promettant la fin imminente des hostilités gastriques. L'atténuation progressive arriva sans se presser, au cours de la semaine, et je pus me charger d'une grande partie de la conduite du retour, effectuée pratiquement d'une traite après avoir débarqué du Ferry à Souris. Même si je n'avais pu apprécier à sa juste valeur la beauté des Iles de la Madeleine, je me consolais, sachant que Marjolaine avait pu admirer une région éloignée que trop peu de Québécois ont l'occasion de visiter.

Peu après ce voyage, elle m'offrit le laminage d'un Tintin atypique, déprimé, accoudé au bar avec cigarette et whisky à la main. Elle savait que j'aimais les couleurs de ce dessin un brin provocateur, aperçu dans une vitrine lors de nos ballades sur Saint-Denis. De sa belle écriture, elle y avait apposé discrètement dans un coin à l'endos, quelques mots tendres, pas assez explicites cependant pour provoquer un électrochoc sentimental. Je contemplais les décombres du mois d'août avec l'impression d'affronter un compte à rebours, à l'issu duquel je devrais rendre un verdict sur la force de mes sentiments. Je ne pouvais me dépêcher de l'aimer. Je ne voulais pas d'un amour de préfabriqués et nous manquions de temps pour les fondations. Il fallait se résoudre à démonter le chapiteau, la fête était finie.

***

Une poignée de jours avant son départ, elle vint s'asseoir sur mes genoux, comme nous aimions tous les deux qu'elle le fasse. Elle me scruta, les yeux plein d'eau, sans pour autant les laisser déborder.

— On dirait que ça ne te fait rien que je parte.

— Ce n'est pas parce que l'on ne pleure pas que l'on n'a pas de peine. Mais on savait bien tous les deux comment ça allait se finir.

— Oui, on le savait, dit-elle sans conviction.

Je sentais bien qu'elle me tendait une perche, dans l'espoir d'une autre réponse, mais je n'étais pas assez certain de la force de mes sentiments pour lui demander de rester. Cela ressemblerait trop à mes yeux à une demande en mariage, car en l'ayant fait renoncer à tous ses engagements et projets, mes principes m'auraient forcé à poursuivre la relation, même si elle s'avérait stérile à moyen terme. Mais j'aurais dû au moins, taire mes appréhensions et lui demander vers quoi tendaient ses aspirations. Peut-être voulait-elle seulement que je lui laisse entrevoir la possibilité de retrouvailles lors de prochaines vacances, ou simplement lui montrer mes regrets de ne pouvoir prolonger ces moments. Ces pensées étaient présentes mais pas assez fortes pour en sortir des mots de ma gorge nouée. Leurs fantômes me hanteraient de longs mois. Marjolaine qui avait traversé l'océan pour passer du temps avec moi, qui avait dû patienter alors que j'en gaspillais une partie à travailler, qui m'avait entouré de ses bons soins pendant que Montréal vibrait au dehors, méritait mieux que cet ersatz d'homme soi-disant plus mature. Ses actes valaient paroles, je m'en voudrai longtemps de n'avoir pas été à la hauteur de ceux-ci. Confrontée à mon silence, elle fit l'effort d'ajouter.
— J'aimerais que l'on se fasse une promesse.
— Une promesse ?
— Le jour où l'on rencontrera quelqu'un d'autre, on postera une enveloppe sur laquelle l'adresse sera écrite à l'encre rouge.
— Pourquoi tu penses déjà à ça ?
— Promets-le-moi... s'il te plait.
— Je te le promets, dis-je après une hésitation.
Mais jamais aucun de nous deux n'aura le courage de poser cette dernière brique qui emmurerait notre relation dans le passé. Moi, si attaché à de vieilles monnaies ayant de moins en moins cours dans notre monde moderne, comme la loyauté et le respect de la parole donnée, ne serai même pas capable, sûrement pour la première fois de ma courte existence, de tenir ma promesse.

Ne voulant pas prolonger des adieux, qui déjà me donnaient l'impression de s'éterniser depuis plusieurs jours, la tristesse de partager le trajet en bus vers l'aéroport me sembla un sursis inutile. Notre histoire s'arrêta à la gare routière où je l'avais accompagnée. Dès que le bus me l'eut enlevée, en se dissolvant dans le trafic, je me mis à remonter la rue Berri, sous un ciel à mes yeux aussi limpide que la situation, soulagé de l'avoir bien gérée et satisfait d'être passé au travers de cette épreuve, sans drame ni larmes. Mais, en retenant toutes ces émotions, j'étais surtout passé au travers de ce que j'aurais dû réellement faire. N'aurait-il pas été préférable de se consoler mutuellement, plutôt que repartir chacun avec son fardeau ? Au confluent de nos adieux, elle attendait certainement que j'y déverse ma peine pour y laisser affluer la sienne. Je pensais l'oublier rapidement en profitant de ma liberté retrouvée dans cette ville, à laquelle je m'étais attaché. Bien que Marjolaine ne m'ait jamais retenu prisonnier, elle avait été comme une drogue absorbée volontiers par la bouche au début, puis en intraveineuse à mon insu, vers la fin. J'avais pensé m'en sevrer grâce au détachement arboré les derniers temps, mais cette attitude nous avait surtout empêchés de profiter pleinement des derniers rayons de notre unique été ensemble.

Il me suffit d'ouvrir la porte de ma chambre pour mesurer l'ampleur du désastre. Ne restait de son passage que le laminage au mur : Tintin, toujours assis au bar, dont le vague à l'âme apparent s'accordait parfaitement au mien. La maudite irréversibilité temporelle m'empoigna par la nuque, me forçant à affronter le vide de son absence qui emplissait déjà la pièce. Plus jamais je ne verrai ses affaires traînées sur le lit, plus jamais je ne verrai sa chevelure chatoyante éclairer l'oreiller, plus jamais je ne sentirai sa douce main posée sur mon front alors qu'elle me murmurait dans un désir d'apaisement « Ton corps est lourd, très lourd ». J'en étais presque à regretter ces moments de douleur où je bénéficiais de sa bienveillance, mais le pieu ne me perforait plus l'estomac, il s'était fiché dans mon cœur et Marjolaine n'était plus là pour le retirer. En regardant cette pièce pourtant trop bien rangée, le fil de mes pensées s'entortilla autour des mots mélancoliques d'Elliott Murphy[30].

> *J'ai vu les ruines des romains et des grecs.*
>
> *Comparé à mon propre empire, elles ont vraiment l'air soigné.*
>
> *C'est la dernière chose que je m'attendais à être.*
>
> *Un cœur brisé sous le soleil de Montréal l'été.*

---

[30] Sicily (Elliott Murphy)

LE LEZARD

1

— Comment tu veux les descendre, les escaliers ? Sur les pieds ou sur la tête ?

Voilà le genre de phrases que la situation m'obligeait parfois à employer dans mon travail, depuis que j'avais commencé comme portier au bar Le Lézard. L'expérience m'avait appris, si l'on voulait éviter la manière forte pour se débarrasser des perturbateurs, la nécessité de devoir se faire parfois plus méchant et sûr de soi qu'on ne l'était réellement. Avant de fréquenter la vie nocturne montréalaise, je n'aurais jamais imaginé être de corpulence suffisante pour cette profession. On était loin du videur français qui se devait d'être une montagne de muscles. Mes 6 pieds et 190 livres suffisaient pour occuper un emploi qui demandait plus patience, psychologie et fermeté que force physique. J'aurais pu dire 1 mètre 83 pour 85 kilos mais je m'étais intégré, et bien que dans les années 70, le Canada se soit converti au système métrique, la population persistait à utiliser le système impérial, adoptant la même attitude que celle des français vis-à-vis des anciens francs. Le Plateau Mont-Royal étant un quartier sécuritaire et le québécois généralement d'un tempérament pacifique, j'avais dans ce métier à affronter moins de violence qu'en France lors des bals populaires. De plus, dans cette grande métropole, la police intervenait très rapidement en cas d'appel au 911, contrairement aux gendarmes de mon village qui arrivaient toujours au terme de la bagarre générale, bien que la salle des fêtes fût à 300 mètres de la caserne. Certainement à cause de procédures trop absconses pour nous, civils ignorants. Le plus notable fait de violence de mes années comme portier demeurera un verre fracassé sur ma tête, qu'un avorton récalcitrant avait saisi au passage, alors que je le reconduisais tendrement dans mes bras vers la sortie. Il m'en resta un débris sous le cuir chevelu qui se rappelle à moi à chaque passage de la brosse, même si concernant les *brosses*, il en fut d'autres qui m'occasionnèrent de bien pires maux de tête.

***

Après le départ de Marjolaine, j'avais fait un grand ménage de l'appartement, jusqu'à y effacer toute trace de joie. Mais il est plus facile de faire le deuil d'un amour agonisant, les flammes restantes étant vite éteintes par le souffle d'autres passions, au contraire de celui aux braises naissantes, attisées par le courant d'air du vide de l'absence. On peut alors voir encore, rougeoyer dans nos rêves, l'espoir du feu qu'elles auraient pu allumer. Et bien que mon ulcère se soit calmé, j'avais lors de certains réveils pluvieux, les matins de tous mes chagrins qui me remontaient de l'estomac.

Le Bercail appartenait au passé ; je n'y travaillais plus, tout comme Sylvain qui vivait maintenant à Saint-Jean sur Richelieu. Je les voyais moins, lui et Nancy, mais quand même plus qu'Amaury qui avait, sûrement provisoirement, stoppé ses errances pour s'établir à Londres. Malgré la résilience dont je dus faire preuve pour oublier la salade de chou, j'arrivais presque à la regretter lors de mes réveils à l'aube. Ceux où j'allais, dès 5 heures, dans la salle d'une agence d'intérim, attendre d'être sélectionné pour un travail journalier de manutentionnaire, dans de lointaines usines de la périphérie. Des matins difficiles où résonnaient dans ma tête les mots de

Marty May[31]. C'était dur[32], dur de sortir du lit alors que j'entendais au dehors un fort vent d'automne, vanter ses mérites. Une période de marasme, loin du Montréal festif auquel j'étais habitué, jusqu'à ce qu'il me tende de nouveau la main par l'intermédiaire de Claude. Je lui avais fait part de mon désir de travailler au Passeport, bien que sachant le personnel pratiquement immuable et les places rarement disponibles. Si j'avais été vague quant au poste désiré, lui par contre le fut moins et me proposa pour le dernier auquel j'aurais pu penser, en me présentant à Nick, responsable des portiers du Lézard, un bar en face du Passeport. Roberto et Eddison, un couple de Colombiens, en étaient les propriétaires et Jean-Denis, en charge de son animation, le définissait ainsi : un staff débridé, des *drags queens cheap*, des Dj divas et surtout une clientèle écartée. Nick travaillait aussi au Passeport et avait eu l'occasion d'informer Claude d'une place vacante. Je serais à bonne école avec ce portier expérimenté, la faune nocturne montréalaise côtoyée depuis de nombreuses années n'avait plus de secrets pour lui. C'est ainsi que mon horloge biologique retrouva son rythme naturel, alors que je troquais mon heure du lever contre celle du coucher, et les usines grises contre l'atmosphère exubérante et colorée de ce bar original.

La clientèle et les employés du lézard avaient peu de choses en commun avec le Passeport, tout le monde était bienvenu mais certaines tenues originales qui auraient détonnées de l'autre côté de la rue, y passaient presque inaperçues. L'exemple était donné par Mado et Mme Simone, deux *drags queens* qui circulaient allègrement dans la salle durant la soirée. Lors de celles à thème, elles divertissaient également la galerie par de petits spectacles présentés avec d'autres travestis, sur une scène longeant la piste de danse. L'excentrique Mme Simone, réputée pour son cri strident, lâché sans raison apparente, n'avait de commun que le nom avec son homonyme du Bercail. On naviguait proche des récifs de l'outrance lors

---

[31] Murphy Mood (Marty May)
[32] C'est Dur (Bill Deraime)

des soirées gays à thème du mardi, réservées à une clientèle avertie. La fantaisie alors à son comble, ce carnaval atteignait son apogée. Je donnai néanmoins mon accord pour y travailler, voyant cela comme un revenu supplémentaire à mes deux autres nuits. De plus, ces fameuses bacchanales accélérèrent mon intégration à l'équipe car peu de portier *straight* acceptait d'y officier. Mon ouverture d'esprit fut appréciée et le contact avec ces collègues et cette clientèle hors-normes, m'apprit beaucoup sur la tolérance. J'eus même droit à des leçons d'empathie féminine lorsque je traversais la salle, vêtu de mon jean moulant et troué, sous le regard de la clientèle du mardi, à majorité homosexuelle. Je compris alors ce que pouvait ressentir une femme, déshabillée par des yeux masculins concupiscents. Mais les gays étaient plus respectueux que beaucoup de machos et le malaise provenait surtout de mon imagination. De plus, ces soirs-là, Daniel et moi étions les représentants de l'autorité et peu de monde semblait l'oublier car c'était ceux avec le moins d'incidents. Daniel, 350 livres de bonne humeur et d'exubérance. Un spectacle à lui tout seul par sa manière de rire et raconter des anecdotes, ponctuant ses phrases de « Chèèèère », comme s'il venait du Lac Saint-Jean. C'était La Gazette du Lézard, et quand il me disait sur un ton de conspirateur : « Je vais te raconter quelque chose mais faudra le répéter à personne », je lui répondais : « Encore faudrait-il que je trouve quelqu'un à qui tu ne l'aies pas dit ». C'est ainsi que j'appris le véritable prénom de Janis qui travaillait au vestiaire, elle se nommait… non, finalement je ne peux révéler ce qu'elle s'évertuait à cacher par coquetterie. Il faudra demander à Daniel. J'avais par contre deviné seul, que Marie-Cassette était un surnom pour mon autre collègue qui, semblant percevoir mes récents déboires sentimentaux, essayait de m'aider à trouver une potentielle consolatrice. J'arrivai aussi à me persuader parfois qu'une bénéfique rencontre m'aiderait peut-être à tirer un trait sur le passé. Janis avait d'ailleurs une ravissante amie aux impressionnants longs cheveux blonds et raides. Je tentai bien quelques timides approches mais sans grande conviction, comme si je jetais un os au chien de mes obsessions. Elle s'intéressa autant à moi qu'un aveugle à un feu d'artifice.

Quelquefois, j'acceptai aussi de remplacer Daniel dans des *after hours*, ces soirées qui se poursuivaient après la fermeture des bars, dans des endroits clandestins ; l'adresse, dès le dernier service annoncé, s'échangeait furtivement parmi les clients désabusés, surexcités ou tout simplement frustrés par une nuit jugée trop courte. Ils voulaient prolonger les festivités et surtout les abus car la consommation d'alcools vendus illégalement à un prix prohibitif, ainsi que d'autres substances y étaient les seules distractions. Je le fis surtout pour dépanner Daniel, croyant aussi gagner facilement cinquante dollars sous la table. Mais me retrouver seul à la porte de lofts sombres, mal aérés, où circulait plus facilement la drogue que l'air, était assez glauque. Je me voyais dans l'obligation de laisser entrer des personnages louches, qu'on n'aurait jamais acceptés au Lézard, et d'autres même, déjà expulsés. Je mis fin à cette mascarade la troisième nuit, suite à une descente de police qui me servit de leçon. Etonnamment, je pus m'en tirer après quelques questions rapides d'un inspecteur, plus intéressé par ce qui se tramait à l'intérieur qu'au portier. A la place, je préférerai accompagner parfois le *staff* à La Banquise, un restaurant sur Rachel, ouvert 24 heures sur 24 et servant une des meilleures poutines en ville. La vitalité débordante aux aurores de cette troupe colorée et bruyante était plus énergisante que les lugubres *after hours*, quoique peu propice au sommeil, et je me transformerai progressivement en oiseau de nuit, ne connaissant plus des matins que les débuts.

***

A l'extravagance de mes nuits, succédèrent les jours, dans un calme plat sentimental. Aucune lettre calligraphiée de rouge n'arrivait ni ne partait mais cette couleur restait vive sur nos cœurs, frottés l'un à l'autre aussi longtemps, avant d'être séparés brusquement. Mais au fil des correspondances, une croûte de résignation commença à se former sur la plaie. Au Lézard, je trouverai un pansement m'évitant de trop la gratter.

Bien que ce bar, par son caractère insolite, fut un bouleversement les premières semaines, on arrive à s'habituer à tout. J'en aurai la confirmation avant longtemps en faisant face à des événements autrement plus déconcertants. Pour l'instant, les soirées, quoique surprenantes parfois, restaient rythmées par les mêmes événements : un début calme où l'on échangeait entre portiers et filles du vestiaire, la formation des files d'attente, l'augmentation de l'effervescence et du volume de la musique, puis le dernier service avec le désagréable devoir de convaincre les ultimes fêtards de quitter les lieux. A l'exception des rares incidents où nous devions intervenir, s'installait une sorte de routine, parfois brisée par l'arrivée de certains habitués, dont Louise qui avait ma préférence.

Elle venait souvent lors des Mardis interdits qui, comme leur nom ne l'indiquait pas, étaient autorisés à tous et non uniquement à la clientèle gay. Par son côté discret, Louise dégageait un certain mystère et si l'on plongeait dans ses yeux sombres pour essayer de le percer, on en sortait encore plus mouillé d'incertitudes. Ses cheveux lisses et mi-longs étaient de la même couleur que les bottes et le long manteau noir qu'elle portait souvent, et avant qu'elle n'ôte celui-ci, on la devinait déjà callipyge. Pour compléter ce tableau dans les mêmes tons, le peintre céleste n'avait pas eu à faire preuve de beaucoup d'imagination car ses origines jamaïcaines lui avaient permis de la doter d'une magnifique peau sombre. (En vérité, de peintre céleste, il n'y avait pas l'ombre du pinceau, la génétique voulant, ses parents étant noirs, qu'elle hérite naturellement de leur pigmentation. Mais dit comme ça, c'est moins poétique, non ?).

Tout ce noir ne l'empêchait pas d'éclairer ma soirée chaque fois qu'elle arrivait et sa discrétion ne suffisait pas à la faire passer inaperçue. Elle ne manquait jamais de saluer tous les membres du *staff* mais s'attardait toujours plus longtemps auprès de moi, et le temps aidant, nous apprîmes un peu mieux à nous connaître. Je sus ainsi que, bien que férue de musique classique, son attirance pour les Mardis interdits venait des mixes originaux du DJ officiant ce soir-là. Je n'eus pas à me forcer pour tomber sous le charme de cette créature mystérieuse, anglophone mais aimant la littérature française et le parlant si bien, qu'elle en collectionnait, comme moi, les citations. Le fait qu'elle étire de plus en plus nos échanges, me gratifie de sourires à faire fondre le bonhomme carnaval et daigne rire à mes pitoyables traits d'humour, générait une telle effervescence dans ma tête que le souvenir de son passage se prolongera jusque dans mes nuits, alors que tournant dans mes draps, je cherchais un prétexte pour la revoir hors du travail, me réveillant certains mercredis matins, tout embrumé par cette jonglerie.

Une trouée dans les nuages de mon cerveau se produisit un soir, quand un habitué du bar travaillant dans le milieu du spectacle, me fit cadeau de deux billets pour l'avant-première du film *Thirty Two Short Films about Glen Gould*, au théâtre Saint-Denis. Il voulait me consoler de ma déception envers Al Pacino. Absolument ! Car bien que je ne l'aie jamais rencontré, je suis fâché avec Al. Mais j'y reviendrai plus tard. Je me dis donc que j'avais jusqu'au mardi suivant pour penser à la manière de convier Louise à embellir ma soirée. Comme s'il y en avait plusieurs ! Mais j'étais égal à moi-même, c'est-à-dire aussi peu sûr que possible, d'intéresser la personne désirée.

***

Le dimanche suivant, dans le calme d'un début de soirée, j'écoutais avec Marie-Cassette, Daniel nous conter une de ses mésaventures comme lui seul savait le faire. En bon cerbère nocturne, gardant toujours un œil sur l'escalier pour surveiller les nouvelles arrivées, et alors que Daniel s'étouffait dans un de ses rires tonitruants, je fus surpris de voir apparaître Louise, un soir où elle se faisait habituellement remarquer par son absence.

Après ses salutations, je profitai de la présence d'autres clients qui occupaient le vestiaire et Daniel, pour entamer une conversation à l'écart, car elle semblait, en gardant son manteau, me signifier qu'elle ne désirait pas pénétrer plus avant dans la vie nocturne.

— C'est bien la première fois que je te vois ici un dimanche.
— C'est très rare, je n'aime pas trop le DJ du dimanche.
— Tu vas t'ennuyer alors.
— On peut venir pour autre chose que la musique.
— Ah, tu as peut-être un rendez-vous ?
— Peut-être ? dit-elle en me jetant un regard que j'eus du mal à interpréter.
— Tu es bien mystérieuse, il ou elle n'est pas encore arrivé ?
— Si, il est obligé d'être là.
— Qu'est-ce que je dois comprendre ?
— Qu'est-ce que tu veux comprendre ?
— ….
— Je ne resterai pas longtemps, je travaille tôt demain. J'avais juste envie de m'arrêter en passant.

A l'évidence, le destin poussait le timoré à agir. Je pris mon courage à une main, ce qui était largement suffisant pour le soulever, et de l'autre, sortis les billets.

— Est-ce que tu aimes Glen Gould ?
— Pas plus que ça.
— Ah…

Intriguée, elle jeta un coup d'œil vers mes mains.
— Tu voulais me montrer quelque chose ?
— Oui, j'ai deux invitations et…
— Tu ne l'aimes pas non plus ?
— Je ne connais pas trop.

Elle prit les billets et se rapprocha du spot au-dessus de mon épaule pour mieux les examiner. Je profitai de cette proximité pour respirer l'odeur de ses cheveux. La gazelle, sentant probablement la chaleur du lion, se recula un peu et lui fit remarquer fort à propos, ce qu'il savait déjà (Glen Gould étant mort en 1982).

— Mais là, il s'agit d'un film et non pas d'un concert, on peut l'apprécier sans aimer sa musique.
— C'est vrai.
— En tout cas, si jamais tu es seul pour y aller, je peux me sacrifier pour t'accompagner.
— C'est vrai ?
— Juste pour te rendre service.
— Bien sûr.
— Il serait dommage de laisser un billet se perdre.
— Oui, vraiment dommage.
— Mais pour cela, il faudrait que tu me le demandes… ajouta-t-elle avec un sourire, après un court silence.
— Ah oui ?! Eh bien voilà, Louise euh…

Je fus interrompu par un des fameux cris de Mme Simone qui passant tout près de nous, son plateau à cigarettes suspendu autour du cou, fit glisser son index le long de mon sternum, me lançant par jeu une œillade langoureuse. Sur ce, je dus partir précipitamment dans la salle car mon attention avait été attirée par un couple qui se querellait violemment. J'arrivai trop tard pour empêcher l'homme d'asséner un coup de poing au ventre de son interlocutrice. J'aidai celle-ci à se relever tandis que Daniel empoignait l'agresseur pour l'expulser. Elle me repoussa aussitôt et bondit sur le dos de mon collègue, hurlant : « Toé mon ossti, laisse mon *chum* tranquille ». C'était un très petit format, alors voir ce bout de femme perché sur cette montagne, lui assénant des coups tout en sacrant alors que Daniel entraînait son compagnon vers la sortie, avait un côté burlesque. J'eus toutes les peines du monde à décrocher cette furie et la déposer en bas sur le trottoir pendant que Daniel se délestait de l'autre crotté, avec moins de ménagement que celui dû aux dames. Sa dulcinée cabossée l'aida malgré tout à se relever et eut droit, pour tout remerciement, à une baffe et un tendre mot d'amour : « Lache-moé criss, chu capab' tout seul ». Il partit ensuite à grands pas, nous menaçant de je ne sais quoi tandis qu'elle le poursuivait, trottinant et suppliant : « Mais pitou ! Attends moé ».

Laissant nos tourtereaux roucouler seuls dans la rue, nous remontâmes au bar tout en échangeant sur les mystères des relations de couple. Les aiguilles de l'horloge ayant profité de notre absence pour tourner, je constatai que mon soleil s'était éclipsé sous la lune de janvier, sans avoir eu le temps de me rendre réponse. Je questionnai alors Marie-Cassette qui n'avait pas manqué d'accueillir notre retour ironiquement, nous conseillant d'ouvrir un cabinet de thérapie de couple.

— Tu n'as pas vu Louise ?
— Elle est partie mais m'a laissé ça pour toi, dit-elle me tendant les billets.
— Elle a dit quelque chose ?
— Oui.
— Qu'est-ce qu'elle a dit ?
— Oui.
— Oui quoi ? m'impatientai-je.
— Elle a dit oui, le message est : oui !
— Ah ! Ok. J'ai compris.
— Oh j'en doute pas, t'es une vraie lumière, toi. Surtout avec les femmes…
— Qu'est-ce que tu veux dire ?
— Oh rien, je me comprends.
— T'as de la chance.
— J'en aurai le jour où un gars me regardera comme Louise te regarde.

J'espère que vous avez pu admirer avec quel brio, j'avais emballé cette fille. Et attendez de voir la suite, je vais atteindre le summum.

***

Les brumes de mon cerveau dissipées, je pus enfin passer une bonne nuit, rassuré du petit pas franchi avec Louise. Mais néanmoins encore étonné au souvenir de ce couple expulsé du bar, aperçu à nouveau en fin de soirée, en train de se bécoter tendrement dans l'embrasure d'une porte. C'est beau l'amour ! Surtout quand il est partagé.

Avant de m'endormir, je repensai au client qui m'avait offert les billets et donc, l'occasion d'inviter Louise. Un mois auparavant, il m'avait confié être à la recherche d'un chauffeur pour Al Pacino, en repérage à Montréal pour un prochain film. En plus de connaitre la ville et d'accompagner l'acteur dans ses déplacements, tout en écartant les curieux trop insistants, il devait, en prévision d'un autre tournage cette fois ci en France, être capable d'échanger sur ce pays et sa culture. Je n'étais pas certain de saisir la pertinence de toutes ces exigences mais cela n'empêchait pas cette expérience de trois jours de m'intéresser. Me voyant bien tenir ce rôle, cet habitué avait pensé à moi, tout en négligeant un paramètre important.

— Je crains que mon anglais ne soit pas assez bon.
— Tu parles bien anglais ?
— Seulement sous la torture.
— …

Pratiquant un humour pince-sans-rire, qui ne rencontrait pas toujours un franc succès et provoquait même parfois malentendus ou silences, je m'empressai de rompre celui-ci en précisant.

— En vérité, pas assez pour soutenir une conversation avec quelqu'un qui n'a pas de temps à perdre.
— Je ne pensais pas que ça serait un problème pour toi.
— C'est surtout pour lui que ça risque d'être un problème. Mais je peux me débrouiller en italien, ajoutai-je après un instant.
— J'ai peur que ça ne soit pas suffisant, mais je vais me renseigner.

Le lendemain, il me confirma que le bilinguisme était évidemment requis et, à ma grande surprise, que Monsieur Pacino ne parlait pas un mot d'italien. J'ai donc décidé de ne pas donner une seconde chance à un acteur qui n'avait même pas pris la peine d'apprendre la langue de ses ancêtres et osé malgré tout, jouer dans Le Parrain.

***

Louise finissait trop tard pour nous donner la chance d'aller au restaurant. Comme son emploi était au 2020 University et qu'elle désirait prendre une marche après son travail, on s'était retrouvés au pied de l'édifice du centre-ville. Alors que nous approchions d'un pas rapide de la Place des Arts, elle souhaita quand même manger quelque chose car son lunch de midi était déjà loin. Comme on manquait de temps, je lui proposai le Montréal Pool Room qui était tout proche. Un local pas toujours bien entretenu, avec au mur de vieilles affiches jaunies, éclairées par des néons blafards. Il émanait de cet endroit, ouvert depuis le début du siècle et comme figé dans le temps, un charme suranné. Tant qu'à aller dans un *fast food*, je préférais celui-ci à un McDonald ou autre. Et si l'on se contentait des hot dogs, on n'était jamais déçus. Peu glorieux pour un premier rendez-vous, mais peu de temps perdu avec la carte, c'était la priorité du moment.

Après avoir récupéré nos *steamés* et notre patate, le long de la longue rambarde de cuivre polie par le souvenir de tant de mains, nous nous installâmes à l'énorme table au fond de la salle. Prétextant en chemin l'achat de gommes à mâcher, j'étais entré dans un Dollarama, peu avant la rue Saint-Laurent, y acheter discrètement deux bougies que je posai sur la table après les avoir allumées.

— Pour rendre la place un peu plus intime.
— Je ne suis pas certaine que cela soit suffisant, mais c'est un bel effort, observa-t-elle mi-amusée, mi-étonnée.
— Je ne mérite pas une récompense ?
— Sûrement pas pour la décoration… mais peut-être le prix d'improvisation.
— Et d'adaptation !
— Attends, le jury délibère.
— Et donc ?

Elle se leva, s'essuya discrètement la bouche et approcha lentement ses lèvres en direction des miennes, pour au dernier moment m'embrasser sur la joue : « Second prix seulement, mais c'était *cute* ».

Je me dis que ça valait quand même l'investissement. Il faut souligner que c'était pratiquement mon premier contact physique avec Louise. Au Québec, contrairement à la France, on se contente lors d'une rencontre, d'un salut verbal, sans serrer la main ni lécher la figure à tout propos aux gens n'étant pas des intimes.

Nous arrivâmes de justesse pour la séance. Le temps de s'installer dans le brouhaha des conversations, les lumières s'éteignirent. Nous assistâmes sagement à la projection, concentrés comme des élèves qui auraient à subir une interrogation sur le sujet le lendemain. En sortant du cinéma, Louise m'avoua être fatiguée et préféra rentrer en taxi. Nous décidâmes de le partager car elle habitait un rez-de-chaussée sur Coloniale, à proximité du parc du Portugal, assez près pour finir ensuite à pied, le trajet menant chez moi. Je n'étais pas pressé de la quitter car au vu du déroulement de la soirée, je restais frustré par le peu de temps passé ensemble, sans voir vraiment comment terminer celle-ci de manière agréable. Dans le taxi, je cogitais, mes pensées se bousculaient, rythmées par le compte à rebours des rues. Au niveau de Sherbrooke, je me voyais chez elle dans ses bras, en croisant Avenue des Pins, je ne m'imaginais plus qu'échangeant des baisers langoureux avant de la quitter, et arrivés au niveau de Rachel, je me disais que je me contenterais de la simple promesse d'un futur souper. J'en étais là quand le taxi s'arrêta, aussi peu sûr de plaire que peut l'être le personnage interprété par Woody Allen dans ses films. A peine étions nous debout dans la nuit glaciale, que Louise, l'air un peu gêné, me proposa d'entrer boire un thé. Accepter fut la décision la plus courageuse de ma soirée, au vu de la bérézina qui s'en suivit.

Elle habitait un studio avec un coin cuisine, un petit canapé, une table basse, et surélevé par deux marches, un peu en retrait, trônait son lit. Le thé servi près du canapé, elle s'assit à une distance amicale mais pas assez proche selon moi pour afficher clairement ses intentions et vaincre ainsi mes hésitations. Elle pensait sûrement être suffisamment sortie de sa réserve habituelle. Pendant que mon cœur faisait boom boom[33] au rythme du blues de John Lee Hooker mis en sourdine, je restai là comme un grand niaiseux dans toute sa splendeur, n'osant franchir la rivière qui me séparait d'elle et encore moins traverser l'océan qui allait jusqu'à son lit. J'avais comme souvent, trop d'orgueil et d'appréhension pour accepter d'essuyer un refus suite à un malentendu. J'ai toujours été comme ça pour tout dans la vie, même quand je franchis la ligne en vainqueur, je n'y crois pas tant qu'il n'y a pas eu la remise des médailles… Et encore, je suis capable de craindre un déclassement tardif. De plus, s'ajoutaient aussi à mon trouble, des pensées qui continuaient à naviguer dans le sillage de Marjolaine ; je restais prisonnier de mes principes, attendant comme un bon de sortie, la missive maquillée de rouge.

Néanmoins je ne restai pas silencieux, pour la jasette, j'étais fort… Nous avions commencé à parler de blues et j'étais à présent en train d'essayer de la convertir à Elliott Murphy quand je vis dans son attitude, ressortir la fatigue de sa longue journée. Je sentais bien que, sauf un tremblement de terre qui m'aurait jeté dans ses bras, miser sur moi ce soir-là, revenait à jeter une pièce en l'air en espérant qu'elle retombe sur la tranche.

Je pourrais me donner le beau rôle en disant que je m'éclipsai en gentleman mais la vérité est que je battis piteusement en retraite. Ce ne fut pas Waterloo mais ce ne fut pas Arcole, comme disait Brel. Après un bref salut de Louise, je m'enfuis dans la nuit, me demandant si ce que j'avais lu dans ses yeux était de la déception, de la pitié ou du mépris. Elle devait s'interroger à juste titre sur mes motivations et je fus

---

[33] Boom Boom (John Lee Hooker)

accompagné jusque dans mon sommeil par les mêmes réflexions.

***

Quand le mardi se présenta, la balance de mes sentiments penchait plus vers les regrets que les remords. Marie-cassette qui avait deviné ma soirée avec Louise me demanda des nouvelles. Elle dut se contenter d'une brève et évasive réponse. Louise arriva alors que la soirée était calme et me salua, sans s'attarder pour autant. Dans le monde de la nuit, on aime les commérages, et bien que Marie-Cassette restait quelqu'un d'assez discret, elle était très proche de Daniel, et quand Daniel savait quelque chose… Ce qui fait que j'eus l'impression que la moindre de mes interactions avec Louise était espionnée. Pour preuve, la remarque de Marie-Cassette qui suivit son arrivée.

— Tu es sûr que ta soirée s'est bien passée ?
— Pourquoi tu me demandes ça ?
— Parce que Louise et toi avez l'air de vous être rapprochés en tabarouette, dit-elle avec une pointe d'ironie.
— Disons que ça aurait pu être mieux.
— Vous êtes pas fâchés quand même ?
— J'espère que non.

Perplexe, elle conclut l'échange par un gros soupir, tout en levant les yeux au ciel…

Ce soir-là, on aurait pu retenir une partie de mon salaire, car bien malgré moi, je passai beaucoup de temps à observer Louise, non sans difficulté, en raison du faible éclairage de la salle. Pour une fois, je n'étais pas perturbé par l'écran face au vestiaire qui diffusait tous les mardis des extraits de porno gay. Bien qu'ouvert d'esprit, ces images étaient loin de celles peuplant mes fantasmes sexuels. Je pus constater que Louise dansait beaucoup, comme à son habitude, mais que contrairement à celle-ci, elle buvait régulièrement des *shooters*, trinquant avec des connaissances retrouvées sur place. Vers deux heures du matin, je finissais d'expliquer à une jeune extravertie, passablement éméchée, qu'elle ne pouvait se promener torse nu dans le bar, sauf lors des soirées *body painting,* quand je vis André, le serveur, me faire signe entre le billard et le vestiaire

Débardeur blanc, cheveux gominés vers l'arrière, de son beau sourire habituel, il me désigna son plateau garni de quatre verres : « Pour la porte, de la part de Louise ». J'avais un principe, je ne consommais jamais d'alcool quand je travaillais, estimant qu'être sobre me donnait un avantage sur les clients posant problèmes, puisqu'eux ne l'étaient pas la plupart du temps. J'aurais pu boire un peu, mais un peu restait une frontière subjective et mouvante. Pas du tout, ne laissait aucune marge d'erreur, la ligne était bien tracée, donc facile à respecter.

Je déclinai l'offre mais Louise arriva et leva son verre, nous attendant pour trinquer. Débordée par la remise des manteaux, Marie-Cassette but le sien rapidement et retourna à sa tâche. Daniel en saisit un, patienta quelques secondes, le but d'un coup sec et me lança : « Enweille », avant de partit aider au vestiaire. Ne restait face à moi que Louise, le coude levé, attendant que je m'exécute, et entre nous deux, André, tenant toujours le cabaret sur lequel subsistait mon verre. Il évoqua une éventuelle crampe, causée par mon indécision, sauvé par Mado qui passait par là et me mit le *shooter* sous le nez, ordonnant : « Déniaise, le Français ». Ça frisait le complot. Je cédai et mis fin à cette situation embarrassante, de concert avec Louise. La musique devenue très forte, elle me fit signe de me pencher et me glissa à l'oreille : « J'espère que ça aura plus d'effet que le thé ». Le temps de redresser la tête, elle était déjà sur la piste de danse.

Louise qui ne partait jamais très tard lorsqu'elle travaillait le lendemain, se présenta au vestiaire ce soir-là, seulement après l'annonce du dernier service mais sans sembler aucunement être dans un état altéré par l'alcool. Elle me sourit pendant que Marie-Cassette allait chercher son manteau, qui a son retour, me le tendit ostensiblement plutôt que le remettre à Louise.

Celle-ci, après un instant d'étonnement, se rapprocha de moi et se retourna, ouvrant gracieusement les bras. Je ne me fis pas prier pour emballer mon cadeau et enhardi par ce dos tourné, lui demandai.

— Est-ce qu'il te reste du thé ?

Elle fit un pas vers les marches et se retourna.

— Yes... but hurry up, it's gonna be cold...

Je venais de découvrir que Louise, au ton toujours calme et pondéré, pouvait parfois être trahie par ses émotions quand nous échangions en français. Sous le coup de celles-ci, colère, émoi ou autres, elle ne pouvait s'empêcher de laisser échapper quelques mots dans sa langue maternelle.

Alors que la musique s'était arrêtée et le bar presque vidé, constatant qu'il ne restait que quelques habitués qui ne risquaient pas de créer de problèmes pour quitter les lieux, j'avais demandé à Daniel la permission de m'éclipser. Marchant à grands pas sur la rue Rachel, vers la seconde chance qui m'était offerte, je recommençai, égal à moi-même, à être rongé par les affres du doute. A cause du bruit, n'avais-je pas mal compris ce qu'elle m'avait dit ? N'était-ce pas une plaisanterie ? N'avait-elle pas trop bu ? J'étais donc le roi des idiots et si ça n'avait pas été moi, je l'aurais sûrement tué pour prendre sa place.

Arrivé devant la porte de l'appartement d'où s'échappait un filet de lumière, j'osai frapper doucement.

— Entre.

Elle était assise exactement comme la fois précédente, le thé infusant sur la table basse, le disque de John Lee Hooker en sourdine.

— On réessaie ?

— A propos de l'autre soir...

— Viens t'asseoir.

— Je ne voulais pas tout gâcher en me méprenant sur tes intentions, continuai-je en m'exécutant.

— Que veut dire méprenant déjà ?

— En me trompant.

— Ah oui ! Eh bien, je pensais que tu serais inspiré par les paroles de John Lee Hooker.

— Je comprends très mal l'anglais.

— J'ai hésité entre cette option et le fait que tu sois un peu… how could I say…

— Stupid est le bon mot et il marche dans les deux langues. Je me sens beaucoup plus intelligent ce soir mais j'ai peur que tu aies un peu trop bu.

— Pas tant que ça. Juste assez pour trouver le courage de tenir jusqu'à la fermeture, mais j'ai les idées très claires.

Je me rapprochai lentement d'elle.

— Est-ce que je peux essayer de faire preuve d'intelligence ?

— J'aimerais que tu en sois capable.

Je franchis cette fois-ci, et la rivière et l'océan pour enfin arriver au radeau de son lit. Et comme les touches sous les doigts de Glen Gould, le blanc et le noir s'accordèrent parfaitement dès cette première nuit.

2

Ainsi commença ma relation avec Louise. Je découvris au fil des semaines que nous avions beaucoup de points communs. Nous nous rejoignions dans le cinéma, la littérature, et la musique qu'elle aimait de manière éclectique. Egalement dans l'amour, où elle se révéla avec le temps et la confiance aidant, une amante surprenante et intrépide, ce que ne laissaient pas présager ses abords réservés. Au point que je me demande si je fus bien à la hauteur de ses attentes. Au début, je fis par politesse, quelques tentatives pour parler dans sa langue maternelle. Mais comme j'accouchais péniblement d'un anglais sous césarienne alors que de sa bouche le français s'écoulait comme un ruisseau, nous abandonnâmes tout naturellement ce qui s'avérait trop laborieux et limitait l'intérêt de nos échanges. Cependant, elle me laissa toujours le choix ; si j'avais l'imprudence de commencer en anglais, elle me répondait dans cette langue... si elle avait compris... Et souvent, dans le cas contraire, au lieu de mettre cela sur le compte de mon accent désastreux, elle me disait avec tact, ne pas avoir bien entendu, évoquant le bruit ou tout autre plausible prétexte. Elle restait cependant quelqu'un de mystérieux, avec beaucoup de zones d'ombre que je m'évertuais parfois à éclairer, mais sans grand succès ; elle trouvait toujours le moyen de s'en sortir avec un sourire ou une pirouette.

Un vendredi en fin d'après-midi, profitant d'une sortie précoce de son travail, nous étions attablés au Shed Café en train de partager une de ces énormes portions de gâteau aux carottes qui faisaient leur réputation, quand je la questionnai à nouveau.

— Comment se fait-il que quelqu'un comme toi soit encore célibataire ?
— Qu'est-ce que tu veux dire par « comme moi » ?
— Belle comme toi.
— Il ne suffit pas d'être belle.
— Belle, gentille et plein d'autres choses...
— D'autres choses ?
— Intelligente.
— Encore !
— Charmante, douce, intéressante.
— C'est tout ?
— C'est déjà pas mal.
— Dommage, mais merci, c'était agréable à entendre. Eh bien, il faut croire que ce n'est pas suffisant ou que tu es le seul à me voir comme ça.
— C'est pas vraiment une réponse ça.
— Et toi, comment se fait-il que tu sois encore célibataire ?
— Euh... c'est compliqué.
— Eh bien voilà, tu l'as ta réponse.

Cela ne faisait pas très longtemps que je sortais avec Louise, mais la connaissant déjà depuis plusieurs mois, au moins comme cliente du Lézard, jamais je ne l'avais vue vêtue autrement qu'en pantalon. Une fois sortis du Shed, alors que nous nous dirigions vers son appartement, elle s'arrêta devant la vitrine de la boutique Scandale. Intrigué, je sondai.

— Pourquoi tu regardes ces robes ?
— Je les trouve originales.
— Tu les porterais ?
— Non, un peu trop flyées pour moi.
— De toute façon, je t'ai toujours vue en pantalon.

Elle me regarda par en dessous avec un sourire coquin.

— Tu as la mémoire courte.
— Plus longue que les robes que tu ne portes d'ailleurs jamais.
— Trop dangereux.
— Quoi ?

M'entraînant par la main, elle coupa court à mes questions : « Rentrons vite, je vais te rafraîchir la mémoire avec mes dessous blancs ».

***

♫♪ Ma jolie, how do you do ?
La la la la la la la
I come from vieux pays
La la la la, ma jolie
J'ai un condo sur St-Denis
Where we can live, if you marry me
Un beau condo sur St-Denis
Where we will live, you and me
O-oh Louise… ma jolie Louise[34] ♫♪

Mes vocalises furent opportunément interrompues par Louise, sortant nue de la salle de bain, une serviette enroulée autour de la tête.
— Pitié !
— ♫♪ O-oh Louise, I'm losing my head…♫♪
— Arrête de massacrer cette chanson ! En plus, tu ne connais même pas la moitié des paroles.
— Tu n'aimes pas ?
— Pas par toi non, tu chantes vraiment trop faux. Et je n'aime pas les paroles, justement.
— Ah bon ? Je ne sais pas de quoi ça parle exactement. J'ai jamais essayé de les traduire.
— Aucune importance. Qu'est-ce qui te rend de si bonne humeur ? Notre tête à tête horizontal ou d'aller au G-Sharp ?

---
[34] Jolie Louise (Daniel Lanoie)

Sans attendre ma réponse, elle me tourna le dos et commença à s'habiller. Je m'empressai de porter mon regard plus haut que le bas de ses reins. La courbure de ses fesses m'aurait fait perdre certains de mes moyens, mais en trouver d'autres qui nous auraient certainement mis en retard.

— Les deux. Tu ne m'as jamais dit d'où venait ta cicatrice dans le dos.
— C'est vrai.
— Et alors ?
— Tous les hommes ne sont pas comme toi.
— Qu'est-ce que tu veux dire ?

Elle était rentrée dans la salle de bain pour la touche finale.

— Tu ne parles pas d'une mauvaise expérience quand même ?

Après un long silence, j'allais insister mais elle sortit, me répondant enfin.

— There is a crack in everything, that's how the light gets in[35].
— ???
— Tu connais ?
— Bien sûr.
— Tu sais que je l'ai déjà vu au parc du Portugal, assis seul sur un banc ?
— Ça ne m'étonne pas, il a une maison tout près d'ici.

Elle avait fini de s'habiller et ouvrit la porte.

— Je sais où elle se trouve, viens, je vais te montrer.

Elle avait, une fois de plus, esquivé le feu de mon projecteur.

Voilà pourquoi, malgré mes modestes tentatives, je ne savais de Louise que ce qu'elle voulait bien me révéler. Je devinais une fêlure et le fait que cela soit allé aussi vite entre nous, malgré ce passé trouble, me laissait dubitatif. Mais je ne me posais pas trop de questions car elle savait noyer ce mystère dans de multiples moments agréables, comme cet après-midi

---

[35] Anthem (Leonard Cohen)

clôturé par une soirée au G-Sharp. Depuis que je la fréquentais, j'allais plus souvent sur Saint-Laurent, *on the main* comme elle disait. J'apprenais à connaître une rue plus cosmopolite que Saint-Denis, occupée par de nombreux commerces tenus depuis plusieurs décennies par des immigrés européens ; un aperçu du vieux continent en quelques devantures défraîchies par le temps. Le bar G-Sharp, lui, très nord-américain, était aussi très simple. Un petit comptoir avec un choix de bières et d'alcools réduit, plus une non moins petite estrade entourée de quelques tables. L'intérêt de cet établissement venait de Gary, le propriétaire, capable de faire venir dans cette modeste salle, de très bons groupes de blues, souvent directement des États-Unis. Nous donnant ainsi l'occasion ce soir-là, après être passés devant le 28 rue Vallières pour saluer virtuellement Léonard, d'assister à un show de Pinetop Perkins pour un prix d'admission dérisoire.

***

Les parents de Louise avaient émigré au Québec lorsqu'elle avait moins d'un an. Elle se sentait donc totalement canadienne. Par un curieux hasard, née la même année que la sprinteuse jamaïcaine Merlene Ottey, Louise lui ressemblait étrangement, tout en étant plus belle mais assurément moins véloce car distinguée par une musculature plus fine.

Je ne la voyais jamais comme une personne de couleur mais seulement comme une belle femme. J'aimais sa teinte de peau comme j'ai pu aimer la couleur des yeux ou des cheveux d'autres filles. C'est elle qui s'amusait à jouer avec les clichés, comme lors de cet après-midi pluvieux, alors que nue, blottie contre moi, elle posa sa cuisse en travers de mon ventre.

— Des vraies jambes de sprinteuse jamaïcaine.
— On voit bien que tu ne m'as jamais vue courir.
— Tu dois bien avoir quelque chose de jamaïcain en toi.

— Je ne sais pas... tu sais, c'est comme si j'étais née à Montréal. J'ai quitté ce pays trop jeune pour en garder le moindre souvenir.

— Tes parents n'ont jamais été intéressés à te faire découvrir l'île ?

— Mon père n'est plus le bienvenu en Jamaïque.

— Comment ça ?

— Il n'a jamais voulu m'en dire plus.

— C'est curieux.

— Tu essaieras de lui demander quand tu le verras dimanche prochain.

— ???

— J'ai parlé de toi à ma mère.

— T'es sérieuse ?

— Je lui ai dit que tes fesses n'avaient rien à envier à celles de Louis.

— Qui est Louis ?

— Mon frère. Mes parents ont manqué d'imagination.

— Et tu as dit ça à ta mère ?

— Déjà qu'elle n'est pas enchantée à l'idée d'un mariage avec un blanc, il faut bien que je lui vende la marchandise.

— C'est pas vrai ?

— Mais non, ce n'est pas vrai.

— Ouf...

— En fait, les fesses de mon frère sont plus belles et elle veut bien que j'épouse un blanc.

— Ah... tu me fais marcher ! Et arrête avec tes clichés.

— Tu ne marches pas, tu cours... et plus vite qu'un Jamaïcain !

Elle se colla un peu plus contre moi et me murmura à l'oreille : « My white Jamaïcan » avec un accent forcé à la *D'yer Mak'er*[36].

Voilà qui donne une idée de son humour particulier. Par contre, un jour la réalité nous rattrapa, plus vite qu'une

---

[36] D'yer Mak'er (Led Zeppelin). Qui selon Robert Plant est la prononciation autochtone de « Jamaïca ».

sprinteuse jamaïcaine. Ce soir-là, Louise éprouva l'envie d'aller danser. Comme je n'avais pas le chromosome Michael Jackson, elle proposa le Lézard, sachant que j'y trouverais des connaissances pour jaser et prendre un verre, pendant qu'elle se défoulerait. Contrairement à ce que l'on pourrait croire, le *staff* des bars ne profitait que rarement de leurs soirs de congé pour se reposer. Le monde de la nuit était tellement plaisant à Montréal, que l'on fréquentait régulièrement notre bar ou d'autres et qu'avec le temps, toute la faune nocturne du Plateau Mont-Royal se connaissait.

Le Lézard se trouvait au second étage d'un bâtiment occupé au premier par un autre bar, Le Dogue. Il fallait donc monter un escalier pour parvenir au premier, puis un second pour arriver au Lézard. Les deux bars étant très populaires, les soirs d'affluence comme ce vendredi, une première ligne tout en haut se formait pour se poursuivre, à mesure que la soirée avançait, dans l'autre escalier plus bas pour finalement déborder peu à peu sur le trottoir. En tant que portiers, on devait donc s'assurer que les clients qui attendaient pour entrer au Lézard restent bien en ligne du côté droit des marches. Permettant ainsi à ceux qui sortaient de descendre et même, concernant l'accès menant au premier niveau, laisser aussi le passage à ceux qui désiraient aller au Dogue ; ses propriétaires n'engageant un portier que lors des rares soirées où officiait un DJ. On était donc seulement trois, un qui surveillait les admissions du Lézard et l'escalier du haut, un autre au premier palier qui filtrait le flux entre les deux bars et un dernier qui circulait dans la salle et entre les étages. Bien qu'on alterne ces différents postes au cours d'une même soirée, je me souviens encore devoir répéter sempiternellement aux clients, des soirées entières, presque comme un mantra, de bien rester sur la droite de l'escalier, afin de faciliter l'incessant va-et-vient, tout en enlevant et remettant à chaque passage, la chaîne faisant office de feu de circulation.

Nous arrivâmes, Louise et moi, à la plus mauvaise heure pour des clients lambda, mais cela nous importait peu car les membres du *staff* avaient la prérogative de ne pas faire la queue et en plus, de bénéficier d'un prix réduit sur les consommations. Je n'avais donc pas à attendre ainsi que la personne qui m'accompagnait, et encore moins Louise, fidèle habituée connue de tous les portiers. Alors que je saluais quelqu'un dans la rue, elle se dirigea directement vers le haut en longeant la file d'attente. La suivant de peu, je la vis soudainement se figer à mi-chemin, regardant d'un œil noir un gars au *look skinhead*. Derrière lui se trouvaient deux habitués du Lézard, dont un Français. Je gravis les quelques marches me séparant d'elle.

— Tu le connais ?
— Non.

Elle s'apprêta à repartir avant que je n'insiste.

— Qu'est-ce qu'il y a alors ?
— Nothing.

Un des deux clients derrière le crâne rasé intervint, dénonçant le commentaire.

— Il a dit : « Même les négresses nous passent devant ».

Le *skinhead* se retourna, belliqueux.

— Toé le criss de Français, mêle toé de tes câliss d'affaires.

Je me rapprochai en l'apostrophant.

— Hey toi ! Je pense que t'es pas prêt d'entrer !
— Va chier !

Je l'empoignai et le plaquai au mur, Daniel me demandant d'un peu plus haut, ce qui se passait. Son cou dans l'étau d'une de mes mains, son visage virait au violet. Je ne savais plus que faire de lui alors que des clients voulant entrer au Dogue, s'agglutinaient derrière moi. Louise m'offrit une porte de sortie.

— It doesn't matter, let's go.

Elle me démontrait, par ce sage conseil, être plus intelligente que moi et avait probablement raison de préférer ignorer cet individu méprisable. Je le relâchai et devant l'air surpris de Daniel, lui signifiai que ce client était dorénavant *barré* au Lézard, remettant le reste des explications à plus tard pour gravir le second escalier. Solidaire, je l'entendis annoncer dans mon dos.

— Toi, c'est pas la peine d'attendre.
— Mais mes *chums* sont enddans !
— Décâliss ossti !

Parvenus à l'intérieur du bar, je constatai que Louise était, contrairement à moi, restée d'un calme olympien.

— Comment tu peux être aussi peu affectée ?
— J'ai déjà entendu ce genre de remarque.
— C'est pas une raison.
— Ca n'en vaut pas la peine, je sais que beaucoup plus de gens sont comme toi plutôt que comme lui.
— Moi, j'en ai pour la soirée à me calmer.
— C'est pas important. Tu sais ce qu'a dit Einstein ?
— E=MC2.
— Je parle de quelque chose que tu peux comprendre.
— 1+1=2 ?
— « Il n'existe que deux choses infinies, l'univers et la bêtise humaine, mais pour l'univers, je n'ai pas de certitude absolue ».
— Tu prends ça avec philosophie.
— Il le faut bien. Puis ajoutant avec un clin d'œil. Viens mon criss de Français, allons boire pour te calmer.

C'est la seule fois où j'entendis, qu'importe la langue utilisée, un sacre franchir ses lèvres, et ce, uniquement par taquinerie. Je vous l'avais dit : toujours calme et mesurée.

J'avais réalisé ce soir-là qu'en plus de former un couple mixte, nous faisions tous les deux partie des minorités. La plupart des Québécois étaient chaleureux et accueillants, encore plus avec les francophones leur permettant de lutter contre ce Canada qui souhaitait de manière insidieuse, la dissolution du français dans une Amérique majoritairement anglophone. Pour ma part, je me sentais pleinement intégré et Québécois dans l'âme, mais je rencontrais, quelques rares fois, des individus me faisant sentir que je n'étais pour eux qu'un étranger.

3

Les semaines s'écoulaient et je me contentais des bons moments passés avec Louise, l'appréciant de plus en plus. Je ne voulais pas voir plus loin et ne me posais pas trop de questions sur la force de cet attachement. J'avais encore l'impression d'être tiraillé entre elle et Marjolaine, chacune me tenant par un bras. La précédente locataire de mon cœur avait déménagé mais elle avait laissé des souvenirs et l'état des lieux était loin d'être réalisé. Bien qu'il existait une part d'ombre chez Louise, il faut bien reconnaitre que de mon côté, je m'étais bien gardé de lui évoquer mon récent passé amoureux. Je pensais naviguer sous les radars mais je découvris que l'on n'échappait pas aussi facilement au sonar de Louise. L'intimité et le temps aidant, son caractère se révéla peu à peu. Ce que je croyais être de la timidité cachait en fait une personnalité secrète et réservée, sous laquelle se nichait malgré tout un caractère bien trempé. Lors de cette soirée au restaurant, j'en eus la révélation.

Quelques jours auparavant elle m'avait annoncé : « Pour ton anniversaire, je t'invite en France ». Le jour dit, elle me conduisit sur Saint-Denis, dans cette grande brasserie de style français, où s'affairaient des serveurs en long tablier noir. Un carrelage noir et blanc sur le trottoir la rendait aisément identifiable depuis la rue. On y mangeait très bien mais la salle était bruyante ; sûrement la raison pour laquelle, Louise, qui désirait aussi me parler, avait réservé pour le second service. Elle attendit le calme de la fin de la soirée, alors que les rognons de veau n'étaient plus qu'un souvenir sur mes papilles, patientant pour le dessert.

— Qu'est-ce que tu attends de moi ?
— Ben, que tu payes l'addition, dis-je en souriant.
— Qu'est-ce que tu attends de moi ? répéta-t-elle avec sérieux.
— Rien de spécial. De quoi tu parles ?
— Rien ! C'est bien ça le problème.
— Quel problème ?
— Entre nous !
— Je ne vois pas de problème entre nous, on passe de bons moments ensemble et on s'entend bien.
— Ensemble comme tu dis, c'est quand tu es là, mais souvent tu ne l'es pas vraiment. Tu es gentil, drôle, attentionné mais…
— Mais quoi ?
— I want more !!
— Plus que quoi ?
— Je veux être plus que… a hobby for you.
— Oh… mais tu es plus que ça.
— Eh bien, montre-le ! Je ne sais pas si ça fonctionnera longtemps entre nous mais j'ai besoin que tu essaies… vraiment ! J'ai besoin d'y croire !
— Drôle de discussion pour mon anniversaire.
— ….
— Ben c'est vrai, on n'était bien et puis…
— Tu as raison, on en reparlera une autre fois.

Une promesse dans sa bouche mais une menace à mes oreilles car je n'en avais aucunement envie, elle m'avait percé à jour et je me sentais maintenant acculé, pas encore prêt à m'investir davantage. Nous finîmes notre repas, le malaise plus ou moins dissipé par le récit d'une anecdote arrivée à son travail. Une fois dehors, debout sur le damier noir et blanc de l'entrée du restaurant, la reine proposa à son fou de le suivre jusqu'au parc Lafontaine. On le rejoignit en parcourant tranquillement la rue Roy. La soirée était fraîche mais belle, assez pour s'attarder sur un banc près du plan d'eau. Elle avait pris une de mes mains dans les siennes et pensive, jouait avec mes doigts. Je rompis le silence, espérant ainsi échapper à une reprise de notre conversation précédente.

— Comment ça se fait que tu parles aussi bien le français ?

— Parce qu'à notre arrivée, mon père, par respect pour le Québec qui l'avait accueilli, décida que nous devions tous apprendre le français afin de communiquer dans la seule langue officielle de la province. Et quand mon père décide quelque chose... Ensuite, je suis tombée en amour avec cette langue, j'ai fait une partie de mes études en français et même suivi des cours de littérature française. Ça m'a aidé à décrocher un emploi dans une société de service informatique, où 80 % des clients sont francophones.

— Toute ta famille le parle aussi bien que toi ?

— Mon père n'y est jamais vraiment arrivé, ma mère s'en sort à peu près, et mon frère, très bien. Mais depuis qu'ils sont à Toronto, ils ne pratiquent plus, donc ils oublient. C'est malgré tout aussi mon cas pour certains mots.

— En tout cas, c'est bien de la part de ton père, il est ouvert d'esprit.

C'est à partir de ce moment-là que Louise décida de se livrer un peu plus. Je ne parlerais pas d'une tentative de faire la paix mais plutôt d'un gage de son désir d'une relation plus sérieuse, après ce qui pourrait s'apparenter non pas à une dispute mais plutôt des attentes différentes ; comme je le disais, on ne pouvait pas vraiment se disputer avec Louise.

— Pas pour tout.

— Comment ça ?

Elle lâcha ma main, prit une profonde respiration en se redressant et se lança.

— Il n'aime pas que j'aie décidé de rester seule à Montréal alors qu'à cause de son travail, toute la famille a déménagé à

Toronto. Et puis, il ne comprend pas non plus que je sois encore célibataire à 33 ans.
— ...
— Et aussi, il a peur pour moi.
— Peur de quoi ?
— On marche un peu ?

Nous nous levâmes et pendant que nous déambulions dans le parc, Louise qui me tenait fermement la main, le regard porté au loin, se mit à me parler de sa sœur décédée trop jeune pour lui laisser le temps de la connaître, de son père et son frère qui l'avaient par conséquent surprotégée, au point que devenue adulte, l'atmosphère familiale l'oppressant, elle désira s'en éloigner. Elle profita de l'occasion, ne suivant pas sa famille à Toronto, de se libérer de cette cloche de verre. Elle appréciait toutefois les conversations téléphoniques espacées avec sa mère qui faisait le lien entre eux.

Désirant probablement que je réfléchisse aux échanges de cette soirée, elle préféra en rester là, une fois arrivés devant chez moi. Nous convînmes alors de nous retrouver vendredi chez elle. Pour je ne sais quelle raison, nous n'avions jamais éprouvé le besoin d'échanger nos numéros de téléphone ; se donner rendez-vous, d'une fois à l'autre, nous suffisait. En cas d'imprévu, elle savait quand me trouver au Lézard et jamais nous ne dérogeâmes à cette règle pour débarquer chez l'autre de manière impromptue. Quand nous décidions de passer la nuit ensemble, évitant les soirs où je travaillais, c'était généralement chez elle car nous avions plus d'intimité que dans ma colocation. Une relation qui me convenait très bien ainsi et que je n'envisageais pas autre.

***

Quand j'arrivai chez Louise, le vendredi suivant, celle-ci m'avoua être fatiguée de sa difficile journée de travail et préférer ne pas sortir. Après avoir soupé d'un couscous livré du restaurant Au Tarot, on entama une partie de Trivial Pursuit. Je la sentais triste et absente, et la surpris plusieurs fois à regarder le fond de sa tasse, comme si l'avenir pouvait s'y lire. La version du jeu étant en anglais et le défi interdisant toute traduction de sa part, je devinai, gagnant aisément, que quelque chose la tracassait vraiment. Plutôt que de poser les pieds sur ce terrain miné par les soucis, de peur de sauter sur un sujet délicat, je tentai une blague à propos d'un autre genre de poursuite triviale que nous pourrions entreprendre. Pour toute réponse, j'eus droit à une nuit tourmentée ; j'avais perdu l'habitude de me coucher si tôt... pour dormir.

Le lendemain, la pluie s'étant invitée à la morosité ambiante, on se brancha sur le Canal D pour enchaîner les documentaires. Alors qu'en mai 1940, l'Allemagne envahissait la France, l'image se mit à sauter puis battit en retraite devant l'avancée germanique, fuyant définitivement l'écran. Ne pouvant rester sur un suspense aussi haletant, je proposai d'aller voir la suite chez moi. L'appartement étant vide de tout colocataire, nous pûmes nous installer en toute intimité dans le salon, devant une télévision plus courageuse face aux troupes teutonnes. Après avoir appris l'homosexualité de Rock Hudson et eut la confirmation que les belles forêts du Québec étaient infestées de maringouins, Louise, enivrée par ma présence... ou saoulée par trop de documentaires, me proposa d'aller examiner d'un peu plus près les coutures de mon édredon. Je fus soulagé car je la sentais toujours préoccupée. Mais la suite des événements me laissera à penser que cette diversion servirait à mieux me rappeler une partie de ce que je pourrais perdre. Quand elle me demanda si j'avais quelque chose de chaud à boire, je constatai que le contenu de l'armoire dédiée à mes provisions était l'exact miroir de celle de Claude, sur laquelle je comptais, c'est à dire pratiquement vide. Comme je me doutais que par boisson chaude, elle n'entendait pas un verre d'eau, je me dévouai pour aller chercher deux chocolats aux Trois Maries, à quelques pas de l'appartement. A mon retour, entièrement rhabillée, elle m'attendait assise à la petite table de cuisine, contre le mur décoré des calligraphies de Marjolaine, me rappelant combien son ombre errait encore dans mes pensées. Je pris place face à Louise. Elle souffla sur son chocolat, me regardant par en dessous et lança.

— Au bureau, ils m'ont proposé un autre poste.
— Ah oui ? Quel genre de poste ?
— Plus intéressant et mieux payé.
— Ça ne me surprend pas, j'ai l'impression que tu fais beaucoup d'heures.
— Je ne sais pas si je dois accepter.
— Pourquoi ?
— C'est au bureau de Toronto.
— ….
— Tu ne dis rien ?
— Tu hésites à cause de ta famille ?
— You're so silly, sometimes !
— Pas à cause de moi quand même ?
— Et toi, ça ne te ferait rien si je partais ?
— Mais si, mais qu'est-ce que je peux y faire ?
— Je t'en ai parlé l'autre soir.
— Je comprends pas ce que tu veux dire, avançai-je mollement sur ce terrain glissant.
— Je suis bien capable de faire un choix toute seule mais pour cela, j'ai besoin de savoir entre quoi je dois choisir. Entre ma promotion et un *chum* pour qui je ne suis qu'une distraction ou plutôt un homme qui veut tout faire pour que ça marche ?
— Mais on se connait seulement depuis quatre mois !
— C'est suffisant pour moi. J'ai su tout de suite qu'il y avait… a good chemistry entre nous. Qu'est-ce que tu crois… que je *cruise* toujours les gars comme je l'ai fait avec toi ?
— Non mais…
— Je suis plus réservée que ça habituellement.
— Je crois simplement que…
— What do you think ? That I love you ? lança-t-elle, me coupant à nouveau.
— Euh… j'sais pas.

— Non, je ne t'aime pas ! Not yet ! Mais je crois qu'il est possible que ça arrive un jour. En tout cas, je veux y croire. Alors dis-moi simplement si toi, tu y crois ou non. Si tu es prêt à essayer, à regarder de l'avant et non plus derrière. Is it clear enough for you ?

Et le plus calmement du monde, elle ajouta.

— Désolée pour l'anglais, mais tu me rends furieuse quand tu fais exprès de ne pas comprendre.

— Tu ne sembles pas l'être.

— Je le suis encore plus car tu continues à fuir. Dis-moi vraiment quelque chose.

— Je voulais juste dire que ça arrive trop tôt pour moi.

— J'ai plutôt l'impression que ça arrive trop tard.

C'est quand elle me prit la tête entre ses mains, après s'être levée pour m'embrasser, que je vis le trop plein d'émotion dans ses yeux.

— On se voit demain à deux heures chez moi, comme prévu, conclut-elle.

Puis elle sortit, avalée par les escaliers, mais c'est moi qui eus du mal à digérer son départ.

***

Le soleil avait chassé les nuages de la nuit et il faisait un temps magnifique quand je me présentai à sa porte le lendemain. J'avais envie d'en savoir plus sur ses intentions mais comme je retrouvai une Louise d'excellente humeur, je décidai de laisser la poussière de mes craintes là où elle était, c'est-à-dire sous le tapis de mon indécision. Nous nous dirigeâmes vers le parc Jeanne-Mance, puis abandonnant les joueurs de tam-tam qui piétinaient dans les pluies de la veille, nous cheminâmes sur les sentiers du Mont-Royal, abordant plusieurs sujets mais aucun sérieusement ; Louise ne semblait pas le souhaiter. Elle avait décidé de placer ce bel après-midi sous le signe de la légèreté et me taquinait, marchant à reculons devant moi, tout en me demandant de prononcer certains mots anglais, avec lesquels elle me savait en délicatesse (*throughout* par exemple, si ça vous amuse d'essayer). Elle fut aussi plus affectueuse que lors de nos deux dernières rencontres ; l'après-midi passa aussi vite que l'été au Québec. Après coup, je songerai qu'elle avait peut-être voulu me montrer une autre partie de ce que je pourrais perdre. Vint ensuite une invitation à l'accompagner chez elle où une surprise m'attendait : un pâté chinois et une tarte au sucre faits maison. Je m'abstiendrai d'une troisième remarque sur sa démonstration des pertes potentielles, je pense que vous avez compris sa stratégie. Elle la poursuivit en mettant le repas à réchauffer au four, et me convia à la rejoindre dans un coin, aussi chaud mais plus intime. Je pense que le thermostat avait été réglé volontairement à très basse température car nous nous attardâmes longtemps et le souper débuta très tard. Celui-ci terminé, je la complimentai.

— C'était très bon, mais tu n'as pas dû chômer depuis hier.
— J'ai eu aussi le temps de réfléchir.
Nous y voilà, songeai-je avec appréhension.
— A ton travail ?
— Oui, et j'ai décidé que je ne refuserais pas une telle *opportunity* pour un gars, si ça n'en vaut pas la peine.
— Tu vas dire oui alors, dis-je, la gorge un peu nouée.
— Je n'ai pas dit ça, répondit-elle en déposant devant moi une paire de clés couleur cuivre.
— C'est quoi ?
— Ta réponse.
— MA réponse ?
— Oui, puisque tu ne sembles pas capable de la dire, tu me la démontreras, ça sera plus facile pour toi... Et probablement pour moi aussi.
— Je ne comprends pas.
— Ce sont les clés de l'appartement. Le jour où tu seras prêt à laisser ton passé derrière toi pour tenter de partager un futur avec moi, tu n'auras qu'à t'en servir pour venir un soir m'attendre ici. Ainsi je pourrai décider en toute connaissance de cause. Mais fais vite, je dois donner une réponse rapidement.

— Tu ne peux pas attendre une autre occasion, le temps que l'on se connaisse mieux ?

— Non. J'ai 33 ans et je veux avancer… d'une manière ou d'une autre. On se connaît suffisamment, tu sais très bien que ce n'est pas ça le problème.

— Mais on pourrait quand même continuer à se voir avant que tu partes.

— Je vois que tu déjà pris ta décision.

— Non, pas du tout !

— Ces quelques moments supplémentaires seraient faux car je ne te verrais plus de la même manière. Si tu me respectes, n'utilise les clés que si tu es sincère.

— Qu'est-ce que j'en fais autrement ? demandai-je péniblement.

— Mets-les dans la boîte aux lettres, jette-les, I don't care.

— T'exagères un peu, non ?

Sans répondre, elle me glissa les clés dans la main et se leva.

— Il est 9 heures 30, tu vas être en retard au travail.

— Déjà ! Bon, on en reparle mardi.

Elle me poussa vers la porte.

— Don't be late.

Puis m'accompagnant dehors, alors que je me retournais pour l'embrasser, elle me prit dans ses bras, m'étreint fortement plusieurs secondes, et avant de me lâcher soudainement pour s'engouffrer à l'intérieur, me murmura à l'oreille.

— Prends soin de toi.

***

Toute la semaine, j'attendis vainement la venue de Louise, mais à sa place, arriva une proposition d'embauche du Passeport. Mon temps fut accaparé plusieurs jours par ce changement et ceux-ci filèrent sans aucune nouvelle d'elle. Je me mis donc à considérer plus sérieusement son ultimatum et à m'inquiéter.

L'horloge de mes sentiments était une fois de plus sur un fuseau horaire différent de celle que j'apprenais doucement à aimer. L'esprit encore trop accaparé par Marjolaine, je ne me sentais pas encore prêt à m'impliquer autant que souhaité par Louise. J'avais espéré plus de patience venant d'elle. Tout était vraiment une question de synchronisation. Je devinais que l'on souffrait tous les deux, mais pour des raisons différentes.

Elle n'avait pas eu le temps de ne plus m'aimer et je n'avais pas eu le temps de l'aimer plus.

La sachant au travail, il m'arriva quelquefois d'aller traîner près de son appartement. Tout en retournant ses clés dans ma poche, je me disais qu'entrer chez elle pour y laisser un mot ne serait pas un manque de respect. Mais qu'aurais-je pu écrire qui n'avait déjà été dit ? Je piaffais comme un cheval, m'élançais puis refusais l'obstacle au dernier moment avant de rebrousser chemin.

Puis le temps s'écoulant, il avait probablement entraîné dans son cours la réponse professionnelle de Louise, et comme elle ne venait plus au Lézard, risquait aussi de l'emporter définitivement si je me contentais de le regarder défiler.

Le premier samedi de juillet, je décidai de m'aventurer encore une fois dans sa rue, espérant cette fois-ci l'apercevoir. Sans savoir vraiment ce que j'en attendais, j'espérais qu'en me voyant, peut-être se radoucirait-elle ou du moins, me confirmerait-elle une séparation semblant maintenant inéluctable. Après avoir erré une bonne heure dans son quartier, j'allai frapper à sa porte, sous prétexte de lui rendre ses clés.

La déception succéda à l'appréhension quand celle-ci s'ouvrit sur une personne autre que Louise. Surprise par mon mutisme comme je le fus par sa présence, la petite brune s'encadrant dans l'entrée me dit sur un ton interrogateur.

— Bonjour ?
— Euh... bonjour. Louise n'est pas là ?
— Louise n'habite plus ici.
— Comment ça ?

— Elle a déménagé, mais je pense que c'est de toi qu'elle m'a parlé.
— Ah oui ? Elle a laissé un message pour moi ? demandai-je plein d'espoir.
— Pas exactement. Je suis Paolina, une collègue de travail, elle m'a cédé son bail car elle est partie à Toronto. Par contre, elle m'a dit ne pas avoir le double des clés mais qu'un ami les rapporterait probablement ou les laisserait dans la boîte aux lettres.

Louise me connaissait assez pour savoir que je n'aurais ni jeté, ni conservé des clés qui ne m'appartenaient pas.
— Elle n'a vraiment rien dit d'autre ?
— Non, rien.
— Est-ce que tu as son adresse à Toronto ?
— Non, mais si tu veux, je peux te donner l'adresse du bureau.

Je réfléchis un instant. L'absence de message était en elle-même un message. Il était aussi net et clair que la décision de Louise. Pour elle, mieux valait couper que déchirer. Je m'apprêtai à tourner les talons.
— Non merci, ça ira.
— Attends !
— Oui ? dis-je, comptant sur une révélation inattendue.
— Tu as les clés ?
— Ah oui, pardon.

C'est en lui remettant ces clés, qui auraient pu peut-être m'ouvrir un avenir avec Louise, que je refermai définitivement le chapitre sur celui-ci. Je partis, mes écouteurs sur les oreilles. Alors que je commençais à errer sur St-Laurent, débuta *On the main*[37], une chanson se calquant sur mon humeur. Laissant derrière moi, bars et restaurants de cette rue que j'avais appris à mieux connaître avec Louise, je marchai longuement jusqu'au Montréal Pool Room. En contemplant cette banale enseigne rouge, je songeais à notre première soirée

---

[37] On the Main (Ray Bonneville)

et me mis déjà à regretter, celle qui avait cru en nous plus que moi.

Je ne revis jamais Louise.

Enfin… cette fois-ci…

LE PASSEPORT

1

De dos, cela faisait trop longtemps que je ne l'avais vue pour pouvoir la reconnaître, mais de face, je ne pouvais sûrement pas l'oublier. Dès qu'elle se retourna, j'essayai de croiser son regard mais il me passa au travers, tout comme l'espoir qu'elle se souvienne de moi. La librairie L'échange, sur Mont-Royal, vendait des livres et CD usagés ; je n'aurais pas cru y trouver aussi des rêves d'occasion. Je connaissais bien la couverture de cette virtuelle histoire d'amour, pour avoir si souvent imaginé en feuilleter la suite, et je désirais toujours autant en effeuiller l'héroïne, dont je serais rapidement devenu dépendant. Elle quitta la boutique, sans me laisser le temps de réagir, mais je n'aurais nullement dû m'inquiéter, elle reprendrait tout naturellement sa place dans le décor de ma vie, comme si sa silhouette y avait été seulement découpée durant son absence.

Falbala réapparaissait en cette fin d'été, et malgré les deux ans écoulés, une minute m'avait suffi pour voir que la magie ne s'était pas évaporée.

***

Avant ce jour de septembre, la digestion du départ de Louise avait été facilitée par mon second emploi qui m'avait sorti de ma routine du Lézard. Mes deux soirées au Passeport demandaient une vigilance accentuée de par sa situation en rez-de-chaussée, qui occasionnait davantage de travail et une gestion différente de la file d'attente. Si on aboutissait rarement par hasard au Lézard, car il fallait en connaître l'emplacement et monter les deux étages, il en était tout autre pour le Passeport, où l'on pouvait simplement pousser la porte par curiosité, attirés par les fortes basses s'échappant dans la rue à chaque ouverture de celle-ci, ou encore, intrigués par l'attroupement sur le trottoir. Alors qu'essayer de passer outre la queue du Lézard pour arriver jusqu'à sa tête, impliquait de monter les deux étages, sans égard pour ceux qui attendaient patiemment dans les marches. Ça prenait plus de culot qu'au Passeport, accessible directement depuis la rue.

La vie étant injuste, j'essayais de remettre modestement un peu d'équité dans ce monde en appliquant mes valeurs dans la gestion des passe-droits. J'entends par là que les personnes autorisées à passer outre la file d'attente quand je travaillais étaient peu nombreuses. Les membres du personnel évidemment, certains habitués aussi, mais le bar en comportant beaucoup, les portiers se devaient d'être très sélectifs, ainsi qu'avec certaines célébrités québécoises et leurs éphémères relations, qui comptaient, en traînant dans leur sillage, profiter des remous de leur notoriété naissante. Une intransigeance pas toujours appréciée par certains *barmen* quand leurs générateurs de gros pourboires devaient patienter à la porte, mais me valant l'estime des clients, rassurés de voir la même attente subie pratiquement par tous. Je n'ai peut-être pas le sens des affaires mais celui de la justice ne me fait pas défaut.

Il était facile pour moi, ancien client s'étant armé de la même patience, de faire preuve d'empathie et comprendre qu'une fois la capacité maximum atteinte, il était frustrant de devoir attendre des départs pour voir un peu de mouvement dans cette file, immobile parfois pendant très longtemps. Spécialement durant l'hiver, où les températures extrêmes n'incitaient pas à un renouvellement de la clientèle, celle-ci préférant rester confinée à l'intérieur quand attendre jusqu'à moins 25, pouvait désigner le thermomètre plutôt que le cadran de sa montre. Cette situation me poussait d'autant plus à respecter la calme persévérance des clients, en repoussant les multiples demandes de passe-droit, avec fermeté et plus ou moins de diplomatie, dépendamment de la réaction de certains qui ne doutaient de rien et pour lesquels tout semblait permis. Ils devaient d'ailleurs s'être donnés rendez-vous ce soir de juillet, dont ces deux premiers, empêchés par la chaleur d'arborer leur signe distinctif mais appartenant probablement à la tribu des pulls noués sur les épaules. La porte à peine ouverte, l'un deux, infatué, me déballa sans même un « bonsoir » poli, un argument qu'il jugeait manifestement imparable.

— Faut qu'on fasse la queue ? On vient de Paris.
— Pardon ?
— Paris ! La plus belle ville du monde !
— Ah oui ! Avec les Champs Elysées, la plus belle avenue du monde.
— C'est ce qu'on dit, confirma-t-il avec satisfaction.
— C'est qui « on » ?
— Ben...
— C'était quand le concours de la plus belle ville du monde ?
— Euh... je ne sais pas.
— Félicitations d'être les premiers d'un concours qui n'existe pas. T'es Parisien ?
— Oui, dit-il se rengorgeant.
— Donc tu ne peux pas voter, tu es juge et partie. Va donc faire la queue le long de la plus belle rue d'Amérique du Nord.

Sûrement pas la réponse attendue, puisqu'ils rebroussèrent chemin. Tout portait à croire à la proximité d'un nid de leurs semblables, car moins d'une heure plus tard, j'eus droit cette fois-ci à un solitaire essayant : « I come from New-York City. Do I have to wait ? ». Sans répondre, je regardai mon collègue qui lisant un peu de découragement dans mes yeux, prit ma place : « Laisse, je vais m'en occuper ». Je partis faire une ronde dans le bar et m'installai ensuite près du vestiaire pour surveiller la salle ainsi que le paiement des admissions. Mais le destin avait sûrement ourdi un complot contre moi ; à peine avais-je repris le relais à la porte qu'un costumé, l'air suffisant, accompagné de deux *pitounes*, se planta devant l'entrée.

— On peut se parler ? demanda-t-il, tentant de s'introduire cavalièrement.

— Je t'écoute, répliquai-je en lui barrant l'accès.

Un peu gêné de devoir s'expliquer devant les autres clients qui patientaient, il prit un air de conspirateur et me proposa un peu à l'écart.

— 50 piasses pour toi si tu nous laisses passer.

— Désolé, je n'accepte pas d'argent.

— Allez ! il y a plein de bars où ça fonctionne comme ça.

— J'en doute pas, je peux même t'en indiquer certains.

— Si tu nous laisses pas entrer, je vais aller dépenser mon argent en face, menaça-t-il.

— Au Lézard ? lui suggérai-je, amusé.

— Oui, c'est ça au Lézard ! Je suis un bon client, j'y vais souvent.

Je remarquai ses belles chaussures cirées, sa cravate en soie et sa gourmette dorée. La dernière fois que j'avais vu quelqu'un comme lui au Lézard, c'était un représentant des brasseries Molson. Il n'avait manifestement aucune idée de la nature de ce bar.

— Ça m'étonnerait mais si tu le dis...

Un billet surgit entre ses doigts bagousés. La manière dont il me le glissa de force, comme à un loufiat, érafla un peu mon vernis de diplomatie. Il pensa l'affaire rondement menée quand je lui proposai d'un air complice.

— Je vais essayer de t'arranger ça.

— J'en étais sûr, dit-il triomphant, adressant une œillade aux deux chromées pendues à ses manches.

— Mais attends ! Au Québec, on aime les référendums.

Je comptai le nombre de personnes dans la queue, puis brandis le billet, leur demandant.

— Monsieur me propose 50 dollars pour entrer avant vous. Vous êtes dix-sept, cela vous fait donc 3 dollars chacun. Que ceux qui sont d'accord lèvent la main. L'unanimité est requise.

Quelques rires et une seule main levée. Je lui rendis son argent, faussement désolé.

— Malheureusement, ta proposition est rejetée.

— Tu sais pas ce que tu perds, gros malin, dit-il furieusement, m'arrachant le billet des mains.

— Je pense que j'en ai une petite idée. Bonne soirée !

Il repartit à grandes enjambées, à l'opposé du Lézard, honteux d'avoir déçu ses deux potentielles conquêtes, chaussées d'impressionnants talons à la hauteur de leurs attentes. Celles-ci le suivirent en trottinant péniblement, le poursuivant de leurs jérémiades : « Mais tu nous avais dit qu'on pourrait entrer. »

Le couronnement de la soirée arriva un peu plus tard et c'est encore moi qui tombai sur la fève, en la personne d'une figure cathodique québécoise, ambitionnant de faire bénéficier aux dix personnes accrochées à ses basques, du même passe-droit que sa petite célébrité lui procurait. Après avoir alterné menaces, promesses et supplications, il dut se contenter d'entrer avec un couple, amis de longue date... depuis ce soir...

Je dus après la fermeture du bar, écouter une fois de plus, les arguments d'un des associés auprès duquel notre vedette était allée déverser son torrent de récriminations.

— Tu peux pas laisser un gars comme lui dehors.

— Ce n'est pas ce que j'ai fait.

— T'as pas laissé passer ses amis.

— Ses amis ? Il change d'amis tous les soirs.

— C'est son problème.

— Le mien, c'est qu'ils étaient trop nombreux. On était déjà au-delà de la capacité, tu veux perdre ton permis pour dix personnes de plus ?

— Ben non.

— Tu voulais que je fasse attendre tous les autres clients encore une heure ?

— Non, c'est des bons clients aussi.
— Donc je fais quoi ?
— Je sais pas mais la prochaine fois, tu le laisses passer.

Devant une critique aussi constructive, je ne pouvais que soupirer, sachant pertinemment que la prochaine fois, tout se déroulerait de la même manière. Toute cette politique me fatiguait, bien plus que de convaincre un éméché, de l'ennui provoqué par son insistance auprès des filles qu'il importunait. Les portiers étaient les seuls à ne pas toucher de pourboires, si l'on considère les DJ, dont certains au comportement de diva, comme faisant partie d'une classe à part. Ils bénéficiaient d'un traitement privilégié car on comptait sur eux pour attirer la clientèle, grâce à l'ambiance mise par leurs choix musicaux, mais on comptait aussi sur nous... pour faire fuir les indésirables. Au final, nous étions les moins bien rémunérés et ceux s'amusant peu, car cantonnés par notre devoir de surveillance à rester à l'écart des plaisirs de la nuit. De plus, la majorité des clients agréables n'avaient guère d'interactions avec nous qui échangions principalement avec ceux nécessitant un refus, commandant une interdiction ou en dernier recours, un ordre de quitter les lieux. Longtemps l'appel du dernier service avait signifié pour moi la fin des réjouissances, il en était presque devenu maintenant le signal du début. N'entendez pas par-là que je n'aimais pas le travail de portier, mais simplement que le côté festif reflété au client n'était pas toujours présent lorsque l'on passait de l'autre côté du miroir. Mais dans l'ensemble, j'appréciais cet emploi qui, par son environnement et ses horaires, me donnait l'impression de ne pratiquement jamais travailler. Me levant vers 11 heures, j'avais toutes mes journées pour profiter de la vie urbaine montréalaise et ses nombreuses distractions, avant de terminer celles-ci dans le monde de la nuit. Cette vie atypique poussait à fréquenter surtout les personnes du même milieu, les liens amicaux se nouant plus facilement entre membres du *staff*, au rythme de vie similaire. J'en connaissais déjà certains et si, en tant que client, j'avais surtout fréquenté le fond de la salle et les *barmen*, c'est en travaillant à la porte que je fis plus ample connaissance avec ceux seulement salués jusqu'alors.

    Il est important d'avoir une certaine confiance, voire une complicité, avec son partenaire quand on s'occupe de la sécurité. Il y avait deux sortes de portier, ceux que l'on savait toujours derrière soi en cas de problèmes et ceux qu'on savait y être rarement. J'aimais particulièrement travailler avec Marek, aussi laconique et pince-sans-rire que moi. Il savait, en désaccord avec une décision prise par son binôme, rester imperturbable devant le client et si nécessaire, infléchir cet arbitrage avec tact et discrétion, ménageant ainsi la susceptibilité de chacun. Ses origines tchèques se mariaient bien avec le lointain sang serbe coulant dans mes veines et je n'ai aucun souvenir d'une mésentente avec lui. Nous avions sensiblement la même manière de travailler, ainsi qu'une animosité commune envers certains clients. Malgré nos salutations polies, ceux-ci devaient ressentir toute la froideur de l'Europe de l'Est, quand pour entrer, ils n'avaient d'autre choix que de passer entre nous deux dans l'étroitesse du sas. L'un d'eux, dont la carrière devait se limiter à une publicité et quelques figurations télévisées, arriva un soir, tardivement, dans un état d'ébriété que nous n'aurions toléré de personne. Après l'avoir invité poliment à revenir un autre jour, nous dûmes supporter ses invectives, tout en restant debout et impassibles sur le trottoir devant le bar. Le rôle du portier est d'expulser ou d'interdire l'entrée aux fauteurs de trouble et non pas de leur donner des leçons de savoir-vivre. Tant qu'ils se tiennent à l'écart, on en fait de même avec notre susceptibilité. Au bout de quinze minutes à l'écouter se prévaloir de son infime popularité, il dut se rendre compte que son comportement provoquait rires et moqueries des passants et conclut en manque d'inspiration : « Toi, le Français, retourne manger ton camembert et toi là, on devrait te renvoyer en Pologne ». Après l'avoir laissé s'éloigner, nous retournâmes à l'intérieur. La seule parole échangée fut la remarque laconique de Marek : « Je ne veux pas y aller, moi, en Pologne, je connais personne là-bas, je suis Tchèque ». Concis et imperturbable, comme toujours.

J'étais aussi épaté par sa manière de toujours se tenir droit comme un I, une particularité partagée avec Manon qui travaillait au vestiaire, le vendredi soir. Heureusement que leur relation était purement professionnelle sinon on aurait certainement pu faire des tuteurs de jardin de leur progéniture. Manon, avec son port altier de reine, sa grande taille, sa longue tresse, ses tenues variées et son maquillage soigné, semblait au premier abord inaccessible. Mais un lien particulier se tisse plus facilement avec quiconque posté pendant plus de cinq heures dans son champ de vision. Ainsi une certaine complicité se créait parfois entre portiers et filles du vestiaire, même si les brèves conversations noyées par les décibels et entrecoupées pour les besoins du travail ne suffisaient pas à l'approfondir. Manon était la seule capable de lire au milieu de tout ce bruit, pendant les moments d'accalmie, surtout l'été alors que les tâches du vestiaire étaient allégées. Cette particularité nous avait permis d'avoir quelques échanges sur la littérature. Une rencontre fortuite nous incitera à intensifier cette relation.

***

Si le hasard c'est Dieu qui se promène incognito[38], il devait avoir décidé, comme moi ce soir-là, d'aller à la projection d'un film en plein air au parc Lafontaine, et de me faire arriver au même moment qu'une silhouette reconnaissable de loin, en train d'attacher son vélo près de l'entrée du Théâtre de Verdure.

— Hé Manon !
— Ah salut ! Toi aussi, tu vas voir Farinelli[39] ? demanda-t-elle un peu surprise.
— Oui, t'es toute seule ?
— Oui, viens, on va se tenir compagnie.

---

[38] Albert Einstein
[39] Farinelli (Gérard Corbiau)

Nous prîmes place dans les gradins de pierre. J'étais étonné de ne pas la voir avec son copain, aperçu quelquefois au Passeport.

— Ton *chum* n'est pas là ?
— Non, il est reparti à Mexico.
— Ah… Il n'habite pas à Montréal ?
— Non, il est Mexicain. Tu ne le savais pas ?
— Pas du tout, je ne lui ai jamais parlé.
— Je ne te l'avais pas dit ?
— Non, tu sais, on a surtout parlé de livres, toi et moi… quand tu ne dormais pas.

Je l'avais déjà surprise à réaliser l'incroyable performance de s'assoupir au vestiaire, au milieu de la musique et des conversations, dos au mur, sur son inconfortable tabouret. Elle me répondit en riant.

— Je ne suis pas vraiment un oiseau de nuit, je suis plus une poule.
— Une poule de luxe, alors. Toujours bien habillée, avec de longs sautoirs, des leggings, des robes… jamais de jeans… Beaucoup de prestance quoi… mais intimidante.
— Oh la la ! Je ne sais pas comment je dois prendre ça.
— Bien. C'est juste qu'avant de travailler avec toi, je te trouvais froide.
— C'est le travail au bar qui demande ça. Pas envie de me faire achaler. Mais faut pas se fier aux apparences, tu sais. Regarde, toi, t'as pas l'air d'un gay.
— Qu'est-ce que tu veux dire ?
— Ben… si t'habitais pas avec Claude et que je ne te voyais pas souvent arriver avec lui au bar, jamais j'aurais pensé que t'étais gay.

Il me fallut quelques secondes pour digérer ma nouvelle orientation sexuelle avant de me mettre à rire.

— Qu'est-ce que j'ai dit de si drôle ?
— Tu as bien raison, il ne faut pas se fier aux apparences, je ne suis pas gay du tout.
— Ah bon ?

— Oui, mais ne t'inquiète pas, je sais me tenir. Explique-moi plutôt ce que tu fais avec un Mexicain.

Un voyage au Mexique lui avait permis de travailler quelques temps là-bas comme mannequin et elle venait d'entamer cette liaison, quand elle dut quitter le pays pour un problème de visa. Cette relation en pointillé perdurait jusqu'à présent malgré la distance. Je ne sais pas si je me reconnus dans cette histoire de séparation et de visa mais sa situation nous permettra dès lors de développer une amitié sans ambiguïté. Cela me convenait très bien car j'avais mis mon cœur en jachère, sans savoir lequel, du sillon Marjolaine ou Louise, l'avait le plus labouré.

« Faut pas se fier aux apparences » deviendra un leitmotiv entre nous. La belle femme au corps de Miss Mexico, comme j'aimerai la surnommer, cachait en fait une petite fille spontanée à la sensibilité exacerbée.

***

— Tu penses que tu vas y arriver ?
— J'ai presque fini.
— Désolée, je ne croyais pas que c'était aussi compliqué.
— Tu ne m'avais pas dit non plus que tu avais perdu le mode d'emploi.

Quelque temps après notre rencontre au Théâtre de Verdure, Manon m'avait confié ses difficultés à programmer son magnétoscope. Je m'étais alors proposé de passer chez elle pour lui en expliquer le fonctionnement et venais de terminer mes tests.

— Voilà, je t'ai tout noté sur ce papier. On va le faire une fois ensemble pour voir si tu arrives à me relire.
— Un gros merci. Après, si tu as le temps de m'accompagner faire mon épicerie, je t'invite à souper. Tu l'as bien mérité. Ça t'tente-tu ?
— Oh oui, j'ai tout mon temps mais il ne faut pas te sentir obligée.

— Ça me fait plaisir… d'avoir quelqu'un pour porter mes sacs. Juste le temps de vérifier ce qu'il me manque et on y va.

Je la suivis dans son espace cuisine et constatai la présence d'un poisson emballé sous vide, baignant dans un contenant d'eau.

— Je pense que c'est trop tard.
— Pour quoi ?
— Ton poisson… Tu l'as remis dans l'eau trop tard. Il ne nagera plus. Quand ils ont les yeux comme ça, c'est mauvais signe.
— Niaiseux ! C'est ma manière de le décongeler mais il n'y en aura pas assez pour deux. Je le mangerai demain.
— Ah ! J'aime mieux ça alors. Ça me faisait de la peine de t'annoncer son décès.
— Est-ce que tu cuisines, toi, gros malin ?
— Pas trop ! Ma fibre culinaire s'est pas mal effilochée après deux étés dans la restauration.
— Tu manges quoi, alors ?
— Ben, je fais quand même un chili, c'est 37°2 le matin[40] qui m'a inspiré. J'en prépare une grosse quantité, j'en mange deux ou trois fois et je congèle le reste en portions individuelles.
— C'est pas très varié.
— Je fais aussi de la choucroute. Même principe, même marmite, même quantité.
— J'espère que tu la laves entre les deux.
— Non, mais je la lèche bien soigneusement.
— Et le reste du temps ?
— J'encourage l'économie québécoise en mangeant beaucoup de « Ici ou emporter ».
— Allons-y, je vais te faire voir qu'il y a d'autres moyens de l'encourager.

Cette journée que nous allions poursuivre sur la rue Saint-Laurent et cet humour partagé, sonneront le début de notre

---

[40] 37°2 le matin (Jean-Jacques Beineix)

complicité, esquissant ce que nous pouvions nous apporter l'un à l'autre durant cet été qui sera la salle d'attente de nos amours futurs.

***

— Comment tu trouves les fromages ?
— Très chers.
— C'est moins dispendieux en France ?
— Mets-en ! A ce prix-là, tu as un camembert dans une boîte plaquée or.

Je mettais pour la première fois les pieds à La Vieille Europe, y trouvant toute une gamme de produits importés me rappelant mes origines. Manon déchiffrait attentivement l'étiquette d'un bocal.

— Qu'est-ce que tu cherches ?
— Je regarde s'il n'y a pas trop de conservateurs.
— Tu préfères les libéraux ?
— Quoi ?
— C'était une blague politique.
— Moi, tu sais, la politique ne m'intéresse pas vraiment
— Tu as tort, au Québec c'est plus que ça, c'est la défense d'une langue, d'une culture et de votre identité.

C'est ainsi que la Québécoise commencera à apprendre la bonne alimentation au Français, lequel la sensibilisera à l'importance des enjeux de son propre pays.

On poursuivit ses achats dans d'autres magasins dont elle était à l'évidence une cliente régulière. Slovénia pour la viande et les charcuteries d'Europe de l'Est, Warshaw où l'on trouvait de tout sauf un ami - pour cela il fallait aller chez Jean Coutu[41] - et Frenco pour ses aliments en vrac. Des enseignes que je n'avais jamais remarquées en compagnie de Louise, car nous fréquentions cette rue principalement pour ses bars et restaurants. Ce magasinage nous ayant rapprochés du parc du

---

[41] Référence au célèbre slogan des pharmacies Jean Coutu : « Chez Jean Coutu, on trouve de tout, même un ami ».

Portugal, le souvenir d'une journée passée avec elle me monta à l'esprit, m'écorchant le cœur au passage.
— Tu sais que Leonard Cohen a une maison tout près d'ici ?
— Qui ?
— Leonard Cohen !
— C'est qui ?
— Tu me niaises ? dis-je incrédule, m'arrêtant pour la regarder.
— Non, je ne sais vraiment pas de qui tu parles.

Les bras m'en tombèrent, d'autant plus facilement qu'ils étaient déjà attirés vers le bas par les deux lourds sacs de provisions. Elle était née à Montréal, habitait à environ un kilomètre d'un des natifs de renommée mondiale de cette ville et elle ne connaissait pas le plus grand auteur-compositeur canadien avec Neil Young. Je pensais seulement lui faire découvrir une maison et tout un monde s'ouvrait à elle. Mis à part le classique, je m'appliquerai à faire son éducation musicale, il y avait du travail mais elle était bonne élève. Elle tentera de faire la mienne pour les arts plastiques, en particulier la peinture, il y avait beaucoup de travail, et j'étais un cancre dans ce domaine.

Nous eûmes toute la chaude saison pour se nourrir l'un de l'autre ; son amoureux, empêché par ses obligations, ne vint pas lui rendre visite cet été-là. Je ne suis pas certain qu'il n'aurait pas été jaloux de notre bonne entente devenue si rapidement parfaite. A tort, car aucun geste déplacé ou sous-entendu ne vint l'entachée, hormis ceux taquins d'un vieux couple auquel nous commencions à ressembler. Elle parlait très peu de lui mais je compris qu'il lui manquait, le jour où je la surpris en pleine conversation téléphonique. J'avais deviné l'identité de l'interlocuteur, à la langue utilisée, et bien que parlant espagnol comme une vache anglaise, le ton employé au cours de l'échange m'en apprit pas mal sur la teneur de celui-ci. Mon impression fut confirmée par l'émotion qui l'étreignit après qu'elle eut raccroché. Pas très habile pour gérer ces moments, je lui caressai maladroitement le dos, essayant de dédramatiser.

— Heureusement que je suis là, hein ?
— C'est vrai.
— Qu'est-ce que tu ferais sans moi ?
— La même chose mais ça serait moins drôle, répondit-elle dans un sourire forcé.
— C'est pas facile les amours longue distance.
— C'est pas seulement ça. Pourquoi j'ai pas rencontré un gars qui sait ce qu'il veut et qui prend ses responsabilités ?
— Tu veux qu'on en parle ?
— Non, c'est justement toi qui me changes les idées. Mais tu ne préfèrerais pas sortir un peu avec des gars ?
— Tu coûtes moins cher en bières, justifiai-je dans une tentative pour la dérider.

Manon était d'une nature plutôt enjouée, bien que comme beaucoup de Québécois, elle se plaignait souvent de la chaleur estivale, après avoir maudit le froid rigoureux durant tout l'hiver[42]. Elle ne comprenait pas mon attrait pour les températures opposées et poussées à l'extrême, de ces deux saisons. Fondant littéralement dans mon mince t-shirt lors des journées caniculaires, je restais néanmoins étonné d'avoir pu, au coin de ces mêmes rues, y percevoir une toute autre sensation quelques mois plus tôt. Emprisonné alors dans un nombre incalculable de couches vestimentaires, j'avais eu la nette impression qu'un forceps me ceignait le crâne dans l'espace étroit entre mon bandeau et mes cheveux. L'été[43] à Montréal, c'est la carotte au bout de l'hiver.

***

Inspiré d'un concept japonais pour rentabiliser le local, Le Passeport se métamorphosait durant le jour en une boutique d'accessoires de mode. Elle prenait forme dès le matin, grâce à un ingénieux système de chariots sur roulettes, rangés la veille dans un petit local. Y était suspendue une partie du stock du

---

[42] Lit vert (Plume Latraverse)
[43] L'été (Les Frères à ch'val)

magasin, l'autre étant exposée le long des murs dans de petites armoires, refermées et cadenassées le soir avant l'ouverture du bar. Le démontage se devait d'être rapide, spécialement les jeudis et vendredis soirs où il n'y avait qu'une heure de battement entre les deux activités. Il n'était pas rare de voir, alors que les vendeuses s'activaient à la fermeture, des clients déjà en ligne sur le trottoir pour accéder au monde de la nuit. Ces mêmes clients qu'on retrouvait parfois le jour sur la piste de danse - transformée en magasin ainsi que les toilettes en cabine d'essayage - effectuant quelques achats. Dans ce pas si grand quartier du Plateau Mont-Royal, il n'était pas surprenant non plus, lors de promenades sur St-Denis, alors que les terrasses débordaient aux beaux jours de l'été, d'y voir et revoir ces mêmes têtes.

Les vendeuses trouvaient ces répétitifs montages et démontages éreintants en raison du court laps de temps accordé pour faire place nette aux danseurs et buveurs du soir. Manon d'autant plus, puisqu'elle enchaînait sa nuit au bar, à sa journée de travail à la boutique. L'été, le travail au vestiaire consistait simplement à encaisser les droits d'entrée, mais l'hiver, en raison de la panoplie vestimentaire qu'imposait le rude climat québécois, ce n'était pas une sinécure. Contrairement au vestiaire du Lézard, celui exigu du Passeport ne laissait place qu'à une personne, qui devait se battre seule pour parvenir à accrocher les lourds manteaux. Une raison de plus pour limiter le nombre de clients, ce que ne manquait pas de nous rappeler Manon, le regard noir, quand elle était débordée. Je comprenais mieux qu'elle ne puisse parfois résister au sommeil, après ses doubles journées de travail, malgré l'inconfort de son tabouret. Cet été-là, je pris l'habitude d'arriver plus tôt le vendredi, afin d'aider les deux vendeuses à ranger le stock, avant de débuter mon travail. Ce qui était facile puisque depuis le 1er juillet, j'avais emménagé avec Claude dans un des appartements au-dessus du Passeport.

La compagnie qui gérait Le Passeport et la boutique Kamikaze Curiosités était propriétaire de la bâtisse de quatre étages, occupée par ces commerces au rez-de-chaussée, leurs locaux administratifs au second et des appartements aux deux derniers. Claude voulut profiter de la vacance d'un des logements au sommet de l'immeuble, pour y déménager et bénéficier ainsi d'un loyer à un coût moindre, tout en résolvant, en tant qu'associé, le problème de la compagnie qui avait parfois du mal à trouver des locataires dans un bâtiment où résonnaient les coups de boutoir des basses, tous les soirs jusqu'à trois heures du matin. Aucun jour de relâche pour ce bar à la mode, parfois bondé même en début de semaine. Conforté par notre cohabitation d'un an, j'avais accepté sans hésitation de le suivre, me rapprochant étonnamment encore plus de mes lieux de travail. Je pensais à ma chance de n'avoir qu'à descendre les escaliers ou traverser la rue pour m'y rendre, alors que les banlieusards devaient patienter tous les matins, dans les embouteillages sur les ponts donnant accès à l'île. Ce fut une fois de plus un déménagement pédestre sur Saint-Denis, 150 mètres séparant ces logements, situés tous deux au dernier étage. Je passai ainsi plus de temps dans des escaliers que sur la rue, aidé par un gars rétribué par Claude pour effectuer sa part de travail, alors que mon petit budget m'avait poussé à me ruiner le dos plutôt que le portefeuille. J'abandonnai derrière moi la calligraphie murale réalisée par Marjolaine, la laissant un peu plus dériver dans le passé, alors que le laminage de Tintin resterait encore accroché à moi et au mur de ma nouvelle chambre, comme le sparadrap au capitaine Haddock[44].

***

Après être passé par la tolérance, j'étais arrivé au bout du chemin qui menait à l'acceptation de l'homosexualité. Mais ma propre hétérosexualité était loin d'être remise en cause ; j'en avais la confirmation chaque matin, nu devant le miroir, dubitatif quant à l'attirance de certains envers cette anatomie,

---

[44] L'Affaire Tournesol (Hergé)

ne trouvant rien d'excitant dans un corps masculin. Pas plus que je ne pouvais comprendre parfois l'attrait de mes congénères pour telles filles dénuées de charme à mes yeux. Certains préféraient les blondes, d'autres les brunes, parfois mêmes les emmerdeuses, bien que ce dernier penchant restait tout aussi incompréhensible pour moi que cette attirance envers les hommes. Moi, ma préférence irait à celle qui me comprendrait et m'aimerait avec les qualités de mes défauts.

J'oubliais l'homosexualité de Claude, à tel point que ses remarques admiratives alors que nous étions assis en terrasse, me faisaient encore me retourner pour constater avec désappointement, qu'elles visaient un mâle en short et aux jambes poilues. Nullement efféminé, c'était pourtant lui qui, caricaturant, s'attribuait le titre de folle du logis et me décernait, à cause de mon rangement maniaque, celui de fée du logis. J'oubliais encore plus sa rare particularité anatomique puisque j'ai même omis de vous en parler. Ouvrons donc la parenthèse sur ce qui sera la seule contribution de ce livre à l'enrichissement de votre vocabulaire médical. Claude souffrait d'exstrophie vésicale, une malformation caractérisée par l'absence de vessie. Ceci l'obligeait à traîner en permanence un sac fixé à son abdomen. Ces poches en plastique, vendues à un prix honteux par les pharmaciens, étaient munies d'un embout se connectant à son intérieur par un système de canalisation que je ne veux même pas connaître. Malgré bien des inconvénients, auxquels il était habitué, cela lui procurait, en cas d'envie pressante dans la nuit, deux avantages : Celui de ne pas prendre sa vessie pour une lanterne et aussi, s'il l'avait voulu, d'éviter de se déplacer, en déléguant la vidange à un de ses intimes. Son corps était en quelque sorte, bien avant les industries, le précurseur de la délocalisation de certaines tâches, externalisant le tri et la gestion des déchets, hors des locaux de production. Mais nous n'étions pas assez intimes pour que son original réservoir à pipi affecte notre banal quotidien. Nos horaires de travail correspondant à ceux d'ouverture du Passeport, nous étions très peu dérangés par les vibrations de la musique, d'autant plus que nous passions la plupart de nos soirées de relâche à l'extérieur. Claude s'astreignait néanmoins à ne pas sortir au minimum une fois par semaine. Ce qui était aussi son maximum... supportable. Il traînait alors à l'appartement et je restais parfois avec lui pour une petite soirée cinéma, enchaînant le visionnage de cassettes vidéo louées à La Boîte Noire, souvent bien après que le Passeport se soit enfin endormi. A l'exemple de cette fin d'après-midi où je le croisai en pyjama, ne sachant s'il venait de l'enfiler ou ne l'avait pas encore retiré.

— Ça te tente une soirée vidéo accompagnée d'un spaghetti aux palourdes ? me demanda-t-il entre deux bâillements.

— Des palourdes en boîte ?

— A moins que tu veuilles aller les pêcher.

— Je ne voudrais surtout pas dénaturer ta fameuse recette en y ajoutant de la fraîcheur.

— Je te laisse aller choisir les films.

— T'as aucune préférence ?

— Non, j'ai pas d'idées, mais tu prendras aussi des palourdes.

— Tu cherches un coursier ou de la compagnie ?

— Si t'as pas le goût de faire un détour, je peux faire un spaghetti au *Cheez Wiz*.

— Pas nécessaire de me menacer, je vais y aller. Je préfère qu'on garde ton ersatz de fromage pour recoller nos semelles de chaussures.

— Pour ta peine, je vais payer le tout.

Tâtant machinalement la poche de son pyjama, il en ressortit sous mon regard ébahi, un billet soigneusement plié.

— Tu gardes de l'argent dans ton pyjama, toi ?

— J'en suis le premier étonné.

— Cinquante piasses en plus ! Tes rêves te coûtent cher.

— C'est parce qu'ils sont en couleur.

— Je serais curieux de savoir ce qu'il se passe dans ta chambre la nuit pour que tu aies besoin de payer, raillai-je.

— T'es sûr ?

— Mouais... t'as raison. Tout compte fait, j'aime mieux pas le savoir.

— Tu devrais plutôt t'occuper de ce qui se passe dans la tienne, il me semble que les jupons se font rares dans ta vie.

— J'attends juste de trouver le bon.

Et il enchaîna sur sa marotte de passer en revue les filles de notre entourage, me nommant celles qu'il verrait bien en ma compagnie - voire plus si affinités – et se targuant de ses études en sexologie pour justifier ses choix. Mais j'avais des doutes quant à ses intuitions, sa bienveillance étant inversement proportionnelle à la justesse de ses jugements. N'avait-il pas présumé, plusieurs mois auparavant, que le caractère de Manon se conjuguerait mal avec le mien, oubliant d'ailleurs qu'elle n'était pas libre. C'est pourtant avec elle que j'avais enjambé l'été, et c'est dans la vapeur de ses derniers beaux jours, s'évaporant sous la chaleur de ce début de septembre, qu'était réapparue Falbala à l'Echange.

2

— On se connait, non ?

Falbala avait marqué un temps d'arrêt en passant devant moi, dans l'entrée du Passeport. Elle ne me laissa pas le temps de répondre et enchaîna avant de gagner l'intérieur.

— Ah non ! Excuse ! Ça me revient. C'est parce que je t'ai aperçu à l'Echange avant-hier.

Déçu, je la suivis du regard jusqu'au vestiaire où elle s'adressa quelques minutes à Manon. Dès qu'elle se fut éloignée, je m'empressai d'aller assouvir ma curiosité.

— Tu la connais ?

— Non pas vraiment, mais aujourd'hui elle est venue passer une entrevue avec la gérante pour travailler à la boutique. Pourquoi ?

— Je t'expliquerai demain. Il y a des clients qui arrivent.

— Elle venait au bar il y a quelques années mais ça fait longtemps que je ne l'avais pas vue.

— Tu te rappelles d'elle ?

— On n'oublie pas facilement une belle fille comme ça.

— Je te le confirme, approuvai-je un peu étonné de sa remarque.

Je retournai à la porte, réguler l'arrivée d'un groupe et remis au lendemain la suite de cette conversation.

***

Manon occupait un petit studio au Tadoussac, immeuble de vingt étages, sis pratiquement au coin de Saint-Laurent et Sherbrooke. A ma première invitation chez elle, j'avais été impressionné par l'immense hall d'entrée meublé de divans, les trois ascenseurs, la moquette aux motifs géométriques dans les couloirs – à l'instar des grands hôtels - et la présence d'un veilleur de nuit. Cette sensation de pénétrer dans l'Hôtel Overlook[45] m'avait fait m'interroger à tort sur le montant de ses revenus. J'appris que le loyer de l'unique pièce avec coin cuisine était fort raisonnable, malgré au dernier étage, le sauna, la piscine chauffée, la buanderie et sa terrasse avec vue sur la métropole ; pas illogique si l'on divisait ses prestations par plus de trois-cents locataires.

Elle m'avait convaincu de l'intérêt du Festival des Films du Monde et proposé de venir consulter le catalogue des productions en lice. Malgré la jeunesse de notre relation, nous n'étions jamais mal à l'aise de nous retrouver tous les deux dans cette petite pièce, avec son lit comme seul meuble confortable. Beaucoup m'auraient envié d'être allongé à côté d'elle, bien que je me contentais de lire les résumés de films. Elle était pour moi comme une ancienne blonde avec qui j'aurais conservé d'excellents rapports, mais dire qu'elle pourrait déambuler nue devant moi sans problèmes, serait une remarque exagérée, compte tenu de sa plastique et de ma libido. Mon choix se porta finalement sur *True romance*, *L'homme sans visage* et, ainsi que Manon, sur une production néo-zélandaise, *Once Were Warriors*[46], futur récipiendaire du premier prix. Elle passa au-dessus de moi, me frôlant pour se lever, et j'eus confirmation d'avoir sous-estimé mes pulsions ; ce n'était pas sa légère robe d'été qui faisait obstacle à l'envie de rompre ma longue abstinence, mais le respect et

---

[45] Shining (Stanley Kubrick)
[46] True Romance (Tony Scott) / L'Homme sans Visage (Mel Gibson) - Once Were Warriors (Lee Tamahori)

l'importance qu'avait cette relation pour moi. Une véritable amie est précieuse pour un homme, il lui confiera plus facilement ses problèmes sentimentaux alors qu'il essaiera seulement de les oublier avec des amitiés viriles. Je pensais aussi y trouver une oreille plus à même de m'expliquer la psychologie féminine qui restait mystérieuse pour moi, comme parfois la mienne aussi, d'ailleurs. Cette fois-là, c'est la curiosité de Manon qui me poussa à aborder le sujet.

— Tu devais pas me parler de Myriam ?
— Qui ?
— La fille d'hier.
— Ah oui ! Falbala.
— Falbala ?

Je lui racontai l'anecdote, avouant aussi la persistance de mon attirance. J'en profitai pour me libérer du poids de Marjolaine et Louise, qui m'alourdissait le cœur depuis trop longtemps, soulagé de déballer le contenu de mes deux valises d'amertume.

— Je comprends maintenant pourquoi un gars *cute* et intéressant comme toi est toujours seul.
— Si j'ai tant de qualités, tu aurais dû me tomber dans les bras.
— Peut-être que tu es arrivé trop tard.
— Ou peut-être que tu exagères.
— Mais non, il faut que tu aies confiance en toi. Pourquoi tu n'essaies pas de l'aborder ?
— J'ai déjà essayé.
— Ça fait longtemps. Elle a dû oublié.
— Oublié ? Un gars *cute* et intéressant comme moi ? rétorquai-je avec ironie.
— Si elle travaille à la boutique, tu pourrais venir l'aider pour la fermeture, c'est une bonne stratégie. Regarde, ça t'a bien amené jusqu'à mon lit.

Elle me chatouilla les côtes pour me dérider et je lui répondis en souriant.

— C'est pas dans TON lit que je veux l'attirer.

— Elle croit peut-être que tu es gay, ajouta-t-elle pensive.
— Elle aussi ! Non, elle est plus maligne que toi.
— Moque-toi si tu veux mais n'oublie pas qu'il ne faut pas se fier aux apparences.
— En parlant d'apparence, elle doit être vraiment belle pour que Miss Mexico se rappelle d'elle.
— Oui, je l'avais déjà remarquée. Et moi qui croyais que tu n'avais pas bon goût puisque tu ne m'as jamais *cruisée*, mais j'ai dû me tromper, dit-elle faussement prétentieuse.
— J'avais un de mes amis qui la trouvait ordinaire.
— Ordinaire !? Elle est tout sauf ça ! Elle n'a pas le visage d'une beauté classique mais j'aimerais bien avoir sa bouche et ses dents.
— C'est vrai que tu es tellement laide. Ça doit être pour ça qu'au Mexique, on t'a engagée pour des photos.

Je ne pouvais m'empêcher d'ironiser car sa propre beauté, quoique se démarquant moins des canons habituels, aurait dû lui interdire d'envier celle d'une autre. Claude n'aimait-il pas la surnommer « La plus belle fille de Montréal » ? Elle ignora ma remarque et poursuivit.

— Elle a quelque chose dans les traits qu'on n'oublie pas.
— C'est vrai que ce sont des traits que l'on n'efface pas facilement de notre mémoire.
— Et je peux te dire que son visage n'est que la vitrine du reste. J'en ai vu des filles se déshabiller quand j'étais mannequin et j'ai l'œil pour deviner ce que dissimulent les vêtements.
— Ah oui ! dis-je en me couvrant le bas-ventre des mains.
— Eh oui ! C'est pour ça que je ne me suis jamais intéressée à toi, blagua-t-elle.
— Tant mieux, je n'ai d'yeux que pour Falbala, qui ne sait même pas que j'existe.
— Je vais t'arranger ça, conclut-elle.

En bref, j'étais une belle plante mais je devais vraiment avoir l'air empoté pour que toutes les fées des vestiaires se penchent ainsi sur moi. Après Marie-Cassette, voilà le tour de

Manon, mais sa baguette devait être rouillée car le premier coup n'eut rien de magique.

***

Ce vendredi, alors que le DJ finissait de nous injecter notre dose journalière de *Zombie*[47] - un morceau qui deviendrait ma madeleine de Proust ; plus jamais je ne pourrais l'entendre, sans me revoir debout, surveillant la salle ou l'entrée du bar - la voix de Dolores O'Riordan fut inhabituellement remplacée par celle de la serveuse. Un peu étonné par ce type d'interruption très rare, je le fus encore plus par sa nature.

— Je ne vous empêcherai pas de danser très longtemps mais on m'a demandé de faire taire une rumeur qui pourrait entraver les amours d'un de nos portiers, celui debout près de la boîte de son, pour ne rien vous cacher. Non ! Non ! Ne vous retournez pas tous en même temps, vous allez l'embarrasser.

C'était déjà le cas, je n'aimais vraiment pas être ainsi l'objet de toutes les attentions, ne sachant quelle contenance adoptée, je les laissais par conséquent toutes orphelines, comme lorsque je séchais au tableau devant toute la classe. La suite me permettra de deviner qui était à l'origine de cet embarrassant communiqué. Pour l'instant, je fusillais Manon du regard alors que celle-ci semblait pourtant partager mon étonnement.

— Ce beau ténébreux n'est pas gay. C'est même selon mes sources, le gars le plus *straight* qui soit. Alors les filles, si ça vous tente, vous pouvez mettre la main dans le pot de confiture jusqu'au coude… s'il veut bien enlever le couvercle pour vous, évidemment. Bonne soirée.

Catherine Ringer couvrit ses derniers mots. Je m'approchai du vestiaire. Nancy m'avait toujours dit que j'avais l'air d'une aventure d'un soir ou d'un *One night stand,* comme disent certains Québécois, oublieux de leur mission en Amérique. Elle devait être plus perspicace que Manon car j'avais dû

---

[47] Zombie (The Cranberries)

effectivement, à mes débuts au Passeport, slalomer entre quelques filles ouvertes à ce type de relation, avant de me faire la réputation d'un gars sérieux. Celle-ci était maintenant menacée d'être ternie par cette intervention. Manon se défendit immédiatement.

— J'y suis pour rien dans cette histoire.
— J'ai du mal à te croire.
— Avant l'ouverture du bar, j'ai juste raconté ma méprise à ton propos, voulant simplement vérifier si ça venait de moi ou si d'autres pensaient pareillement. Rien de plus... j'te jure.
— Et il y avait qui ?
— J'suis pas mal certaine que ça vient de Claude car ça l'a bien fait rire. Mais de toute façon, c'est pas si grave.

Elle me tapota la main puis se mit à danser sur place, accompagnant la musique : « C'est comme çaaaaa[48].... la la la la la... ». Cette annonce n'accouchera finalement que de quelques sourires ou regard amusés de certains clients passant devant moi en fin de soirée.

— Non, parce que si c'est ça, ta manière d'arranger les choses.
— Ne t'inquiète pas, je suis plus subtile. Justement, ta Falbala a été engagée à la boutique aujourd'hui. Laisse-moi seulement le temps de mieux la connaître.

Le planning du magasin ne laissant bien souvent à Myriam et Manon que l'occasion de se croiser, celle-ci profitera alors d'un moment opportun au bar, deux semaines plus tard.

***

Dans le sas d'entrée, déserté d'une de ces filles qui s'y attardait parfois (impressionnée par les portiers qu'elle pensait peu impressionnables), déserté d'un quelconque habitué esseulé cherchant de la compagnie, déserté d'un *bus-boy* ou d'une serveuse venant parfois profiter d'un court répit à l'écart du

---

[48] C'est Comme Ça (Rita Mitsouko)

tumulte, déserté même du second portier, parti faire un tour dans la salle, bref, étrangement seul quelques instants dans un bar plein à craquer, dos au vestiaire, le regard errant sur la rue animée et la file d'attente conséquente, je songeais à Falbala. Elle était arrivée en début de soirée, accompagnée d'une fille que j'aurais pu trouver solaire, si elle ne l'avait éclipsée sans même avoir eu besoin de sourire. Rappelé à la réalité par le son plus prononcé de la musique, signe de l'ouverture de la porte menant à la salle, je me retournai machinalement : « Manon veut te parler » me dit Marek, entrant pour me remplacer. Je la vis me faire signe depuis le vestiaire, et la personne adossée à son comptoir, m'incita à faire preuve de diligence.

— Vous devez vous connaître, dit-elle me désignant à Falbala.

— Pas plus que ça, mais j'ai bien compris qu'il n'est pas gay, répondit-elle, malicieuse.

— Ah ça ! soupirai-je sans pouvoir m'empêcher de lever les yeux au ciel.

Mais me rappelant qu'elle en était descendue, je la caressai de nouveau des yeux pendant que ma bonne fée dissertait avec mon ange, du simple mortel que j'étais.

— Je suis certaine que ce docteur en musicologie pourra te répondre. Myriam se demande qui est J.J. Cale, poursuivit-elle à mon intention.

Pour la première fois, je vis Falbala attendre quelque chose de moi. Je pouvais lui parler sans avoir peur de passer pour un idiot ou la déranger. Manon avait su m'attirer en terrain connu, là où Obélix n'était plus qu'un fantôme. Myriam était suspendue à mes lèvres. J'espérais qu'un jour, elle le serait vraiment au sens propre.

— C'est un guitariste auteur-compositeur américain qui a inventé le style *laid back*. Il a une manière de jouer et de chanter un peu nonchalante. Et comme il vit en ermite et enregistre peu, il est surnommé la marmotte de l'Oklahoma, déclarai-je un peu doctement malgré moi.

— Et c'est quel genre de musique ?

— Reconnaissable immédiatement et pourtant assez variée : country, blues, rock, un peu jazz aussi. Tu dois connaître certaines de ses chansons, elles ont été reprises par des chanteurs plus célèbres comme *Cocaine* et *After Midnight* par Eric Clapton ou *Sensitive Kind* par Santana.

— T'as vu ! Je te l'avais dit ! intervint Manon, fière de moi.

Falbala pensait en avoir terminé et me remercia pour ces explications mais Manon planta sa seconde banderille en s'adressant à moi.

— Est-ce que tu irais le voir, toi ?

— Ben oui, tu sais bien que...

Elle m'interrompit, le regard noir.

— Tu irais ou tu n'irais pas ?

— Justement, il passe au Spectrum mais quand je l'ai su, il n'y avait déjà plus de places.

— Ça tombe bien. Myriam en a gagné deux et cherche quelqu'un pour l'accompagner. Vous pourriez y aller ensemble ?

A la tête que fit celle-ci devant une telle proposition, je doutai de la véracité des propos rapportés. Mais Manon ne se découragea pas pour autant.

— Tu peux avoir confiance, je le sors souvent. C'est un bon cavalier, très poli, qui retourne sagement à sa place, son travail d'escorte terminé.

Des clients désireux d'accéder aux vestiaires m'obligèrent à me pousser vers Myriam. Si proche d'elle, je me sentis revêtir à nouveau les braies d'Obélix et espérant neutraliser toute hésitation, j'allais m'empresser de répondre quand elle s'adressa à moi.

— Je ne m'attendais pas à ça, tu me laisses y penser ?

— Bien sûr, il ne faut pas te sentir obligée.

Nous terminâmes sur ces courtes paroles, le son de la musique venait d'augmenter avec l'afflux des noctambules. Je demeurai dans l'expectative d'une réponse, comme un prévenu de son verdict. Je ne pus en faire abstraction qu'au moment où Marek raccompagna dans la rue, un récalcitrant lapin Duracell à la sauce « cocaïnée ». Tellement surexcité, qu'il revint dix minutes plus tard, ruer dans la porte vitrée qui éclata. Je n'eus pas à courir très loin pour le rattraper car il n'avait pu s'extraire des débris de verre pour détaler, aussi surpris que nous des conséquences de son acte. Je le maintins fermement couché au sol, museau contre le trottoir, n'osant le lâcher tellement il était dopé, pendant que Marek convainquait ses amis de ne pas s'en mêler, s'ils voulaient éviter de s'expliquer avec la police maintenant sollicitée. Ma prise, par crainte de passer à la casserole, commença à se calmer, réalisant qu'avec ses deux mains maintenues dans le dos et le poids de mon corps, toute résistance était vaine. Ma monture s'étant résignée, je commençais à trouver le temps long. J'en aurais presque oublié ma situation, mais tel un Quasimodo à califourchon sur sa gargouille, je fus sorti de mes rêveries par le chant de mon Esméralda.

— Ça va ?

Je tournai la tête pour voir Falbala, restée à une distance prudente.

— Ça va, ça va. La routine, répondis-je d'un air se voulant détaché.

— C'était juste pour te dire que j'étais d'accord pour J.J. Cale. C'est jeudi prochain mais je ne me rappelle plus de l'heure.

— L'ouverture des portes doit être écrite sur le billet.

— Tiguidou. On se retrouve devant le Spectrum à cette heure-là ?

— C'est parfait, je ne travaille pas le jeudi.

Elle hésita un instant et ne voyant rien d'autre à ajouter dans pareille situation, conclut avant de s'éloigner.

— Bon ben, salut alors.

— Salut. A jeudi.

J'étais tellement content que j'en aurais presque libéré mon gibier de potence, n'eut été son langage peu châtié qui présumait de la profession de ma mère en me demandant de le lâcher. Une minute plus tard, je vis avec soulagement un gyrophare se refléter dans la vitrine du Festin de Babette, le glacier adjacent au Passeport. L'explication avec les policiers fut brève, au vu de la vitrine cassée et de leur voiture qui tressautait violemment sous les bonds de notre lapin, enfermé derrière le grillage de la banquette arrière. Quand le verre fut ramassé, le vitrier passé et qu'on put enfin reprendre notre routine, Marek me lâcha, placide : « Il était un peu excité, lui ».

Entre temps, la musique avait cessé. Manon venait de rendre son avant dernier manteau et s'apprêtait à partir, demandant que l'on se charge de celui du client restant : un tatoué qui accaparait Claude au comptoir depuis un bon moment, se lamentant sur ses déboires sentimentaux, comme un vieux pirate attaché à la patte d'une chaise de taverne, la jambe de bois ancrée dans la vase des amours passés[49]. Marek était allé l'avertir pour la quatrième fois, quand Manon s'arrêta auprès de moi, avant de pousser la porte pour partir.

— Alors t'es content ?
— T'es déjà au courant, toi ?
— Ben oui, elle voulait que je te fasse le message car ça ne lui semblait pas être le moment propice pour te parler. Je lui ai dit qu'au contraire ça allait te remonter le moral.
— Elle t'a vraiment dit qu'elle cherchait quelqu'un pour l'accompagner ?
— Presque. Elle m'a dit qu'elle avait gagné des billets mais qu'elle hésitait à y aller car elle ne connaissait pas le musicien.
— C'est pas la même chose.
— Faut pas se fier aux apparences ! La preuve, elle t'a dit oui. Tu devrais plutôt me remercier.
— Tu as raison. Bien joué. Merci.
— Au pire, tu verras au moins J.J. Cale. C'est déjà pas mal.
— C'est plus que ça.
— Oublie quand même pas que mercredi, on doit aller au théâtre.
— Non, non. Chez toi à 19 heures, comme prévu.

---

[49] La Ballade des Caisses de 24 (Plume Latraverse)

— Viens un peu plus tôt, j'ai un problème avec mon vidéo.
— Encore !
Elle haussa les épaules et sortit sans rien ajouter.
Le lendemain, piochant dans mes CD, j'enregistrais sur cassette une compilation de J.J. Cale. Laissée à la boutique à l'attention de Falbala, j'y avais joint un mot mentionnant l'heure d'ouverture des portes, confirmée par téléphone avec le Spectrum. Je ne voulais surtout pas prendre le risque de la rater.

***

— Je ne suis pas arrivée à le programmer.
— Ah la la ! La technique, c'est pas ton truc hein ?
— Je connais d'autres techniques mais elles sont réservées à mon *chum*.
— Gourgandine !
— Jaloux !
— Après tu diras que les hommes ne pensent qu'à ça.
— C'est vrai, vous pensez uniquement à deux choses : le cul et le cul.
— Modère ton langage, je ne suis pas comme ça, moi.
— Ah non ?
— Non, je pense seulement à la première. Bon, donne-moi les notes que je t'ai laissées.
— Je les retrouve plus.
— Alors je ne pense pas qu'on aura le temps de regarder ça ce soir, je ne me suis pas fait remplacer un mercredi pour manquer le début de *Broue*[50].
— Tu m'as pas dit que tu étais tanné de travailler le mercredi ?
— Disons que j'aime la musique mais pas le couinement lancinant des soirées techno du Lézard, mais je suis payé, alors... D'ailleurs je devrais demander une majoration pour devoir supporter ça.

---

[50] Broue (1979-2017). Plus grand succès du théâtre québécois.

— A propos, j'ai gagné des billets pour Jordi Savall à la Place des Arts, je pense que c'est un soir où tu ne travailles pas. Un rustre comme toi ne doit pas le connaître

Elle se mit à chercher dans les nombreux papiers sur son meuble d'entrée.

— Si, je sais qui c'est ! Il joue de la viole de gambe.

— Je croyais que tu ne connaissais pas la musique classique, dit-elle arrêtant un instant ses recherches pour se tourner vers moi.

— Non, mais je connais le cinéma et j'ai vu le film[51] avec Jean-Pierre Marielle.

— Je retire ce que j'ai dit alors.

— Je ne suis plus un rustre ?

— Si, mais un rustre qui connait Jordi Savall.

Après quinze minutes de recherche, elle s'avoua vaincue.

— Ben coudon, je trouve plus les billets. C'est pas possible, je les ai reçus tantôt.

— Ils doivent être avec les notes du vidéo.

Elle ignora ma remarque sarcastique, trop absorbée par ses réflexions.

— Je ne vois qu'un truc. J'ai dû les mettre par mégarde dans la poubelle.

— Ben, regarde alors.

— Je peux pas, maudit ! J'ai jeté le sac juste avant que tu arrives.

Assise un instant sur le bord du lit, elle se releva brusquement.

— Je vais aller voir le concierge.

— Hein ?!

La cage d'escalier disposait, à chacun des vingt étages, d'une trappe murale métallique qui donnait accès au vide-ordure commun. Tous les charmes de certaines n'auraient pas suffi à convaincre le concierge d'aller fouiller dans le monticule d'ordures au sous-sol, mais Manon n'eut besoin d'en

---

[51] Tous les Matins du Monde (Alain Corneau)

déployer qu'une partie pour qu'il acquiesce à son insolite demande. Je regardais s'activer celui-ci, aussi souvent que les aiguilles de ma montre et avec autant de pessimisme sur ses chances de réussite, que celles pour nous d'arriver à l'heure à la représentation. Il n'eut pourtant à ouvrir qu'une dizaine de sacs avant que Manon n'identifie le sien, sans y trouver trace de ses billets. Je sentais, malgré les odeurs nauséabondes, qu'elle avait fait fausse route. Après avoir gratifié le concierge d'un pourboire, nous prîmes d'un pas rapide, celle vers le théâtre Saint-Denis. L'essoufflement provoqué par cette course n'empêcha pas néanmoins Manon de me taquiner.

— T'es soulagé d'avoir échappé à une soirée de musique classique avec moi, hein ?
— A vrai dire, je ne sais pas ce que je déteste le plus entre toi et la viole de gambe.
— Essaie pas, je sais bien que tu m'adores.
— Pas quand tu sens les poubelles comme ça, dis-je en fronçant le nez.
— C'est vrai, ça sent ? s'inquiéta-t-elle, s'arrêtant brusquement.
— Pas plus que d'habitude, répondis-je, railleur.
— Espèce d'insignifiant ! Ça parait que demain t'as rendez-vous avec Myriam pour être aussi tannant.

***

A force d'arpenter les rues de Montréal, j'étais capable d'évaluer précisément la durée d'un trajet pédestre. Je fis en sorte de partir pour arriver à l'heure pile au Spectrum, afin de ne pas laisser le loisir à mes vieux démons de danser plus longtemps dans ma tête durant l'attente. Leur sarabande rythmant ma marche était suffisante : Est-ce qu'elle sera là ? Est-ce qu'elle n'aura pas changé d'avis ? Est-ce qu'elle n'aura pas oublié ?

Leur ronde obsédante s'arrêta net quand je la reconnue au loin, dans la file d'attente. M'apercevant, son visage s'éclaira et elle agita la main pour attirer mon attention. C'est moi qu'elle attendait ! J'étais maintenant quelqu'un pour elle ! Oh, pas grand-chose mais déjà plus que le gars entrevu dans un magasin sur Mont-Royal.

— Salut ! Comment ça va ?

— Pas pire. T'es juste à l'heure. J'ai eu peur que tu ne viennes pas.

Elle avait eu peur ? Ce n'était vraisemblablement qu'une façon de parler. Un autre aurait tout aussi bien fait l'affaire.

— Avant l'heure c'est pas l'heure, après l'heure c'est plus l'heure.

— C'est vrai, bien que je sois arrivée en avance. Je suis allée magasiner au centre-ville.

— On dirait que ça n'a pas été une réussite, soulignai-je, constatant l'absence de sacs dans ses mains.

— Je magasine beaucoup avec les yeux, je ne suis qu'une pauvre étudiante.

Elle eut une moue de petite fille cherchant à apitoyer, puis se méprenant sur mon silence, elle ajouta.

— Pauvre et vieille étudiante de 26 ans.

— Je ne m'interrogeais pas sur ton âge.

— Ah bon ? Tu avais l'air surpris. Tu ne dois plus être étudiant, toi ?

— Oh non ! soupirai-je. Ca fait bien longtemps.

— Arrête, tu n'as pas l'air si vieux que ça.

— Presque aussi jeune que toi.

— Ben, tu vois.

— En ajoutant la TPS et la TVQ.

— Sans le pourboire ? dit-elle en riant.

— Pourboire inclus pour les Français.

— Ah, c'est ça ton accent, j'hésitais avec la Suisse… Tiens, ça commence à entrer.

— Oui, c'est bien finalement que tu sois arrivée en avance, on a plus de chance d'avoir une bonne place. Je n'ai pas pensé à ça quand je t'ai donné rendez-vous, seulement à l'ouverture des portes.

— Faut dire que tu avais l'air pas mal occupé, ce soir-là.

Elle me demanda comment s'était terminée la soirée et j'eus à peine le temps de lui raconter, qu'on prenait place à une assez bonne table. Je ne m'assis pas trop proche d'elle, de peur que cette proximité me fasse perdre mes moyens. Obélix était encore en convalescence.

— J'espère que Manon ne t'a pas trop tordu le bras pour que je t'accompagne.

— Pantoute ! Elle a bien fait. Je ne pense pas que je serais venue seule.

— T'aurais bien trouvé quelqu'un pour t'accompagner.

— Pas sûr. Je ne connais pas beaucoup de monde en ville.

— T'es pas de Montréal ?

— Non, je viens de Saint-Marcel-de-Richelieu. Tu connais sûrement pas.

— Non pas du tout. C'est au bord de la rivière Richelieu, j'imagine.

— Pas vraiment, mais tout le monde pense ça. C'est au bord de la rivière Yamaska dans le coin de Saint-Hyacinthe.

Je pensais en apprendre plus mais elle changea de sujet, me remerciant pour la cassette et discuta musique, m'entraînant sur des chemins où j'aimais musarder et me perdre.

On ne vient pas voir J.J. Cale pour son jeu de scène. Je n'ai donc pas perdu grand-chose à passer une partie de la soirée à épier discrètement Falbala du coin de l'œil et le célèbre guitariste du coin de l'oreille. Certaines personnes gagnent à être vues plutôt de face, comme moi qui n'aimais pas me croiser de profil. Heureusement, c'était assez compliqué et je fuyais les objectifs pour ne pas y être confronté. Mais avec Falbala, vos yeux pouvaient jouer à profil ou face, votre regard était toujours gagnant. Je savourais les moments où elle se penchait vers moi pour me demander le titre d'une chanson qu'elle avait appréciée, ce mouvement anodin me permettait alors de l'approcher comme rarement. Je fus ravi quand elle le fit à la fin de *I'll be there if you ever want me*[52] », la longueur du titre permettant une plus longue exposition de son oreille à mes lèvres, le temps de prononcer lentement cette phrase qui reflétait bien mes pensées. A la fin du spectacle, je désignai du doigt sa bouteille de bière et son étiquette en lambeaux sur la table.

— Tu martyrises toujours tes bouteilles comme ça ?

— Et toi, tu les gaspilles toujours ainsi ? répondit-elle, pointant ma Boréale blonde à peine entamée.

En la buvant des yeux toute la soirée, j'avais complètement oublié de le faire pour ma bière. Je pris rapidement une gorgée avant notre départ, en accord avec Philippe Delerm pour qui la première est la meilleure[53].

— Tu vas dans quelle direction ? me demanda-t-elle, une fois dans la rue.

— Et toi ?

— J'habite dans la Petite Italie. Je vais marcher jusqu'à Berri puis prendre la ligne orange.

— Je vais t'accompagner jusqu'à Mont-Royal.

— Ah ben, je suis bien contente de l'avoir vu, dit-elle en commençant à marcher vers l'est.

— C'est vrai ? Ça t'a plu ?

— Au boutte ! J'ai bien aimé aussi la voix de la guitariste qui faisait les chœurs.

— C'est Christine Lakeland, elle a sorti un disque solo, récemment.

— Hey, mais tu sais tout, toi ! s'exclama-t-elle en stoppant net.

— Sûrement pas, non. *Je ne sais même pas comment te séduire*, déplorai-je mentalement.

Si elle ne s'était pas tournée vers moi, m'obligeant à affronter son regard, peut-être aurais-je été capable de prononcer à voix haute cette dernière pensée, au lieu de la

---

[52] I'll be there if you ever want me (Ray Price/J.J. Cale)
[53] La première gorgée de bière et autres plaisirs minuscules (Philippe Delerm)

laisser mariner dans ma tête. Ignorante de mes débats intérieurs, elle poursuivit la conversation en même temps que notre chemin.

— Je serais curieuse d'entendre son disque.
— Je peux te faire une cassette, si tu veux.
— C'est vrai ? Tu l'as ? Tu sais que je commence à être contente de t'avoir rencontré ?

Sûrement pas autant que moi, pensai-je en lui souriant.

***

Station Mont-Royal !

Cette voix, familière à tous les usagers du métro de Montréal, m'ordonnait d'abandonner Falbala. Je descendis sur le quai, me retournant juste à temps pour la voir me faire un petit signe de la main, avant la fermeture des portes. Je n'en savais pas tellement plus sur elle, hormis qu'elle me plaisait vraiment.

En regardant la rame s'éloigner, je compris que je venais de vivre mes derniers instants avec Falbala.

3

J'étais dans l'ascenseur du Tadoussac, repensant au coup de téléphone de Manon.

— J'ai une mauvaise nouvelle pour toi, m'avait-elle annoncé.

— Tu repars au Mexique ?

— Pas encore, malheureusement. Mais j'ai appelé pour les billets perdus et ils m'ont dit qu'étant nominatifs, il était possible de m'en renvoyer deux autres.

— Et ?

— Je viens juste de les recevoir, le concert est après-demain. Et comme tu ne travailles pas, tu ne pourras pas t'en réchapper.

— Oh non !

— Eh oui ! Tu passeras chez moi avant, c'est sur ton chemin.

J'étais curieux de toutes sortes de musique, capable dans la même journée de passer de Van Halen à Brel, et terminer par l'Adagio d'Albinoni. Le classique occupait peu de mon temps d'écoute mais Manon savait qu'une nouvelle expérience musicale me faisait toujours plaisir, elle entrait seulement dans mon jeu en faisant semblant de me forcer la main. Il n'y aurait pas manqué de cavaliers pour l'accompagner et j'étais content d'avoir la primeur de l'invitation, jusqu'à ce qu'elle m'ouvre la porte, paniquée.

— Qu'est-ce qui t'arrive ?

— Tu vas pas me croire.
— Dis toujours.
— Je trouve plus les billets !
— T'es pas sérieuse ?
— Je suis certaine de les avoir mis là, dit-elle pointant le buffet.
— Ma parole, c'est une porte vers la quatrième dimension, ce meuble ! A ta place, j'éviterais de m'appuyer dessus.

Elle retournait l'appartement dans tous les sens, sacrant comme jamais je ne l'avais entendue. Elle s'arrêta subitement, les larmes aux yeux. Je la pris dans mes bras et tentai de dédramatiser.

— C'est pas grave. Mais je t'interdis de déranger le concierge une deuxième fois.
— Mais où ils peuvent bien être ?
— Je sais où ils sont !
— Où ça ? dit-elle surprise.
— Avec les autres billets perdus et les notes sur ton vidéo.
— Niaiseux ! dit-elle en commençant à retrouver son sourire.
— En tout cas, là, t'as fait fort…

Elle s'essuya les yeux et reprit avec fatalisme.

— Faut croire que l'on n'était pas dû pour voir ce concert… En plus, j'avais une bonne nouvelle pour toi.
— J'avais ? Tu l'as perdue aussi, me moquai-je.
— Fais pas le malin ou je ne te dirai rien. Est-ce que tu as soupé ?
— Ben oui, je pensais pouvoir m'endormir le ventre plein au son de la viole de gambe.
— Moi aussi.
— Ah ! Tu vois que ça t'endort aussi.
— Essaie pas de te faire plus bête que tu en as l'air, c'est impossible. Moi aussi, j'ai soupé, alors je t'invite à manger un gâteau au fromage pour ton déplacement.

On se retrouva dans l'ouest de Montréal, attablés dans un restaurant typiquement nord-américain, aux box pourvus de banquettes. On y servait selon elle, les meilleurs gâteaux au fromage en ville.

— Alors, c'est quoi la bonne nouvelle ?
— Oh, c'est pas grand-chose mais ça regarde pas trop mal pour toi.
— A propos de quoi ?
— J'ai croisé Myriam à la boutique, aujourd'hui. Je lui ai demandé comment avait été sa soirée et si son cavalier s'était bien tenu.
— Et alors ?
— Elle m'a dit avoir bien aimé sa soirée et réalisé que tu n'étais pas comme elle pensait.
— Et elle pensait quoi ?
— Je n'ai pas eu le temps d'élaborer mais quand je lui ai dit : « A refaire alors », elle m'a répondu : « Si l'occasion se représente, pourquoi pas ».
— C'est tout ?
— C'est déjà pas mal, il te reste juste à créer l'occasion et lui laisser le temps de s'habituer à ton air bête.
— Je pense pas que je l'intéresse. Je n'ai même pas eu droit à une bise.
— Le sexe, tout de suite le sexe, dit-elle se moquant. Faut pas se fier aux apparences. Laisse faire le temps et si ça ne clique pas entre vous, c'est qu'il y a quelque chose de mieux qui t'attend.
— Ça n'existe pas quelque chose de…

Elle m'interrompit, le doigt sur la bouche, me faisant signe d'écouter la conversation qui se déroulait dans le box derrière elle.

— J'peux quand même pas y retourner, il le prendra pas.
— Si tu penses que ça te fera du bien.
— Si jamais il l'apprend, il me le pardonnera pas.
— C'est toi qui vois…
— Pour lui c'est rompre le lien de confiance.
— Tu lui as expliqué ?
— Oui, je lui ai dit que je préférais quelqu'un de plus doux.

— C'est tout ?
— Non, je lui ai dit que je trouvais important aussi que l'on me demande si je sentais quelque chose.
— Ben ! C'est normal, non ?
— Lui, il prétend me connaitre tellement bien qu'il sait si je sens quelque chose.
— Ben coudon, moi je n'appelle pas ça tromper.
— Pour lui, si.
— T'as juste ouvert la bouche !
— Oui, mais il a dit que j'avais eu le temps d'y penser.
— Il fallait bien que tu prennes rendez-vous.
— …
— Je pense que ce qui le dérange le plus, c'est que tu aies payé.
— Je m'en veux de l'avoir fait et je ne recommencerai plus.
— Ecoute. Moi, je me suis allongée une fois devant ton mari et je n'ai pas aimé ça non plus.
— C'est pas pareil.
— C'est pareil. Je regrette mais ton mari manque de délicatesse pour un dentiste.
— Peut-être mais je ne peux plus aller en voir un autre.

Manon qui avait enchaîné les mimiques étonnées, puis amusées, tout le long de la conversation, se pencha vers moi d'un air satisfait à la fin de sa pantomime.
— Tu vois, faut pas se fier…
— …aux apparences. Je sais, je sais.

Elle acquiesça, puis se leva en prenant la note.
— Je paie les gâteaux, je te laisse donner le pourboire. Et fais pas ton Français.

Elle me taquinait, faisant allusion à ces serveurs et serveuses, qui ayant entendu mon accent, me soulignaient en apportant l'addition que le service n'était pas compris. Certains étaient frustrés, avec raison, par les nombreux touristes français qui laissaient une coupelle vide ou seulement quelques cents, n'étant pas avertis qu'au Québec, une grande partie des revenus de ces emplois venait des pourboires. Mais elle savait bien qu'ayant travaillé dans la restauration dès mon arrivée, j'avais été à bonne école et su éviter rapidement ce faux-pas.

On abandonna le couinement des ambulances filant sur les grandes artères pour revenir par une rue plus calme. J'allais la quitter en bas du Tadoussac quand elle me demanda.

— C'est qui déjà qu'on va aller voir au Club Soda ?
— Junior Wells.
— Ah oui. Tu m'emmènes toujours voir des trucs que personne ne connait.
— Comme la viole de gambe.
— C'est ça, oui. Allez salut.
— Et ne t'inquiète pas, c'est moi qui ai les billets, dis-je en m'éloignant.
— Fais plutôt attention à toi demain, au lieu de dire des niaiseries, répondit-elle pendant que le veilleur de nuit déverrouillait à distance la porte, lui évitant ainsi d'avoir à sortir ses clés.

Je devais cette remarque au remplacement que j'allais effectuer le lendemain. Elle avait toujours été inquiète de la présence d'un seul portier, durant la première heure des soirées plus calmes des débuts de semaine, et même demandé si je n'avais pas peur parfois. Bien sûr, cela m'arrivait, mais il m'avait fallu plus de courage pour aborder Falbala que pour raisonner trois trublions éméchés, dès le début de la soirée. Le courage, dans ces cas-là, n'est qu'un mélange d'orgueil, de colère et d'un peu d'inconscience. Quand la serveuse venait à l'entrée m'avertir que trois gars au bar, oubliaient les bonnes manières, l'orgueil m'empêchait de fuir mes responsabilités, la colère me poussait vers les auteurs de cette situation délicate et l'inconscience me faisait oublier que je ne pouvais surveiller six mains. Je me suis toujours méfié des poches et gardais habituellement un œil sur les gestes qui pouvaient conduire mon interlocuteur vers ces boîtes à surprise. J'ai eu la chance, contrairement à certains portiers, de ne jamais faire face à un couteau, un évènement relativement rare à Montréal, surtout dans un quartier comme le Plateau Mont-Royal. La plupart du temps, il s'agissait de fêtards croyant avoir gagné la coupe Stanley et un peu d'empathie suffisait pour faire cesser leurs débordements. Si le comportement, surtout provoqué par l'alcool, se faisait plus agressif, je les dégrisais en y allant au culot, sans faire remarquer que j'étais seul, et m'adressait uniquement au plus excité, ignorant les interventions de ses acolytes.

— Je pense que vous assez bu pour ce soir, il serait mieux que vous partiez.

— Ah ouais ? Et tu vas faire quoi si on veut pas ?

— Je vais être obligé de te raccompagner à la porte, puis je vais revenir avec l'autre portier chercher tes *chums*.

— Fais attention, il est pas gros, il doit faire du karaté ou un truc comme ça, intervenait le plus calme.

— C'est vrai ça ? Tu fais du karaté ?

— Pas du tout, répondais-je calmement.

Et plus je démentais, plus leur imagination leur laissait croire en une mystérieuse discipline de combat et ils finissaient par partir sans faire trop de vagues, le plus virulent ne pouvant s'empêcher de marmonner qu'il aurait quand même bien voulu voir ça.

Mais quand la serveuse vint me voir ce soir-là, je craignis de ne pas m'en tirer aussi facilement.

— Faut que tu viennes vite, il y trois gars qui achalent des clientes. Fais attention, ils ont l'air toffe.

Cela peut sembler un poncif mais en règle générale, la plupart des hommes fréquentent les bars de nuit pour fêter et souvent aussi faire des rencontres, alors que les femmes y vont plutôt pour danser et s'amuser. Mais Cupidon, archer facétieux aux cibles inattendues, aime s'affranchir des règles, inversant parfois les rôles et les motivations pour transformer certaines rencontres éphémères en couples, parfois fidèles au Passeport en revenant régulièrement arpenter le champ de tir qui les a vus succomber.

Toujours est-il qu'on portait une attention toute particulière à la tranquillité des clientes et on n'hésitait pas à avertir, puis prier de sortir, si nécessaire, les coupables de drague lourde ou de gestes déplacés. La clientèle féminine attire les hommes, lesquels consomment et font rouler le bar. Il fallait donc voir à long terme et préserver celle-ci, quitte à se débarrasser des clients perturbateurs, fussent-ils de lucratifs buveurs, plutôt que laisser une rumeur négative courir sous les robes du Plateau Mont-Royal. Amaury et moi étions bien placés pour le savoir, puisque notre fidélité au Passeport venait aussi de sa mixité équilibrée, rarement perturbée par ses habitués.

Je suivis la serveuse jusqu'au fond du bar où j'identifiai sans difficulté le trio en pleine action puisque c'était le seul à y être entré depuis l'ouverture. Il était bien trop tôt pour jouer la montre et attendre l'arrivée dans une heure du second portier, surtout qu'une main indésirable était déjà posée sur une épaule exaspérée. Tous trois, de ma corpulence et ne montrant aucun signe d'ébriété, entouraient deux clientes suffisamment fidèles pour que je sois averti de leurs prénoms. Dans un soupir, je regardai le bus-boy vaquant à ses affaires derrière le comptoir, j'aurais bien changé ma place avec la sienne. Mais on comptait sur moi et j'avais suffisamment d'orgueil pour me pousser à taper sur l'épaule de celui dont je voyais très bien les mains devenir bientôt baladeuses. Claude profita de la diversion pour inviter les filles à s'asseoir plus loin, en leur offrant un verre. Notre Casanova mal dégrossi, ignorant mon intervention, tenta de les suivre, m'obligeant à lui barrer le passage.

— Hey ! Qu'est-ce tu veux toé ?
— Tu sais qui j'suis ?
— M'en câliss, laisse moé leur parler.

A son comportement, je compris tout de suite qu'il n'avait jamais mis les pieds dans le coin. La rutilante Camaro ne devait pas être loin, prête à brûler le pavé et les conventions sociales. L'imposante chaîne en or noyée dans les poils débordant de l'échancrure de sa chemise, dessinait l'éventuel tableau d'un conducteur sillonnant les rues de la ville, fenêtres ouvertes et sono bruyante, accompagnée de coups de klaxon intempestifs à chaque apparition d'un jupon. L'important pour qu'il se sente moins fort était de ne s'adresser qu'à lui et non au groupe.

— Je pense pas qu'elles veulent te parler.

— Hey mais t'as un ossti d'accent, toé !

— Désolé, je vais faire un effort pour que tu me comprennes. Tu ferais mieux de sacrer ton camp avant que la police arrive.

— La police ?!

— Ben oui, vous êtes trois, c'est un peu trop pour nous donc on va appeler la police.

— Pour ça ? J'te cré pas !

— Tu verras. Quand ils vont arriver, ça va être la fin de mes problèmes et le début des tiens.

— On va avoir le temps de te crisser une méchante volée avant ça.

— C'est sûr, mais ça leur donnera une raison pour t'embarquer.

— Viens t'en, *man*. C'est mieux qu'on te trouve pas icitte, lui conseilla un des deux autres en le prenant par l'épaule.

Cette information, laissant deviner des démêlés judiciaires antérieurs, me souffla un soupçon d'inquiétude glacé dans le dos. Heureusement, il hésita peu, avant de se diriger vers la sortie, me bousculant au passage. Mais je savais, si nécessaire, mettre ma fierté de côté, et me contentai de les suivre jusqu'à la porte, où il ne put s'abstenir d'une ultime menace.

— T'as de la chance, le criss d'importé, mais je vais revenir.

Je lui laissai le dernier mot, il manquait déjà de vocabulaire. L'essentiel était fait, à mon grand soulagement car je pense que j'aurais pu perdre quelques dents avant l'arrivée de la police. Quant à sa menace, elle ne m'inquiéta guère car on aurait pu remplir le bar de ces agressifs, au ton comminatoire, ne respectant jamais leur promesse de retour.

4

J'avais enfin réussi à briser la glace avec Falbala, sans que l'eau glacée ne me fasse claquer des dents. Tout risque de bégaiement était dorénavant écarté. C'est la raison pour laquelle j'avais pu affirmer, après notre séparation dans le métro, suite au spectacle de J.J. Cale, avoir vécu mes derniers instants avec Falbala. Le syndrome Obélix avait bel et bien disparu, et c'était maintenant avec une simple, mais toujours aussi séduisante Myriam que je conversais dans l'entrée du Passeport. Le mythe ne s'était pas effondré, il s'était révélé. Nous étions seuls, en tête-à-tête dans ce petit espace vitré de deux m^2, où les portiers passaient beaucoup de temps, ayant parfois du mal à le tuer. Un temps que pour une fois, j'aurais voulu prolonger en fermant les portes pour rester avec elle comme deux poissons rouges dans leur bocal.

— Manon m'a dit que tu cherchais quelqu'un pour t'accompagner au show de Junior Wells.

— Quoi ?!

— Oui, comme elle a un empêchement pour y aller avec toi, elle pense que tu voudrais sûrement m'inviter... je veux dire, en remerciement pour J.J. Cale.

Un peu retourné par cette nouvelle inattendue, je fus néanmoins capable de retomber sur mes pattes, aussi vite qu'un chat.

— Ah ! Oui, oui ! Je n'ai pas eu le temps de t'en parler quand t'es arrivée. Ça t'tente ?

— Tu vas rire de moi, mais lui non plus, je ne le connais pas.

— T'es pas la seule, va. C'est du blues.

— Oh… J'aime bien le blues…

Je crus à un instant de réflexion mais elle voulut seulement m'impressionner un peu.

— Mais je connais Muddy Waters, John Lee Hooker, B.B King, Buddy Guy… et plein d'autres.

— C'est déjà pas mal. Ça t'en ferait un de plus dans ta collection.

— C'est quand ?

— Jeudi prochain.

— Si vite ! C'est de valeur, je suis très occupée la semaine prochaine. J'ai des examens, 'pis vendredi, je dois partir en région.

— Le concert ne devrait pas durer très longtemps.

— Oui, mais ça fait un peu profiteuse de seulement venir voir le show et repartir ensuite.

— C'est pas grave. Tu verras, c'est un bon joueur d'harmonica.

— Y'a de la musique à bouche ? s'enthousiasma-t-elle.

— Oh oui !

— Tu vas me faire une cassette ? plaisanta-t-elle.

— Bien sûr, répondis-je sérieusement. Je la laisserai à la boutique.

Cela suffit à vaincre ses dernières réticences. Le temps de convenir de l'heure de notre rencontre devant le Club Soda, que déjà d'autres poissons venaient perturber la quiétude de notre bocal. Bien que cela me semblait déjà très limpide, je profitai d'une accalmie dans la soirée pour aller tirer cela au clair avec Manon.

— Alors comme ça tu peux pas aller voir Junior Wells ?

— Ben non, tu sais bien que je travaille le jeudi.

— Tu m'as dit que tu t'étais fait remplacer.

— J'ai changé d'avis, j'ai besoin d'argent.
— T'es bien une petite ratoureuse.
— C'est pas ça que tu es supposé dire.
— Ah non ? C'est quoi alors ?
— Merci Manon pour ton initiative et ton sacrifice.
— C'est vrai, concédai-je. Merci pour ton initiative.

***

Elle était en retard. Tellement en retard que je ne l'aurais toléré de personne d'autre et serais entré dans la salle depuis belle lurette. De l'intérieur, me parvenaient les bruits annonciateurs de l'arrivée sur scène des musiciens. Pourtant, je restais debout devant l'entrée du Club Soda, ne pouvant croire à son désistement et lui trouvant mille excuses. Quand je la vis enfin arriver au loin, courant sur l'avenue Du Parc malgré son gros sac à dos, je sus que celle qu'elle me fournirait, suffirait à dissoudre toutes ces longues minutes d'attente, sur lesquelles avaient commencé à germer rancœur et déception. Elle s'arrêta face à moi, toute échevelée, muette d'essoufflement, me laissant assez de temps pour le fantasmer dans d'autres circonstances. Elle me regardait, la bouche entrouverte, le nez frémissant, seules ses pommettes hautes étaient maquillées - uniquement par l'effort - et c'était déjà superflu. Les lèvres charnues, d'une couleur naturelle désirable, laissaient entrevoir la blancheur de sa dentition parfaite, les yeux d'un noir dense n'avaient pas besoin d'être surlignés pour être remarqués. Dès qu'elle sourit, j'oubliai tout le reste, bien disposé à entrer dans la salle, même sans aucune excuse valable. Elle m'en fournit pourtant une très bonne, entre deux respirations.

— Excuse-moi, je suis vraiment désolée. Je déteste être en retard mais j'étais au centre-ville et je suis restée bloquée dans le métro. Je pense qu'il y a eu un suicide sur la ligne verte.
— C'est pas grave.
— Ca dépend pour qui, dit-elle malicieusement.
— Non ! C'est pas ce que je voulais dire...

— J'avais compris. J'ai fait aussi vite que j'ai pu mais avec mon sac...

— Donne, je vais le prendre.

Elle était moins frêle que ne pouvait laisser croire sa mince silhouette car je fus surpris du poids de son fardeau en le saisissant.

— Ossti, qu'y est pesant.

— Hey ! Tu t'en viens un vrai Québécois, toi, dit-elle en riant.

— Dépêchons-nous, ça va commencer.

— J'ai tous mes livres dedans, faut que j'étudie cette fin de semaine.

Elle me le prouva, sautant dans un taxi juste après le concert. Quoique prévenu du peu de temps dont elle disposerait, la soirée fut assez frustrante ; c'est à peine si on avait pu se parler, debout au fond de la salle, châtiment pour les retardataires. Je préférerai retenir ses derniers mots pour rester sur une note encourageante : « On se reprendra ».

***

— Alors tu n'avais jamais remarqué ce restaurant ?

— Ben non.

— Pourtant, tu passes souvent ici. Tu dois regarder les filles plutôt que les vitrines.

Manon se trompait, je regardais beaucoup les vitrines et me servais justement de leurs reflets, évitant ainsi de me retourner ostensiblement sur les filles susceptibles d'aimanter mon regard. Je n'avais pas la vitrine libidineuse, seulement l'admiration discrète. Attablés chez Bon Blé Riz, à cinq cents mètres du Tadoussac, j'attendais la bonne nouvelle qu'elle m'avait dit vouloir fêter en m'invitant dans ce restaurant asiatique.

— C'est quoi la bonne nouvelle ?

— Il y en a peut-être deux. Je commence par laquelle ?

— La bonne.

— J'ai enfin obtenu mon visa pour le Mexique, je vais pouvoir repartir.

— Je suis content pour toi mais je t'ai demandé de commencer par la bonne. C'en est pas une pour moi. Je vais m'ennuyer.

— Pas sûr d'ça. J'ai remplacé une fille à la boutique, aujourd'hui, et j'ai travaillé avec Myriam.

Elle commença alors à me relater leur conversation.

— Au fait Manon, je voulais te remercier pour le billet de Junior Wells, je suis bien contente de l'avoir vu.

— Oui, on m'a rapporté que c'était bien mais aussi que ton départ avait été un peu précipité. Ton cavalier n'a pas été gentil avec toi ?

— Trop justement. Je ne suis pas stupide, je vois bien comment il me regarde. Je me méfie des gars qui travaillent dans les bars. Ça ne m'intéresse pas d'être un numéro dans la liste des conquêtes d'un portier.

— Même la numéro un ?

— Aussi vite ! J'y croirais encore moins.

— Pas si vite que ça, il t'observe depuis plus longtemps que tu crois.

— Comment ça ?

— Ah ça ! C'est à lui de te le dire. Je me sentirais mal de te confier ses secrets mais il est bien différent de ce que tu sembles imaginer.

— C'est vrai qu'il n'est pas très entreprenant.

— Un vrai gentleman. Je pense que si j'avais été libre, il aurait fallu que je lui saute dessus.

J'interrompis Manon à cette dernière remarque.

— C'est vrai ça ? demandai-je étonné.

— Je t'assure. Mais laisse pas passer ta chance, une belle fille comme ça, restera pas seule très longtemps.

— Non, je voulais dire, c'est vrai que tu aurais tenté ta chance avec moi ?

— Non, car j'ai l'impression que l'on a déjà tout vécu dans une autre vie. C'est comme si on se connaissait depuis longtemps. Tu crois aux vies parallèles, à la réincarnation ?

— Oh là, non ! Je crois aux ongles incarnés, mais pas plus. Mais c'est vrai que j'ai un peu la même impression que toi. Et qu'est-ce qu'elle a répondu quand tu lui as dit ça ?

— Rien, car des clientes sont arrivées.

— Aucune bonne nouvelle pour moi, quoi.

— Hey, que t'es gnochon… Elle a bien vu que tu n'avais d'yeux que pour elle, si ça la dérangeait vraiment, elle n'aurait pas accepté de sortir deux fois avec toi. J'ai piqué sa curiosité en disant que tu la connaissais depuis longtemps. Parle-lui de l'histoire de Falbala pour dissiper ses préjugés. Au pire, tu t'en feras une amie pour me remplacer.

— Tu sais bien que tu es irremplaçable.

— Oh la la ! Ça doit vraiment pas aller pour que tu me dises un truc pareil.

— Excuse-moi, ça m'a échappé. De toute façon, je ne serais pas capable d'être juste son ami. C'était facile de résister à la tentation d'un laideron comme toi, mais avec elle, je ne pourrais pas.

— Ah, je te reconnais mieux là ! Mais ose dire que tu n'as jamais regardé mes fesses !

— Ose dire que tu n'as jamais regardé les miennes !

— Elles sont difficiles à manquer.

— Ouais… bon… Dis-moi plutôt quand tu penses m'abandonner.

Elle prévoyait repartir dans environ un mois mais devait trouver auparavant à sous-louer son appartement jusqu'à la fin du bail.

***

— Y'a un gars qui est en train de faire de la *coke* au bar, vint nous prévenir le *bus-boy*.

— Il est tout seul ?

— Oui, je voulais m'en occuper mais Claude m'a dit que c'était pas ma job.

— Il a raison. Montre-moi c'est qui.

Je laissai Marek à la porte et partis, accompagné de ce *busboy* à qui je demandai de rester en retrait car il était toujours prêt à donner un coup de poing pour rendre service. Je trouvai un gars en costume, ne faisant pas de la *coke* au bar mais carrément sur celui-ci, son sachet carrément posé sur le comptoir, prêt à passer en mode aspirateur, la narine frémissante sur la ligne préparée. Je soufflai sur celle-ci, ce qui lui fit relever la tête, étonné : « Fela ? ». Rompu au langage des autochtones éméchés, j'avais décrypté son jargon « Qu'est-ce que tu fais là ? ». Je lui expliquai sèchement et il prit sa poudre ainsi que celle d'escampette. Avant de le suivre, je fis signe de loin à Marek qui, poussé par sa conscience professionnelle, surveillait les événements depuis l'entrée. Tout allait bien. Pour l'instant du moins, car en traversant la salle, j'aperçus Myriam collée à un gars de manière un peu trop familière. Les ongles sales de la jalousie me lacérant le cœur, je préférai profiter qu'elle ne m'ait pas remarqué pour poursuivre mon chemin. Comme elle n'était pas venue depuis deux semaines, Manon crut bon de me signaler sa présence, à mon arrivée devant le vestiaire.

— T'as manqué Myriam.

— Je l'ai vue, oui. Elle est avec un gars et ils ont l'air de bien s'entendre, répondis-je, la mine renfrognée.

— Méchant pétard hein ? Il est aussi beau qu'elle et...

— Ca va ! C'est pas la peine d'en rajouter, coupai-je en m'éloignant, la trouvant inutilement cruelle.

— ... on voit bien que c'est son frère, termina-t-elle en haussant le ton.

— Quoi ? T'en es sûr ?

— Ben oui ! Elle me l'a présenté ! Qu'est-ce que t'es allé t'imaginer ? Faut pas se fier aux apparences.

C'était vrai pour cette fois, mais Manon avait raison, il fallait dévoiler mon jeu avant d'être exclu de la partie. J'allais poser toutes mes cartes sur la table, bien servi en cœur, j'espérais tirer un dernier trèfle pour la chance. Celle-ci se présenta quelques minutes plus tard, quand Myriam vint nous rejoindre dans l'entrée.

— Je voulais quand même te saluer. T'étais même pas là quand je suis arrivée.

— C'est gentil ! Ca fait longtemps qu'on t'a pas vue.

Marek nous laissa seuls, prétextant avec tact la nécessité d'aller faire un tour dans la salle.

— Oui je sais, j'ai pas arrêté ces temps-ci. Entre des affaires de familles à régler, les études et le travail, j'ai pas eu une minute à moi. Et maintenant je dois trouver un autre logement.

— Quel genre de logement ?

— Un petit 1 ½. Je veux me rapprocher du Plateau. Je suis un peu loin et c'est du provisoire.

— J'ai peut-être une idée pour toi.

— C'est vrai ?

— Va réveiller Manon, je pense qu'elle s'est endormie sur son tabouret. Elle t'expliquera mieux. Moi, il faut que je vois ce qu'il veut, dis-je, désignant un gars qui était passé devant la file d'attente et piaffait devant la porte.

Premier pli pour moi. Mon valet avait eu à cœur de la servir.

Finalement ce fut rapide, il voulait seulement entrer afin de vérifier la présence de ses amis et s'éviter ainsi une attente inutile. J'appliquai la procédure habituelle, lui donnant en échange de ses clés, cinq minutes pour faire le tour des lieux. La plupart des clients respectaient ce marché, certains prenaient un peu plus de temps, d'autres exagéraient, nous obligeant à les rechercher dans la salle pour parfois les trouver tranquillement installés, une bière à la main. L'option de la finir ne leur était pas proposée, ni celle d'aller attendre dehors pour la retrouver plus tard. On gardait généralement les clés en main, histoire de ne pas oublier notre invité provisoire, mais parfois son visage s'était enfui de notre mémoire, quand venait si nécessaire, le moment d'aller le retrouver parmi la foule des fêtards. Mais malgré cette précaution, il m'était déjà arrivé lors d'un incident quelconque, d'avoir à me libérer les mains et de ranger un de ces trousseaux dans ma poche, l'oubliant ensuite complètement. Il y passa la soirée et je ne sais toujours pas où l'a passée son propriétaire car je n'ai repensé à lui qu'à la fermeture du bar. Si jamais un jour il me lit, je lui signale que ses clés l'attendent toujours au vestiaire.

— Alors ? demandai-je à Myriam à son retour.

— Alors, bien qu'elle ne pensait pas libérer son appartement si tôt, Manon devrait pouvoir s'arranger. Je vais aller voir demain si ça me convient mais je ne suis pas inquiète.

— Moi non plus.

— Je suis soulagée de ne plus avoir à perdre de temps avec ça. Tu me permets de t'embrasser pour te remercier ?

Question purement rhétorique car elle ne me laissa pas le temps d'y répondre et parvint à effleurer doucement mes joues, sans poser ses mains sur moi, accentuant l'attention portée au seul contact de sa bouche. Comme on tend plus l'oreille à quelqu'un parlant à voix basse, je tendis plus les joues à ses bises murmurées. Celles-ci me confirmèrent la bonne alchimie entre nous.

Second pli pour elle. Sa dame vient de piquer mon cœur.

— J'ai pas fait grand-chose mais si tu penses avoir gagné du temps, tu en auras peut-être un peu pour accepter une invitation au restaurant.

— Ca adonne mal, il me reste encore ben de l'ouvrage pour préparer mes examens.

— Tu avais dit qu'on se reprendrait, on n'a presque pas eu le temps de se parler pour faire connaissance.

— C'est vrai, mais je ne peux pas accepter.

Troisième pli pour elle. Son autre dame me laisse sur le carreau.

— Tu ne peux pas, ou tu ne veux pas ?

— Je ne peux pas accepter ton invitation alors que c'est toi qui m'as rendu service. Si je viens, je tiens à payer ma part.

Le Québec et ses additions séparées, un usage que j'avais eu initialement du mal à comprendre. Six convives célibataires ? On demandait au serveur six additions. Il méritait bien son pourboire car en France on aurait divisé nous-mêmes le montant global en six parts égales. Mais lorsque je réalisai que le coût de l'alcool au Québec pouvait considérablement faire varier la contribution de chacun, je compris dès lors l'équité de ce calcul qui m'avait laissé dubitatif les premières fois.

Notre conversation fut interrompue par de nombreux clients quittant le bar, m'obligeant à des échanges succincts avec ceux patientant pour prendre leurs places. Elle en profita pour aller rejoindre son frère, me promettant de revenir plus tard. Je patienterai donc pour jouer mes deux dernières cartes.

Marek n'était pas déjà à la porte pour me remplacer que je plastronnais devant Manon.

— T'as vu si je te l'ai réglé vite fait ton problème de sous-location.

— Oui, mais elle en a besoin à la fin du mois et je pars seulement vers mi-décembre.

— Ah bon ? Elle a semblé comprendre que tu étais d'accord.

— Oui, oui ! Je vais aller quelque temps chez mes amis, rue St-Zotique. Je vais saisir cette occasion car ça nous arrange toutes les deux que je puisse laisser mes meubles pour l'instant. Et puis tu ne seras pas dépaysé, comme tu seras souvent là-bas, conclut-elle en prenant le manteau d'un client.

Je préférai hausser les épaules et partir faire une ronde dans la salle plutôt que répondre à ces affabulations. Le frère de Myriam semblant plus s'intéresser à sa voisine qu'à sa propre sœur, elle profita de mon passage pour m'accrocher par le bras.

— Il paraît qu'on s'est déjà rencontrés.

— Si c'est votre technique pour *cruiser* mademoiselle, elle est pitoyable, répondis-je avec hauteur.

— C'est vrai ou pas ? dit-elle en riant.

— Oui, on s'est vus tout à l'heure, à l'entrée.

— Arrête de niaiser ! Enweille ! insista-t-elle.

— Il y a trop de bruit ici pour parler.

Je lui fis signe de me suivre au fond du bar, dans le renfoncement près de la sortie de secours.
— Alors, t'as pas répondu à ma question ?
— Ni toi à mon invitation.
— J'allais le faire, j'allais le faire... C'est d'accord mais j'insiste pour payer ma part.
— Comme tu veux.
— Et je veux attendre d'avoir déménagé, je serai plus proche et j'aurai plus de temps.
— Quand tu veux.
— Et dans une place pas trop chic.
— Où tu veux.
— T'es pas contrariant, toi ! remarqua-t-elle amusée.
— Alors comment on fait ?
— Donne-moi ton numéro, je t'appellerai vers la fin du mois.
J'allai récupérer sur le bar un carton d'allumettes à l'effigie du Passeport, pour y écrire mon numéro à l'intérieur.
— Tiens, mais si tu as peur de l'égarer, je peux te le tatouer sur le bras.
— Ça ira, merci. Mais c'est pas une *date*, hein ? C'est comme tu as dit, juste pour faire connaissance, tint-elle à préciser de peur d'avoir été trop loin.
— C'est bien comme ça que je l'avais compris. De toute façon, je ne couche que le premier soir et ça sera le troisième pour nous deux, dis-je pour la rassurer. Bon, faut que je retourne à la porte pour travailler. A tantôt.
— Hey hey hey ! Pas si vite ! Tu m'as pas répondu. Manon prétend qu'on s'est déjà rencontrés. Alors c'est vrai ou non ?
— Brièvement.
— Quand ça ?
— Pas cette année. Mais je n'ai pas le temps d'en parler maintenant.
— Quand alors ? Tu m'intrigues... J'ai pourtant une bonne mémoire.
— Je te raconterai ça au restaurant.

— Ha ! Ha ! Ha ! T'es un sacré ratoureux, toi ! *Deal* ?

Elle me tendit la paume de la main et me regarda dans les yeux. Je tapai doucement : « *Deal* », confirmai-je.

Dernier pli pour moi. Mon roi de cœur emporte sa dame.

J'avais préservé mon dernier atout pour la prochaine fois.

5

Je marchais sur Saint-Laurent, croyant autant à ma chance qu'aux promesses des hommes politiques, quand je l'aperçu arrivant dans le sens opposé. Nous nous retrouvâmes face à face devant Jano, sous l'œil indifférent du cuisiner ; peu conscient de l'importance que revêtait cet instant pour moi, il s'affairait tranquillement sur le barbecue, étonnamment situé dans la vitrine donnant sur la rue. Alors qu'il retournait poitrines et cuisses sur la grille, l'apparition de Falbala me retournait le cœur dans la poitrine. Ce restaurant portugais, qui servait un délicieux poulet grillé pour un prix modique, répondait au souhait de Myriam d'une place sympa et pas trop chic.

Je trouvais la synchronisation de nos arrivées de bon augure. Elle me remémora ma phrase en guise de salutations.

— Avant l'heure, c'est pas l'heure...

— Après l'heure, c'est plus l'heure, complétai-je.

Une fois assis, elle remarqua mon sac de la librairie Renault-Bray.

— Tu t'es apporté de la lecture ? Tu avais peur de t'ennuyer ?

— C'est pour toi, dis-je en lui tendant le sac.

— Pas un cadeau, j'espère.

— Ben non, dans ce cas il y aurait un paquet cadeau. C'est juste la réponse à ta question.

— Ma question ?
— Tu voulais savoir quand on s'était rencontrés, non ?
— Ah oui ! Bien sûr ! J'y pensais justement en m'en venant.

Elle sortit l'album d'Astérix légionnaire et le regarda, perplexe. Je l'orientai vers les pages concernées. A mesure qu'elle découvrait les cases, son visage s'éclairait.

— Aaaah, c'était toi…
— J'étais pas sûr que tu t'en souviennes.
— Je ne pourrai jamais oublier ce jour-là, dit-elle pensive.
— A ce point-là ?
— Oh non ! Pas à cause de ça, s'empressa-t-elle d'ajouter en relevant la tête.

Je la sentis envahie peu à peu par la tristesse. Le serveur arriva à point nommé, ce qui lui permit de se ressaisir et de poursuivre, une fois la commande prise.

— C'est en découvrant Obélix et Falbala que ça m'est revenu. Mais je n'ai pas vraiment fait attention à toi ce soir-là. J'étais sortie pour me changer les idées mais n'arrêtais pas de penser au coup de téléphone de ma mère. Elle m'avait appelée en pleurs pour m'annoncer qu'elle était atteinte d'un cancer, mais ce qui est étrange…

Elle eut un petit rire gêné et s'arrêta quelques instants.

— Tu ne vas sûrement pas comprendre… Ce qui la dévastait le plus n'était pas ce terrible diagnostic mais plutôt la perte de son chat, mort écrasé sur la route.
— Et qu'est-ce que tu penses que je ne vais pas comprendre ?
— Qu'on fasse un drame pour un chat.
— Tu te trompes. On ne peut mesurer la peine ou la douleur. Qui a le plus de peine ? La mère d'une fratrie de dix enfants qui vient d'en perdre un ou la personne âgée et seule, pleurant son animal de compagnie ? Personne ne peut le savoir. Je sais que ça peut en choquer certains d'entendre ça, mais c'est pourtant ce que je pense.
— Moi, ça ne me choque pas. Certaines choses sont difficilement quantifiables. Comme par exemple, le docteur qui

demande l'intensité de notre douleur sur une échelle de 1 à 10. On n'est pas des thermomètres ! Comment le savoir ? Lors d'une crise, ma mère avait répondu 10, et le mois d'après, les douleurs étaient encore pires ! On fait quoi alors ? On change de thermomètre ? Ça m'énerve !

— Je commence à comprendre pourquoi tu n'as pas oublié ce jour-là.

Mon empathie l'encouragea à faire défiler la suite de son récit, m'éclairant sur sa disparition pendant deux ans. Le diagnostic confirmé, Myriam avait aussitôt interrompu ses études pour aller soutenir sa mère qui vivait seule, l'accompagnant dans son dernier combat, perdu au seuil du printemps dernier. Suite au décès, elle était partie à Vancouver chez son frère, où tous deux avaient soigné leur peine. Revenue à Montréal depuis peu, elle comptait bien reprendre sa vie d'étudiante, là où elle s'était arrêtée. Interrompue par le serveur apportant nos assiettes de poulet grillé, elle examina le contenu de la sienne avec étonnement.

— Oh la la ! T'as vu la grosse poitrine que j'ai ?
— Non, je ne vois pas bien avec ton soutien-gorge.

Ma remarque jouant du double sens de sa phrase, la fit éclater de rire, détendant l'atmosphère devenue lourde.

— Tu ne dois pas me trouver bien gaie, mais la mort...
— C'est une des seules choses dont on peut être certains. J'ai lu une belle phrase à ce propos « Il sortit du ventre de sa mère pour entamer son chemin vers la mort[54] ».
— C'est pour ça qu'il faut profiter de l'instant présent, dit-elle en saisissant ses couverts avec entrain.

Elle me parla de son unique frère qui déménageait à Toronto ce mois-ci, lui permettant plus facilement d'aller passer les Fêtes avec lui. Après avoir exprimé son contentement sur cette nouvelle proximité, toute relative aux yeux d'un Européen, elle voulut en savoir plus sur ma famille et les raisons de mon immigration. Son assiette terminée, elle me donna l'opportunité

---

[54] Azteca (Gary Jennings)

de lui dévoiler ma dernière carte en revenant à notre conversation initiale.

— Alors comme ça, tu ne m'as parlé qu'une fois et malgré tout, après deux ans, tu ne m'as pas oubliée. Je suis flattée.

— Oui, mais ça faisait un p'tit moment que je t'observais. Tu étais souvent seule d'ailleurs.

— Ben, j'étais pas à Montréal depuis longtemps, je ne connaissais personne et comme je ne suis pas restée, j'en connais pas beaucoup plus maintenant.

Je lui avouai le nombre de fois où je l'avais vue, notamment celle où elle s'était accotée près de moi au bar.

— Je me souviens seulement du soir où tu m'as abordée, mais il faisait très sombre, je n'ai pas fait attention à ton visage. J'ai dû croire que c'était un truc que tu disais à toutes les filles. Mais ça à bien d'l'air que j'me suis trompée.

— Oh oui ! J'ai été ébloui dès la première fois et j'ai perdu tous mes moyens.

— Tu sembles les avoir retrouvés maintenant.

— Mon cœur à mis ses verres fumés.

— Ou tu t'es habitué.

— On ne s'habitue pas à tant de beauté.

Je la sentais un peu gênée par mes propos qu'elle devinait peut-être sincères. Restant quand même sensible à ceux-ci, c'est sans trop de conviction qu'elle essaya de détourner la conversation. Peut-être était-elle même venue dans l'espoir de les entendre.

— Si ça continue, tu vas dire que tu m'aimes et je te ferai la même réponse qu'à ma mère, quand j'étais petite.

— Laquelle ?

— Je lui demandais alors : « Gros comment ? »

— Hum… Je ne pourrais pas te répondre pour l'instant mais si tu me laisses mieux te connaître, peut-être le ferais-je plus tard.

— Et tu m'aimerais gros comment ? badina-t-elle.

Je rapprochai un peu ma main pour que seul le bout de mon majeur effleure le sien, comme si je me connectais à elle. Très sérieux, rivé à ses yeux, je me lançai.

— Gros comme tous les maringoins présents dans les forêts du Québec.

— Et longtemps comment ? demanda-t-elle, se penchant vers moi.

— Aussi longtemps qu'il restera des arbres dans les forêts du Québec.

— Et tu penses que ça va marcher tes compliments forestiers ?

— En tout cas, tu es en train de rougir comme un érable, répliquai-je, me penchant aussi.

Embarrassée par ma remarque, elle se redressa sur sa chaise.

— Tu n'es vraiment pas le genre de gars que je croyais.

— Et qu'est-ce que tu croyais ?

— J'avais peur que tu sois du genre à sauter sur tout ce qui bouge.

— Et maintenant ?

— Maintenant ?! J'ai plus peur ! La preuve, je vais bouger pour aller dans un endroit où tu ne peux pas aller à ma place, dit-elle en se levant après m'avoir furtivement tapoté la main.

Son excuse me remit en mémoire la remarque incomprise de Dominique, quelques années plus tôt, alors qu'elle partait vers les toilettes du Saint-Sulpice, sous prétexte de se repoudrer le nez. Que de nuits brulées et de bars écumés depuis ! L'allusion me paraîtrait évidente aujourd'hui. A fréquenter et surtout travailler dans les bars de Montréal, j'avais perdu beaucoup de ma naïveté initiale mais ma virginité nasale était demeurée intacte. On m'avait pourtant déjà offert de la coke, le rail m'attendait et il était facile de céder à cette tentation, omniprésente dans le monde de la nuit. Mais ce n'en était pas une pour moi. Je n'avais jamais été intéressé à prendre ce train, où les gares défilaient trop vite, arrivant parfois prématurément au terminus pour certains. Je préférais naviguer tranquillement sur le houblon, loin de tout naufrage, car j'avais la gueule de bois facile et le paracétamol du lendemain comme seule came.

Malgré tout, j'étais pour la légalisation des drogues, y compris les dures. Je désapprouvais pourtant l'usage de ces dernières mais des décennies de répression n'avaient fait qu'enrichir les mafias, au détriment des états et de la santé du consommateur. En légalisant, on couperait l'herbe (et les autres drogues) sous le pied du crime organisé. La vente d'un produit contrôlé limiterait les dommages collatéraux ainsi que les préjudices portés aux personnes dépendantes. Les états pourraient faire preuve de la même hypocrisie qu'envers le tabac ou l'alcool, tout autant responsables de nombreux décès et addictions, et sur lesquels il prélève pourtant des taxes élevées, sous prétexte de décourager leur consommation.

Bien que pour des raisons m'étant inconnues, le Passeport fasse exception, presque tous les bars avaient leurs revendeurs attitrés, mis en place par diverses organisations en fonction des territoires de chacune. Le Lézard n'échappait pas à la règle en la personne de Spud, aussi ponctuel que les employés, pas plus épais qu'un cure-dent et avec un *look* à faire partie des Sex-Pistols. Souriant et effacé, il prenait place au fond du bar en début de soirée et n'en repartait qu'au départ des derniers clients. Tant que la consommation de drogues restait discrète, nous savions qu'il était préférable de ne pas se mêler des affaires du groupe de motards contrôlant cette zone. J'en eus la confirmation lorsqu'un soir, Spud, averti avant nous de la présence d'un compétiteur maghrébin au bout du bar, tenta en vain de lui expliquer diplomatiquement qu'il opérait indûment sur son territoire. C'est sûrement pour ménager notre orgueil et gagner du temps, qu'il vint nous demander poliment, si l'on pouvait laisser passer en priorité les deux personnes contactées pour régler ce petit différend commercial, nous offrant ainsi une bonne excuse pour nous effacer devant eux. Je croyais avoir trop d'imagination en m'attendant à voir arriver des caricatures de *Hell's Angels* couverts de tatouages. Finalement j'en manquais. Le second était tellement large d'épaules qu'il dut monter les escaliers de côté afin de passer entre le mur et la file d'attente, bien difficilement malgré tous les efforts des clients impressionnés. Le premier, quant à lui moins imposant, l'était malgré tout suffisamment pour me laisser croire que la demande de Spud, de leur faciliter le passage, n'était qu'une tentative d'humour. Mon salaire était trop maigre et mon courage encore plus, pour ne pas m'écarter devant ceux-ci, sans qu'ils n'aient besoin d'ouvrir la bouche. Ce que fit pourtant le premier, une fois arrivé en haut des marches, sa carrure m'occultant l'éclairage du vestiaire.

— Bonsoir, on est des amis de Spud. Il a dû te prévenir.
— Je suis au courant, oui.
— Y'a un *cover* ?
— C'est beau, ça ira, répondis-je forcément conciliant.

Ignorant ma générosité, il déposa vingt dollars sur le comptoir du vestiaire - contribution nettement exagérée pour deux admissions - et sans attendre la monnaie, se dirigea vers Spud qui lui désigna du regard l'objet de leur dérangement. Le second, oserais-je dire volume - puisque sa pièce d'identité ou fiche de police mentionnait probablement ses mensurations en mètres cube - passa silencieusement, non sans nous avoir salués d'un petit signe de tête, laquelle dépassait péniblement de cette montagne de muscles. Interloqué, Daniel le détaillait de haut en bas, curieux de rencontrer quelqu'un de plus gros que lui.

Marie-Cassette me jeta un regard interrogateur.
— C'est des amis à Spud, lui expliquai-je. Je pense que tu peux garder la monnaie.
— Dommage qu'ils ne viennent pas plus souvent.
— Spud peut te les présenter si tu les trouves de ton goût.

Elle me fit une grimace et retourna à ses clients.

L'apprenti apothicaire, malgré un contact plus que bref, fut fortement convaincu par les arguments de poids des deux ambassadeurs et quitta docilement le bar, sans nous saluer. Il fut suivi quelques minutes plus tard des deux motards, le premier nous décocha un : « Merci, bonne soirée ! » et le second réitéra son signe de tête. Plus tard, j'appris par le barman qu'ils avaient laissé également un autre billet de vingt, pour deux bières à peine entamées. Discrets, polis et efficaces. Véritables armes de dissuasion massives, leur présence suffisait à mettre fin à tout conflit potentiel.

— A quoi tu penses ?

— A toi, mentis-je à Myriam qui m'avait surpris perdu dans mes pensées, à son retour des toilettes.

Mes digressions mentales m'incitèrent à être attentif à toute trace d'un possible changement dans son comportement, mais en vain. J'apprendrai plus tard qu'elle se contentait de fumer parfois un peu d'herbe, quant à moi, l'inhalation forcée de toutes les fumées accumulées sous le plafond bas du Passeport, suffisait à me dégoûter d'en aspirer une bouffée de plus.

***

Ses lèvres à peine détachées des miennes, Myriam se justifia.

— Comme ça, tu ne te poseras pas la question tout le long du chemin, de savoir si tu vas oser m'embrasser ou non.

— Tu es une fine psychologue, toi.

— C'est pas difficile de penser comme un homme, suffit de revoir ses priorités. D'ailleurs je te préviens, ça n'ira pas plus loin ce soir.

C'est pourtant elle, qui pour toute réponse, m'avait embrassé devant le restaurant quand j'avais proposé de la raccompagner. Il faisait très froid, même pour un mois de décembre au Québec, et nous avions marché vite, coupant à travers le stationnement plus bas que Prince-Arthur pour rejoindre Saint-Dominique.

— Je vais passer par la porte de côté. Je n'ai pas envie, dès mes premiers jours, de me donner en spectacle devant le veilleur de nuit.

— En spectacle ?

— Tu penses me quitter en me serrant la main ?

— Euh... non.

— Je m'en doutais bien, dit-elle en arrivant près du Tadoussac. Prends-moi dans tes bras, il commence à faire frette.

Après plusieurs minutes à se lécher la pomme, elle s'écarta un peu.

— Faut pas être trop pressés. Tu connais la phrase : « Le meilleur moment dans l'amour, c'est quand on monte l'escalier[55] » ?

— Allons-y alors, comme tu habites au 11eme, on va pouvoir en profiter plus longtemps.

— Sûrement pas, je sais que tu vas vouloir prendre l'ascenseur. Je t'avais prévenu, ce soir la frontière est ici.

— Je ferais bien le douanier encore un petit moment alors, dis-je, la rapprochant à nouveau de moi.

On commençait à arriver au trognon de la pomme, quand elle me repoussa doucement.

— Ca va faire le minouchage ! On va arrêter avant que la cocotte-minute explose.

— Quelle cocotte-minute ?

— Les deux ! Allez déguédine !

— On se revoit quand ?

— Je t'appellerai.

J'avais déjà tourné le dos, quand elle me retint par le bras pour m'embrasser à nouveau et ajouter devant mon incompréhension.

— C'était juste pour te remercier de ne pas insister.

Telle n'était pas vraiment mon intention et j'aurais presque été déçu de la voir changer d'avis. Mon corps était pressé mais pas mon esprit, j'étais biologiquement prêt mais pas émotivement. Tout avait été trop vite pour moi, ayant déjà obtenu bien plus de cette soirée que je n'osais espérer. Je savourais le bonheur de savoir que l'on plait à celle désirée depuis si longtemps. Plus rien ne pouvait m'atteindre. Si une voiture m'avait aspergé des pieds à la tête, passant dans la

---

[55] Georges Clemenceau ou Sacha Guitry

flaque de *sloche* au bord du trottoir, j'aurais, comme Jean Rochefort, déclaré dans un sourire : « Je m'en fous complétement[56] ».

***

Après quelques jours sans nouvelles d'elle, les démons de l'anxiété pointèrent leur nez, commençant à grignoter une sérénité sentimentale déjà bien entamée, alors que j'honorais l'invitation à souper chez les amis de Manon, la veille de son départ.

La soirée s'étant terminée trop tard pour prendre les transports en commun. Nous échangions nos dernières paroles, guettant au travers de la porte vitrée, l'arrivée de mon taxi.

— Elle va t'appeler, j'en suis sûre.
— Comment tu peux en être si certaine ?
— A cause du vidéo !
— Quel vidéo ?
— Le mien. Je lui ai téléphoné avant-hier pour savoir si tout était correct pour le logement et elle m'a dit avoir seulement un problème avec la programmation du vidéo.
— Tu lui as pas laissé mes notes ?
— …
— Nonnnnnnn, c'est pas vrai…
— Mais si ! Alors je lui ai suggéré de t'appeler, lui disant que t'étais bon pour ces affaires-là
— T'es incroyable ! T'es sûre que tu n'as pas perdu ton billet d'avion ?
— Ah non, ça ! Ca ne risque pas !
— Tu dois vraiment vouloir partir alors.
— Tu vas me manquer quand même, on faisait une équipe du tonnerre.
— C'est normal, on a eu un coup de foudre d'amitié.
— C'est ça, j'étais déjà trop amoureuse pour autre chose.

---

[56] Le Bal des Casse-pieds (Yves Robert)

— Voilà le taxi.

Je la pris dans mes bras une dernière fois et la tristesse m'étreignit en même temps qu'elle.

— Tu verras, elle va te consoler bien mieux que je n'ai pu le faire de tes histoires qui finissent souvent en queue de sirène. De toute façon, tu m'as toujours vue comme une sœur.

— Faut pas se fier aux apparences, lui dis-je pour toute réponse, en sortant.

FALBALA

1

Je me sentais ridicule. Ca semblait pourtant facile lorsque je regardais les patineurs glisser tout doucement sur ce miroir glacé. Jamais je n'aurais imaginé les lames des patins aussi étroites, avant de m'y retrouver juché pour la première fois, essayant tant bien que mal de préserver un équilibre précaire. J'apprenais à mes dépends l'expression « patiner sur la bottine », avançant laborieusement, les chevilles en souffrance, les malléoles internes se mirant sur le plan d'eau gelé du parc Lafontaine, tandis que Myriam amusée, virevoltait autour de moi, glissant parfois même à reculons pour m'encourager du geste et de la voix. Moins de deux heures plus tôt, les pieds alors bien ancrés au sol, je me désespérais de ne toujours pas avoir eu de ses nouvelles depuis notre soirée au restaurant. Assis sur mon lit, aussi dépité que le Tintin sur le laminage accroché face à moi, je me sentais comme Milou ou Haddock, l'esprit hanté par les tentations, harcelé par un ange et un diable sur mes épaules, soufflant le chaud et le froid[57].

— *Tu devrais l'appeler.*
— *Non, ça serait une erreur.*
— *Elle n'attend peut-être que ça.*
— *Non, si elle avait voulu que tu l'appelles, elle t'aurait donné son numéro.*

---

[57] Tintin au Tibet & Coke en Stock (Hergé)

— *Elle n'avait pas besoin de te le donner puisque c'est l'ancien de Manon.*
— *Oui, mais symboliquement, si elle ne te l'a pas donné, ça veut dire qu'elle ne veut pas que tu l'appelles.*
— *Mais non, elle ne te l'a pas donné car elle sait bien que tu l'as déjà.*

Mon anxiété sentimentale laissa mes deux tortionnaires poursuivre leur joute verbale jusqu'à la sonnerie du téléphone annonçant la fin du round. Je me levai brusquement, les faisant tomber de mes épaules, sans leur laisser l'opportunité d'y remonter, car la voix de Myriam et sa proposition d'aller patiner mit fin au combat. Je me gardai bien de l'avertir qu'il s'agirait de mon initiation sur glace, de crainte de voir cette invitation annulée.

Au bout d'une heure, elle eut pitié de moi et mit fin à cette parodie d'Holiday on Ice, me proposant d'aller manger un sandwich au poulet chez Coco Rico, avant notre sortie au cinéma.

— Ça a l'air qu'on est toujours dus pour manger du poulet.
— Tu mangeras peut-être de la dinde à Noël.
— C'est possible, je serai chez mon frère. Et toi ? Tu fais quoi ?
— Je travaille le 24 et le 25. Tu pars quand à Toronto ?
— Je ne sais pas encore.
— Pas sûr qu'on se revoit avant, alors.
— Pas sûr qu'on ne se revoit pas pour patiner, répondit-elle, espiègle.
— Oh non ! J'ai trop mal aux chevilles.
— Ça ira mieux demain.
— Sûrement, mais on annonce de la pluie.
— Menteur ! Mais tu patines déjà mieux, là.
— Avec toi, j'aime mieux d'autres sortes de patins.
— Quelles sortes de patins ?
— Rien, c'est une mauvaise blague française, je me doutais que tu ne la comprendrais pas.
— Pourquoi tu l'as faite alors ?

— Justement parce que je savais que tu ne la comprendrais pas.
— T'es drôle, toi.
— Drôle dans le sens de bizarre ou de comique ?
— Ca dépend des fois, dit-elle en se levant.
— On est pressés ?
— J'aimerais passer chez moi pour poser mes patins et en profiter aussi pour que tu m'expliques comment programmer le vidéo de Manon. Elle a perdu le manuel mais apparemment tu te débrouilles bien pour ces trucs-là. C'est vrai ?

Je ne démentis pas, constatant que Manon s'était bien gardée de lui mentionner toute l'épopée de ses démêlés avec le magnétoscope.

***

— T'as déjà compris comment il marchait ?
— C'était pas bien compliqué.
— Sans la notice quand même ! Tu m'impressionnes.

La notice ? J'allais bientôt pouvoir la rédiger moi-même si je continuais à fréquenter cet appareil aussi assidûment. Je préférai taire pour l'instant ce mystère me mettant en valeur et m'approchai d'elle pour la serrer dans mes bras.

— Ca fait qu'on a du temps devant nous, non ? tentai-je.
— J'espère bien qu'il t'en faudrait plus. Mais bien essayé quand même. Allez viens, on marchera tranquillement pour ménager tes chevilles maganées par le patin.

Cette séance au cinéma aboutissant sur une de mes soirées de travail, ce n'est pas ce soir-là que nous scellerions notre union par une première nuit ensemble. Je la soupçonnais avoir choisi cette journée à dessein, sans réellement comprendre ses motivations à vouloir prolonger l'attente. Ce n'était pas de poursuivre cette abstinence, au moins jusqu'à son retour de Toronto, qui me préoccupait, j'étais prêt à être condamné à attendre si j'avais eu la certitude de l'être seulement avec sursis. Une preuve de son envie d'aller plus loin m'aurait suffi, mais je n'osais la questionner et me résignais à chevaucher jusqu'à l'année prochaine mon inquiétude indomptée.

***

Quelle tristesse ! Cette soirée de Noël au Passeport me donnait le cafard. Le bar n'était rempli qu'à moitié, principalement d'âmes esseulées n'ayant pu ou voulu se joindre aux regroupements familiaux. Elle ressemblait à celle de l'année dernière au Lézard, seulement égayée par le passage de Louise venant nous souhaiter un joyeux Noël. Heureusement, la neige tombant lentement, sans discontinuer, préservait la magie de cette nuit et m'avait incité à baisser l'auvent devant la vitrine, en prévision d'une éventuelle file d'attente à protéger. Exceptionnellement, la salle s'était vidée avant l'heure et c'est en le remontant avant de partir que j'aperçus, se découpant à travers les stores, une silhouette qui profitait de son abri. Intrigué, je n'hésitai pas à entrouvrir la porte pour passer la tête au dehors, aucun événement justifiant le retour d'un individu revanchard, ne s'était déroulé au cours de la soirée.

— Ah ! C'est toi ! Mais qu'est-ce que tu fais là ?
— D'après toi ?
— Tu m'attendais ?
— Non, je faisais le trottoir.
— T'es pas à Toronto ?
— T'es perspicace !
— Non, je veux dire que je suis surpris de te voir ici. Surtout à 3 heures du matin ! Fallait entrer.
— Mais non ! C'était une surprise ! Je pensais que tu serais content mais ça n'a pas l'air de te faire plaisir. Peut-être qu'une autre fille t'attend ?

Sentant bien que ce n'était pas l'accueil espéré, je sortis complètement pour l'enlacer.

— Je suis content de te voir. C'est une belle surprise.
— Ah ! Quand même ! Une parole gentille.
— Tu es là depuis longtemps ?

— Non, j'ai même failli te rater, tu sors en avance. J'ai trop pris mon temps pour m'en venir, c'est tellement beau toute cette neige avec les décorations. Viens, je vais te faire voir !
— T'es pas fatiguée ?
— J'ai dormi un peu avant. Il faut profiter de ce moment unique. On ne pourra pas retourner en arrière pour le revivre. Savoure cet instant, conclut-elle en m'embrassant.

Heureusement, je n'étais pas venu au bar directement de chez moi, deux étages plus haut, car mon trajet d'un mètre en extérieur n'aurait pas nécessité l'habillement requis pour satisfaire à sa demande. La rue Saint-Denis, aux trottoirs blancs de neige, pratiquement immaculés, s'étendait déserte au loin vers le nord et presque tout autant vers le sud, davantage bordée de vitrines scintillantes de décorations. Il allait être romantique de marcher main dans la main dans cette nuit feutrée, avec l'impression que la ville nous appartenait alors que c'est nous qui lui appartenions. Elle avait raison de prétendre ce moment unique car il resterait à jamais gravé dans ma mémoire, contrairement à nos traces de pas, vite effacées par l'incessante chute des flocons. Je boutonnai mon lourd manteau de l'armée canadienne - acheté dans une friperie étrangement nommée Requin Chagrin - avant de cheminer à ses côtés jusqu'au Carré Saint-Louis, illuminé de guirlandes et nappé de blanc comme une grosse confiserie. Myriam stoppa devant un des bancs recouverts d'un épais coussin blanc à l'aspect cotonneux.

— Regarde ! On se croirait dans un conte de fée.
— Mais c'en est un pour moi.
— C'est presque un beau mot d'amour, ça.
— J'espère avoir l'occasion de t'en dire d'autres. Mais tu pourrais l'écrire dans un carnet pour ne pas l'oublier.
— J'ai pas besoin d'un carnet pour me rappeler d'ça.
— On dirait le pape, dis-je en désignant la calotte de neige déposée au sommet de sa chevelure corbeau.

Elle toucha machinalement le sommet de son crâne, n'y laissant plus qu'une auréole blanche.

— Maintenant, tu as l'air d'un ange.

— Tu verras que je n'en suis pas un.

Je ne savais pas vraiment comment interpréter cette remarque. Voulait-elle dire qu'elle n'était pas exempte de défauts ou me promettre une sexualité débridée ? Elle poursuivit, m'épargnant de trouver une réponse.

— On est presque à mi-chemin. On va chez vous ou chez nous ?

— Ca me ferait quand même drôle d'aller dormir chez Manon avec toi, surtout qu'il y a encore toutes ses affaires.

— Oh ! Je pensais pas qu'il y avait eu quelque chose entre vous.

— Juste de l'amitié, mais la situation reste quand même étrange.

— Je comprends mais n'oublie pas que maintenant, c'est chez moi.

Elle me saisit la main pour rebrousser chemin vers le nord et m'informa prendre l'avion demain pour aller passer les Fêtes chez son frère.

***

— Wow ! T'as vraiment beaucoup de disques !

Elle parcourait la chambre des yeux pendant que je tentais de replacer rapidement, édredon et draps en pagaille. Bien que très ordonné, je refusais de m'astreindre à cette discipline me rappelant trop mon service militaire.

— Pourquoi ils sont tous bien rangés sauf celui-ci ? dit-elle me désignant un CD.

— Parce que je l'écoute souvent.

— Elliott Murphy 12… mmhh… J'ai l'impression que tu as tous les autres.

— Presque, et si tu n'aimes pas Elliott Murphy, je ne sais pas si ça va marcher entre nous.

— Attends demain d'avoir vu tous mes arguments, répliqua-t-elle, aguicheuse. Tu peux me dire où sont les toilettes ?

Je profitai de son absence pour trouver une musique de circonstance. *Blonde on Blonde* était encore dans le lecteur et *I Want You*[58] aurait bien reflété mes pensées, mais se laisser envelopper par un cocon musical tissé par Chris Isaak était plus approprié. J'entendis sa voix derrière la porte couvrir légèrement les premières notes de *Blue Spanish Sky*[59].
— Est-ce que tu peux éteindre la lumière ?
Cet excès de pudeur qui m'empêcherait de contempler ce corps, tant de fois imaginé parfait, me décevait un peu. Après avoir appuyé sur l'interrupteur près de la porte, je la sentis me frôler, et avant d'avoir eu le temps de m'en éloigner, elle m'intima l'ordre de l'actionner à nouveau. La lumière illumina un tableau inattendu. Debout au milieu de la pièce, elle écartait gracieusement les bras, lançant :
— Joyeux Noël !!!
Elle était aussi dépourvue de vêtements que je l'avais été d'espoir de la voir un jour ainsi, debout en équilibre au bord du précipice de mon lit. Mon imagination pour déshabiller les femmes étant très féconde, j'avais cru avoir dans mon esprit, une vision très précise de son corps fantasmé. Mais loin du compte, je m'étais fourvoyé dans l'addition de toutes ces perfections, maintenant exposées devant moi. Je la détaillais des pieds à la tête, m'arrêtant autant sur ses délicates chevilles que sur ses grains de beauté - au nombre si parfait qu'il devait avoir été vérifié par le trébuchet d'un dieu - m'attardais un instant sur son nombril, seule preuve tangible qu'elle n'était pas tombée du ciel ou sortie d'un laboratoire, mais bien simple mortelle, fruit de quelques ébats, semblables à ceux auxquels je commençais à croire sérieusement. Et dire que je n'avais pas encore vu l'envers du décor... Je devais avoir l'air du loup[60] de Tex Avery et prenant garde de ne point marcher sur ma langue, je m'approchai, un peu hésitant mais sourd aux avertissements

---

[58] I Want You (Bob Dylan)
[59] Blue Spanish Sky (Chris Isaak)
[60] The Shooting of Dan McGoo (Tex Avery)

de *Wicked Game*[61], pour visiter les coulisses. Elle colla contre moi sa nudité frissonnante de froid… ou de fébrilité…

— Oh ! Monsieur Obélix ! J'espère que vous avez ce qu'il faut pour le gros menhir que je sens contre mon ventre.

— Sois sérieuse, j'ai rêvé de ce moment tant de fois.

— Si tu veux qu'il devienne réalité, il va falloir sortir tes *condoms*.

Inquiet, maintenant qu'elle avait précisé son allusion, je me reculai.

— J'en ai pas !

— Comment ça ?

— Ben, c'était pas prévu.

— Ça prouve que tu n'es vraiment pas celui que j'imaginais.

— Ben non, tu es la première fille à venir dans cette chambre.

— Je suis flattée. Ça fait combien de temps que tu habites ici ?

— Depuis le 1er juillet.

— Ah oui ! Je suis moins impressionnée. Bon, qu'est-ce qu'on fait ? Car même si ça ne se voit pas, j'en ai autant envie que toi.

— Il y a bien le dépanneur Couche-tard sur Mont-Royal… mais c'est loin.

J'essayais bien de faire fonctionner mon cerveau à toute vitesse mais ce n'était pas lui le plus irrigué dans l'instant.

— J'ai une idée ! Il y a un distributeur dans l'entrée du Dogue et du Lézard, la porte du bas doit être encore ouverte à cette heure-là.

Toujours habillé, je n'eus qu'à saisir mon blouson pour sortir de la chambre mais elle m'arrêta à la porte.

— Psst !

— Quoi ?

— Prends-en plusieurs, me suggéra-t-elle en se mettant au lit.

---

[61] Wicked Game (Chris Isaak)

— Qu'est-ce que tu croyais ? répondis-je, la main déjà sur la poignée de porte.
— Hey !
— Quoi encore ?
— Dépêche-toi, ajouta-t-elle avec un sourire plein de promesses.

Je revins si vite que je faillis me croiser dans l'escalier[62].

Je parcouru son corps toute la nuit, sans lui trouver le moindre défaut, ni découvrir l'embouchure pour gonfler cette poupée si parfaite. Elle était vraiment humaine.

J'eus à peine le temps de somnoler un peu, avant d'entendre.
— J'ai faim !
— Tu peux pas attendre demain ? marmonnai-je.
— On est demain, dit-elle, déjà assise au bord du lit.

Je levai la tête et vis qu'il faisait jour. J'entendais au dehors le bip de recul des engins de déneigement et les pneus des voitures qui patinaient, bruits annonciateurs de l'abondante chute de neige de la nuit.

— Ouach ! J'ai mis le pied sur un fruit de la passion ! s'écria-t-elle, en se levant.
— Un quoi ?
— Ca ! dit-elle, agitant un préservatif usagé sous mon nez

Un fruit de la passion ? Il devait y avoir un arbre pas loin car j'en trouvai d'autres, dont je tairai le nombre, au risque de paraître présomptueux. J'eus le temps de remettre un peu d'ordre dans la chambre avant qu'elle ne revienne de la salle de bain, fraîche comme une rose alors que je me sentais comme un vieux topinambour. Je tombais toujours sur des filles du matin, l'heure où je portais encore ma peau d'ours sortant d'hibernation.

— Tu seras pas fâché si je pars tout de suite ? Avec toute cette neige, j'ai peur que ça soit compliqué pour aller à Dorval.
— T'avais pas faim ?

---

[62] PG. Wodehouse

— J'ai pris un verre d'eau fraîche, avec l'amour c'est suffisant non ?

— C'est poétique mais je ne pense pas que tu pourras vivre seulement de ça.

— Je mangerai quelque chose en passant prendre mes affaires chez-moi.

— On se revoit quand ?

— Tu vas vouloir me revoir ? Avant même de connaître mon avis sur Elliott Murphy ? ironisa-t-elle.

— Qui ?

— Ha ! Ha ! Ha ! Me semblait bien aussi... Je t'appelle à mon retour. Tu penses être capable de venir coucher chez moi en oubliant que c'était chez Manon ?

— Mais oui, le plus dur est fait.

— Ça ressemble pas à un beau mot d'amour, ça.

— T'as juste à ne pas le mettre dans ton carnet.

Elle me repoussa dans le lit en guise de protestation, remonta l'édredon jusqu'à mon cou et m'embrassa avant de sortir. Je l'entendis refermer la porte et descendre les escaliers. On reconnaît le bonheur au bruit qu'il fait en partant[63].

Je n'avais su déceler en Marjolaine, le beau diamant brut offert par la vie, ni voir en Louise, celui ciselé mais endommagé par les coups de l'existence. La providence mettait de nouveau un joyau convoité de longue date sur mon chemin, j'avais bien l'intention de le passer à mon doigt et de serrer fort le poing pour ne pas risquer de le perdre.

---

[63] Louis Jouvet ou Jacques Prévert

2

llo ?
— Tu t'es ennuyé ?
— Enormément !
— Alors dépêche-toi de venir me rejoindre chez moi. Et cette fois-ci, oublie le précepte de l'escalier et prend l'ascenseur.

Ce 3 janvier, Myriam m'appelait pour débuter avec elle, une de mes plus belles années à Montréal. La fille dont j'avais rêvée, dans l'écrin de la ville que j'aimais, si ce n'était pas ça le paradis, c'était bien imité.

Bien sûr, elle n'était pas exempte de défauts mais malgré ceux-ci, j'avais encore du mal à croire qu'elle puisse s'attacher à moi. Le plus déstabilisant était ses brusques sautes d'humeur. Elles surgissaient comme un diable sortant de sa boîte, un chapelet de sacres autour du cou. J'y fus confronté pour la première fois, quelques semaines plus tard, alors que nous nous apprêtions à aller marcher et qu'elle s'escrimait sur la fermeture éclair de sa laine polaire.

— T'as un problème ?
— Elle m'énerve ! Un jour, elle remonte bien et le lendemain, y'a plus rien à faire, elle se bloque !
— C'est peut-être une laine bipolaire.
— Laisse faire tes farces plates !

Mon trait d'humour alla se ficher au plafond sans même lui arracher un sourire au passage. Elle fit encore quelques tentatives avant d'exploser.

— Câliss de patente à gosses !
— T'énerve pas !
— Dis pas ça ! Ça *m'énarve* encore plus !
— Ok ! Ok ! Laisse-moi faire, dis-je en m'agenouillant devant elle.

Je parvins avec un peu de patience, à remonter sa fermeture éclair et pus me relever, triomphant.

— Voilà !
— Ossti qui fait chaud avec ça sur le dos ! Vient-en, on sort !

En attendant l'ascenseur, elle entama ce que je nommerai plus tard, la rengaine des grille-pains, tellement elle deviendrait récurrente.

— Ça, c'est comme les *toasters* ! Y'a jamais moyen d'en trouver un maudit qui fonctionne correctement. C'est soit brûlé, soit pas assez grillé, soit les tranches restent coincées. Et dire que ce sont des soi-disant ingénieurs qui inventent tous ces fichus appareils ! Ils doivent sûrement pas les essayer avant de les mettre sur le marché.

Leurs énumérations et leurs lots de défauts ressemblaient à la visite d'un grand magasin d'époque, quand l'employé d'ascenseur signalait les articles pouvant être trouvés à chaque étage. A mon grand soulagement, l'exaspération redescendit aussi vite que l'élévateur, et arrivés dans la rue, le diable enfin retourné dans sa boîte, elle me mit les bras autour du cou pour m'embrasser.

— Merci de m'avoir aidée. Je sais que je ne suis pas un cadeau des fois.
— T'es toujours le plus beau des cadeaux, seulement il semble parfois que l'emballage soit difficile à enlever.
— C'est un beau mot d'amour ça ?
— Mets-le toujours dans ton carnet, tu verras bien.

Elle avait des énervements moyen-courriers, où l'objet de son courroux était simplement repoussé dédaigneusement dans un coin, et de long-courriers qui le voyaient traverser la pièce pour aller se fracasser contre le mur. J'appris dans ces occasions, pour ne pas envenimer les choses, à éviter des remarques telles que : « Tu penses qu'il va marcher mieux comme ça ? ». Mais leur gestion en était moins évidente si c'était au-dessus de ma tête que les nuages s'amoncelaient.

Les éclairs dans ses yeux, la première fois que la foudre tomba sur moi, me changèrent en pierre, tel un simple mortel sous le regard de Méduse. Les fois suivantes, la peur de la perdre parvenait à me faire ravaler ma fierté, pour tenter d'aplanir les choses, surtout quand son ire n'était pas dénuée de fondement. Aucun autre choix que d'attendre la fin de l'explosion, tous les débris retombés et les oreilles ne sifflant plus, pour s'approcher à nouveau d'elle et la retrouver charmante comme la plupart du temps. Mais je ne faisais pas preuve de la même tolérance face à des reproches injustes ou incompréhensibles. S'ensuivait alors une brève dispute car je détestais les éclats de voix et encore plus les paroles qu'elle prononçait dans ces moments-là. Quand je les lui remémorais quelques jours plus tard, elle s'excusait à sa manière, me priant de ne pas la croire lorsqu'elle se transformait en Hulk. Mais avant d'en arriver là, il fallait que l'un de nous deux sorte de son château de bouderies. C'était moi, la plupart du temps, trouvant le sevrage insupportable, qui abaissait le pont-levis. J'y mettais un terme à l'aide d'un *Drachenfutte*r, comme j'aimais le nommer mais me gardant bien de lui dire, car cette expression utilisée en allemand pour nommer un présent offert à la suite d'une dispute, signifie « nourriture de dragon ».

Je n'énumérerai pas la longue liste de ses qualités, concurrençant aisément celle de mes défauts, car ce qui m'importait le plus était son amour pour moi. Elle n'attendit pas la fin de l'hiver pour me le témoigner, d'une manière aussi excessive que ses colères.

Ce n'était pas les -20 degrés qui décourageaient les piétons de circuler. Du reste, il n'en manquait pas à 18 heures, au coin de Saint-Laurent et Sherbrooke, quand elle me fit remarquer en arrivant près d'un banc public.

— Tu ne m'as jamais dit que tu m'aimais.
— Tu ne me l'as pas dit non plus.
— Oh mais ça me fait pas peur ! Tu vas voir !

Elle monta sur le banc et se mit à crier, bras écartés, tournant sur elle-même telle une girouette animée par le vent de l'enthousiasme.

— Je t'aiiiiime ! Je t'aiiiiime !

Moi qui aurais déjà eu du mal à le chuchoter, j'étais impressionné mais aussi gêné, de voir portés sur nous, tous ces regards amusés ou étonnés.

— Descends, tout le monde te regarde !
— Je l'aiiiiiiiiime ! Je l'aiiiiiiiime !

Ma remarque n'eut aucun effet, sauf celui de la faire tourner plus vite, jusqu'à ce que je la recueille dans mes bras quand elle perdit l'équilibre.

— Tu vois ! J'ai pas peur de le dire !
— L'important, c'est que moi je le sache, pas la moitié de la province.
— Seulement la moitié ! dit-elle, riant et faisant mine de remonter sur le banc. Et toi, tu m'aimes gros comment ?

Il m'aurait fallu beaucoup d'alcool pour avoir l'aplomb de le crier comme elle, alors qu'un seul café lui avait suffi. Mais elle avait eu raison car si je ne me souviens plus de ma réponse, cette image d'elle debout sur ce banc, proclamant à cor et à cri son amour, ne s'effacera de ma mémoire que lorsque je l'aurai été de ce monde.

***

Cette déclaration m'envoya flotter au-dessus des mortels, pendant plusieurs jours, au point de me sentir invincible et imprudent. Peu communes étaient les interventions de la police à l'intérieur du Passeport, réputé paisible. Et la plupart du temps, c'était à notre demande, soit pour recueillir une plainte, soit pour embarquer un individu trop agressif, comme l'excité qui avait cassé la vitre, cumulant à lui seul ces deux motifs. Il y avait par contre, deux agents qui aimaient venir régulièrement pour discuter avec nous et surtout avec les filles du vestiaire, transformant toujours, pour se donner bonne conscience, leur visite en inspection jusqu'au fond du bar, où Jean avait pris l'habitude de les accueillir avec une voix de diva d'opérette faussement effrayée. Le poste 38 ayant un effectif assez important et le nombre d'interventions des policiers au bar ne l'étant pas, je n'en distinguais aucun autre parmi eux, si ce n'est cet immanquable agent de plus de deux mètres, aux yeux toujours fortement cernés. Ses autres collègues étaient pour moi, sans aspérités, ni sympathiques, ni antipathiques, des policiers policés en quelque sorte. Je fus donc surpris, après avoir entendu toquer légèrement à la porte vitrée, d'en découvrir deux en uniforme, dont mon *décapadiot*[64], collés dans le renfoncement du mur extérieur, à l'opposé de la file d'attente.

— On a eu un appel disant qu'il y avait quelqu'un d'armé dans le bar.

— Ça vient pas de nous et si ça provenait d'un des *barmen,* je pense que je le saurais.

— On va checker ça, insista-t-il, pénétrant à l'intérieur.

C'est à ce moment-là que je remarquai le pistolet qui pendait discrètement au bout de leur bras, maintenu serré le long du corps. J'ignorais si le cran de sûreté en était enlevé - mon expertise en la matière se limitant au maniement du colt en plastique, trouvé au pied du sapin de Noël de mon enfance - mais de voir pour la première fois deux policiers avec leurs armes dégainées, aurait dû me rendre plus prudent. Malgré la goutte de sueur coulant le long de sa tempe, laissant présumer de sa tension, je dis à mon géant aux yeux de raton laveur.

---

[64] Personne de grande taille (Patois savoyard).

— Je vais vous guider jusqu'au fond.
— Non ! Toi, tu restes là !
— Je vais vous suivre alors, pour aller me renseigner auprès des barmans.
— Ok, mais pas trop proche, acquiesça-t-il après une brève hésitation.

Ça ne risquait pas car je commençais à percevoir sa nervosité. Ils me précédèrent sous les regards curieux des clients qui, fort heureusement, ne pouvaient discerner dans l'obscurité et la foule compressée, les canons pointés discrètement vers le sol. Habitué aux rapides tours de salle de nos deux fidèles agents et abusé par l'uniforme, Jean crut bon de les accueillir par sa coutumière pitrerie, sur un ton de vierge effarouchée : « Au secours ! La police ! », lança-t-il, s'interrompant subitement à la vue de mes signes de dénégation derrière les policiers, lesquels se demandaient d'où sortait cet énergumène, quand un appel grésillant de leurs radios, détourna leur attention. L'un deux répondit avant de lever la tête vers moi.

— C'est quoi le numéro ici ?
— 4156. Pourquoi ?
— *Shit* ! Y'a eu une erreur ! C'est plus bas sur Saint-Denis ! dit-il sans que je sache s'il s'adressait à moi ou à son coéquipier.
— On bouge ! Vite ! ajouta-t-il, sûrement pas à mon intention cette fois-ci, en se précipitant vers la sortie.

Je crus bon de les suivre pour informer mon collègue resté à la porte et m'adresser aux clients qui patientaient devant le bar.

— Si certains d'entre vous sont inquiets d'avoir vu arriver la police, je vous rassure tout de suite, il s'agissait d'une erreur. Vous pourrez entrer sans crainte, il ne se passe rien à l'intérieur, c'est platte au boutte comme d'habitude !

Toujours sur mon petit nuage avec Myriam, ce n'est pas l'image sanglante d'un fait divers, étalé à la une des journaux, qui me vint après coup à l'esprit mais celle d'un personnage coloré de BD, debout sur le comptoir d'un saloon, ses deux colts pétaradant vers le plafond alors qu'il hurlait gaiement « Hi ! Ha ! », tandis que des clients, nez au sol, mains sur la tête, espéraient l'arrivée de la police en train de se fourvoyer au Passeport. L'aveu de Myriam m'avait emmené dans un monde idéal où rien de dramatique ne pouvait arriver. Cet état aurait pu faire de moi, ce soir-là, un héros, ou plus probablement une victime.

Etrange inconscience pour quelqu'un ayant commencé à penser à la mort dès son plus jeune âge. Celui où je partageais encore mes nuits avec l'un ou l'autre de mes deux aînés, selon un calendrier bien établi, mais pas assez cependant pour ne pas me retrouver parfois en pleurs, assis par terre entre les deux lits doubles. Aucun de mes deux frères ne voulait accueillir dans son radeau le naufragé du soir, chacun prétextant que ce n'était pas son tour, jusqu'à ce qu'un de mes parents vienne arbitrer le débat. Une enfance où il m'arrivait de me réveiller en pleine nuit, en sanglots après un cauchemar, mais pouvant heureusement compter sur le chaleureux soutien psychologique de celui m'hébergeant.

— Pourquoi tu pleures ?
— Je pense quand je vais mourir.
— Rendors-toi, imbécile !

Plus vieux, je me surprends parfois à écouter, seul dans la nuit, les battements de mon cœur ; admiratif de cette merveilleuse et infatigable mécanique humaine, mais conscient de sa fragilité, sachant le tic-tac de ce réveil n'être que le compte à rebours égrenant les pulsations menant à une fin inéluctable. Je ne sais pas sur quelle année est réglée ma sonnerie interne, mais il m'arrive de penser, à la vue du gyrophare d'une ambulance passant en trombe, que ce pourrait bien être moi, agonisant à l'intérieur, triste d'entendre comme dernière mélodie, l'inquiétante lamentation de sa sirène. La chambre dont je verrai le plafond en mourant existe peut-être déjà, la seule inconnue est de savoir combien m'y précéderont.

Il n'est pas toujours gai d'être moi.

Quand j'ai connaissance d'un décès, je calcule immanquablement l'âge du défunt. S'il est jeune, j'invoque la thèse de l'accident, s'il est plus vieux, je me dis que c'est sans doute dans l'ordre des choses. Ce qui fait que plus je vieillis, plus je m'inquiète.

***

Le mépris. Voilà ce qu'elle m'inspirait alors que nue, couchée sur le ventre, elle écrivait dans un carnet. Allongé à ses côtés, je voyais reflétée dans le miroir, la courbe de son dos venir s'étrangler sur la finesse de sa taille puis remonter, troquant son nom après ses deux adorables salières de Vénus pour celui entendu dans une réplique devenue célèbre.
— J'aime bien le bas de ton dos.
— Et mon carnet, tu l'aimes mon carnet ?
J'étais un peu déçu de sa réponse, soit elle ne connaissait pas son texte, soit je m'étais trompé de film. Je chassai Godard de mon esprit pour revenir à la réalité de son carnet. Je l'avais imaginé, destiné à mettre un terme à ma récurrente suggestion concernant mes beaux mots d'amour - qualificatif hautement exagéré - en les immortalisant enfin. Mais il était dit que mon œuvre ne passerait pas à la postérité car le calepin s'apparentait plus à un guide Michelin de notre sexualité, ma muse trouvant plus amusant d'y inscrire, de manière non-assidue, quelques commentaires inspirés par nos séances d'échange de fluide et agrémentés d'étoiles autocollantes.
— Ce n'est pas vraiment à ce genre de carnet que je pensais.
— Tu as tort, regarde toutes les étoiles que tu m'as déjà fait voir.
— Tu manques de rigueur, il n'y a pas beaucoup de pages remplies.
— Tant mieux ! Tant qu'il reste des pages blanches, c'est bon signe ! Toi aussi, tu pourrais en faire un. Mais peut-être que je ne te fais pas voir d'étoiles ?

— J'en ai plein les yeux quand je te tiens dans mes bras mais elles glissent dans le lit lorsque je ferme les paupières. Tu n'as pas remarqué en secouant les draps ? Elles ont toutes atterri en bas dans le stationnement.

— C'est un beau mot d'amour ça.

— Tu vois, tu pourrais l'inscrire dans ton carnet plutôt que l'inventaire de nos acrobaties. Ça pourrait pallier mes éventuels manques d'inspiration futurs.

— Ce jour-là, je te quitterai.

Je me mis sur le côté pour la regarder.

— T'es pas sérieuse ?

— Pourquoi tu penses que je reste avec toi ? Pour ton argent ? Tu n'en as pas et je ne suis pas vénale. Parce que tu as de la mine dans le crayon ? Tous les hommes sont comme ça, non ? Je reste avec toi parce que je t'inspire d'autres désirs que le sexe, qui deviendra accessoire avec le temps ; le désir d'être ensemble autrement qu'à l'horizontale et pour faire d'autres choses. C'est pour ça qu'au début j'ai pris mon temps, je préférais m'assurer que tu ne voulais pas juste coucher avec moi.

Se reculant un peu pour mieux m'observer, elle se mit à son tour sur le côté. Ceci me permit de me perdre dans l'admiration de son corps.

— A quoi tu penses ?

— A quelque chose d'accessoire.

— Arrête. C'est sérieux ce que je dis. C'est important de ne pas perdre la passion.

— Je l'ai eue avant toi la passion, si ça n'avait pas été le cas, j'aurais changé de gibier sans attendre.

— De gibier ?! C'est pas un beau mot d'amour ça !

— Tu le mettras pas dans ton carnet, alors. Mais tu le sais bien que ça a été un coup de foudre pour moi.

— La météo a été différente de mon côté, ce fut plus long. Mais à force d'être arrosés par une petite pluie d'attentions, de mots doux, de gentillesse et de caresses, mes sentiments ont

fleuri, et transie d'amour, je suis tombée malade de toi. Maintenant quand tu n'es plus là, je m'assèche.
— C'est un beau mot d'amour ça.
— Tu le mettras dans ton carnet.
— Tu me voles mes répliques maintenant ? J'avais déjà remarqué tout à l'heure que tu ne connaissais pas ton texte.
— Mon texte ?
— Oui, quand tu étais couchée sur le ventre, ça m'a fait penser à un film mais je ne sais pas si tu le connais.
— Ah oui ! Je vois. Mais je n'ai pas besoin de demander, je sais que tu les aimes mes fesses. C'est pour des choses plus importantes que j'ai besoin de certitudes.

Elle n'avait pourtant pas à s'inquiéter, j'avais beau frotté tous les jours ma passion sur la râpe du temps, les copeaux de mes désirs assouvis s'accumulaient mais mon amour restait intact.

Sa connaissance du film n'était pas une surprise, nous avions un intérêt commun pour le cinéma et la musique, ainsi qu'une aptitude à nous contenter des moments simples de la vie, décuplés par le plaisir de les partager ensemble. Si j'étais trop réfléchi et elle parfois pas assez, nous différenciait aussi, sans pour autant nous opposer, sa spontanéité qui lui faisait manifester ses joies avec exubérance ou de manière enfantine, alors que je les savourais intérieurement. J'étais donc un peu son négatif, devenant à son contact comme une photo en noir et blanc apparaissant peu à peu dans le bac révélateur, son caractère extraverti m'aidant à développer l'expression de mes sentiments.

Je ne serais jamais, à son instar, un cliché d'éclatantes émotions colorées mais nos deux natures opposées se compléteraient, se soudant aussi grâce à certaines convictions partagées. Forgées, pour elle, sur l'enclume de son enfance et attisées par son père ; pour moi, sur celle de mon intégration et attisées par mes fréquentations.

***

— Je connais Montréal comme ma poche, on va trouver.
— Moi, je pense que ta poche est trouée car ça fait un moment qu'on tourne.
— Non, c'est simplement que je suis passé plusieurs fois devant, sans vraiment faire attention à la rue.
— Tu connais le nom au moins ?
— Un truc comme Else's.
— On va demander à quelqu'un.
— Mais non, on va bien trouver !

Myriam ignora ma remarque et arrêta un passant pour se renseigner. Il se révéla anglophone et elle bascula dans sa langue, sans effort et avec succès car il connaissait ce bar devant lequel j'étais passé quelquefois par hasard. Je m'étais promis d'y revenir, attiré par sa devanture entièrement vitrée couvrant l'angle des deux rues, mais négligeant de noter son emplacement, persuadé de le retrouver facilement. Nous avions parcouru les petites rues entre l'avenue des Pins et Sherbrooke car je le pensais très proche du Tadoussac. C'est sur l'insistance de Myriam que nous avions poussé jusqu'à Duluth, où nous nous trouvions à présent.

— C'est sur Roy, au coin de De Bullion.
— Je n'étais pas loin, répondis-je de mauvaise foi.
— Oui, juste la poche d'à côté. Allez viens mon Jacques Cartier, on va redescendre par Saint-Laurent et regarder les vitrines.

S'arrêtant devant l'une d'elles, elle pointa un pantalon.
— Tu penses qu'il m'irait bien ?
— Tu es parfaite, donc s'il ne te va pas bien, c'est qu'il est mal coupé.
— C'est presque un beau mot d'amour ça. Allez ! Entrons avant que tu ne la ramènes avec ton fichu carnet.

Tout en longueur, le magasin semblait dissimuler son unique vendeur, assis au fond près de la caisse.
— Bonjour, dit Myriam, se dirigeant vers lui.
— Hello ! May I help you ?

— C'est possible d'essayer le pantalon en vitrine ?
— Sorry, I don't speak French.
— You're kidding ?
— Not at all.
— Au revoir !

Je faillis la percuter, tant son demi-tour fut vif, et nous sortîmes du magasin en même temps que le diable de sa boîte.

— Pas moyen d'être servie en français ! Câliss !
— Tu aurais pu l'essayer quand même, tu parles bien anglais.
— Je ne veux pas que mon bilinguisme aide à imposer leur unilinguisme.
— Tu l'as bien fait juste avant pour te renseigner.
— C'est pas pareil ! Lui, il ne m'avait rien demandé et s'il a décidé de se couper d'une partie du monde, en n'essayant pas d'accéder à la culture de la province dans laquelle il vit, c'est son criss de problème. Comme c'est moi qui l'ai abordé, je dois avoir la politesse de parler sa langue.
— Le vendeur non plus, il ne t'a rien demandé.
— Ah bon ! Tu trouves normal qu'il travaille avec le public en parlant uniquement anglais et qu'un Québécois ne trouve pas d'emploi parce qu'il parle seulement français ?
— C'est pas de sa faute.
— C'est pas de sa faute ?! Tu essaieras d'aller travailler dans un magasin à Toronto en parlant uniquement français, prétextant que ce n'est pas de ta faute. Tu vas voir s'ils vont t'engager.
— ….
— Qu'il aille au moins travailler dans l'ouest de l'île, s'il ne veut pas apprendre le français. Après, ils vont nous dire que la loi 101 est oppressive ! Heureusement qu'elle…

Réalisant que je ne marchais plus à ses côtés, elle s'arrêta net. Je la regardais avec un sourire narquois, signe de l'inutilité de me mentionner toutes les brimades et injustices subies par le Québec depuis des décennies de la part du Canada, parfois maladroitement dissimulées derrière une irritante condescendance ; il y avait de quoi dérouler un chapelet jusqu'au parlement. Nous avions déjà discuté tous deux du fait français au Canada, assez souvent en tout cas pour qu'elle n'ignore pas que je partageais ses idées. J'y mettais seulement moins de révolte ou d'exubérance.

— Oh ! Tu disais ça pour me faire pomper !

— Comme si tu avais besoin d'aide. Je ne sais pas où tu partais mais c'est ici la rue Roy, dis-je en m'engageant à gauche.

— En tout cas, j'espère que si en 95, on a un nouveau référendum sur l'indépendance, on leur fera voir cette fois-ci qu'on a notre voyage. Tu auras le droit de voter, toi ?

— Probablement, mais je ne le ferai pas.

— Ah bon, pourquoi ?

— Parce que je n'ai pas encore fini de décoder la question de 1980.

— Enweille ! Réponds-moi sérieusement !

— Je ne me sens pas le droit de peser sur l'avenir d'un pays où je ne suis pas né.

— C'est niaiseux. T'es plus Québécois que l'autre tarla du magasin.

— C'est vrai car je sais que pour vous, être Canadien ne signifie rien alors qu'être Québécois veut dire être chez soi.

— Oh ! Que je t'aime, toi ! s'exclama-t-elle en me serrant très fort.

Je l'aimais aussi, et encore plus pour ses idées engagées et sa fierté d'être Québécoise.

***

Le serveur fit l'erreur habituelle, déposant la Guiness devant moi et la bière légère devant elle. Heureusement, comme il parlait français, Hulk pu conserver son teint de pêche. J'échangeai nos bières, la taquinant.

— Prends une gorgée pour rafraîchir la chaudière avant qu'elle n'explose.

— C'est vrai que j'ai la mèche courte des fois.
— T'es une vraie bombe, tu veux dire ! Mais dans les deux sens du terme.
— Toi, t'es un méchant pétard. C'est pour ça qu'on fait un couple explosif.

Je ne croyais pas en être un mais préférai ne pas relever sa remarque et lui laisser cette illusion façonnée par les yeux de l'amour. Je changeai de sujet, abordant une question qui m'intriguait depuis longtemps.

— C'est pas tes finances qui risquent d'exploser ? Je sais que ça ne me regarde pas mais je me demande comment tu peux rester étudiante aussi longtemps.
— Oh, c'est pas un secret ! Mon frère fait un gros salaire et il m'a beaucoup aidée. Il doit aussi se sentir coupable de ne pas avoir été là pour ma mère, m'obligeant à mettre ma vie personnelle entre parenthèses pour l'accompagner tout au long de sa maladie. Et puis j'ai aussi récupéré des heures à la boutique après le départ de Manon.
— C'est vrai que tu travailles un peu plus.
— Tu te rappelles après le show de Junior Wells, quand je me suis absentée en région ?
— Oh oui !
— J'étais allée régler la succession de ma mère et j'ai hérité de l'argent de la vente de sa maison. J'évite d'y toucher mais ça me fait un coussin en cas de coup dur.
— Ah ! T'es riche alors ! Tu vas pouvoir payer les bières, dis-je avec un sourire.

Elle me le rendit avant de prendre une gorgée qui lui dessina une petite moustache et tint à préciser.

— Compte pas trop sur ma dot, on l'a vendue seulement 25 000 dollars.
— 25 000 dollars ! C'est pas cher pour une maison. Sacrée bonne affaire pour les acheteurs.
— Ça valait pas plus. C'est une ancienne école de rang, centenaire, mal isolée, avec beaucoup de travaux. Un couple de Montréalais enthousiastes l'a achetée. Il lui trouvait du

potentiel mais je pense qu'ils n'ont pas mesuré dans quoi ils s'embarquaient.

— Ouais… juste 12 500 dollars pour toi, finalement. Bon, ben je vais payer les bières alors.

— Non, 25 000 ! Mon frère m'a laissé sa part.

— Ah oui ! C'est généreux !

— Je t'ai dit qu'il gagnait bien sa vie.

— C'est pas une raison, c'est souvent les plus riches, les plus radins. Je trouve que c'est un beau geste.

— C'est vrai. Mais il va bien falloir que je me décide à faire quelque chose, je ne vais pas pouvoir rester étudiante toute ma vie. Pour l'instant ça va, je fais attention à mon budget, je n'achète pas trop de vêtements…

— Surtout quand c'est des anglophones qui les vendent.

— Remets pas une pièce dans la machine, toi.

— Et puis c'est bien, tu économises aussi sur le maquillage.

— C'est un reproche ?

— Alors là, pas du tout ! Bien au contraire ! Le maquillage qui pourrait te rendre plus belle n'a pas encore été inventé. Appliquer un quelconque artifice sur ton visage serait comme recouvrir de peinture une toile de maître. Ne gaspille pas ton argent…garde-le pour les bières. Par contre, enlève ta moustache de Guiness.

Je n'avais pu m'empêcher de conclure avec légèreté ce compliment auquel je croyais sérieusement. C'était vraiment une beauté naturelle, j'aurais trouvé dommage qu'il lui prenne l'envie de commencer à se maquiller. Elle s'essuya la lèvre puis me prit la main, me regardant avec défi.

— C'était un <u>très</u> beau mot d'amour !

— …

— Enweille ! Dis-le ! T'en meurs d'envie.

— Je vois pas de quoi tu parles, répondis-je innocemment.

— Entéka ! Puisque tu parles de peinture, j'aimerais bien que tu m'aides à peinturer mon nouvel appartement.

Je n'aurais jamais cru le faire avec autant de plaisir, ne connaissant pas encore sa technique de peinture, mentionnée sur aucun pot.

***

N'ayant jamais reçu de nouvelles de Louise depuis son départ pour Toronto, le lien s'était rompu brutalement. Tandis qu'avec Marjolaine, les lettres s'espacèrent peu à peu, puis nos pensées n'arrivant plus à survoler la distance qui nous séparait, le dernier fil trop distendu, tomba dans l'océan. Mais toutes deux étaient restées présentes dans mes pensées, jusqu'au jour où Myriam en m'ouvrant son cœur, créa un tel courant d'air, que s'envolèrent toutes les images de mes amours passées.

Elles me paraissaient donc bien loin, deux ans pile après l'arrivée de Marjolaine à Montréal, quand je pénétrai pour la première fois dans le nouvel appartement de Myriam. Lors de mon dernier déménagement, j'avais cru effectuer le plus court, mais elle battrait ce record, n'utilisant que les ascenseurs pour s'élever jusqu'au 18ème étage. Tout en restant dans le même bâtiment, elle avait préféré un nouvel emplacement, plutôt que renouveler le bail de Manon. De là-haut, Montréal s'étendait à nos pieds. Même si son orientation côté Sud - sur Sherbrooke à la circulation intense - rendait le studio beaucoup plus bruyant que celui côté nord, et en l'occurrence son balcon difficilement utilisable, la vue sur la ville avec le pont Jacques Cartier enjambant le Saint-Laurent, surveillé par le Mont Saint-Bruno qui se dessinait au loin, était époustouflante. J'aurais l'impression, la nuit tombée, contemplant les gratte-ciels illuminés au loin, de me trouver dans un loft New-Yorkais et approuverait son choix sans réserve. Elle se rapprochait aussi de la piscine couverte du 20eme étage où je l'accompagnais parfois, juste pour le plaisir de tester l'élasticité de son maillot de bain. Contrairement au précédent, le coin cuisine ouvrant sur l'unique pièce, était séparé uniquement par un comptoir, donnant ainsi l'impression d'une plus grande superficie, accentuée provisoirement par l'absence de meubles, nous facilitant ainsi les travaux de peinture.

Il y avait un peu d'écho dans la pièce déjà très chaude en ce début d'été ; la chaleur accumulée dans l'asphalte en contrebas, floutait les voitures et remontait jusqu'à nous, tout comme le bruit de fond de l'incessant concert du trafic et des gémissantes sirènes d'ambulances. Myriam m'expliqua son originale méthode de travail avec la peinture acrylique, facilement lavable sur la peau mais tenace sur les vêtements. Retirant les siens, elle m'informa résoudre ainsi les problèmes de la chaleur et du nettoyage. Je ne compris réellement son intention que lorsqu'elle s'abstint de revêtir comme moi, un vieux short et un tee-shirt troué. Lorsqu'elle proposa de prendre le pinceau pour faire les contours et me laisser le rouleau pour les grandes surfaces, ne lui restait que son string qui ne couvrait pas grand-chose et avait donc peu de chance d'être taché. J'en vins à me demander si ce simple rempart suffirait à détourner mes regards lubriques, suscités par les positions suggestives que ne manquerait pas de lui faire prendre la minutie de sa tâche. Le doute fut levé dès qu'elle s'en départit avant d'ouvrir le pot, évitant ainsi tous risques de projections sur cette unique lingerie.

Pendant qu'accroupie, elle s'appliquait de son pinceau au contour des plinthes, je m'évertuais à ne pas entreprendre du regard celui de son corps. Mais mon imagination tournait beaucoup plus vite que mon rouleau, et arrivé au bas du premier mur, le sommet était déjà presque sec pour la seconde couche. Je parvins à me museler tout l'après-midi, étiré pourtant très tardivement, et ma patience fut récompensée puisqu'on inaugura le logement en faisant l'amour dans chaque pièce. Bon, il ne s'agissait que d'un 1 ½ mais nous ne le fîmes jamais à moitié pour autant. L'absence de meubles nous incita à faire preuve d'inventivité pour trouver une position nous permettant d'admirer tous deux la ville et d'avoir ainsi sous mes yeux, deux tableaux chéris.

Le jour suivant nous vit très tôt à pied d'œuvre pour la seconde couche ; on devait vider son ancien logement dès le lendemain. A peine éveillée, Myriam avait déjà pris soin de remettre sa tenue de peinture immaculée, et moi, mes idées en place. Je n'aime pas trop que l'on m'impose des choix musicaux mais la radio reste quand même le plus simple pour accompagner le travail. L'alternance entre CHOM-FM et CKOI-FM me rappelait l'ambiance des matins au Bercail, mais vers midi ce n'est pas Sylvain, en prévision du coup de feu, qui l'éteignit, mais Myriam.

— Pourquoi tu l'as arrêtée ? C'était une musique entraînante pour travailler.

— J'ai trop entendu cette toune, mon père l'a tellement faite jouer qu'à la fin on entendait presque la face B du disque.

— Moi, c'est la première fois que je l'entendais.

— Tu connais pas *Lâche pas la patate*[65] ?

— Je connaissais l'expression mais pas la chanson.

— Ah ! Je te pogne enfin ! Quand il s'agit du patrimoine musical québécois, tu sèches.

— Ça ressemblait plus à du Cajun.

— C'est vrai, mais elle a marché fort au Québec dans les années 70.

— Et je connais le patrimoine québécois, j'ai même dansé sur scène au son de *Y mouillera pus pantoute*[66], pour le *staff show* du Lézard.

— Non ? J'aurais bien voulu voir ça !

— J'aurais surtout pas voulu que tu le vois !

— Mais faut pas croire que mon père écoutait juste des affaires de même. Il était très éclectique et la musique comptait pour lui, autant que pour toi. Je me rappelle encore de la pochette du dernier disque acheté avant de mourir.

— Et c'était quoi ?

— Un truc qui s'appelait *Little Stevie Orbit*.

— Ah oui ! Steve Forbet ! Je connais.

---

[65] Lâche Pas la Patate (Jimmy C. Newman)
[66] Y Mouillera Pus Pantoute (Oscar Thiffault)

— Pas moi, je l'ai jamais écouté. Ma mère n'a pas voulu qu'on le déballe et il est resté des années chez nous, sous son cellophane, dit-elle la gorge nouée.

— Je te ferai une cassette, si tu veux, lui proposai-je avec un clin d'œil pour essayer d'alléger l'ambiance.

— Je l'écouterai peut-être mais malheureusement mon père n'a jamais eu le temps de le faire, ni de voir le résultat décevant du référendum qu'il attendait avec impatience.

— ...

— Entéka ! On fait une pause pour manger nos sandwichs ? proposa-t-elle pour chasser ses tristes pensées.

Myriam profita de ce moment pour m'en dire un peu plus sur son enfance. Son père, indépendantiste convaincu, ne cautionnait pas pour autant les méthodes du FLQ, mais fut révolté par la loi sur les mesures de guerre, proclamée lors de la crise d'octobre de 1970. Il décida de quitter Montréal et son emploi aux Caisses Populaires Desjardins, bouleversant leurs vies pour aller s'établir avec sa famille dans une communauté hippie. Elle se rappelait avoir été élevée parmi de nombreuses personnes aux valeurs progressistes. Des valeurs que ses parents garderont même après leur établissement dans la maison dont elle hériterait plus tard. Son père ayant décidé, après l'élection du PQ en 1976, de revenir à un mode de vie plus structuré, reprenant un emploi stable jusqu'à son décès d'une crise cardiaque, au printemps 80, quelques jours seulement avant la tenue du référendum sur lequel il fondait tant d'espoir. Myriam avait treize ans. Elle se retrouva rapidement seule avec sa mère après le départ de son frère plus âgé, parti travailler à Montréal pour les aider financièrement.

Cette éducation originale en communauté libertaire expliquait certainement son rapport dénué de complexes envers la nudité, son habitude à toujours traîner un joint - allumé pour tirer seulement une ou deux bouffées avant de l'éteindre pour continuer plus tard - mais aussi son besoin d'une relation sérieuse et exclusive, composée surtout de moments partagés à deux ; si elle répétait certains comportements vus dans son enfance, la difficulté pour un couple au sein d'un groupe, à trouver de l'intimité, l'avait marquée et lui avait déplu. Cette totale et précoce immersion dans ce milieu d'adultes libérés expliquait ses connaissances musicales, ses penchants politiques et plus que tout, elle voulait en rejetant le fédéralisme, reprendre le flambeau porté par son père.

On parvint malgré cette longue interruption, à finir juste à temps pour me permettre de partir travailler, après une douche rapide où je passai entre les gouttes. Personne ne remarquerait les touches de couleurs restantes puisque c'était soirée *body painting* au Lézard.

***

Le jour du déménagement, l'ami fantasque de Manon, déjà rencontré rue St-Zotique, vint récupérer quelques-unes de ses affaires lui tenant à cœur. Il désigna entre autres une table, dont la dimension semblait lui poser problème, nous précisant que Manon avait bien insisté pour celle-ci. Après en avoir fait trois fois le tour, songeur, accompagnant sa réflexion de quelques « ouais, ouais, ouais, ouais… », il la retourna et se mit à en scier les pattes à mi-hauteur, avec détermination et bonne humeur. Myriam et moi nous regardâmes avec effarement.

— Tu comptes l'envoyer au Mexique ? lui demandai-je, ébahi.

— Non, mais elle ne rentrera pas dans mon petit hangar.

— Et qu'est-ce que tu vas faire si un jour elle en a besoin ?

— On verra d'ici-là, répondit-il, nullement démonté par l'incohérence de son bricolage.

— Surtout que les pattes auront peut-être repoussées, renchérit Myriam amusée.

Toujours serviable, il aida à transporter au $18^{\text{ème}}$ les affaires dont Manon ne voulait plus, sous l'œil méfiant de Myriam, soulagée par les dimensions de l'ascenseur qui évitaient ainsi à l'ameublement restant, une potentielle mutilation. Après son départ et l'ultime bière de remerciement, elle referma pour la dernière fois la porte de l'appartement du 11ème.

— Gentil, mais spécial comme gars.

— Ouais, j'avais remarqué aussi, parfois il a les fils qui se touchent un peu.

— Je comprends pourquoi en comparaison, Manon te trouvait normal.

— Sois pas effrontée, dis-je en lui mettant une claque sur les fesses.

— Ayoye ! Abîme pas ça, tu vas avoir des ennuis avec Patrimoine Canada.

C'est vrai qu'elles auraient eu leur place dans une galerie d'art, pensais-je en passant devant la porte de l'appartement contigu. Manon m'avait confié qu'en soirée, lui parvenaient parfois au travers du mur mitoyen, des gémissements assez explicites. En émergeaient deux conclusions : son vieux voisin solitaire était dur d'oreille et le sac du club vidéo, qu'il serrait précieusement contre lui quand elle le croisait au matin dans l'ascenseur, ne contenait que peu de films sélectionnables au festival de Cannes. Mais je ne connaissais pas assez intimement Manon pour savoir s'il n'aurait pas eu, lui aussi, quelques raisons de se plaindre de la piètre isolation acoustique... ou s'en féliciter. Toujours est-il qu'au vu – ou plutôt devrais-je dire, à l'écoute – de ses goûts cinématographiques, il avait dû certainement me jalouser en me croisant avec ses deux voisines successives, qui surclassaient aisément les *pitounes* de Dollarama de ses loisirs visuels.

***

Myriam et moi étions, malgré notre jeune âge, tous deux sensibles à l'irréversibilité du temps qui s'écoulait implacablement dans le sablier de nos vies. Mais si je l'appréhendais de manière négative, me laissant parfois couler dans la mélancolie du passé ou dans l'anxiété de certains événements futurs, la mort prématurée de ses parents lui avait appris à flotter intelligemment à sa surface, profitant pleinement des moments présents sans se préoccuper du regard des autres. Son enthousiasme était la bouée qui me maintenait au-dessus de ma propension à la nostalgie et j'envisageais maintenant la vie différemment, ne regrettant plus autant les bons moments passés ensemble, convaincu que d'autres suivraient certainement. Elle arrivait, sans même en avoir conscience, à transformer par sa fraîcheur un désagrément d'une journée ordinaire, en souvenir mémorable.

J'aimais quand nous déambulions dans la rue, laisser parfois mes pas quitter subrepticement les siens et marcher vingt mètres derrière[67] elle. Je m'accommodais des regards admiratifs la détaillant, pour avoir ensuite le plaisir de retrouver le sien, me cherchant légèrement inquiet, et me sentir transfiguré par son sourire quand elle me distinguait enfin. Je revivais ainsi le moment où elle l'avait fait pour la première fois en me reconnaissant au loin depuis l'entrée du Spectrum. J'adorais être celui qu'elle avait choisi dans la vie, et justement, sciemment distingué parmi la foule des autres hommes.

Mais ce jour-là, je me serais bien passé de certains de ces regards portés sur elle. Elle avait décidé au dernier moment, enfilant une légère robe d'été à pois et s'exonérant de tout soutien-gorge, de m'accompagner à la médiathèque de la rue Roy où j'allais régulièrement emprunter des CD. Surpris au retour par un orage qui ne laissa de secs que les disques protégés par un sac plastique, nous courûmes nous mettre à l'abri dans la station de métro Sherbrooke. Alors que je lui tenais la porte pour entrer, l'indiscret appel d'air de la station lui plaqua la robe au corps, laissant peu de place au mystère entre le tissu et sa peau.

— T'es trempée.
— C'est pas grave, ma robe va vite sécher mais j'ai l'impression que ma petite culotte de coton pèse une tonne.
— En tout cas, il y en a qui ont dû se rincer l'œil.

---

[67] Twenty Yards Behind (Dr Feelgood)

— S'ils n'ont que ça à regarder, leur vie doit être bien triste.
— S'ils n'ont que ça à regarder, leur vie est déjà réussie.
— Oh ! C'est un beau mot d'amour ça !
— Tu le mettras dans ton carnet pour une autre fois.

L'averse cessa en moins de cinq minutes et on s'apprêtait à ressortir quand elle me retint.

— Attends ! C'est vraiment trop inconfortable pour marcher.

Et sous mon regard éberlué, elle prit appui sur mon épaule pour glisser rapidement une main sous sa robe et en faire apparaître sa culotte qu'elle me tendit.

— Tiens ! Tu as des poches, toi.

Comme elle me précédait pour sortir, je ne pus vérifier si le courant d'air en dévoilait davantage, mais j'en eus une petite idée, voyant le gars qui la croisa par l'autre porte se cogner le nez dans la vitre.

Marchant pour revenir à sa hauteur, je réalisai que seules deux fines bretelles d'une robe d'été, empêchaient cette bombe d'être la cause d'un attentat à la pudeur, la laissant si elles cédaient, entièrement nue, debout sur ses hauts talons, au milieu du Carré Saint-Louis. Quand elle se retourna pour m'attendre, je vis la pointe de ses seins me narguer fièrement.

— On voit tout sous ta robe.
— Qu'est-ce que tu veux que je fasse ? Je vais pas l'enlever quand même.

Elle se colla contre mon dos, passant ses bras autour de ma taille.

— Je vais marcher, cachée derrière toi. Oups ! Mais il semble que tu as envie de rajouter quelques étoiles dans mon carnet. Rentrons vite !

Elle me prit par la main et se mit à courir, malgré ses talons claquant sur les pavés détrempés et glissants de Prince-Arthur.

J'étais en train de reprendre mon souffle dans l'ascenseur quand elle m'enlaça, lascive.

— Je ne comprends pas, j'ai enlevé ma culotte mais je suis encore toute mouillée entre les cuisses. Tu as une explication à ce phénomène ?

— C'est le théorème d'Archimède. Tout corps collé contre Myriam et sur lequel on exerce une poussée verticale ou horizontale, lui occasionnera du plaisir.

— Il est faux ton théorème, dit-elle en riant.

Les portes de l'ascenseur venaient de s'ouvrir, elle sortit dans le couloir désert, précisant.

— C'est pas « tout corps », c'est juste « ton corps ».

Puis partit en chantant et tournoyant, faisant voler sa robe suffisamment haut pour me rappeler la présence de sa petite culotte dans ma poche.

T'es mon amour, j'suis ta maîtresse
T'es tout ce que j'veux, t'es tout ce que j'ai voulu
T'es mon amour de la tête aux fesses
Et plus ça va et plus t'es mon ami
Une bonne fois, si tu veux
J'te montrerai sans tricher un côté de moi
Comme je n'ai jamais osé montrer
A qui que ce soit[68].

Alors, je me mis fugacement à croire à l'existence de Dieu, non pas pour les minutes à venir, qu'elle me promettait délicieuses en me montrant toutes les facettes de sa personne, mais pour la future soirée en sa compagnie où elle saurait me faire sentir combien je comptais pour elle. Une soirée simple, comme tant d'autres, à regarder des cassettes louées au club vidéo, puis sortir manger une glace, tout en flânant dans les rues caniculaires de la ville. Des soirées où j'appréhendais un appel de dernière minute, pour remplacer un portier défaillant, tellement j'avais du mal à me détacher d'elle, ne pouvant compter sur aucune aide de sa part pour y parvenir.

---

[68] T'es mon Amour, T'es ma Maîtresse (Jean-Pierre Ferland/Ginette Reno)

3

« J'ai croisé ton cousin à Chichen Itza ». Cette phrase, griffonnée au dos de l'image d'un iguane se pavanant dans les ruines Mayas, était les dernières nouvelles de Manon. Après l'envoi de deux longues lettres, elle se contentait à présent de simples cartes envoyées sporadiquement. Leurs courts propos ne révélaient rien de notable dans sa vie, mais elle promettait néanmoins de m'en informer si cela advenait.

Les semaines avançaient quatre par quatre pour former des cohortes de mois, cette légion apporta l'automne et c'est au moment où cette armée prenait ses quartiers d'hiver, que Manon choisit de tenir sa promesse en me téléphonant pour la première fois. Après quelques banalités et une remarque sur des inflexions québécoises dans ma voix, elle en vint rapidement au fait, probablement contrainte par le prix élevé de la communication.

— Je t'appelle car je tenais à t'inviter de vive voix pour m'assurer de ta présence.

— Où ça ?

— A mon mariage.

— Comment ?

— Oh, je te devine la face mais c'est pas la peine de sourire. C'est trop compliqué avec l'administration mexicaine, comme ça, le mariage va résoudre définitivement mon problème de visa.

— Ah ! C'est juste pour les papiers ! Je savais bien que tu ne l'aimais pas vraiment.

— Je l'aime assez pour qu'il y ait aussi une autre raison.

— Je ne te suis pas.

— Tu sais le Mexique... c'est très catholique, très traditionnel... et il y a des situations t'obligeant plus à régulariser les choses qu'au Québec, au risque d'être regardée de travers.

— C'est pour faire plaisir à sa famille ?

— Ah là là ! lâcha-t-elle dans un soupir. T'es plus vite pour comprendre les vidéos. Je suis enceinte, niaiseux !

— Enceinte ! Une vieille picouille comme toi ! C'est possible ? blaguai-je.

— Je vois que tu m'aimes toujours.

— Eh oui ! Mes félicitations à la maman !

— Au père aussi !

— Pour te supporter ? Evidemment !

— Je vois aussi que tu t'ennuies de moi.

— On peut rien te cacher.

— Non mais sérieusement, j'aimerais vraiment que tu viennes. Et l'invitation vaut aussi pour la cavalière de ton choix, bien que j'aie ma petite idée sur celle-ci.

— Mais sérieusement aussi, je vais tout faire pour venir. Ça va vraiment me faire plaisir de te voir.

— Ah ! Quand même !

— Avant que tu ressembles à une baleine.

— Me semblait bien aussi.

La noce était prévue pour février. J'avais bien l'intention d'honorer cette invitation et espérais convaincre ma cavalière d'en faire autant. En regardant la photo de l'iguane, je repensai à mon unique voyage au Mexique, datant déjà d'une dizaine d'années. Dans un autobus de seconde classe, un généreux indien comprenant ma mauvaise évaluation de la durée du trajet, m'avait offert une partie de son casse-croûte. J'avais croqué avec appétit dans cet en-cas enveloppé dans une feuille de maïs. Quand je l'avais remercié en lui disant que c'était bon, il m'avait répondu dans un sourire éclatant, pointant ce drôle de sandwich : « Tamales de iguana ».

***

Une brume, recouvrant en partie la verte silhouette métallique du pont Jacques Cartier, flottait au-dessus du Saint-Laurent. Les vapeurs sur la ville laissaient présager du froid régnant à l'extérieur du 1816, depuis lequel j'observais cette vision hivernale. Manon avait suggéré de se retrouver à Puerto Escondido avant le mariage, si sa silhouette lui permettait encore de faire les photos prévues en bord de mer. Je m'imaginais avec plaisir enfoncer ce coin de paradis dans l'hiver Québécois pour le fendre en deux. C'était la première fois que je revoyais Myriam depuis l'appel et j'attendais sa sortie de la salle de bain pour lui soumettre l'idée, ne sachant comment elle accueillerait l'invitation à m'accompagner. Dès sa douche terminée, elle me donna l'occasion d'aborder le sujet.
— A quoi tu penses ?
— A Manon. Elle m'a téléphoné.
— Ah bon ? Pas de mauvaises nouvelles, j'espère ?
— Non, plutôt une surprise, dis-je me retournant pour la voir s'habiller.
— Laquelle ?
— Elle va se marier.
— Moi, ça me surprend pas, répondit-elle sans sourciller.
— Ça ne te surprend pas ?
— Non. Si elle est restée plusieurs mois ici, à résister à la tentation de mon beau pétard, c'est qu'elle doit bien l'aimer son Mexicain basané... ou peut-être pas d'ailleurs, je ne sais pas, je l'ai jamais vu.
— Disons qu'il est médium bien cuit.

Je vins m'asseoir à ses côtés sur le lit alors qu'elle s'apprêtait à enfiler ses chaussettes.

— Elle m'a invité à la noce avec la cavalière de mon choix. Je l'aurais bien choisie, elle, mais je doute de sa disponibilité ce jour-là. Qui pourrait bien m'accompagner ?

Elle se leva comme mue par un ressort, une chaussette au pied et l'autre à la main, avant de trépigner telle une petite fille et s'écrier.

— Moi ! Moi ! Moi ! Moi !

— Est-ce que ça veut dire que tu accepterais de m'accompagner, si je te le demandais ?

— Preguntame ! Preguntame senor, por favor ! Hablo perfectamente espagnol.

Les mains jointes, la tête sur le côté, telle une madone en prière, elle fit mine de m'implorer. J'avais l'intuition que c'était le moment opportun pour formuler mon invitation.

— Est-ce que tu veux venir au Mexique avec moi ?

— Je serais prête à aller n'importe où avec toi.

— Même à Toronto ?

— Oui, mais à reculons.

— Je ne vois pas d'autre manière d'y aller.

— On y va alors ?

— A Toronto ?

— NON ! Au Mexique !

— Si tu peux te libérer.

Elle se mit à sauter, scandant : « Vamos a Mexico » et finit par se rasseoir toute essoufflée, revenant à la réalité pour m'interroger sur la date.

— Ça tombe en plein sur ma semaine de relâche. J'étais due pour y aller. Je pourrai te servir d'interprète.

— Pourquoi ? Tu parles bien espagnol ?

— J'ai appris à l'école et je suis douée pour les langues. T'as pas remarqué ? Viens par-là, je vais te faire voir.

Par cette invitation, je venais de mettre à mon insu, car il n'avait pas commencé à tourner, un doigt dans l'engrenage de mes tourments futurs.

***

Castillo de Carrizalillo était le nom de notre hôtel à Puerto Escondido. Un château, endroit idéal pour séjourner avec une princesse, même métamorphosable en dragon. Mais elle se trouvait loin de cette humeur alors qu'elle s'apprêtait à étrenner son maillot de bain, acheté à Montréal juste avant notre départ. J'avais trouvé étrange de l'accompagner pour une telle acquisition alors que le thermomètre flirtait avec les - 25°, mais fus rapidement conquis par l'apparence prise par ce bout de tissu informe, une fois modelé par les galbes de sa silhouette. Elle l'avait tellement bien choisi, qu'il l'embellissait au point de donner tout son sens à son appellation québécoise de costume de bain. Un de ses rares vêtements que je la regarderais ôter avec une pointe de déception... rapidement oubliée.

L'appellation de château, pour ce bâtiment somme toute modeste, venait des quatre petites tours encerclant une cour intérieure. Illuminée par l'intensité violacée de bougainvillées, elle accueillait en son centre, une grande piscine au rebord orné de petites céramiques aux divers motifs colorés, typiques du pays. Plus dans nos moyens que le luxueux hôtel où séjournait Manon, lequel servait avant tout de décor pour les photos, dont notre future mariée pouvait honorer le contrat, sa grossesse n'étant encore qu'une petitesse. Nous la rejoignîmes sur la plage, après sa séance de travail matinale - écourtée en raison de la forte luminosité et de la chaleur qui prévalaient déjà, faisant tourner le maquillage et surexposer la pellicule - et fûmes présentés à Christian, le photographe français l'ayant initiée au mannequinat. Il aurait fallu que l'œil exercé, qui avait déjà capturé Manon sur une plage quelques années auparavant, ait perdu beaucoup de son acuité pour laisser la beauté de Myriam lui échapper. Il n'en fut rien et Christian lui proposa de poser pour quelques photos souvenirs. Quand il rencontra son appareil sophistiqué, le mien regretta vraiment d'être sorti de chez Jean Coutu et porta bien son nom de jetable, en allant se réfugier au fond de mon sac. Le nouveau modèle du jour se prêta avec plaisir au jeu, prenant des poses sous les encouragements de Manon et Christian. Pourtant, la séance terminée, ce ne fut pas de l'avis de ces deux professionnels dont elle désira s'enquérir mais plutôt de celui de son inconditionnel admirateur.

— Comment j'étais ?
— Falbalatesque car les mots me manquent.
— Tu exagères encore, mais ça te fera de beaux souvenirs quand je serai vieille et fripée.
— Comme je ne me lasserai jamais de te repasser des yeux, tu resteras toujours jeune et belle.
— C'est un beau mot d'amour ça ! Chut ! ajouta-t-elle en posant ses lèvres sur les miennes, bâillonnant ainsi ma répartie éculée.

***

Le mariage était déjà bien avancé, pourtant persistaient encore quelques résidus colorés d'une *pinata* rebelle dans les cheveux de Manon, discutant debout avec Myriam. M'approchant d'elles, je devinai à leurs fous rires qu'elles devaient commencer à être un peu gaies ; la confirmation en faisait pétiller leurs yeux.

— De quoi vous parlez ?
— De toi. J'étais en train de remercier Manon de m'avoir vanté tes mérites. Tu es une bonne vendeuse, continua-t-elle, se tournant vers elle. Tu m'as bien fait l'article et ne m'as pas menti sur ses qualités.
— Et encore, je n'ai pas utilisé certaines fonctions dissimulées.
— Oh, tu n'as rien manqué, ce ne sont pas les plus intéressantes.

Elles se remirent à rire comme deux gamines avant que Myriam ne reprenne, d'un débit lent, entrecoupé de fausses hésitations.

— Au lit, je me suis aperçue qu'il n'avait pas de gros...

Laissant à dessein planer le doute, elle prit une gorgée de Corona puis poursuivit.

— ... défauts... et même plutôt une grande...

Mutine, elle tourna la tête vers moi un instant.

— ... qualité. Tu veux savoir qu'elle est sa grande qualité au lit ? demanda-t-elle à Manon en m'ignorant à nouveau.

— Enweille ! Tu m'intéresses ! s'impatienta celle-ci.

— Vous avez fini de parler de moi comme si je n'étais pas là !

— Bon, bon, Ok ! Tu me le diras plus tard.

— Non, non. Ca me gêne pas de le dire devant lui. Sa plus grande qualité au lit, c'est... qu'il ne ronfle pas.

Et les gloussements repartirent de plus belle avant que Manon n'ajoute.

— J'aurais peut-être dû l'essayer, ce n'est pas très professionnel de vendre des produits sans les tester.

Je me sentis obligé de m'élever contre cette hypothèse.

— Je n'aurais pas été d'accord, je préfère Miss Montréal à Miss Mexico.

— Ah oui ! Et qu'est-ce qu'elle a de plus que moi ?

— Elle ne fait pas de remarques insignifiantes pendant les films et ne perd pas les billets de spectacles.

— C'est sa manière de dire qu'il m'aime et que je lui manque, dit-elle à Myriam.

— J'avais compris, je suis habituée. Il n'est pas très fort, ni très rapide pour livrer ses sentiments.

— Ah non ! C'est certain, c'est pas l'UPS de l'amour, renchérit Manon.

De connivence, elles m'enlacèrent, Myriam concluant ainsi leur psychologie de comptoir.

— Oui, mais on s'attache quand même à ces petites bêtes-là.

Je serais bien resté dans cet étau d'affection mais une voix aux intonations hispaniques appela Manon, et Myriam se tourna vers les amis de la mariée.

— Je vais aller demander à Fils-qui-se-touchent des nouvelles de la table.

— Doucement avec la bière, j'ai remarqué que tu n'as même pas eu le temps d'éplucher l'étiquette de celle que tu viens de finir. N'oublie pas que tu n'es pas habituée à boire autant.

Je m'inquiétais un peu de la voir rejoindre ce groupe de fêtards invétérés, surtout Fils-qui-se-touchent, comme elle surnommait l'ami de Manon, suite à ma remarque lors du déménagement. Sympathique et drôle, il trinquait entre chaque plaisanterie, mais comme il n'en était pas avare, ce n'était pas l'interlocuteur idéal pour mon chameau aux charmantes bosses.

Christian, après m'avoir confié son intention de prendre son rôle de parrain au sérieux, en était maintenant à me convaincre d'un futur proche, sans pellicule dans les appareils photo. Dubitatif, je l'écoutais lorsqu'il s'interrompit soudainement.

— Au fait, en parlant de photos ! J'ai dans ma voiture, celles prises à Puerto Escondido. Ta douce a vraiment de la prestance.

— Tu disais ? répondis-je lui désignant Myriam qui se dirigeait vers nous, d'une démarche incertaine.

Il rigola et alors qu'il se levait pour aller chercher les clichés, mon « top-modèle » s'assit lourdement sur mes genoux, et me passa un bras autour du cou.

— Mon chéri !

— Mon chéri ? Depuis quand tu m'appelles mon chéri ?

— Ben quoi ? T'es pas mon chéri ?

— Si, mais je pense que tu as de la broue dans le toupet.

— Non, j'ai suivi ton conseil. Tu m'as dit d'y aller doucement avec la bière, alors je suis passée au cuba libre.

— Je t'avais dit aussi de faire attention aux amis de Manon. Vous n'êtes pas dans la même catégorie.

— J'ai demandé à Fils-qui-se-touchent, s'il pensait à arroser les pieds de la table tous les jours pour qu'ils repoussent.

— J'ai plutôt l'impression que c'est toi qu'il a arrosée.

— C'est surtout quand il discute qu'il arrose large. Ça part dans tous les sens, il est dur à suivre. Il m'a tout étourdie.
— Pas sûr que ça vienne de lui, moi.
— Je t'assure, il passe du coq à l'âne sans prévenir.
— Ça, c'est quand les fils se touchent. Ca provoque un court-circuit. Une fois le disjoncteur remonté et la lumière revenue, il est déjà sur autre chose parce qu'il a continué tout seul dans l'obscurité.
— Ben là, il a poursuivi avec sa théorie sur la tranche de jambon.
— Sa quoi ?
— Il conseille de ne jamais laisser une unique tranche de jambon cuit dans le frigo, au risque de la voir s'abimer plus rapidement. Il faut toujours en laisser au moins deux... enfin selon lui...
— Ah oui ! Je le savais. Il est d'ailleurs prouvé qu'il y a beaucoup de cas de suicide chez les tranches de jambon. Ah... la solitude de la tranche de jambon dans le froid du frigo... Encore un drame des temps modernes dont on ne parle pas assez.
— Coudon ! T'es aussi capoté que lui, toi ! s'exclama-t-elle.
— C'est un beau d'amour, ça ! l'imitai-je, moqueur.
Elle marmonna une réponse inintelligible avant de soulager sur mon épaule, sa tête lourde de tous ses rêves. Les mariachis avaient commencé à donner le signal de la fin de soirée en jouant Canción Mixteca[69]. Nous nous bercions sur ce rythme lent, quand entendant Christian se rasseoir, elle releva la tête et dit d'un air faussement étonné, devant les photos qu'il lui tendait.
— Oh ! C'est qui cette belle fille-là ?
— Tu as vu comme tu prends bien la lumière ? commenta Christian, admiratif.
— Elle semble moins bien prendre l'alcool, ironisai-je.

---

[69] Canción Mixteca (José Lopez Alavez/Ry Cooder)

— Mais c'est pas moi sur ces photos, c'est Falbala. Ce soir, je ne me sens pas trop Falbala, je suis un peu *borracho*, balbutia-t-elle.

— *Borracha*, corrigea Christian machinalement. C'est qui Falbala ?

Trop las pour des explications, je me contentai d'un haussement d'épaules. Après l'avoir remercié pour les photos, et sans manquer de saluer les mariés, je partis me coucher avec une Falbala de papier glacé sous un bras et une toute chiffonnée sous l'autre. Pour la première fois, ce ne fut pas un plaisir de la déshabiller car elle ne m'aidait pas beaucoup, mais je parvins quand même à la glisser sous les draps.

— Je pense qu'il n'y aura pas de ti-galop[70] à soir, soupira-t-elle.

— On se reprendra.

— Oui, mais c'est dommage pour une nuit de noces.

— Mais ce n'était pas notre mariage.

— Ah oui, c'est vrai. Ce soir, c'était juste un triste anniversaire, ça fait deux ans que ma maman est partie.

Je ne sus que répondre, et attendri par cette vulnérabilité avouée, je lui caressai le front, la regardant s'endormir, sans rien comprendre à ses derniers marmonnements. Ce ne fut pas long et j'éteignis en la parodiant : « Bonne nuit, <u>ma chérie</u> ! »

---

[70] Un Gars, Une Fille (Guy A. Lepage)

4

L'engrenage venait de se mettre en mouvement et ça commençait à pincer légèrement, tandis que Myriam disparaissait derrière le portillon de sécurité, après m'avoir envoyé un dernier baiser de la main. Malgré la foule dans l'aéroport, je me sentais seul et faisais tourner inlassablement la bague autour de mon doigt, avec la désagréable impression, n'étant plus à portée de son sourire, que c'était la dernière chose nous rattachant. Aux alentours de Noël, alors que nous passions devant la vitrine du Voyeur, Myriam avait voulu y entrer pour s'offrir mutuellement un bijou scellant notre anniversaire de Ti-galop, nom donné à notre première nuit ensemble.

« J'ai l'air d'une grosse patate ». J'avais du mal à l'imaginer ainsi mais c'était l'expression employée par Manon, lors de son récent appel, pour décrire l'avancement de sa grossesse l'empêchant d'honorer ses derniers contrats. Myriam n'avait pas hésité longtemps à accepter son offre de la remplacer pour des photos au Mexique, encouragée par sa première expérience avec Christian qui avait eu, paraît-il, dès la séance de Puerto Escondido, cette idée derrière l'objectif. Une proposition recueillant donc l'unanimité moins une voix, silencieuse, la mienne.

Myriam trouvait qu'elle stagnait dans ses études, cette occasion arriva à point nommé pour les mettre une nouvelle fois entre parenthèses. J'espérais ses conclusions tout autres concernant notre relation, mais je comprenais très bien son envie de vivre cette expérience originale à l'étranger puisque j'avais, moi aussi, connu cette envie d'un ailleurs, maintenant devenu chez moi. Bien qu'elle m'ait réitéré que j'étais la seule raison la faisant hésiter, je savais cette séparation plus facile pour elle, grâce à sa facilité pour vivre l'instant présent. Contrairement à moi, seulement debout devant l'aéroport, et commençant déjà à compter les jours avant son retour.

Comme moi, Le Lézard se retrouvait abandonné. Montréal, fiancée capricieuse, se lassait vite de ses amants et les raisons faisant le succès d'un bar, restaient souvent aussi mystérieuses que celles de son déclin. La fréquentation s'était mise à diminuer progressivement. Et malgré les efforts du *staff* pour refaire bénévolement décoration et peinture, et ceux des animateurs pour se renouveler, la salle ressembla de plus en plus à un crâne atteint d'alopécie, les quelques clients se réfugiant au bar, laissant la piste de danse dégarnie. Tout le personnel pressentit la fermeture proche quand il ne fut plus nécessaire d'organiser de file d'attente, même lors des soirées à thème, jadis si populaires. Mes deux nuits restantes au Passeport seraient bien insuffisantes pour desserrer l'étreinte d'un budget déjà serré et je comptai sur l'influence de Claude, auprès de ses associés, pour obtenir quelques heures de travail supplémentaires.

C'est dans ce contexte que Myriam m'annonça au téléphone, avec un enthousiasme guère partagé, l'obtention de nouveaux contrats et par conséquent, la prolongation de son séjour que je traduisis par celle de son absence. Je tentai de faire bonne figure pour ne pas gâcher sa joie mais ne pus m'empêcher de m'ouvrir à Manon qui l'hébergeait.

— Je comprends ta déception, j'ai déjà vécu la même situation et je sais que les semaines peuvent paraître très longues. Mais tu verras, tout finit par arriver.

— Ca semble pas très long pour elle, objectai-je

— C'est normal, elle vit plein de nouvelles choses tandis que toi, tu es dans la routine de ton quotidien.
— On dirait que je ne lui manque pas.
— C'est ce qu'elle t'a dit ?
— Non, mais…
— Faut pas se fier aux apparences. Elle parle très souvent de toi.
— J'ai peur de la perdre.
— Sois pas bête. Tu dois avoir confiance.
— Oh, j'ai confiance ! J'ai confiance dans sa beauté et sa capacité à séduire qui elle veut, quand elle veut. J'ai confiance qu'elle puisse trouver facilement mieux que moi.
— Tu ne dois pas juste avoir confiance en elle, tu dois aussi avoir confiance en toi. Crois-moi, on ne t'oublie pas comme ça. Bon, je l'entends qui revient, je te la repasse. Fais attention à toi.

Ayant probablement surpris la fin de la conversation, Myriam demanda en reprenant l'appareil.
— Ça n'a pas l'air d'aller si bien que ça. Tu fais ton Calimero ?
— C'est pas ça, mais loin de toi, j'ai le cœur qui moisit. Je me sens comme une tranche de jambon.
— Une tranche de jambon ?
— C'est vrai que tu devais être trop paquetée au mariage pour te rappeler cette histoire.
— Ah oui ! Si ! La théorie de Fils-qui-se-touchent ! Tu vois ! Je m'en souviens, maudite langue sale !
— Bon ben, tu as compris alors. Seul sans toi, je m'abîme.
— Mais ça, c'est pour le jambon cuit. Toi, tu es une bonne tranche de jambon cru de Savoie… fumé même, avec tout le temps que tu passes dans la boucane du Passeport, plaisanta-t-elle.
— Il y a quand même du petit gras tendre et fragile autour de la tranche.

— Il faut que tu sortes pour rencontrer d'autres tranches de jambon ! Ça te changera les idées. Mais attention ! Interdit d'aller dans le même sandwich !

— ...

— Oooh ! Ça va vraiment pas si t'as perdu ton sens de l'humour, constata-t-elle.

Pour une fois, je ne goûtais pas trop à la charcuterie, surtout sous cette forme de métaphores pseudo-romantiques. Le reste de la conversation m'assurant qu'elle aimerait m'avoir auprès d'elle et avait hâte de me revoir, me consola momentanément ; je savais pertinemment que quelques jours suffiraient pour que les mâchoires de la jalousie et du vide de son absence, me broient de nouveau le cœur dans leur étau.

Lorsque Myriam était à Montréal, mon naturel solitaire me faisait apprécier les respirations que l'on s'octroyait en ne se voyant pas de manière quotidienne, mais maintenant loin d'elle, j'étouffais de son absence après seulement quelques semaines. J'aspirais à la revoir alors que les jours expiraient les uns après les autres. Et alors que ce mois arrivait au bout de son souffle, il fallait trouver l'inspiration pour ne pas suffoquer devant le suivant. J'étais de nouveau condamné à son absence et n'avais d'autre choix que de purger ma peine d'amour.

***

Radin ? Non ! Très économe ! Claude avait défini au mieux mon rapport prudent envers l'argent, expliquant mon comportement parcimonieux, par la crainte d'en manquer. Il l'avait deviné, sans même avoir connaissance de mes petites cagnottes. Je n'enterrais pas, tel Harpagon, ma cassette dans le jardin, ni ne me baignais comme Picsou dans les écus et ce n'est pas en dissimulant mes quelques économies dans mon matelas que je rendais mon sommeil plus confortable, mais en garnissant des coussins virtuels, destinés à amortir les coups durs ou pallier les imprévus. Toute sortie substantielle d'argent se devait d'être validée et tamponnée par ma conscience, comptable zélé de ma tranquillité. De peur de me retrouver aussi rapidement démuni financièrement que le héros du film de Gérard Jugnot[71], j'en faisais pour toutes les situations : problèmes de santé, chômage, voyages, cadeaux, achat d'un vélo... Et ma fertile anxiété ne manquait pas d'imagination pour en créer d'autres. Des cagnottes principalement alimentées par des privations personnelles car si une dépense de vingt dollars pouvait sembler exagérée pour moi-même, elle était jugée négligeable pour faire plaisir à un ami, et dérisoire pour Myriam. Ce ne fut donc pas un problème monétaire qui m'interdit d'accepter son invitation à la rejoindre ; plusieurs cagnottes auraient pu, à bon escient, se prêter à cette dépense. Je dis bien, prêter, car dès que je puisais dans l'une, je m'empressais de la regarnir mensuellement, de peur d'en voir le fond. Non. Je ne pouvais tout simplement pas me résoudre à enjamber la barrière de mes principes, juste pour aller la retrouver, même pour un court séjour. Parce que d'une part, le remplacement d'un portier récemment licencié me garantissait des soirées de travail supplémentaires et d'autre part, arguant de mon sérieux auprès de ses associés, Claude avait réussi à m'obtenir des tâches administratives pour la compagnie. Demander un remplacement, juste après avoir débuté l'ensemble de ces fonctions, aurait été un camouflet pour lui. Ces contraintes, que le poids de mes scrupules empêchait de lever, firent dégénérer la conversation dès que Myriam saisit l'occasion de m'annoncer le deuil de notre été, lors d'un autre appel.

— Tu ne me téléphones pas de chez Manon ?

— Non, comme mon séjour va durer un peu plus longtemps que prévu, j'ai trouvé une colocation provisoire avec une autre mannequin.

— Comment ça, plus longtemps ?

— C'est la raison de mon appel. Comme ça marche bien pour moi... ben... je vais rester encore quelques semaines.

---

[71] Une Epoque Formidable (Gérard Jugnot)

— Mais tu devais revenir avant l'été !
— Je sais bien… mais… c'est une chance pour moi de vivre quelque chose d'original, tout en gagnant de l'argent facilement.
— C'est la seule raison ?
— Ben oui. Qu'est-ce que tu veux qu'il y ait d'autre ?
— T'as pas rencontré quelqu'un ?!
— Mais non ! Qu'est-ce que tu vas t'imaginer ! Tu sais bien que mon carnet d'étoiles est resté avec toi.
— Je sais pas… Tu me manques.
— Mais toi aussi, tu me manques. Tu n'as qu'à le mettre dans ta poche et venir me rejoindre ?
— C'est pas possible, tu le sais bien. Le Lézard vient de fermer, j'ai pris des engagements... c'est compliqué... je vais patienter.
— Tu vas trouver ça long.
— Pourquoi ? Tu en as pour combien de temps encore ?
— Je ne sais pas mais tu peux être certain que je vais tout faire pour être présente pour le référendum.
— LE REFERENDUM ! Mais c'est le 30 octobre !
— C'est pour ça que je voulais te demander si tu pouvais pas trouver quelqu'un pour sous-louer mon logement.
— Tu n'as qu'à venir t'en occuper toi-même, répondis-je sèchement.

J'entendais, au dehors, la ville résonner des festivités de la Saint-Jean, confirmant ainsi qu'en ce 24 juin, venait de me claquer au nez, la porte ouvrant sur un second bel été en sa compagnie. Ma vie amoureuse et la géographie ne faisaient décidemment pas bon ménage. Ce n'était jamais le bon endroit ou le bon moment. J'avais l'impression de toujours remettre le même carton dans le limonaire de ma vie.

— Fais pas ton méchant. Ça ne te ressemble pas. Allez ! Dis-moi un beau mot d'amour, demanda-t-elle conciliante.
— J'en ai pas ! Je t'avais dit de les noter dans un carnet, répondis-je énervé.

— Ah oui ! Et tu te rappelles ce que moi, je t'avais dit le jour où tu n'en aurais plus ? rétorqua-t-elle sur le même ton.
— Mais qu'est-ce que vous avez toutes à partir ?
— Toutes ? Quelles toutes ?
— Je vais rester avec la seule qui ne m'a jamais déçu.
— Mais de qui tu parles ?
— DE MONTREAL !
— Capote pas là ! Je t'ai jamais vu comme ça. Je préfère te rappeler dans une semaine, quand tu seras dans ton état normal. Bye !

Elle raccrocha avec raison car je n'étais pas dans mon état normal. Mon état normal se résumait à seulement rêver de filles comme elle et non pas à craindre de les perdre. Ma nature était plus adaptée à la réserve de Marjolaine ou la maturité de Louise. Je n'avais pas les épaules assez solides pour me passer de son constant feu d'artifice d'émotions, ni la tête assez grosse pour croire en avoir l'exclusivité éternellement. Je passai donc sans peine la porte menant aux affres de l'inquiétude et du découragement. Mon imagination galopante et le manque de confiance n'avaient que laisser infuser, et finalement remonter, la jalousie du Charybde de mon cœur au Scylla de mes pensées, de plus en plus sombres. En dépit d'un naturel calme, j'avais pour une fois, aveuglé par mes frustrations et mes déceptions, laissé la discussion prendre une tournure acide. Et en raison de l'éloignement, la tension palpable suivant toute dispute, n'avait pu être dissipée par quelques gestes tendres mettant fin aux accès d'humeur. Cette contrainte me laissait un goût d'amertume dans la bouche. Une conversation ultérieure aurait probablement effacé celui-ci mais nous n'aurions jamais la chance de l'avoir.

***

Lors du référendum de 1980 sur l'indépendance, la province de Québec était restée fédérée au Canada, telle l'épouse au sein d'un couple qui bat de l'aile et craint de ne pouvoir subvenir seule à ses besoins. Mais le manque de considération et les humiliations récurrentes ayant eu raison de sa patience, elle ose enfin entamer la procédure de divorce et devra décider en octobre si elle la mène à son terme.

Mes écouteurs sur les oreilles, j'étais sorti, furieux, arpenter les rues de Montréal, convaincu que Myriam était plus motivée à revenir se glisser dans un bureau de vote que dans mes bras. Mais plus je marchais, plus cette colère se retournait contre moi. Trop pondéré pour les coups de folie, je me maudissais d'avoir autant de scrupules à tout laisser tomber, empêchant de ce fait, toutes retrouvailles. Je comprenais sa décision, même s'il était douloureux de l'admettre. Les Québécois auront un choix à faire en octobre prochain, comme eux, je devrais peut-être plus me questionner sur le mien plutôt que faire campagne pour changer le sien. Cette réflexion tournait dans ma tête en même temps que Crossroads[72] dans mon baladeur. Je m'assis, épuisé, sur un banc du Carré Saint-Louis. J'avais marché des heures sans m'en rendre compte et la nuit était déjà bien avancée. J'écoutais les mots de Calvin Russell, songeant comme lui aux carrefours de ma vie, et si je n'avais jamais regretté m'être établi à Montréal, peut-être qu'à certains embranchements, j'aurais dû poursuivre ma route avec une fille prête à y rester en ma compagnie. Marjolaine et Louise n'avaient pas été des évidences comme le fut Myriam, mais peut-être le seraient-elles devenues avec le temps car elles s'étaient révélées prêtes à épouser mon chemin, contrairement à celle qui préférait continuer à tracer sa route. J'étais un peu injuste envers Myriam mais la vue de ce banc, témoin immaculé de ce mémorable soir de décembre et sur lequel la neige avait maintenant fondu, comme mes espoirs d'alors, me submergea de mélancolie. Mon avenir semblait prendre la couleur du ciel qui s'était brusquement assombri.

— Alors mon *chum* ! C'est ta musique qui te rend triste comme ça ?

---

[72] Crossroads (Calvin Russell)

Tout à mes pensées, je n'avais pas remarqué le robineux venu prendre place à mes côtés, ni que la musique s'effaçait respectueusement au son de sa voix.

— Ou c'est une tite Québécoise qui te fait des misères ?

Je préférai l'ignorer, mais compatissant, il me tapa sur l'épaule en m'agitant un drapeau fleurdelisé sous le nez. Je libérai mes oreilles, me méprenant sur ses intentions.

— Oui ! Oui ! Bonne Saint-Jean à toi aussi.

— Tu veux m'acheter un drapeau du Québec ? C'est deux piasses.

— Non ! Non merci !

— Tu devrais, le Québec c'est comme la musique, c'est magique et ça peut rendre triste ou heureux.

Intrigué par ces paroles, je le regardai plus attentivement, sans trouver ce qui détonnait chez lui. On aurait presque cru à une caricature, tellement il ressemblait à un clochard ordinaire, hormis ses yeux bleus piscine ressortant encore plus au milieu d'un visage buriné, orné d'une barbe noire. Pas d'humeur à écouter ses propos incohérents, je me levai pour partir, quand dans un effort chancelant pour me retenir, il fit tomber mon baladeur. Calvin s'arrêta net, noyant sa voix et son désespoir dans la bière échappée du sac de papier kraft dissimulant la bouteille de l'itinérant. Je jurai et alors que je me penchais pour ramasser l'appareil, il intervint.

— Attends ! Je vais réparer ça.

— Laisse faire !

Il me saisit doucement le bras et insista, me fixant d'un regard pénétrant où toute trace d'ivresse avait soudainement disparu.

— Je vais t'arranger ça, j'te dis.

Il prit le boitier jaune, l'essuya avec son drapeau avant de me le rendre.

— Voilà ! Comme neuf ! Le Québec lui a donné une nouvelle vie.

Je remis machinalement mes écouteurs et partit, incrédule quant à l'efficacité de sa réparation. C'est seulement après avoir parcouru quelques mètres sous un ciel de plus en plus menaçant, que je me décidai à appuyer sur *play*. Je fus surpris des paroles de circonstance m'arrivant aux oreilles et me retournai alors vers le banc, étonnamment déjà déserté.

Mes semelles son usées d'avoir autant marché contre le vent
J'avais lu trop de livres, je voulais vivre un roman
Mais qui pourrait partager les idées de quelqu'un
Qui connaît de l'amour que le refrain ?
Si c'était possible encore de faire la route à l'envers
Si, si c'était possible alors, je ferais quelques pas en arrière

Mon appareil avait dû basculer en mode radio car j'entendais cette chanson[73] pour la première fois. Je me penchai sur les boutons, marmonnant à voix haute le refrain qui déjà me restait en tête : « Si c'était possible encore de faire la route à l'envers, je ferais quelques pas en arrière ». Le bouton *Tape/Radio* ne fonctionnait plus malgré mes efforts répétés et la touche *Rewind* clignotait narquoisement en bleu, s'attirant mon regard et mes foudres. Enervé, je l'enfonçai violemment en rouspétant : « Tiens, je vais te les faire moi, les pas en arrière !». Je n'obtins pas le résultat escompté, si ce n'est un bruit sec auquel succéda un bref silence, brisé par un coup de tonnerre, unique préavis à une pluie torrentielle. Je me mis à courir vers chez moi en remontant la rue Drolet, me rappelant avec nostalgie le même type d'orage nous ayant surpris Myriam et moi. J'aurais aimé être comme elle, savoir profiter du moindre instant passé ensemble, comme lorsqu'elle blaguait à mes côtés, faisant fi du désagrément de la pluie. A peine l'avenue Des Pins traversée, déjà trempé, je tombai sur Jean arrivant chez lui, accompagné de quelques collègues du Passeport, bien abrités sous leurs parapluies. Ils venaient de fermer le bar et cela me fit réaliser à quel point il était tard.

— Où tu vas à cette heure-là, maudit bambocheux ?

---

[73] Si C'était Possible (Gérard Darmon)

— Je rentrais chez nous.
— T'es tout trempé mon pitou. Viens prendre une bière avec nous pour fêter la Saint-Jean.

J'acceptai bien volontiers car mes jambes ne portaient plus mon accablement. Assis dans le canapé, les souvenirs ressurgirent ; je revoyais Marjolaine m'accueillant ici-même trois ans plus tôt, la chance insoupçonnée d'un avenir s'offrant à nous. La fatigue de la marche et des émotions négatives commencèrent à avoir raison de moi, les conversations ne furent plus qu'un bruit de fond derrière les pensées pour les filles importantes de ma vie qui se comptaient sur les doigts de la main d'un menuisier maladroit. Mon petit doigt me disait que la majeure venait peut-être de me mettre à l'index. Je m'endormis en pensant qu'il en était des absences comme des baisers, certaines vous rapprochent alors que d'autres vous séparent.

MARJOLAINE

1

La donna è mobile... ♪♫♪

— Réveillé par une voix chantant Verdi, accompagnée d'un ronflement d'aspirateur, j'essayais de comprendre où je me trouvais.

— ...♪♫ Quai piuma al vento, la la la la ! ♫♪

Mon bien nommé aspirant ténor semblait être arrivé au bout de ses connaissances du livret de Rigoletto. Je l'entendis arrêter sa balayeuse puis la traîner lourdement dans les escaliers. Ouvrant les yeux, je découvris une chambre familière, tellement familière qu'elle semblait ne pas avoir changé depuis ma dernière nuit, il y a trois ans. Les cris d'enfants, provenant du préau de l'école Jean-Jacques Olier, entraient par la fenêtre ouverte, d'où s'étirait la lumière du jour, attestant de ma nuit passée de manière inexplicable dans cette chambre louée occasionnellement par Jean. Je perdais très rarement la mémoire du fait d'une soirée arrosée, alors ce n'était certainement pas l'unique bière de la veille, qui pouvait m'empêcher de me remémorer les circonstances m'ayant propulsé du canapé au lit, un étage plus haut. Mais j'avais beau me concentrer, je ne voyais d'autre solution que d'aller m'enquérir de cette insolite migration, auprès du Duc de Mantoue de la rue Drolet. Enfilant mon jean, je fus surpris de le retrouver déjà sec et encore plus délavé que la veille ; les conséquences des pluies acides ? Peut-être, me dis-je, me touchant machinalement la tête à la recherche d'un débris de verre devenu familier ; souvenir laissé sous mon cuir chevelu par l'excité du Lézard. Un geste récurrent, inconsciemment exercé lors de mes moments d'intenses réflexions. Je fus étonné de son absence et triste de celle de la bague offerte par Myriam, en contemplant ma main revenue bredouille. Mais qu'est-ce que j'avais bien pu faire hier soir ? Je me décidai à descendre au salon et tapai sur l'épaule de Jean, accaparé par son duo Verdi/Electrolux.

— Hey toé ! Fais-moi pas peur de même ! s'exclama-t-il en sursautant.

— Qu'est-ce que je fais ici ?

— Ah ben mon pitou, c'est à toi qu'il faut le demander. T'es pas supposé travailler aujourd'hui ?

— Qu'est ce qui est arrivé hier soir ?

— Hier soir ? Ben, comme tous les soirs de la Saint-Jean. Des chants, de la musique et de l'alcool.

— Mais j'ai rien bu !

— Je le sais-tu, moi ? J'étais pas avec toi.

— T'étais pas avec moi ?

— A te voir la face, je suis pas certain que t'as rien bu.

— …

— Ca va pas ? demanda-t-il, se décidant enfin à arrêter l'aspirateur.

— Mais j'étais bien là hier soir, non ?

— Sans moi alors, car je ne t'ai pas revu après ton départ pour aller travailler.

— Travailler où ?

— Tu commences à m'inquiéter. Tu devrais aller prendre l'air et profites-en pour me récupérer le journal.

Je descendis les marches comme un automate, ramassai La Presse laissée devant la porte par le livreur et remontai immédiatement, décidé à remettre les choses dans l'ordre, séance tenante.

— On est quel jour ?

Mais Jean, qui avait déjà remis l'aspirateur en route et enchaînait son récital par Carmen, ne prit pas garde à moi. En quête d'une réponse, me vint l'évidente idée de regarder le journal.

Jeudi 25 juin 1992 ???

Je le posai sur la table, croyant à une erreur et saisis celui d'hier, juste à côté.

Mercredi 24 juin 1992 !!!

Mon cœur remonta et j'en profitai pour le suivre à l'étage, me réfugier dans la salle de bain. J'avais du mal à croire à ce reflet dans le miroir, mais en 1992, j'avais bien les cheveux un peu moins longs, comme celui me faisant face. Je commençais à comprendre, sans l'admettre encore, l'absence de la bague et du débris de verre, le 501 identique mais seulement plus délavé car certainement plus usé. Je passai dans la chambre, évidemment peu changée, puisqu'elle contenait toutes mes maigres possessions d'alors, notamment le baladeur jaune et la cassette à la bande déchirée, seule trace de mon futur évanoui. Le besoin de prendre l'air devenait urgent. Je descendis les escaliers pour sortir en trombe, stupéfait de cette recommandation de Jean à mon passage.

— Traîne pas trop ce soir ! Je ne voudrais pas partir au bar en laissant ta blonde toute seule.

Ma blonde ? Mais Myriam était au Mexique ! Je me laissai tomber sur un banc du Carré Saint-Louis, constatant après quelques instants que c'était celui sur lequel j'avais rencontré cet étrange robineux. Je commençai peu à peu à saisir ce qui clochait chez ce clochard, trop conforme à l'image qu'on pouvait se faire d'un tel personnage pour ne pas mettre en doute sa véritable nature. Je ne savais qui de lui, du baladeur ou de la chanson aux paroles prémonitoires, était la source de ces étranges événements mais suffisamment de livres ou de films ont relaté les atermoiements par lesquels passe tout individu vivant les prémices d'une telle aventure pour que je vous épargne la narration des miens. J'ai toujours été féru de ce genre de littérature, m'y être baigné souvent me permettrait peut-être de mieux comprendre et tenter d'accepter avec pragmatisme la situation, bien qu'il resterait le plus difficile : la vivre ! Car je réalisai, rassemblant mes souvenirs, que la blonde dont parlait Jean n'était pas Myriam, mais bien Marjolaine arrivant de France vers midi, et de plus, que j'étais en retard pour aller ranger l'entrepôt, au lendemain d'avoir conduit le camion lors du défilé de la Saint-Jean.

***

— Belle heure pour arriver ! Je sais qu'hier, comme on a fini tard, j'avais dit 9 heures 30 à peu près, mais là, c'est devenu de l'à peu loin, me dit Marie en me fixant sévèrement de ses grands yeux bleus.

Il était plus de 10 heures 30. Le rangement des vestiges de la Saint-Jean effectué par mes collègues, la responsable de l'entrepôt avait commencé ses explications sur la logistique d'approvisionnement des kiosques à souvenirs du Festival de Jazz. Très à cheval sur la ponctualité, je détestais être désarçonné par un retard mais cette toute petite heure me paraissait dérisoire, au regard de ces trois années envolées. Je bredouillai de peu convaincantes excuses et Marie reprit.

— Entéka ! Je répéterai pas mes explications, tu verras avec les autres.

— Pas de problème.

Marchant entre les hautes étagères de l'entrepôt, elle poursuivit mais sa voix resta sur terre pendant que je suivais mes pensées, s'envolant, leurs ailes en forme de points d'interrogation.

Comment pouvais-je être revenu en 1992 ? Aucune des hypothèses de mes lectures passées ne me satisfaisait, encore moins celle d'être simplement en train de rêver. Quel était l'âge de mon corps ? Difficile à dire car j'étais encore dans cette heureuse période de la vie où trois ans de plus n'altéraient que peu le physique, mais l'absence du débris de verre me laissait croire que mon esprit habitait bien mon corps de 1992. Je venais donc, non pas de perdre, mais de gagner un bien d'une valeur inestimable : du temps ! Moi, qui avais tellement de mal à accepter son irréversibilité, aurais dû m'en réjouir, mais c'était prématuré, ne sachant ce que me réservait le futur de ce passé ressuscité. Quelle attitude pourrais-je adopter avec Marjolaine qui n'était plus qu'un souvenir pour moi ?

— Youhou ! Youhou ! Y'a quelqu'un ?

Marie me regardait et dû patienter jusqu'à ce que mes yeux, se posant sur elle, refassent la mise au point avec ce passé redevenu mon présent.

— Tu n'as rien écouté de ce que je disais.

— Si ! Bien sûr !

— Ah oui ? Et bien explique-moi un peu la logistique d'approvisionnement des kiosques à leur ouverture.

Je vis tous les autres me fixer, persuadés à tort d'en savoir plus que moi, pourtant déjà passé par toutes les étapes de ce travail. Fort de mon expérience, je n'eus qu'à dépoussiérer mes connaissances pour épater Marie. Un peu trop même car elle m'interrompit.

— Attends ! Attends ! Qui t'a dit que l'on procédait ainsi ?

— C'est pas ça ? dis-je étonné.

— Si, mais je n'ai pas encore abordé ce point.

— Euh… ben ça me paraissait évident.

— Oui, ben contente-toi de suivre. Allez ! On continue !

Cette intervention confirmait bien mes trois ans d'avance et non pas de retard. Lorsqu'elle conclut, nous demandant de commencer à vérifier l'inventaire, l'occasion fut donc propice de teinter d'un peu de gratitude, la mauvaise impression faite depuis mon arrivée tardive. Je n'avais pu oublier cette erreur qui avait provoqué un tel retentissement au sein de l'équipe, car l'indisponibilité pendant les premiers jours du festival, d'un article très demandé, n'était pas passée inaperçue. Je revins, confiant, tendre ma feuille à Marie après avoir fait semblant d'arpenter les allées, sachant n'avoir qu'une correction importante à effectuer.

— Allées A-B-C ? dit-elle en fronçant les sourcils.

— C'est ça. T'as vu, j'ai fait vite !
— Mets-en ! Sauf que j'avais dit une seule allée.
— Je voulais rattraper mon temps perdu de ce matin.
— Et tu en as perdu encore plus car j'avais aussi dit que les trois premières étaient déjà vérifiées. Tu devais être encore ailleurs, conclut-elle sans regarder ma feuille plus attentivement.
— N'empêche qu'il y a une erreur sur la sérigraphie des tee-shirts blancs.
— Ça m'étonnerait, dit-elle, saisissant l'inventaire du suivant.
— C'est pas la bonne année !
— Très drôle ! Bon, tout était beau pour toi ? demanda-t-elle à mon collègue.
— Je suis sérieux, viens voir ! insistai-je.

Elle me suivit tout en maugréant sur cette perte de temps mais elle ne pouvait prendre le risque de passer à côté d'une telle erreur. En arrivant devant l'énorme quantité de boîtes concernées, elle en choisit une à sa hauteur et l'ouvrit.

— Sacrament ! 1991 ! jura-t-elle avant d'en déballer une seconde.
— Tu vois que c'était vrai.
— Ben, j'ai mon voyage ! Sont tous de même ! grogna-t-elle en examinant plusieurs tee-shirts.

Pensive, elle se recula pour regarder la pile de cartons.

— Je comprends ce qui a dû arriver. Aucune boîte n'a été ouverte, à part les deux miennes. On a dû sauter par mégarde la vérification de cet article. Heureusement que tu t'en es aperçu, on aura le temps de faire changer le flocage. Autrement ça signifiait les premiers jours du festival, sans tee-shirts blancs, donc beaucoup de pertes sur notre plus gros vendeur. Je peux te dire que j'aurais eu des comptes à rendre.

S'apprêtant à repartir pour contacter le fournisseur, une pensée se mit en travers de son chemin.

— Comment tu t'es aperçu du défaut ?
— J'ai regardé dans une boîte.

— Mais les deux seules ouvertes sont les miennes !
— Euh... et ben... je l'ai refermée ensuite.
— Pourquoi ça ?
— Parce que je me doutais bien qu'on allait les renvoyer.
— Ouais... dit-elle d'un air dubitatif. Loin d'imaginer la véritable explication, elle se contenta d'ajouter.
— Bon, l'important n'est pas là. Ton initiative nous évite une catastrophe, on va oublier l'heure à laquelle tu es arrivé ce matin.

J'aurais aimé en faire autant avec la date mais m'abstint évidemment de lui en faire part, elle avait déjà été suffisamment intriguée par ma manière de découvrir l'erreur. Je devrais faire preuve, aussi longtemps que durerait cette situation - quoique je n'écartais pas l'hypothèse de me réveiller demain dans le lit du bon calendrier - de plus de discernement envers certaines personnes, ignorantes encore de nos relations futures, comme ce serveur du Continental qui mettait en pause son travail au restaurant durant le festival pour un apport d'argent plus substantiel. J'aurai tendance à le dérouter par mes familiarités prématurées, celui-ci ne sachant pas encore devenir, durant les trois années suivantes, un fidèle client du Passeport. Il me faudra par contre, retrouver avec Marjolaine notre intime complicité d'antan, puisqu'à la fin de cette étrange journée, j'allais devoir embrasser mon passé.

A l'approche de l'appartement, avant qu'elle ne m'accueille pour une seconde première fois au sommet de l'escalier, je m'assis quelques minutes sur un banc du Carré Saint-Louis - lieu devenu décidemment familier pour mes cogitations - afin d'y trouver l'inspiration pour me remettre dans l'état d'esprit de ce 25 juin 1992. Je n'eus pas de mal un peu plus tard à la serrer dans mes bras. Ma propension à la nostalgie m'incitant déjà à câliner mentalement mes souvenirs, je n'allais certainement pas me priver d'en étreindre un, surgi du passé. Je me retins cependant sur le baiser, ayant l'impression de trahir Myriam, et Marjolaine dut le ressentir pour me le rendre aussi légèrement. La courte soirée - due à mon arrivée tardive -

durant laquelle je la laissai parler pour m'aider à me remémorer le contexte de cette époque, s'acheva quand elle m'avoua être fatiguée de combattre le décalage horaire et désireuse d'aller se coucher. Je prétextai le besoin de décompresser encore un peu pour la laisser monter seule à l'étage, afin d'éviter de me débattre avec des ébats à la date de péremption dépassée. Je voulais aussi tenter une expérience pour remettre les pendules à l'heure de mon cœur. Je m'installai donc sur le canapé, adoptant pour m'endormir une position identique à la veille de mon futur, escomptant ainsi m'y réveiller. Mais je ne trouvai pas le sommeil. Il était monté avec Marjolaine qui dormait sagement quand je me résolus enfin à me glisser à ses côtés. Espérant qu'imaginer, les yeux fermés, un scénario à l'inverse de celui d'hier serait peut-être suffisant, je la rejoins dans le sommeil.

2

Je m'éveillai effectivement sur le canapé. Son contact me procura la brève illusion d'avoir enfin pu déjouer le destin et être retourné exactement à ma vie d'avant, n'eut été la présence de Myriam à mes côtés, expliquant à Jean, avoir hâté son retour pour me retrouver. Sa présence m'incitait à penser que mon idée avait bien fonctionné, mais légèrement manqué de précision. L'emploi du canapé, présumé temporel, laissait encore à désirer. Jean s'étant_absenté pour aller répondre à la porte, je voulus en profiter pour demander des éclaircissements à Myriam mais avant même d'articuler un mot, j'entendis la voix de Marjolaine derrière moi.

— C'est qui elle ?

J'eus l'étrange réflexe enfantin de me cacher le visage derrière un coussin. Elle s'approcha pour le retirer, insistant plus doucement.

— Hé ! C'est qui elle ?

J'ouvris les yeux, tenant ce qui s'avéra être un oreiller, pour découvrir son regard interrogateur.

— Quoi ?

— Tu n'arrêtais pas de parler d'« elle » en dormant. Comme ça avait l'air de te tourmenter, je t'ai réveillé pour te demander qui c'était.

— On est quel jour ?

— Le jour du déménagement. Ça va ?

Hébété, je regardais autour de moi la chambre identique à la veille et me touchant machinalement la tête, ne trouvais nulle trace du débris de verre.

— Oui, ça va. Juste un mauvais rêve, soupirai-je.

***

Marjolaine fut surprise de ma rapidité à choisir futon et base de lit, juste avant d'emménager. Je prétendis avoir déjà fait une visite dans cette boutique quelques jours auparavant, alors qu'en vérité il s'agissait de quelques années. Pas de temps à perdre à faire semblant d'hésiter entre plusieurs modèles, sachant que mon choix se porterait immanquablement sur le même qu'il y trois ans, malgré ma connaissance des vis manquantes dans l'emballage. Mais je ne m'aventurai pas, faute d'explication plausible, à souligner immédiatement cette anomalie au vendeur ; mieux valait faire profil bas, observer, et attendre des moments plus décisifs, avant de manipuler une seconde fois les événements de manière intempestive.

Le déménagement et l'assemblage du lit me laissèrent un peu de temps pour anticiper notre première véritable nuit ensemble. Malgré l'utilisation répétée du baladeur et ma fréquentation assidue des bars, mon audition n'était pas altérée au point de rester sourd à l'appel de la chair. Marjolaine put retrouver son pâle amant de l'époque - pas encore hâlé par ses nuits avec Louise et Myriam - grâce au frein de ma culpabilité qui lui rendit tel qu'elle l'avait connu, bien que des sentiments de colère et d'abandon, laissés par ma dernière conversation avec Myriam, contribuèrent à le desserrer quelque peu. M'endormir dans les bras de celle-ci pour me réveiller dans ceux d'une autre aurait été certainement ingérable, mais comme j'avais pris l'habitude de me priver de ses lèvres depuis plusieurs mois, celles de Marjolaine me semblèrent presque aussi familières. Nos nuits ne furent pas brûlantes au point de déclencher le détecteur de fumée mais je me sortais assez bien de nos obscurités horizontales. Par contre, j'avais plus de mal à donner le change lors de nos clartés verticales, sa retenue et ses regards où planait parfois le doute, témoignaient d'ailleurs de sa perplexité. Mais heureusement, mes longues journées de travail loin d'elle me permirent d'apprivoiser à petites doses cette soudaine intimité. Je me débattais malgré tout avec mon décalage horaire sentimental, mon corps étant arrivé en 92, bien avant mes pensées restées en 95. J'essayais, bien difficilement, d'écarter toutes celles concernant Myriam ; si ma mémoire était moins méticuleuse que moi dans ses rangements et avait parfois tendance à garder le dérisoire au profit de l'important, elle ne pouvait néanmoins se débarrasser de souvenirs visités aussi régulièrement. En revanche, incitée par mon esprit pragmatique et poussée un peu par mon orgueil, elle m'avait servi à épater tout le monde à l'entrepôt par ma vitesse de compréhension, et discrètement, nous éviter aussi de répéter quelques erreurs marquantes. Je me mis donc à songer à monnayer ces connaissances du futur, repensant à un livre[74] où le personnage principal, dans une situation similaire, les utilisait en pariant sur des résultats sportifs aux issues gardées en mémoire. Mais je ne connaissais pas les sports nord-américains ni le base-ball et 1992 ne proposait pas de coupe du monde de football, événement sportif planétaire, susceptible de comporter certains résultats mémorables. L'éventuelle difficulté de trouver un *bookmaker* ne se présenta pas, puisque j'oubliai cette option divinatoire, en découvrant un futur peut-être fluctuant, lorsque Marjolaine, sa décoration murale étonnamment terminée deux jours plus tôt et de surcroît de plus belle manière, accentua l'imprévisible en m'informant innocemment au Passeport d'une inversion des rôles.

— J'ai un billet pour le concert de Zachary Richard.
— Tu connais Zachary Richard ? demandai-je abasourdi.
— Ben oui, à cause de la chanson.
— La chanson ? répondis-je sans réfléchir.
— Oui, *Marjolaine*. Tu ne la connais pas ?

---

[74] Replay (Ken Grimwood)

— Euh… si, si. Mais comment est-ce que tu as pu obtenir un billet ? C'est complet.

— Je l'ai acheté dès mon arrivée, pensant que tu pourrais m'y rejoindre après ton dernier soir au Festival.

Dans le bouillonnement de ma nouvelle vie, bien d'autres surprises mijotaient encore…

***

J'arrivai au Spectrum un peu plus tôt, ayant gagné en efficacité en revisitant les mêmes situations professionnelles à l'aune de mon expérience passée. Avant d'entamer un Zydeco à l'accordéon, Zachary lança à la foule galvanisée : « Laisse le bon temps rouler ». J'aurais bien voulu suivre son conseil, mais encore eut-il fallu savoir dans quel sens il roulait vraiment. La chanson terminée, je retrouvai Marjolaine au fond de la salle où elle me prit dans ses bras pour danser aux premières mesures de la suivante. Trop étonné de la voir sortir de sa réserve pour résister, nous tournâmes et nous valsâmes lentement, pendant qu'elle me murmurait à l'oreille certaines paroles de *Au Nord du Lac Bijou*[75].

Tourne, tourne dans mes bras.
Tiens-moi serré encore…
…elle restait tranquille, son cœur après se cassait
Guettant du matin au soir.

Sa joue humide contre la mienne, je restai désarmé par ces larmes discrètes, peine prémonitoire de la fin de notre relation. Je la gardai contre moi au morceau suivant, rassuré sur une partie de la chronologie des événements en entendant débuter les paroles de *Marjolaine*, mais m'abstenais cette fois-ci de les murmurer, ne sachant plus dans laquelle de mes vies était la sienne.

---

[75] Au Nord du Lac Bijou (Zachary Richard)

Enfant, je pensais que les fesses tomberaient si l'on dévissait le nombril et j'avais en grandissant, gardé l'habitude de le surveiller d'un peu trop près. Il était temps de cesser de le scruter et m'occuper un peu plus de Marjolaine. Elle souffrait visiblement des dommages collatéraux de cette situation ; tellement mystérieuse, que même les paroles sibyllines de Jean-Patrick Capdevielle, auxquelles ma compréhension avait toujours été hermétique, lui seyaient parfaitement : « Tu t'demandes à qui ça sert, toutes les règles un peu truquées du jeu qu'on veut te faire jouer, les yeux bandés »[76].

Bien que pour des raisons différentes, j'avais abordé nos retrouvailles en affectant le même détachement que lors de notre séparation. Toutefois la situation semblant perdurer, je me devais au moins d'essayer de ne pas gâcher cet été que j'avais après tout, la chance de ressusciter. Mais comment vivre le présent avec une relation passée, tout en regrettant une relation future qui appartenait maintenant au passé ; il y avait de quoi se perdre dans ces conjugaisons, imparfaites et toujours conditionnelles. J'étais perturbé de passer de l'exubérance de Falbala au calme de Marjolaine. Alors, je décidai de faire la planche, comme un naufragé renonçant à lutter contre le courant, mais à force d'être baigné dans sa bienveillante et souriante douceur, je me mis à nager progressivement avec elle.

Nous nous mîmes à réassembler les pièces du puzzle montréalais, profitant de la douceur de vivre de cette ville. Je m'évertuai à respecter le calendrier afin de vérifier, interpellé par les derniers événements, si ce futur était vraiment irrésolu. Identique à la fois précédente, la ballade au Lac aux Castors se termina de nouveau chez Schwartz, où je ne tardai pas à m'inquiéter de l'absence d'échos sur la récente visite de Céline Dion. Talonnés par l'impatience du serveur souhaitant que nous libérions la table d'un repas achevé depuis longtemps, j'allais me lever à contrecœur quand l'attention de la salle fut accaparée par l'arrivée de la diva. Elle me rassura en réglant de

---

[76] Quand T'es dans le Désert (Jean-Patrick Capdevielle)

nouveau la note des clients, dont nous faisions cette fois-ci partie.

Difficile de respecter un horaire datant de trois ans, mais malgré ce manque d'exactitude, j'avais eu une assez bonne mémoire pour ne pas confondre les jours. Non pas que je souhaitais par notre présence tirer un quelconque profit monétaire de ma prescience, mais simplement avoir confirmation que les seuls éléments différant de la version originale de cet été, étaient bien ceux influencés par mon comportement. Autrement, ils restaient les mêmes, bien ancrés dans la routine du temps, du plus petit au plus grand, telle Manon, absente du Passeport et toujours au Mexique, ou la présence de Robert Bourassa au poste de Premier Ministre. Si j'avais pu influer volontairement sur de petits évènements, comme l'erreur des tee-shirts du Festival, j'avais dû aussi, mais à mon insu, le faire sur le comportement de Marjolaine. Difficile de savoir si mon pouvoir irait au-delà de ma sphère intime et entraverait, ne serait-ce qu'un peu, la marche du monde. J'aurais pu aller botter le cul à Trudeau en public, pour connaître les conséquences de mes agissements sur un événement plus médiatique, mais je ne pense pas que cela lui aurait fait pour autant épouser la cause québécoise. Je m'en suis donc tenu à mes problèmes, comme celui d'une Marjolaine beaucoup moins réservée que dans mon souvenir, jusqu'à être parfois impatiente à mon égard et désireuse d'éclaircir notre avenir commun sans trop tarder.

A la pensée d'une autre anecdote inoubliable, j'aspirai à une seconde vérification. Je nous conduisis au Continental quelques jours plus tard, pour prendre place sur la banquette devant accueillir Nina Hagen, curieux de voir si, respectueuse inconsciente de la temporalité passée, elle allait me demander de changer de place. Le serveur et ancien collègue du Festival de Jazz avait repris la sienne au restaurant et me fit remarquer en s'approchant.

— Comment ça se fait que vous vous installez là ? Tu te mets toujours dans le fond d'habitude.

— Ça dérange ? La table est réservée ? dis-je me doutant par qui.

— Non, mais si vous étiez venus hier, tu serais sur les genoux de Nina Hagen.

— C'est pas ce soir son concert ?

— Je ne sais pas, mais hier, pile à cette heure-là, elle était assise ici même.

Difficile de respecter un calendrier datant de trois ans, mais au moins j'avais eu une assez bonne mémoire pour ne pas confondre les heures... Mais je m'étais trompé de jour.

***

J'attendais avec angoisse l'arrivée des symptômes de mon ulcère. Elle ne fut pas suffisante cette fois-ci pour le provoquer, et m'abandonna, déçue, avant notre départ pour les Iles de la Madeleine. Comme quoi, certains changements avaient du bon. Si je n'en étais pas encore à bâtir des châteaux en Espagne, je pus cependant aller regarder s'en construire d'autres sur les plages des Iles et profiter pleinement de ce voyage, m'évitant cette fois-ci, l'excursion à l'hôpital de Rimouski.

Plus j'avançais dans cet été recyclé, plus je sentais le froid revêtement carrelé de mon passé être remplacé peu à peu par une moquette chaude où j'évoluais de plus en plus confortablement. Je m'ancrais progressivement dans l'époque, pensant moins à Myriam mais la fantasmant simplement comme la Falbala encore mystérieuse qu'elle était en 1992. Cela m'aida à m'exonérer de ma culpabilité et j'essayai de faire mienne sa philosophie, portant *carpe diem* en étendard. J'avais pu retourner le sablier du temps, autant en profiter pour traiter son irréversibilité par le mépris et vivre pleinement ces instants avec Marjolaine, pour que nos polarités s'aimantent à nouveau, aidé par les aspects de sa personnalité qui m'avaient déjà séduit la première fois. Je crus avoir accumulé les bons points quand je reçus une image à notre retour des Iles : le laminage de Tintin. Mais si j'étais parvenu à sortir du champ d'attraction de

Falbala, des parties de mon cœur restaient accrochées aux barbelés de souvenirs l'entourant. J'ai toujours chanté faux et il faut croire que je n'étais jamais non plus dans le bon tempo concernant mes relations amoureuses car je me trouvai à nouveau devant la même indécision, quelques jours avant le départ de Marjolaine. Si la cause de mes hésitations, lors de notre précédente séparation, était la crainte d'un avenir incertain avec elle, celle d'aujourd'hui était l'obligation de peut-être devoir renoncer à celui, si longtemps désiré avec Myriam. Cette fois-ci, Marjolaine attendit quasiment l'ultime moment avant de s'asseoir sur mes genoux et me prit de court en changeant l'aiguillage de mes souvenirs, me demandant sans préambule.

— Tu voudrais que je reste ou pas ?
— Euh… oui, mais…
— Le « oui mais » est le « non » du lâche.
— C'est pas si simple, il faut me laisser le temps d'y réfléchir.
— C'est maintenant ou jamais !
— C'est un ultimatum ?
— Non, c'est une évidence.

Son habituelle douceur avait été remplacée par une colère sourde, alimentée certainement par mes tergiversations qu'elle ne pouvait comprendre. Je m'efforçai de remettre le passé sur ses rails.

— J'ai besoin de me retrouver seul pour y penser. Mais j'aimerais que tu me fasses une promesse, au cas où la lassitude de l'attente te poussait dans les bras de quelqu'un d'autre.
— Laquelle ? demanda-t-elle avec un étonnement disproportionné.
— Je veux que tu me promettes de m'envoyer un courrier avec l'adresse écrite en rouge.

Elle se leva brusquement pour faire quelques pas dans la pièce, avant de se retourner pour me regarder intensément.

— D'où tu sors cette idée ?
— Ben, de nulle part en particulier. Quelle question bizarre !

Avait-elle eu cette impression de « déjà vu » que l'on rencontre parfois, son esprit ayant gardé trace de notre autre vie ? Elle semblait vouloir ajouter autre chose, puis y renonça. J'insistai.
— Alors, tu promets ?
— Oui, oui, je promets, répondit-elle évasivement.
Les adieux, deux jours plus tard, n'en furent pas vraiment, car l'impression qu'elle n'était déjà plus réellement là, perdurait depuis cette dernière conversation. Elle me quitta, l'air plus déçu que peiné.

3

Dans le confort de mes draps, j'imagine l'espoir perché sur le rebord de la fenêtre de ma chambre donnant sur St-Denis - celle de mes amours avec Falbala - signifiant ainsi un retour à la normale au lendemain du départ de Marjolaine, puisque le bouleversement avait coïncidé avec son arrivée. Ainsi la boucle serait-elle bouclée. Couché, attentif au moindre bruit, voulant croire que ce silence total, inhabituel dans cette pièce durant la journée, était justifié par une rare accalmie de la circulation sur la rue, je garde les yeux fermés sur cet espoir, de peur de le voir s'enfuir en les ouvrant. Mais cet espoir, craintif, redresse la tête à la sonnerie du téléphone, déploie ses ailes aux légers coups frappés à la porte, et, aux paroles entendues, s'envole définitivement par la fenêtre ouvrant sur la calme cour arrière de l'appartement, quitté hier par Marjolaine.

— Téléphone pour toi. C'est Marjolaine, me dit Claude à travers la porte.

Je sus ainsi, avant même d'ouvrir les yeux, que le seul décalage temporel de la nuit avait été celui horaire, subi par Marjolaine en traversant l'océan. Elle m'appelait comme convenu pour me rassurer sur son arrivée. La relation épistolaire refera ensuite surface, mais sans prétendre me rappeler chacune de ses lettres, j'aurai tout le loisir d'en constater la faible quantité, comparativement à la fois précédente, puisque j'attendrais vainement la prochaine crue du temps qui suivra inexorablement son cours, sans plus sortir de son lit.

 Embarrassé par ce courant, trop prévisible sans l'être suffisamment pour me garantir de retrouver Falbala dont il m'avait éloigné, je profitai de ma solitude des jours suivants pour mettre de l'ordre dans mes idées. Mais il était ardu de classer mes amours par priorité alors que je n'y parvenais même plus chronologiquement. Falbala m'obnubilait à nouveau. Dans l'espoir de provoquer un futur, trop tardif à mon goût, je décidai sur un coup de tête de louer une voiture pour me rendre à Saint-Marcel-de-Richelieu, pensant l'y trouver auprès de sa mère malade, si ce présent restait fidèle au passé. Je dénichai sans trop de peine la maison, grâce à l'originale couleur framboise décrite par Myriam et me stationnai un peu après l'entrée. Prenant l'allure d'un promeneur, je passai à plusieurs reprises devant la cour abandonnée de tout véhicule. Les grandes fenêtres - typiques de ces anciennes écoles de rang et véritable bénédiction pour les cambrioleurs - me dissimulaient difficilement l'absence des occupants. De retour dans l'habitacle, je guettai dans le miroir l'arrivée d'une voiture d'où descendraient Myriam et sa mère, mais plus le temps passait, plus je trouvais ma démarche incongrue. J'abordais les évènements à l'envers en regardant dans le rétroviseur, ce qui était devant le pare-brise de ma vie actuelle. Qu'aurais-je pu dire à celle pour qui je n'étais encore qu'un étranger ? Le temps n'était pas venu et si je ne voulais pas risquer de fausser notre rencontre, il me fallait patienter, attendre qu'elle survienne naturellement, parée de toute la magie de la première fois, et ne surtout pas jouer à l'apprenti sorcier au coup de baguette prématuré. Je fis demi-tour pour remettre ma vie dans le bon sens et quittai ce rang désert, avant que les rares voisins, intrigués par le comportement de cet inconnu, n'appellent la Sûreté du Québec.

 Mon esprit cartésien avait d'abord essayé de trouver le déclencheur de ce retour dans le temps, sans vraiment réussir à le discerner, et je m'étais rapidement contenté de conclure qu'il s'agissait probablement d'un des événements du Carré Saint-Louis, plus appliqué à échafauder des hypothèses sur les circonstances pouvant me ramener à ma vie d'avant, qui était aussi maintenant celle d'après. Toutes ces conjectures s'étant révélées fausses, il me fallut un bon mois après le départ de Marjolaine pour me faire à l'idée de devoir revivre certaines périodes, pénibles ou douloureuses, de ma vie. Tous les plaisirs d'un été à Montréal m'avaient permis d'oublier parfois jusqu'au visage de Falbala, en revivant par intermittence les bons moments avec Marjolaine. Son charme opérait encore puisque la fin de notre histoire précédente n'avait pas été provoquée par l'usure du temps mais par une séparation inévitable. Y avoir été de nouveau confronté me rappelait le goût d'inachevé de cette relation, mais sans les affres de la première fois. Je restais quand même dérouté par la maigreur de sa correspondance, bien différente de celle laissée dans mes souvenirs. Je devais bien aussi m'avouer que Falbala devenue inaccessible, je m'ennuyais un peu de Marjolaine. Je relativise souvent lors d'un moment difficile, me disant qu'il ne sera qu'une petite bosse à l'échelle de ma vie, et le temps aidant, cette réflexion s'était avérée concernant la fin de mes amours avec Marjolaine. Mais maintenant, j'étais de retour quelques barreaux plus bas, la bosse avait repris du volume et j'éprouvais le besoin de voir si sous le tapis se cachait un diamant ou un caillou. J'eus tout le temps de cogiter, car sachant qu'on me proposerait prochainement un emploi comme portier, je m'autorisai à faire l'impasse sur ma période grise de manutentionnaire dans les usines montréalaises et arrivai à la conclusion qu'une démarche était nécessaire, bien qu'encore dubitatif sur sa nature et partiellement convaincu de son bienfondé. Mais je devais profiter de cette seconde chance et de mon temps libre pour essayer de chasser certains doutes ou corriger certaines erreurs, avant que ne débute mon emploi au Lézard.

Je trouvais pratiques ces ronds-points européens, quasiment inexistants au Québec, qui nous accordaient le répit d'un tour supplémentaire, au profit d'un choix plus éclairé. La découverte fortuite au dos du laminage, d'une dédicace beaucoup plus explicite que la première, m'avait conforté dans l'impression d'être de retour à un carrefour important de ma vie. Je la pris comme une indication pour me sortir du rond-point mental autour duquel l'expectative me faisait tourner depuis trop longtemps. Plus pour laver ma conscience de ses regrets que par conviction, je puisai dans l'une de mes cagnottes pour acheter un billet d'avion.

***

J'atterris à Barcelone quelques jours plus tard, un peu moins convaincu de la pertinence de mon voyage, comprenant enfin Roxanne quand elle affirmait être toute mêlée dans sa tête. Ne sachant pas trop où aller, je retournai à la même petite pension dont les sommiers bruyants devaient être la spécialité. Cette fois-ci, ils ne chantèrent qu'au seul rythme de ma *pitourne*[77] et c'est pour trouver le sommeil que je dus faire preuve d'imagination.

Le lendemain, à l'adresse destinataire de mes courriers, je pris comme un bon présage ma rencontre avec une étudiante connaissant Marjolaine, qui m'informa de l'endroit et de l'heure approximative de la fin de ses cours. J'y trouvai un banc pour accueillir mon attente. Des groupes d'étudiants, parmi lesquels j'essayais de la discerner sans succès, se déversaient sporadiquement de l'entrée du bâtiment, comme les gouttes d'un robinet qui fuit. Plus d'une heure s'écoula avant que je ne puisse étancher ma soif de la revoir, l'apercevant enfin de l'autre côté de la rue, accompagnée de trois autres filles. Je la hélai et traversai, indifférent à la circulation de ce quartier heureusement calme.

---

[77] Avoir la pitourne : Se retourner dans son lit sans trouver le sommeil. « Pis tourne d'un bord, pis tourne de l'autre ».

— Mais qu'est-ce que tu fais là ?

Sans saluer aucune des autres étudiantes, elle m'entraîna vers le banc, rassurant cependant l'une d'elle, inquiète de cet abandon précipité. Elles hésitèrent un instant avant de s'éloigner, tout en jetant quelques regards intrigués par-dessus leurs épaules. Je lus plus d'incrédulité que d'étonnement dans les yeux que Marjolaine leva vers moi, après s'être laissée tomber sur le banc.

— Tu ne devrais pas être là !

— Quel accueil ! dis-je, la mine renfrognée devant cette entrée en matière. Bonjour, peut-être ?

Tiré doucement par le bras et invité à m'asseoir à ses côtés, je m'exécutai, la sentant plus désemparée que vraiment fâchée.

— Je dérange ?

— Non… enfin oui… c'est plus compliqué que ça.

Elle me prit la main, et se tourna pour m'interroger sans ambages.

— Pourquoi es-tu venu ?

Je ne sais pas vraiment à quel accueil je m'attendais, mais certainement pas à celui-ci.

— Je pensais te faire plaisir. Et je voulais aussi te donner ça, je n'en aurai pas besoin.

Sortant de ma poche deux stylos rouges, je lui tendis.

— C'est trop tard. Moi, je n'en ai plus besoin.

— Qu'est-ce que tu veux dire ?

— Que je t'ai attendu trop longtemps.

— Mais ça fait à peine plus d'un mois !

— Oooh… Ça fait bien plus longtemps que ça… dit-elle en regardant au loin.

— Je ne comprends pas.

— Moi, c'est ton invitation à Montréal que je n'ai pas comprise. Tout au long de mon séjour, je t'ai senti absent. J'ai bien tout fait pour te faire réagir, mais sans succès. Je n'ai pas retrouvé l'homme que j'avais connu en France. Tu m'as déçue, conclut-elle amèrement.

Je voyais ce qu'elle voulait dire. Malgré les bons moments, je n'étais pas parvenu à être totalement dans ce présent. Mais peiné de l'avoir déçue, j'essayai de me justifier.

— Si tu savais tout, tu comprendrais mieux.

— Pourtant, plus ça va, moins je comprends. J'ai même pensé n'avoir été qu'un jeu pour toi et maintenant... tu viens jusqu'à Barcelone...

— J'aimerais bien t'expliquer mais tu ne me croirais pas.

— Tu serais surpris de voir à quel point mon esprit s'est ouvert ces derniers mois.

— Sûrement pas assez.

Electrisée par son impatience, elle se leva brusquement.

— Ecoute ! Si tu as quelque chose à dire, fais-le maintenant. J'ai quelqu'un qui m'attend.

— ...

— Tant pis ! Il est dommage d'avoir fait un tel voyage pour se voir seulement cinq petites minutes, mais décidément, tu n'as rien appris !

Piqué dans mon orgueil, j'aimais mieux passer pour un fou qu'un égoïste. Sentant que si je ne disais rien, je ne la reverrais plus, je la retins pour lui conter rapidement les événements du 24 juin, sans mentionner Falbala ni tous les détails de cette perturbante histoire, de peur qu'elle ne m'écoute pas jusqu'au bout. Mais, contre toute attente, elle se rassit, la bouche ouverte et les yeux écarquillés, sans me traiter au mieux de menteur, au pire de fou.

— Incroyable ! dit-elle simplement après un long silence.

— C'est pourtant la vérité mais je ne le croirais pas non plus si j'étais à ta place.

— Mais je te crois, puisqu'il m'est arrivé la même chose, dit-elle sérieusement.

— Ouais, t'as raison. Fous-toi de moi. Je me doutais bien que ça ne passerait pas.

— Tu vois, tu voudrais que je te crois mais toi de ton côté, tu doutes de mes paroles.

— C'est pas pareil...

— Et pourquoi pas ? J'aurais pu décoller de France en 95 et atterrir au Québec en 92.

J'eus un rire jaune citron et lançai une remarque acide en me levant.

— Essaie au moins d'être crédible, je ne vois pas ce que tu aurais fait dans un avion pour le Québec en 95. Moi, je pourrais te citer un événement futur mais il faudrait attendre qu'il se produise pour ébranler tes certitudes et il sera trop tard. Je n'aurais pas dû venir, je ne vais pas te déranger plus longtemps.

Mais j'avais du mal à la quitter et restai debout devant elle quelques secondes, avant que ces surprenantes paroles me forcent à me rasseoir.

— Dans peu de temps, tu vas commencer à travailler comme portier dans un bar et l'été prochain, tu vas déménager au-dessus du Passeport avec Claude.

— Mais comment tu sais ça ?

— Je viens de te le dire et ta réponse me confirme qu'on vit bien la même chose.

— Incroyable !

— Ça, je l'ai déjà dit !

— Alors ça... Ca explique bien des choses...

— Comme tu dis.

Nous restâmes quelques minutes silencieux, perdus dans la contemplation du macadam à nos pieds. Elle repassait probablement, tout comme moi, les événements de l'été avec un regard neuf car elle reprit, songeuse.

— Je comprends maintenant pourquoi tu étais si distant au départ.

— Et toi, si différente.

— Bon ! Je pense que l'on a besoin d'avoir une plus longue conversation. Je suis prise toute la fin de semaine mais vu les circonstances, je peux me libérer demain. Mais pour cela, il faut absolument que j'aille à mon rendez-vous ce soir.

— Tu ne peux pas le remettre ?

— Non, vu l'heure, je n'ai plus la possibilité de joindre la personne.

— Mais c'est qui ? C'est pour ça que tu m'as dit ne plus avoir besoin des stylos rouges ?
— On verra tout ça demain, dit-elle en se levant. Tu sais où dormir ?
— Je suis retourné à la même pension.
— Ah, décidément ! Tu es un incurable nostalgique !
— Mais non, je n'en connaissais pas d'autres, c'est tout.
— Ça doit être ça, dit-elle en souriant pour la première fois.
— On se retrouve où demain ?
— Laisse-moi y penser une seconde.
— On pourrait se rejoindre sur le même banc du Parc Guell, proposai-je
— Ça doit être aussi parce que tu n'en connais pas d'autres, n'est-ce pas ?

Je haussai les épaules, faisant la moue pour toute réponse. Elle se pencha vers moi pour m'embrasser sur la joue.
— A demain ! 10 heures !

Elle s'éloigna d'un pas pressé puis se retourna pour me faire un petit signe de la main. Je restai de longues minutes sur le banc à digérer ces informations. Nous étions probablement, tous les deux, plus surpris par la coïncidence que par le phénomène auquel nous avions eu le temps de nous habituer. Je fis l'impasse sur le repas pour aller retrouver mon sommier bruyant, mais toujours pas le sommeil.

Pourquoi avait-elle pris l'avion pour Montréal en 1995 ?

***

— C'est pour cette raison que je suis étonnée de ta présence à Barcelone. On ne devait jamais se revoir après mon départ de Montréal, puisque mis à part ton ulcère, tout avait été dans les grandes lignes, identique à la première fois. Son absence m'a un peu surprise mais pas au point de m'attendre à un aussi gros changement que ta présence ici.
— Je n'arrive même plus à être étonné quand tu dis t'être endormie après avoir traversé un gros orage en avion, et réalisé

seulement après son atterrissage, être revenue en 1992. Comment tu l'as compris d'ailleurs ?
— Difficilement.
— Oui, ça je m'en doute. Je suis moi aussi passé par là. Je voulais dire grâce à quels événements.
— Tout a commencé à mon arrivée quand le douanier me demande, un œil sur mon billet de retour :
— « Où allez-vous loger pendant vos deux mois au Québec ?
— Deux mois ? » ai-je répondu étonnée, puisque je n'avais acheté un billet que pour une semaine. « Je ne reste pas deux mois !
— C'est pourtant ce qui est écrit sur votre billet ». Nullement démonté par mon air ahuri et devant mon silence, il insiste :
— « Alors mademoiselle, est-ce que vous pouvez me donner le nom de votre hôtel ou l'adresse où vous comptez loger ? »
— Là, j'ai tellement bredouillé, qu'ils m'ont retenue plus longtemps, à l'écart dans un bureau. Comme je n'avais rien à me reprocher et me suis souvenue de l'adresse de la rue Drolet, ils m'ont laissée partir, s'interrogeant plus sur mon état d'hébétude que sur la véracité de mes réponses.

J'avais compris que plus rien ne serait comme avant, dès l'instant où elle s'était assise à mes côtés, et non pas sur mes genoux, sur ce banc du Parc Guell. Malgré la nuit pour effacer la surprise de ma présence à Barcelone, son étonnement n'avait pas fait place à une joie démesurée. En ce samedi matin, elle finissait de me raconter ses longs errements dans les rues de Montréal, jusqu'à conclure que la meilleure conduite à adopter, compte tenu des motivations de sa visite, était de se rendre à l'appartement de Jean.

— Justement, tu ne m'as toujours pas dit ce que tu faisais dans un avion pour Montréal, le 25 juin 1995.
— Pour ça, il faudra revenir en arrière. Enfin, pas vraiment en arrière puisqu'on est en 92. Oh là là ! J'ai encore du mal à m'y faire. Je veux dire l'autre 92, le premier.

J'espère que vous suivez. Moi-même, à certains moments, m'y perdais un peu émotionnellement. Je dus me remettre, pour écouter la suite du récit, dans l'état d'esprit de son premier départ de Montréal.

— Après mon retour et quelques jours en France, j'ai retrouvé dès mon arrivée en Espagne, un copain rencontré à l'université de Nîmes, l'année auparavant. Il m'avouera plus tard, s'être inscrit à Barcelone pour garder contact avec moi dans l'idée de me séduire. Mais dans l'immédiat, bien conscient de mon indécision à amorcer une nouvelle relation, il évitait d'y mettre trop d'insistance. La bonne conduite à adopter car nous nous écrivions encore beaucoup et tant que je ne recevais pas de lettre avec l'adresse inscrite en rouge, je gardais toujours l'espoir de quelque chose de plus entre nous deux. J'avais même imaginé ta visite surprise à Barcelone pour… enfin tu l'as réalisée puisque tu es là… Mais trop tard.

— Comment ça trop tard ?

— Trop tard ou au mauvais moment… ou la mauvaise fois. Je ne sais plus comment dire mais tu vas comprendre. Donc, notre correspondance se clairsemant au fil des mois, j'ai d'abord envisagé une relation avec Valentin, le copain en question, avant de la débuter et accepter réellement notre séparation.

— Et la relation a duré longtemps ?

— Oui, mais je n'arrivais pas à m'y investir totalement car notre histoire me semblait inaccomplie. Je n'avais rien à lui reprocher mais c'est dur de rivaliser avec un souvenir. Surtout qu'avec le temps, j'ai eu tendance à t'idéaliser.

— C'est normal, tu n'avais pas encore découvert tous mes défauts mais tu aurais fini par voir que je n'étais qu'une imposture.

— Je dis ça sérieusement.

— Moi aussi.

— Alors tu exagères, mais je vais reprendre tes mots. En 95, j'ai décidé de prendre l'avion pour aller voir de visu si tu n'étais vraiment qu'une imposture. Et surtout, tirer un trait sur ce passé, presque persuadée de constater que tu l'avais probablement déjà fait avec quelqu'un de moins jeune que moi.

— L'âge n'a rien à voir là-dedans. Sentimentalement, tu as toujours été plus mature que moi.

— Ou moins timorée, peut-être. Donc, une fois à Montréal, tout en essayant de digérer cette inexplicable situation, je me suis dit qu'après tout, j'avais la chance inespérée de mieux réaliser l'objectif de mon voyage, puisque l'opportunité m'était offerte de revivre la même relation, enrichie des enseignements du passé pour essayer de changer son horizon. Mais quand je me suis retrouvée face à toi, il m'a quand même fallu un temps d'adaptation.

— Surtout que je n'étais pas tel que tu m'avais laissé. Mais je comprends mieux maintenant pourquoi je te trouvais si différente.

— Oui, moi aussi, je comprends, maintenant. J'ai bien essayé d'y croire. On a passé encore quelques bons moments ensemble, mais ce n'était pas comme dans mon souvenir... la magie avait en quelque sorte disparu. Sur la fin, je poursuivais plus pour achever de me convaincre que nous n'avions aucun avenir ensemble.

— Tu as quand même écrit « Je t'aime » au dos du laminage.

— C'était pour voir ta réaction mais il n'y en a eu aucune.

— Je ne l'ai lu que récemment, je croyais tes mots identiques aux premiers.

— Bon, de toute façon ça n'aurait rien changé. Cette piqûre de rappel m'avait vaccinée. A mon retour, j'ai pu m'investir plus librement dans ma relation avec Valentin, sans la troubler de ton souvenir, car cette fois-ci, tu m'avais plus déçue que peinée.

— Je comprends pourquoi tu ne m'as pas attendu.

— Je t'ai attendu vainement pendant plusieurs années, je n'allais pas recommencer, sachant que tu n'irais pas plus loin.

— Mais j'étais perturbé par la situation... et j'avais aussi quelqu'un d'autre te dérobant à mes pensées.

— Je ne t'en veux plus, va. C'est du passé tout ça maintenant. Un passé définitif cette fois-ci, j'espère ! Viens, je t'amène dans un petit restaurant sympa, tu me parleras d'elle.

Ce que je fis abondamment à la terrasse animée d'un bar à tapas d'une petite rue perpendiculaire aux Ramblas. Nous dînâmes à l'heure espagnole ou plus précisément catalane - leur sentiment identitaire méritant autant de respect que celui des Québécois - et avions tellement traîné, la sangria nous déliant la langue, qu'entretemps la bodega s'était vidée des barcelonais prenant leurs pauses.

— Tu parles d'elle avec nostalgie alors qu'il s'agit de ton futur.

— Mais je ne suis vraiment pas certain que ce futur se déroulera comme la dernière fois.

— Alors tu t'es rabattu sur moi, dit-elle avec un sourire amer.

— Non, je ne le dirais pas comme ça. C'est plutôt que suite à ma dernière dispute avec Myriam, j'ai commencé à m'interroger sur certaines décisions ayant pesé sur ma vie sentimentale.

— Qu'est-ce que tu veux dire ?

— Qu'après ton départ, le second bien entendu, je me suis demandé si atterrir justement à cette période de ma vie n'avait pas été une réponse à ces interrogations ; en quelque sorte, une seconde chance accordée pour remettre mon choix en question et tenter de faire un plus long chemin avec toi.

— Tu veux dire que tu as essayé de t'en convaincre.

— C'est un peu ça, oui. Et maintenant, je ne comprends plus à quoi sert tout ça... Sûrement à rien.

— C'est un nostalgique comme toi qui dit ça ? Alors qu'il a la chance de revivre son passé !

— Oui, mais ça ne se passe pas comme je l'imaginais, on revit des moments d'occasion, abîmés par le temps.

— C'était le cas pour les derniers, mais cela nous a permis de voir que l'on n'était pas faits l'un pour l'autre, quelles que soient les circonstances. La première fois, tu n'étais pas prêt, cette fois-ci tu ne l'étais plus. Je peux ainsi m'investir dans ma relation, libérée de toi.

— En fin de compte, c'est toi qui as trouvé le bon chemin. Mais moi…

— Il t'attend peut-être plus loin mais tu avais besoin, comme moi, d'achever notre histoire pour l'emprunter sereinement. Enfin, je dis ça mais je ne sais pas si j'ai occupé tes pensées au point de gâcher ta vie sentimentale.

Prenant soudainement conscience des tables alentours désertées, signe de l'heure avancée, nous nous levâmes pour flâner. Elle enchaîna à ses sages propos, auxquels je repenserai a posteriori, une phrase teintée d'ironie, censée alléger la discussion.

— Toujours est-il qu'il faut que tu trouves le moyen pour qu'on ne retourne pas encore une fois en arrière. Je n'ai pas envie de me coltiner un troisième été avec toi.

— A ce point-là, répondis-je tristement.

Elle comprit à mon air déçu que mon humour était au garage, tous feux éteints. Alors, s'arrêtant face à moi, elle fit le bilan.

— Regarde-moi ! La seconde fois était de trop et on n'était pas prêts à revivre ça, c'était trop abrupt, trop soudain et trop tard. Mais j'ai adoré la première et tous ces moments passés ensemble, tu m'as vraiment fait vibrer et vivre des émotions fortes. Jamais de routine : La Plagne, Nîmes, Barcelone, Montréal et les Iles de la Madeleine. Etourdie par tant de changements en quelques mois, j'avais presque l'impression d'être un personnage de roman. Je préfère oublier ce second été raté et me souvenir de toi avec tendresse. Tu devrais en faire autant.

— Ce n'était pas si mal alors ?

— Non, mais il faut maintenant aller de l'avant car je n'ai pas envie de tout reconstruire.

— Mais j'ai rien fait, moi !

— Ça ne peut venir que de toi. Moi, j'étais assise tranquillement dans l'avion. Qu'est-ce que tu as fait avant de t'endormir chez Jean ?

— Alors, euh... j'ai rencontré un étrange clochard... mon baladeur a déconné... et je me suis fait prendre par un gros orage. Rien de spécial, quoi.

— Eh bien voilà !

— Quoi voilà ?

— L'orage ! Ça devait être en même temps que le mien si on tient compte du décalage horaire... donc c'est ce qui s'est passé juste avant...

— Mon baladeur ? Je l'ai depuis longtemps et au prix où je l'ai payé, ça m'étonnerait qu'il soit magique... ou alors le coût du sort a bien baissé.

— Pourquoi tu dis un étrange clochard ?

— C'est dur à expliquer... il était étrange, c'est tout. Et bien que je passe souvent au Carré Saint-Louis, je ne l'ai jamais revu.

— Surtout pas ! Evite-le et jette ton baladeur !

— Tu as une idée ?

— Aucune ! Mais j'aime ma vie actuelle alors je ne veux prendre aucun risque.

Nous étions arrivés Place de Catalogne quand elle ajouta.

— Il commence à être tard, je vais te laisser.

— Tu as rendez-vous avec Valentin ?

— Non, j'ai annulé quand je l'ai vu vendredi. Il sait que nous devions avoir une explication, mais je lui ai réservé ma journée de demain. Il ne passera pas une seconde fois après toi. J'espère que tu comprends.

— Bien sûr. De toute façon, on s'est tout dit ou presque.

— Qu'est-ce que tu vas faire jusqu'à ton vol de samedi prochain ?

— Je ne sais pas.

— Tu te rappelles où nous n'avions pu aller par manque de temps ?

— Longer la côte ?

— C'est ça. Tu devrais en profiter et pousser jusqu'à Cadaqués, visiter la maison de Dali.
— Je vais y penser.
— Mais j'aimerais quand même que tu ne partes pas sans me dire au revoir.
— Qu'est-ce que ça changera ?
— A le faire sereinement. D'ici là, j'espère qu'on aura digéré un peu tout ça. Tu as mieux à faire ?
— Non. Pas vraiment.
— Alors rendez-vous ici, vendredi à la même heure. Fais attention à toi, conclut-elle en me serrant dans ses bras.

Après son départ, je restai un long moment, immobile, au centre de l'immense étoile de la Place. A l'approche de réponses importantes de la vie, augurant d'une issue incertaine, j'essayais toujours d'adopter un pessimisme de circonstance ; œuvrant pour le meilleur tout en anticipant le pire, j'atténuais ainsi les déceptions. Mais cette fois-ci, ma tactique à la Gramsci[78] fut mise en échec car ça dépassait toutes mes désespérances. Je tentai de me secouer et en m'encourageant d'un « Faut que j'me pousse[79] », les paroles de la chanson me revinrent à l'esprit ; j'avais mélangé, moi aussi, la vie et le cinéma. Il y a quelques années, mon esprit m'aurait plutôt soufflé : « Faut que je me tire ailleurs[80] » mais mon foie malmené par tant d'émotions avait instinctivement chargé ma langue d'un joual devenu ineffaçable, me confirmant que ma place était maintenant à Montréal. Je suivis le conseil de Marjolaine et longeai la côte en stop jusqu'à Cadaqués. La maison de Dali ne me sembla guère plus surréaliste que ma vie. Je continuai jusqu'à Port-Vendres où les quelques jours passés dans une chambre avec vue sur le petit port, me poussèrent presque à écrire sur ces étranges événements. Mais j'invoquai

---

[78] Pessimisme de la raison, optimisme de la volonté (Antonio Gramsci).
[79] Faut que J'me Pousse (Offenbach)
[80] Faut que J'me Tire Ailleurs (Bill Deraime)

l'incrédulité des futurs lecteurs pour céder à la paresse de m'abstenir.

***

Assis sur un des bancs entourant la Place de Catalogne, je restais silencieux, après avoir raconté brièvement mes quelques jours à Marjolaine. L'heure de se séparer arrivait une fois de plus, me donnant l'impression que ces dernières années se résumaient à des adieux récurrents.
— A quoi tu penses ?
— Je pense à toi, radieuse lors de nos journées de ski, ou bien je te revois, riant dans la voiture nous conduisant à Barcelone. Je pense au nombre de fois où l'on a eu à se dire difficilement au revoir et que celle-ci sera probablement la dernière. Je pense à tout ce qui a été et ne sera jamais plus, malgré cette seconde chance que l'on a eue.
— Tu remarqueras que tes regrets sont surtout pour les moments vécus une seule fois. Les autres ont été abîmés d'avoir été revisités. Ce qui fait leur beauté, c'est d'être uniques. Il faut que tu apprennes à ne plus regarder en arrière, sinon ta nostalgie te perdra.
— Je songe aussi aux deux concerts de Zachary Richard.
— Oui... Ce sont aussi les deux moments où j'y ai cru le plus, concéda-t-elle avec un sourire triste, sûrement influencée par ma mélancolie.
— Mais ça n'a plus d'importance, tu as maintenant un amoureux, au nom prédestiné. Tu ne m'aurais rien dit le concernant si je n'étais pas venu ?
— C'est déjà fait et la lettre, telle que promise, sera sûrement parmi ton courrier à ton arrivée. Tu sais, j'ai toujours compris ta décision de vouloir rester à Montréal. Moi aussi, j'ai aimé les gens et le pays, découverts grâce à toi. J'ai même souvent regretté ma décision de ne pas avoir tout envoyé balader pour y rester, avec ou sans toi, te forçant la main si nécessaire. Mais la première fois, j'étais trop jeune pour un tel

changement, j'avais besoin de ton soutien, et la seconde, il était trop tard. Mais le Québec restera toujours dans mon cœur.

— Alors peut-être qu'on se reverra là-bas dans quelques années…

J'avais prononcé ces derniers mots sans trop y croire, dans le seul but d'atténuer le côté définitif de ces adieux, mais avant de s'éloigner, Marjolaine planta le dernier clou dans le cercueil de nos relations, le regard triste de cette certitude.

— Adieu, tu n'étais pas l'homme de mes vies.

LOUISE

1

Les vagues viennent me lécher doucement les pieds, avant de se retirer à regret. J'apprécie de plus en plus leur contact et accueille avec plaisir chaque retour que la marée apporte toujours plus haut. Je sais que si je ne fais rien pour changer le cours des événements, je finirai englouti dans ces eaux jamaïcaines mais j'attends maintenant ce moment sereinement.

Telle était l'impression laissée par mes rencontres successives avec Louise depuis qu'elle avait de nouveau croisé mon chemin, loin donc de la sensation de tsunami provoquée par la brusque intimité de mes retrouvailles avec Marjolaine. Encore un inconnu pour Louise, les prémices de notre relation ne m'obligeaient pas à feindre une affection oubliée. Le temps accordé pour la redécouvrir progressivement, lors de nos brèves conversations au Lézard, permettait de m'ajuster à une situation déjà vécue et être ainsi un peu plus avisé pour notre premier vrai rendez-vous. Cancre dans l'expression de mes sentiments, mais ayant la chance de redoubler une année charnière, je n'avais pas l'intention de me dérober à cet examen de passage. Instruit des paroles de Marjolaine - disant pouvoir s'investir au mieux dans ses amours avec Valentin, maintenant qu'elle s'était libérée de moi - j'avais pu réviser ma leçon à la lumière de sa nouvelle relation ainsi qu'au souvenir de la mienne avec Louise ; celle où mon comportement avait été troublé par les séquelles de cette histoire inachevée avec Marjolaine, lesquelles avaient empêché tout engagement. Ce second été avait peut-être bien servi après tout à revoir ma copie car la répétition des évènements m'aida à clore ce chapitre, et dès le premier soir où Daniel me présenta Louise, je sus être prêt à en commencer un nouveau.

Falbala avait été un éblouissement, au point que la rémanence de sa vision m'empêchait de voir objectivement l'image de mes amours enfuies, mais plus de sept mois s'étaient écoulés depuis nos adieux à l'aéroport, et amplifiés par ce retour dans le passé, cela me semblait une éternité. Paradoxalement, plus je me rapprochais temporellement de ma rencontre toujours incertaine avec elle, plus son souvenir s'effaçait. L'esprit presque exorcisé de mes fantômes anciens ou futurs, je pus revivre avec un recul suffisant, les premiers mots banals échangés avec Louise et réaliser qu'avec le temps, ma mémoire avait perdu le souvenir de sa grande beauté, cessant de rendre justice à ses attraits.

— Let me introduce you, our new bouncer, lui dit Daniel en me nommant. Puis s'adressant à moi.

— Je te présente Louise. Sa gentillesse et sa fidélité lui donnent droit au traitement VIP.

Elle lui fit un sourire pour le remercier de sa remarque et ne s'en départit pas pour se tourner vers moi, la main tendue. Je ne pus m'empêcher, en l'enserrant des miennes, d'y mettre un peu plus de chaleur que la première fois.

— Please to meet you, dis-je, feignant comme auparavant, de la croire unilingue.

— Enchantée. Voilà un prénom qu'on ne rencontre pas souvent au Québec.

— Ce n'est pas le cas d'où je viens.

— Je le devine en t'entendant. Ce nom et cet accent me rappelle une vieille série que je regardais dans mon enfance.

Nous échangeâmes brièvement quelques banalités, semblables à celles de notre rencontre initiale. Lors de celle-ci, j'avais été surpris de cette référence à une production française, venant d'une anglophone – du moins présumée telle en raison de la présentation de Daniel dans cette langue - avant que, devant son français parfait, le doute ne s'insinue en moi. En prenant garde de me conformer à notre échange passé, je voulais laisser la chance au temps de reproduire les événements nous ayant poussés l'un vers l'autre et m'acclimater progressivement en les revivant.

Je savais dorénavant pouvoir interférer sur mon futur en influençant, par un comportement différent, certaines décisions de mon entourage. Je tirais de cet enseignement une attention toute particulière à rester le plus fidèle possible au passé, afin d'arriver dans les mêmes conditions aux événements sur lesquels je voulais peser, et ainsi pouvoir corriger ce que je considérais être des erreurs. Je trichai quand même un peu, sans conséquence aucune sur mon destin, interdisant l'entrée au Lézard à certains fauteurs de troubles dont j'avais gardé le souvenir, nous évitant ainsi les désagréments de leur expulsion. Mais je ne refusai pas l'accès à l'avorton m'ayant cassé un verre sur la tête et lui laissai le plaisir de réitérer son geste, non par masochisme, mais pour effacer cette impression de vide, chaque fois que mes réflexions m'incitaient à porter machinalement la main à mon cuir chevelu. Comme quoi, on s'attache vraiment à tout. Cette fois-ci, je n'eus pas besoin d'aller me passer la tête sous l'eau et éponger le sang à l'aide d'un essuie-tout. Plusieurs jours auparavant, en connaissance de cause, j'avais insisté auprès de Roberto et Eddison, pour avoir une boîte à pharmacie avec compresses et désinfectant, à disposition des employés.

Je continuerai par la suite, lors de mes échanges avec Louise, à évoluer comme un funambule sur le fil du temps, afin de l'amener dans le même état d'esprit au soir de mon invitation. Si Marjolaine avait été une bosse sous le tapis, Louise était un accroc dans lequel il était facile de se reprendre les pieds.

***

— Je veux ma bière !

Tiens, je l'avais oublié celui-là, pensais-je immédiatement en entendant ce client hausser le ton au bar. La soirée commençait à peine et le DJ n'avait pas cru bon de monter le volume pour les quelques clients présents. Je surveillais attentivement le haut des escaliers, avec la ferme intention de ne pas rater l'arrivée de notre couple « d'amoureux » querelleurs et éviter ainsi de les laisser perturber à nouveau mon invitation à Louise. C'est seulement aux vociférations de l'individu que cet autre événement m'ayant pourtant amusé me revint. Sûrement était-il enseveli dans ma mémoire sous ceux plus marquants de cette soirée. Je me dirigeai vers lui, dans l'idée de m'en tenir aux remarques déjà prononcées en cette occasion.

— Qu'est-ce qui se passe ?

— C'est lui ! Il a pris ma bière ! se lamenta-t-il tout en me désignant le barman.

— Alors Alain, t'es tombé bien bas pour en être réduit à détourner les bières des clients, lui dis-je avec un clin d'œil.

— Je lui ai confisqué jusqu'à ce qu'il se calme car il n'arrête pas de m'asperger.

— Oooh ! C'était pour rigoler !

— Ben, ça n'a pas l'air de le faire rire.

— JE VEUX MA BIERE ! J'AI PAYE POUR MA BIERE, JE VEUX MA BIERE ! hurla-t-il tout en tapant sur le bar.

— Wow! On se calme, essayai-je sévèrement.

Mais je ne pus m'empêcher d'éclater de rire car il me rappelait quelqu'un.

— Tu vois, toi aussi ça te fait rigoler !

— T'aurais dû auditionner pour Manon des Sources[81].

— De quossé ? dit-il avec un grand sourire.

Je ne sentais aucune agressivité de sa part et n'avais pas envie de gâcher notre soirée à tous les deux.

---

[81] Manon des Sources (Marcel Pagnol/Claude Berri)

— Tu m'as l'air d'un bon gars, alors je veux bien te rendre ta bière si t'arrêtes de hurler et d'arroser les autres.

— Oh, c'tait pas ben méchant.

— Peut-être, mais attention tu n'auras pas une seconde chance, lui, il est moins patient que moi.

— Oups ! dit-il, remarquant l'imposant Daniel qui s'approchait pour voir si j'avais besoin d'aide.

— Alors ?

— Ok ! C'est correk. C'est juste que je suis content de m'être trouvé une job, mon *chum* ! justifia-t-il, un bras autour de mes épaules.

— On se garde une petite gêne, d'accord ? répliquai-je en me dégageant doucement.

Il récupéra sa bière et s'exclama.

— Hé ! Mais elle est presque vide !

— Peut-être que le reste est sur le chandail du barman ?

— Wouais... peut-être... s'cusez ! concéda-t-il en pouffant.

Première affaire réglée ! Je n'entendrais plus parler de lui pour le restant de la soirée. Je retournai juste à temps à mon poste pour interdire l'entrée au fameux couple attendu. Ne devant probablement pas garder en mémoire les bars, déjà théâtres de leurs présumés esclandres coutumiers, ils firent demi-tour en rechignant à peine. Daniel ne m'avait évidemment pas contredit en leur présence, mais devant son air inquisiteur quant à la raison d'interdire l'entrée à ce joli petit couple, comme il les nomma, je crus bon d'expliquer mon refus, prétextant un problème antérieur avec eux. Ce qui n'était finalement pas si loin de la vérité. C'est cette même curiosité qui le poussa à descendre l'escalier, lorsque Louise nous informa à son arrivée, de la présence de la police à l'étage inférieur. J'en profitai pour entamer la conversation avec elle, tout en gardant un œil sur les clients, satisfait d'éviter celui de Daniel toujours avide de commérages.

— C'est bien la première fois que je te vois ici un dimanche.

— J'avais envie de passer te saluer mais je ne resterai pas longtemps. Je dois me lever tôt demain.

— Si je m'écoutais, je chercherais bien un prétexte pour que tu puisses rester plus longtemps en ma compagnie.
— Il faut chercher alors.
— Est-ce que tu aimes Glen Gould ? demandai-je en sortant les billets.
— Pas plus que ça.
— C'est dommage, car je n'ai pas trouvé mieux pour passer un peu plus de temps avec toi.

Les billets en main et afin de mieux les voir, elle se rapprocha du spot qui se trouvait au-dessus de mon épaule. Je profitai de cette proximité pour retrouver l'odeur de ses cheveux et ne pus retenir un soupir au contact de cette madeleine de Proust. Elle se recula un peu surprise et me fit remarquer.

— Mais là, il s'agit d'un film et non pas d'un concert, on peut l'apprécier sans aimer sa musique.
— C'est juste.
— Eh bien, si jamais tu es seul pour y aller, je peux me sacrifier.
— C'est vrai ?
— Seulement pour te rendre service.
— Bien sûr.
— Il serait dommage de laisser se perdre un billet.

Ma réponse fut couverte par un cri de Mme Simone, toute proche. L'œillade complice qu'elle me décocha, inspira à Louise cette malicieuse suggestion.

— Tu pourrais y aller avec Mme Simone.
— Je l'ai invitée mais elle n'est pas libre, tu es ma dernière chance. Alors comme tu dis, il serait dommage de laisser un billet se perdre. Est-ce que ça te tente de m'accompagner ?
— Avec plaisir. Et comme ça, je vais pouvoir aller me coucher tout de suite puisqu'on se reverra bientôt.

N'avait-elle pas à peine disparu dans l'escalier que Marie-Cassette me faisait signe d'approcher du vestiaire.

— Alors, tu t'es enfin décidé à l'inviter ?
— Pourquoi enfin ?

— Parce que le jour où un gars me regardera comme Louise te regarde, j'attendrai pas aussi longtemps.

— Chaque chose en son temps.

— Mais attention de ne pas laisser passer ta chance, elle ne se présente jamais deux fois.

— Qui sait ? répondis-je, amusé malgré elle par sa remarque.

— Y z'ont recommencé ! nous interrompit Daniel, arrivant en haut des escaliers.

Devant notre regard interrogateur, il partit dans un récit avec moult détails, justifiant la présence de la police au Dogue, par l'appel du barman ne sachant que faire de ce fou furieux qui frappait sa compagne sous ses yeux. Le couple récidivait et je n'avais fait que modifier le chemin menant au destin inéluctable de cette femme, qui était de manger une volée. De la même manière, Louise ne dérogeait pas au sien, acceptant de nouveau mon invitation, en dépit de nos conversations rendues légèrement différentes par mon expérience passée. J'avais dû avoir l'air moins timoré malgré mes efforts pour ne pas paraître trop sûr de moi, ignorant si cet aspect de ma personnalité n'avait pas contribué à la séduire. Je m'inquiétais de ne pas être en mesure d'éviter notre future séparation, même en m'impliquant plus dans la relation, quand me revint en mémoire l'histoire des tee-shirts du Festival de Jazz où j'avais bien pu changer, cette fois-ci, la finalité d'un événement.

***

Je ne sais quel propos différent de notre conversation avait pu décider Louise à me donner rendez-vous au Carré Phillips, plutôt qu'au pied du 2020 University, mais j'y arrivai avec beaucoup d'avance le soir de l'avant-première du film. Pour patienter, je partis fouiller dans les bacs de disques de Sam the Record Man, tout proche du lieu de notre rendez-vous, et faillis en acheter un de John Lee Hooker pour lui offrir. Mais c'était un peu prématuré, piètre danseur, je risquais de gâcher notre chorégraphie en faisant débuter la musique trop tôt. Comme l'a écrit Elliott Murphy, il ne fallait pas qu'elle voit son avenir avant qu'il ne la voit. Dès que je mettais les pieds dans un magasin de disques, il était inévitable qu'au moins un de ceux-ci me colle aux semelles. Je pris par curiosité une pochette affichant un titre nommé *Stomach Ache*[82], me disant qu'entendre un blues sur l'ulcère gastrique changerait de ceux habituels sur le cœur. L'idée de passer ensuite à La Baie pour acquérir des bougies moins quelconques que celles du Dollarama, provint du désir de rejouer, au souvenir ému de ce premier tête à tête, la scène du Montréal Pool Room.

Plus tard au cinéma, je me contentai durant la projection de lui prendre la main - petit écart avec le passé - laissant ensuite se dérouler les événements à l'identique jusqu'à ce qu'elle m'invite, toujours par une nuit aussi glaciale mais dans une relation déjà plus chaleureuse, à entrer boire un thé. A vaincre sans péril, on triomphe sans gloire. Fort de mes acquis, il fut donc facile pour moi d'être entreprenant avant même de pénétrer chez elle. Je ne me vanterai donc pas d'avoir osé l'embrasser sur le pas de sa porte et lui suggérer.

— Laissons le temps au thé d'infuser.

Après ce long baiser, elle reprit son souffle et tendant sa bouche à nouveau, elle murmura.

— Il est écrit sur la boîte de laisser infuser au moins cinq minutes.

Dès que nos lèvres se furent séparées à regret, je lui dis pour clarifier mon propos sibyllin et lui éviter de réitérer son invitation à entrer.

— J'en meurs d'envie mais j'aimerais mieux attendre une prochaine fois.

— Tu as peur de te brûler avec le thé ?

— Disons que c'est bien de faire durer le plaisir avant d'y accéder.

---

[82] It's My Life, Baby (Junior Wells)

— Tu me fais penser à cette citation : « Le meilleur moment dans l'amour, c'est quand on monte l'escalier ».

Décidément, mes fréquentations arpentaient les mêmes rayons de bibliothèque.

— C'est exactement ça, et comme tu habites au rez-de-chaussée, il serait bien d'ajouter quelques marches.

Elle sourit et me caressa la joue, semblant plus satisfaite que déçue.

— C'est bien d'arriver à se contrôler. Chaque chose en son temps.

— Tu ne crois pas si bien dire, chaque chose en son temps.

***

Le mardi au Lézard, ma pudeur lui sut gré de m'embrasser chastement sur la joue mais notre complicité naissante n'échappa pas à Marie-Cassette.

— Ta soirée à l'air de s'être bien passée.

— Pourquoi tu dis ça ?

— Parce que Louise et toi avez l'air de vous être rapprochés en tabarouette, répondit-elle avec un clin d'œil.

— Moins que tu l'imagines.

— Tu vas pas tout gâcher quand même ?

— J'espère que non.

Bien que Louise vint me parler plusieurs fois, elle ne fit aucune allusion à notre soirée, dansa beaucoup, but peu, et nous offrit quand même sa tournée de *shooters*. Je ne me fis pas prier cette fois-ci pour avaler le mien, sous les yeux étonnés de Daniel.

— Tu bois sur la *job*, maintenant ?

— Ouais, je ne sais pas ce que lui a fait Louise, dit Marie-Cassette, jetant sa ligne, dans l'espoir de pêcher une réponse.

Louise se contenta de lui sourire et la réserva à l'épuisette de mon oreille.

— Rien jusqu'à présent.

La fin de la soirée arriva, ainsi que le moment de l'aider à enfiler son manteau et de lui demander.
— Le thé doit avoir assez infusé, non ?
— Dépêche-toi avant qu'il ne refroidisse.
Peut-être pour me punir de l'avoir fait languir, m'avait-elle pris au pied de la lettre, inconsciente de répéter cette scène, où, le thé servi sur la table basse, le disque de John Lee Hooker en sourdine, assise sur le canapé, elle m'attendait.
— Viens t'asseoir. Tu vas être content, il reste encore quelques marches à monter, dit-elle gentiment narquoise, désignant son lit, à un niveau surélevé.
A peine avais-je eu le temps de prendre place que le hasard, pressé d'aller se coucher, poussa le laser sur la plage suivante du CD pour nous suggérer la suite par les incantations « I'm in the mood for love.[83] » Nous nous regardâmes quelques instants, avant que Louise n'éclate de rire et se lève en me prenant la main.
— Ok ! Let's go, everybody seems agree with that.
On abandonna le thé fumant à son destin et Glen Gould retrouva l'emplacement de ses mains sur le clavier, comme si cette partition avait été jouée hier.
Le lendemain, profitant d'un bâillement matinal, le doute s'insinua en moi pour venir secouer ma naïveté. Comment avais-je pu renouveler la même erreur, sans envisager que je n'étais peut-être pas le seul à revivre ces événements ? La bouche à peine refermée, je la rouvris pour en laisser échapper une question maladroite.
— C'était vraiment la première fois pour toi ?
Les sourcils froncés, elle s'offusqua.
— Tu plaisantes !? J'ai 33 ans !
— Euh… c'est pas ce que je voulais dire.
— J'avais l'air si emprunté que ça ?
— Non, non ! Je parlais d'une première fois aussi rapidement, me repris-je en ramant.

---

[83] I'm in the Mood (John Lee Hooker)

— Qu'est-ce que tu crois ? Que je *cruise* toujours les gars comme je l'ai fait avec toi ? Je suis plus réservée que ça habituellement. Mais j'ai senti tout de suite qu'il y avait... a good chemistry entre nous.

La spontanéité de sa réaction laissait peu de place au doute. J'avais parlé trop naturellement de choses qui ne l'étaient pas - et encore moins pour elle - et ferais mieux de profiter de mon avantage - celui de connaître le dilemme auquel serait bientôt confronté Louise - pour lever les zones d'ombres l'entourant avant qu'il ne se présente.

***

Cette fois-ci, je m'investissais davantage. Ca la rendait plus confiante, mais pas assez cependant pour dévoiler son passé pressenti douloureux ; ce passé que j'éprouvais le besoin de connaître avant de m'engager plus avant dans cette relation. J'usai de mon expérience pour la déstabiliser afin qu'elle se livre enfin. Ce vendredi après-midi au Shed café, j'espérais qu'elle parle la première mais ne m'attendais pas à une conversation en miroir de l'originale.

— Comment se fait-il que quelqu'un comme toi soit encore célibataire ?
— Qu'est-ce que tu veux dire par « comme moi » ?
— *Cute* comme toi.
— Je ne me suis jamais trouvé beau.
— Tu te trouves comment ?
— Moyen.
— Non, tu es beau et gentil.
— C'est tout ?
— Attentionné et drôle aussi.
— Merci, ça fait toujours plaisir à entendre.
— Tu ne m'as pas répondu.
— Et toi, comment se fait-il que tu sois encore seule ?
— Euh... c'est compliqué.
— Eh bien voilà, tu as ta réponse.

Mais en dépit de mes tentatives, nos échanges à propos de sa cicatrice ou de sa « phobie » des robes, ne variaient que par la manière dont elle esquivait mes questions. J'espérais avoir suffisamment de temps pour que ça change car mon attachement grandissait plus vite que la fois précédente, renforcé par ces mois comptant double.

2

« Pendant que je me trémousse, tu pourras souffler sur ta mousse ». Cette suggestion de Louise, d'une sortie au Lézard où je retrouverais probablement des connaissances pendant qu'elle danserait, me remit en mémoire l'incident s'étant produit ce soir-là. Malgré certains événements antérieurs, différant légèrement de la fois précédente, le train du temps avait rattrapé son horaire à la gare de cette nuit, car en arrivant devant le Lézard, je retombai sur le gars m'ayant déjà accosté. J'abrégeai les salutations pour ne pas lui laisser l'opportunité de me retarder à nouveau et suivis Louise de plus près dans l'escalier. Elle se retourna juste à temps pour me voir asséner une claque derrière la tête du *skinhead,* avant même qu'il ne prononce sa remarque raciste.

— Hey ! Câliss ! C'est quoi ton problème ? s'écria-t-il avec surprise.

— Je peux lire dans tes pensées et je t'ai évité de dire une connerie, lui assénai-je en le regardant droit dans les yeux.

Il les écarquilla, bouche ouverte, sans oser cependant proférer le moindre son. Je demandai à Louise, stupéfiée, de poursuivre sa montée et lui emboîtai le pas. Daniel m'interrogea, une fois arrivé à sa hauteur.

— Qu'est-ce qu'il t'a fait ?

— A moi, rien. Mais je l'ai entendu marmonner : « Check le gros criss d'épais à la porte ».

Vexé, il pivota et visa le *skinhead* d'un doigt rageur.
— Toi ! C'est pas la peine d'attendre !
— Mais mes *chums* sont en'dans !
— Décâlisse ossti !

Je pris la main de Louise pour l'entrainer au Lézard mais elle me retint à l'écart.
— Pourquoi tu l'as frappé ?
— C'était juste une petite claque derrière la tête.
— Dis-moi pourquoi !
— Il a eu une remarque raciste à ton égard.
— Je ne l'ai pas entendue.
— Tu étais trop loin.
— Pas assez pour ne pas t'entendre lui dire que tu pouvais lire dans ses pensées.
— Preuve que tu étais trop loin, je lui ai juste dit qu'il avait de mauvaises pensées.
— Tu as menti à Daniel alors ?
— Dis donc, c'est quoi cet interrogatoire ? m'énervai-je.
— Je n'aime pas la violence et encore moins quand elle est gratuite.

Réalisant qu'elle était plus effrayée que fâchée, je me calmai immédiatement et la pris par les épaules, mon regard fixé au sien.
— J'ai menti à Daniel car si je lui avais vraiment répété ces paroles, tu aurais vu qu'on peut dévisser la tête d'un skinhead aussi vite qu'une bouteille de bière. J'ai menti justement pour éviter toute violence et ne pas te faire de peine en répétant une phrase blessante. Crois-moi, ce gars n'a pas sa place au Lézard. Il ne mérite que du mépris.

Je n'eus pas de mal à soutenir son regard, mon mensonge n'en étant pas vraiment un. Je sentis la tension la quitter, lorsqu'elle testa ma connaissance de l'auteur d'une citation, un jeu récurrent entre nous.
— Il faut être économe de son mépris, étant donné le nombre de nécessiteux.
— Bob Marley ?

— Alors ? insista-t-elle après avoir levé les yeux au ciel.
— Chateaubriand ?
— C'est toi qui es brillant ! Viens je te paie un verre !

L'incident l'avait perturbée plus que la fois précédente, où peut-être moins attachée, elle ne craignait pas encore de voir déçus les espoirs mis dans notre relation. Sa carapace s'était un peu fissurée et j'avais bien l'intention d'en faire sortir une explication, mettant à profit cette confiance naissante.

***

Le soir de mon anniversaire à l'Express me sembla approprié. C'était bien suite à la discussion tendue clôturant ce repas, qu'elle s'était livrée un peu. Il ne me restait qu'à recréer celle-ci.

— Est-ce que le repas a répondu à vos attentes, monsieur ?
— C'était très bien. Merci.
— Car vous êtes l'invité de la soirée, il ne faudrait pas que vous soyez déçu.
— C'est toi qui n'as pas encore répondu à mes attentes.
— Qu'est-ce que tu attends de moi ? répondit-elle avec un sourire malicieux, anticipant probablement une de mes habituelles allusions coquines.
— Je ne plaisante pas ! dis-je sans entrer dans son jeu.
— Qu'est que tu attends de moi ? répéta-t-elle étonnée, le regard devenu sérieux.
— Que tu lèves les barrières entre nous.
— Je ne vois pas ce que tu veux dire, répliqua-t-elle sur la défensive.
— Que tu sois plus transparente avec moi.
— Je ne vois toujours pas.
— Si, tu le vois très bien et tu n'es pas obligée de l'être, mais c'est nécessaire si tu veux que l'on se rapproche plus.
— Tu ne me dis pas tout non plus.
— Je t'ai dit ce qui était important à propos de ma dernière relation marquante.

Je lui avais parlé uniquement de mon histoire avec Marjolaine, mais la première, omettant à dessein le périple barcelonais aux révélations difficilement explicables, et surtout pas celle avec Falbala, qui l'était encore moins. De toute façon, j'avais toujours du retard dans la livraison de mes sentiments.

— Pourquoi tu me parles de ça ce soir ?
— Parce que c'est important d'établir un climat de confiance entre nous, si on veut aller plus loin dans notre relation.
— On a le temps.

Cette fois, c'est moi qui allais trop vite, mais je ne pouvais lui révéler que dans quelques jours, se présenterait à elle une proposition l'obligeant à faire un choix qui impliquait une meilleure connaissance de nos attentes.

— Le temps passe vite.
— Drôle de discussion pour ton anniversaire.
— …
— On en reparlera plus tard ?
— Tu as raison. On en reparlera.

En sortant du restaurant, je lui proposai de marcher jusqu'au parc Lafontaine, profitant du trajet pour lui expliquer la raison de l'intervention policière au Dogue, le soir où elle nous l'avait signalée.

— Tu vois, moi c'est ce genre de violence que je ne comprends pas.
— Pourquoi tu me dis ça ?
— Pour te rassurer car tu avais l'air inquiet après l'histoire avec le skinhead.

J'espérais l'inciter à se livrer, croyant avoir deviné ce qu'elle taisait soigneusement mais elle ne répondit rien.

— Je me disais peut-être que…
— Peut-être que quoi ?
— J'ai peur de me tromper et que tu le prennes mal.
— Mais non ! Continue ! Je suis curieuse d'entendre la suite.
— Je pensais que peut-être ton père avait été violent avec toi… ou ta mère.

— Ah là là, dit-elle dans un soupir.
— Ben quoi ? Ça existe des parents violents.
— Oui, ça existe, malheureusement. Mais mon père avait juste à nous regarder sévèrement pour nous faire obéir. Il n'a jamais battu personne, à part nous battre froid quand il était en colère ou en désaccord... C'est bien comme ça qu'on dit : «battre froid » ?
— Mais oui ! C'est comme ça ! Arrête de toujours me demander. Tu parles français aussi bien que moi, dis-je un peu vexé de m'être trompé.
— J'espère que tu me crois, je ne voudrais pas que tu penses cela de mon père.
— Bien sûr, mais tu ne m'as guère parlé de lui, ni de ta famille, d'ailleurs. J'ignore ce qu'il fait et où il travaille.
— A la GRC.
— Oups !
— Oui, oups, tu l'as dit bouffon.
— Ha ! Ha ! Ha !
— Qu'est-ce qu'il y a de drôle ? Ce n'est pas comme ça que l'on dit ?
— Non. On dit bouffi. Mais c'est vrai que bouffon me va mieux.
— Tu vois que j'ai raison de demander !
— C'est bien la première fois.

Nous étions arrivés près du même banc, sûrement la réincarnation d'un divan de psychanalyste car à peine étions-nous assis, qu'il poussa à nouveau Louise à plus de confidences.

— Un ami m'a déçue. C'est à cause de ça que je suis méfiante.
— Mais tout le monde a déjà été déçu par quelqu'un.
— Pas de manière aussi violente.
— Comment ça ?
— Je le connaissais depuis toute petite, on avait fait toutes nos classes ensemble. Il était comme un frère, jusqu'à ce qu'il devienne un homme... jusqu'à ce soir-là.

— …

— Nous étions allés au cinéma et sur le chemin du retour, il a commencé à tirer un peu sur ma robe. Je lui ai demandé d'arrêter en riant, sans penser à mal, mais il a passé sa main sous celle-ci et pincé l'élastique de ma culotte. Je lui ai alors fait face, lui disant que ce n'était pas drôle car on n'était plus des enfants. Alors là…

Elle marqua un temps d'arrêt, puis poursuivit, la gorge nouée mais sans aucuns pleurs. Je lui sus gré de m'épargner le spectacle des chutes du Niagara, je suis toujours désemparé devant le chagrin des autres ; ils laissent tomber leurs larmes et c'est moi qui suis désarmé.

— Alors il a répondu : « Justement » et m'a poussée dans une ruelle sombre, pleine de… garbage. J'ai compris alors ce qu'il voulait, je pense que tu n'as pas besoin de détails non plus. J'ai résisté et il m'a giflée, alors je l'ai griffé, il m'a encore frappée et je suis tombée sur… I don't know but… quand il a vu le sang, il s'est enfui. Je suis sortie de la ruelle comme j'ai pu et un passant a appelé une ambulance.

— Mais pourquoi tu n'as pas crié ?

— Je ne pouvais le croire… he was… he was my best friend.

Seule une larme perlait au coin de ses yeux. Telle était Louise, toujours dans le contrôle.

— Tu n'as pas porté plainte ?

— Non. Je ne voulais pas, malgré tout ça, lui créer d'ennuis avec la police. Alors j'ai dit à mes parents que j'étais tombée sur une clôture brisée.

— Pourquoi ?

— Tu as oublié ? mon père, c'est la police.

— Ah oui !

— Et en plus, j'ai eu peur que mon frère l'apprenne et s'attire des ennuis en cherchant une quelconque vengeance.

— Tu l'as dit à qui alors ?

— A personne jusqu'à ce jour et j'ai eu tort car ça m'a fait du bien d'en parler… Rentrons maintenant. J'ai froid.

En chemin, j'essayai maladroitement de la rassurer.
— Tu sais, moi, je ne la vois même plus ta cicatrice.
— Moi non plus, comme elle est dans mon dos, je l'oublie facilement. Mais je ne peux en dire autant de celles de la déception et de la trahison, gravées dans ma mémoire.

Arrivés devant chez moi, elle m'avoua être fatiguée et avoir une réunion importante le lendemain.
— Tu es certaine que ça va aller ? Tu ne veux pas que je reste avec toi ?
— Non. M'être confiée m'a soulagée d'un poids mais m'a aussi épuisée.
— Bon...
— Tu sais, c'est cela que j'aime chez toi, tu n'insistes pas et tu as su être patient lors de notre premier rendez-vous.

Il faudra que je le sois encore pour attendre la réponse décidant de notre avenir ensemble.

***

Je dus mettre plus de conviction dans le lancement du dé du Trivial Pursuit car je ne retombai pas sur les mêmes questions que lors de ma précédente victoire, et Louise, plus pensive que soucieuse, me battit à plate couture.
— Tu sembles bien songeuse.
— Je pense à une proposition qu'on m'a faite au travail.
Nous y voilà, me dis-je.
— Et c'est quoi ?
— J'ai besoin d'y réfléchir avant d'en parler.
— Demain alors ? On aura le temps. Comme ils annoncent de la pluie, on pourrait faire une journée télé.
— Bonne idée, je suis fatiguée.
— On peut aller se coucher si tu veux.
— Si tôt ? Ce n'est pas dans tes habitudes. Je te préviens, je n'ai pas trop la tête à ça.
— C'est pas ta tête qui m'intéresse, et puis j'ai la libido arrangeante.

— Je ne comprends pas trop ce que tu veux dire.
— Viens ! Je vais te montrer ! Mais demain on ira chez moi. J'ai pas confiance dans ta télé, l'image clignote parfois.
— Je n'ai rien remarqué, me répondit-elle sceptique.

Le lendemain, après notre indigestion de documentaires, elle me proposa.
— Je me sens plus en forme. Est-ce que ta libido est toujours arrangeante ?
— Elle est confuse aujourd'hui.
— Allons mettre un peu d'ordre dans tout ça, alors.

Une fois qu'elle fut bien rangée sur les étagères de ma chambre, j'offris à Louise qui en s'étirant voluptueusement, semblait disposée à la discussion.
— Je vais aller faire des chocolats chauds, comme ça tu pourras me parler de ta proposition professionnelle.
— J'en avais justement envie mais je ne voulais pas te forcer à sortir.
— J'ai tout ce qu'il faut ici.
— Un vrai miracle.
— N'exagérons pas, on parle seulement de trois ingrédients.
— Oui, mais habituellement, il t'en manque toujours au moins deux.

Assis face à elle dans la cuisine, j'attendais avec confiance qu'elle parle, estimant avoir été bien plus à la hauteur cette fois-ci et que le seul flou subsistant entre nous était celui de la vapeur qui s'échappait des chocolats fumant dans nos tasses.
— Au bureau, ils m'ont proposé une promotion qui m'oblige à prendre une décision difficile.
— Peut-être que je peux t'aider ?
— Je ne pense pas car tu n'es pas la solution, tu es une partie du problème.
— Comment ça ? dis-je surpris.
— Je dois choisir entre une promotion à Toronto ou garder le même poste à Montréal.
— Mais… et moi ? Je ne compte pas pour toi ?

— C'est bien ça le problème. Si je ne te sentais pas si investi dans notre relation, ça serait plus simple mais là c'est un choix cornélien.

— Un choix cornélien ?

— Ce n'est pas comme cela que l'on dit ?

— Si, si. Mais le niveau de ton français m'étonnera toujours.

— Je ne peux pas en dire autant de ton anglais, dit-elle taquine.

Soudainement moins sûr de moi, j'étais provisoirement à court de répliques. Je m'étais cru irrésistible, considérant sa décision évidente au regard de ses sentiments présumés et de mon implication envers elle, contrairement à la dernière fois où mon attitude indécise lui avait simplement évité d'avoir à faire un choix. Si j'avais pris la peine d'essayer de me souvenir de ses paroles, et vous de retourner une centaine de pages en arrière, j'aurais bien été obligé de reconnaître qu'elle n'avait jamais affirmé ouvertement vouloir rester pour moi. J'essayai quand même de faire bonne figure, me disant qu'elle n'avait pas non plus dit le contraire.

— Alors ? Qu'est-ce que tu vas décider ?

— Je ne sais pas encore. Mets-toi à ma place, c'est difficile.

— De choisir entre Montréal et Toronto ? Pas vraiment, non ! Même sans toi, je choisirais Montréal.

— Mais moi aussi, j'aime Montréal. Tu sais bien qu'il ne s'agit pas de ce choix.

— Je veux te l'entendre dire.

— Il faut que je choisisse entre une promotion certaine ou une relation incertaine. Si tu avais une promotion à Toronto, tu ferais quoi ?

— Je me demanderais bien ce que j'ai pu faire pour mériter un tel châtiment.

— Tu ne risques pas de me comprendre si tu n'y penses pas sérieusement.

— Mais je suis portier ! Quel genre de promotion pourrais-je bien avoir ? Ah si, tiens ! Je pense pouvoir bientôt travailler au Passeport.

— Et c'est une promotion, ça ?
— Absolument ! Au Lézard, il n'y a même pas de porte à ouvrir alors qu'au Passeport, il y en deux ! Beaucoup plus de responsabilités !

Elle secoua la tête, mimant le découragement à l'écoute de ces propos farfelus.

— J'espère que tu m'emmèneras voir ton futur bureau.
— Tu n'es jamais allée au Passeport ?
— Eh non ! Bon, je vais rentrer, j'ai besoin d'être seule pour y réfléchir. On se voit demain à deux heures, comme prévu ? dit-elle en se levant.
— Bien sûr ! acquiesçai-je, sans d'autre choix que d'héberger cette expectative.

Je la laissai descendre l'escalier et gardai l'espoir pour qu'il ne s'évanouisse pas avec elle. C'est en risquant de la perdre que je réalisais m'être attaché bien plus que je ne le croyais. Prise au début comme un palliatif pour m'aider à me sevrer de Falbala, une drogue dure avec des hauts et des bas déroutants, Louise était la marijuana apaisante de l'amour : calme et mature et non dénuée d'humour. J'avais eu parfois du mal à gérer le côté extraverti de Falbala, et la réserve de Marjolaine s'était heurtée à la mienne dans un choc d'incompréhension. Louise, au caractère médian, me correspondait parfaitement et il me restait à espérer qu'elle ne laisse pas cette correspondance sans réponse.

***

Je ne voulus pas la harceler de questions durant notre sortie presque campagnarde sur le Mont-Royal. C'était bien en tous cas l'impression bucolique que l'on ressentait lorsque l'on s'enfonçait dans les sentiers sylvestres le sillonnant. A mon arrivée, je m'étais un peu moqué des Montréalais appelant « La montagne », cette colline qui surplombe la ville. Mais malgré sa modeste hauteur, j'avais appris très rapidement à l'apprécier, autant qu'ils le faisaient. Elle offrait en été un refuge aux citadins en mal de fraîcheur et à l'automne, avec les chauds coloris de ses érables, un bref aperçu de leurs semblables régnant dans toute la province. Je patientai encore durant le souper mais Louise ayant desservi, l'épineux sujet ne fut pas mis sur la table pour autant. Nous n'avions pas prévu de nous revoir avant vendredi, sauf sortie hypothétique de sa part au Lézard. Ne me voyant pas, sans avoir une idée de son inclinaison, prolonger le bail de l'expectative - ce locataire indésirable de mes pensées - je décidai de tâter le terrain.

— Quand faut-il que tu rendes ta réponse ?
— Quelle réponse ? dit-elle faussement distraite.
— Tu le sais bien ! Pour ton travail !
— Ah celle-là ! Pourquoi ça t'intéresse ?
— Ben... évidemment !
— Je ne sais pas, tu ne m'as pas vraiment dit ce que tu aimerais que je fasse.
— Comme si tu ne le savais pas.
— J'aimerais l'entendre pour être certaine de ne pas me tromper.

Pourquoi avec les femmes fallait-il toujours dire les choses pourtant évidentes ? Elle était où la fameuse intuition féminine si elles n'étaient pas capables de deviner ce que nous taisions. Je croyais plus aux actes qu'aux paroles mais il semblait qu'en persistant dans cette voie, je risquais de renouveler les mêmes erreurs, alors je mis de côté ma réserve naturelle.

— J'aimerais vraiment que tu restes et... je serais triste de te voir partir.
— Ça ne me ferait pas plaisir non plus. J'ai un peu de temps pour donner ma réponse mais je ne te ferai pas attendre longtemps, puisqu'à présent je sais que c'est important pour toi.
— Ça n'a servi à rien que je te le dise, alors.
— Bien sûr que si. La situation est plus claire maintenant. Je vais me décider rapidement, mais pas ce soir. Alors ne te mets pas en retard pour aller travailler.

***

Contrairement à son habitude du mardi, Louise ne vint pas au Lézard. Mais plus tard dans la semaine, elle m'appela de son bureau afin de m'informer que l'excès de travail s'étant résorbé, on pourrait se retrouver ce vendredi pour un 5 à 7.

Frustré par la table me tenant éloigné d'elle alors que j'étais resté cinq jours sans la voir, je regrettais lui avoir donné rendez-vous aux Bobards et non dans un endroit plus intime. Mais elle avait exprimé le besoin de prendre une bière pour décompresser après sa lourde semaine de travail. Je la laissai donc soupirer, les bras ballants, avachie sur sa chaise.

— Quelle semaine ! Je suis bien contente qu'elle soit finie, j'ai dû me dépêcher pour être à l'heure.
— Il ne fallait pas, je t'aurais bien attendue.
— Je sais mais j'avais hâte de te voir.
— Tu m'as manqué aussi. Cinq jours, c'est long.
— Oui, mais ça m'a aidé.
— Comment ça ?
— A réaliser que j'avais du mal à me passer de toi. Alors...

Se redressant sur sa chaise, son regard ancré au mien, elle me prit la main avant de terminer sa phrase.

— Alors j'ai refusé ma promotion.
— Tu me dis ça comme ça !
— Comment tu voudrais que je te le dise ? Et toi, tu n'as rien à dire ?
— Si, que cette table est vraiment de trop dans notre relation.

Elle devait être de mon avis car nous filâmes chez elle sans finir nos bières où, enfin libérés de la table, nous ne pûmes reprendre la conversation qu'une bonne heure plus tard... bon d'accord, soyons humbles, disons trente minutes.

— Je me sens un peu coupable, lui avouai-je.
— Il ne faut pas, j'étais consentante, dit-elle faussement ingénue.
— Mais pas de ça !
— Ah, ça m'aurait étonnée. De quoi alors ?

— Je n'ai pas été capable de faire le même sacrifice que toi. J'ai accepté de travailler deux soirs par semaine au Passeport.

— Mais ça n'a rien à voir !

— C'est les vendredis et samedis, alors avec mes soirs au Lézard, on risque de moins se voir.

— Il y aura de pires difficultés que celles-ci dans notre relation.

Fouillant dans un tiroir de son petit bureau, elle m'invita à la rejoindre.

— Tiens ! dit-elle, me présentant les deux clés.

— Qu'est-ce que c'est ? demandai-je, simulant l'ignorance.

— Ce sont les clés d'ici. Comme ça, les vendredis et samedis, tu pourras venir me rejoindre après le travail. Tu vois, le problème n'était pas difficile à résoudre. Maintenant, regarde et dis-moi à quoi tu penses.

Elle désigna le grand miroir sur pied dans lequel se reflétaient nos deux corps nus.

— J'ose pas le dire, répondis-je avec un regard explicite.

— Essaie d'être un peu sérieux pour une fois, soupira-t-elle. Qu'est-ce que tu vois, si tu préfères.

— La belle et la bête.

— Ça, tu peux le dire, t'es vraiment bête ! Comme tu n'essaies pas vraiment, je vais répondre à ta place. Tu vois un homme et une femme et rien d'autre, c'est ça ?

— Ben oui, un couple quoi ! Rien d'extraordinaire.

— J'en étais sûr ! C'est justement là où tu te trompes ! Tu ne remarques pas le regard qu'on porte parfois sur nous dans la rue ?

— De quoi tu parles ?

— Du racisme ! Je te parle du racisme ! Le monde ne se résume pas à celui du Lézard qui est un sanctuaire de tolérance et d'ouverture.

— Tu exagères, on n'est pas dans le sud des Etats-Unis des années 50.

— Non, heureusement, mais ça existe encore. Je vais te donner un exemple. J'étais chef de projet pour un gros client, il était très satisfait de mon travail jusqu'au jour où je l'ai rencontré en personne. Le lendemain, il a appelé au bureau pour demander mon remplacement, sous prétexte d'incompatibilité. Personne n'a rien dit mais on a tous compris et les affaires étant ce qu'elles sont... on m'a remplacée. Je me demande d'ailleurs si ma promotion ne viendrait pas un peu de la culpabilité de la direction.

— C'est triste.

— Moins triste que les regards ou chuchotements qu'il m'arrive de surprendre, quand tu daignes parfois m'embrasser en public. Je me suis même demandé au début si tu n'avais pas honte de moi.

— Oh ! Non ! Non ! J'ai toujours été comme ça avec toutes les filles... très... pudique.

— Je l'ai vite compris, ne t'inquiète pas, autrement tu ne serais plus là.

— Ce soir, on va aller au Passeport pour le dernier vendredi où je ne travaille pas, je vais te présenter à tout le monde. Tu vas voir si j'ai honte !

— Bonne idée, ça sera mon premier visa au Passeport. Mais ce que je veux t'expliquer, c'est que je n'ai pas de clé pour ouvrir le cœur de ces gens, alors il faudra t'y habituer. Heureusement, ils sont une minorité. Mais ce qui m'a le plus peinée depuis que l'on sort ensemble, c'est que j'ai lu aussi cette réprobation dans les yeux de gens de couleur.

Je me mis face à elle pour ceindre ses poignets de mes menottes d'ivoire.

— Le noir et le blanc sont mes deux couleurs préférées, alors je ne te libèrerai pas aussi facilement. Et je te promets que je me fous du regard des autres. « Si les gens qui disent du mal de moi, savaient ce que je pense d'eux, ils en diraient bien davantage[84]. »

Elle sourit à la citation signifiant pour moi la fin de la discussion sérieuse mais ne sut m'en donner l'auteur. Je nous

---

[84] Si ceux qui disent du mal de moi savaient exactement ce que je pense d'eux, ils en diraient bien davantage. (Sacha Guitry)

regardai une dernière fois dans le miroir, entrevoyant notre vie en couleur plutôt qu'en noir et blanc. Si pour certains, la douce harmonie de notre couple n'était que cacophonie à l'oreille de leurs préjugés, c'était leur problème et non le mien.

***

Ces derniers temps, mes sorties au Passeport s'étaient faites plus rares, concurrencées qu'elles étaient par mes soirées professionnelles au Lézard et celles partagées avec Louise. J'avais quand même eu l'occasion d'y retrouver Manon, fidèle au poste après son retour du Mexique. Bien qu'il me parut étrange lorsque Claude nous présenta, de feindre la rencontrer pour la première fois, j'avais su ensuite revêtir mes habits de l'inconnu de l'époque. Je me contentais, comme à nos débuts, de brèves salutations, aidé par son amabilité empreinte de distance qui me gratifiait seulement de son sourire poli de Miss Mexico et non celui plus chaleureux de notre amitié de naguère. Mais j'espérais bien, travaillant certains soirs avec elle, parvenir à retrouver partiellement cette complicité qui me manquait, tout en sachant qu'elle n'égalerait jamais celle d'avant, ma relation inédite avec Louise me laissant moins seul et par conséquent moins demandeur. Présumant que Manon m'avait quand même vu assez souvent avec Claude pour se forger sa fausse opinion sur mon orientation sexuelle, je ne pus m'empêcher de lui faire une remarque après un baiser à Louise, initialement porteur d'autres motivations. Nous attendions tous deux, main dans la main, que Manon nous rapporte nos manteaux du fin fond du cagibi qu'était le vestiaire du Passeport, quand la vision du damier de nos doigts enchevêtrés me rappela notre récente discussion.

— Tu vois, là on est plus haut que tout le monde et éclairés par le spot comme sur une scène.

Louise me regarda perplexe. Je l'enlaçai pour l'embrasser longuement, après l'effet de surprise pour ce geste inhabituel de ma part en public, elle se laissa aller avec plaisir, du moins je l'espère...

— Au cas où tu croirais encore que j'ai honte de toi, dis-je en la relâchant pour récupérer notre vestiaire.

Remarquant l'air étonné que tentait vainement de masquer Manon, me revint ce que pouvait être sa pensée de l'instant. Et je ne pus m'empêcher, prenant mon manteau, de lui dire avec un clin d'œil.

— Faut pas se fier aux apparences !

Elle cacha, derrière un sourire pincé, sa surprise de me voir lui voler sa réplique favorite et même certaines de ses pensées.

***

J'aimais Louise. Plus que j'avais aimé ou aimerai Falbala ? Difficile de se prononcer sur cette relation qui n'avait jamais été conjugale et n'était même plus conjugable ! Certes, je l'aimais d'un amour différent, mais empreint de la gratitude d'être restée pour moi, ce que n'avait su faire Falbala. Différent, car avec moins de folie mais plus de sérénité. Mon tempérament jaloux s'accommodait mieux de la distance qu'elle savait garder avec les hommes, que de la naïveté de Falbala qui leur laissait trop d'espoir, peu consciente de son pouvoir de séduction. Comme ce soir où m'étant éloigné pour aller saluer quelqu'un au bar, elle avait laissé s'asseoir à ses côtés un gars ambitionnant plus que ce qu'elle ne désirait lui donner. Abusé par son côté extraverti et chaleureux, il se révéla suffisamment entreprenant pour que du regard, elle m'appelle au secours.

— Je pense que tu es à ma place.

— Tu parles du tabouret ? dit-il, se levant pour le libérer et se coller encore plus à Falbala, qui se rapprocha de moi.

— Pas seulement, précisai-je en la prenant par l'épaule.

— Ah ! T'as un *chum* ? lui demanda-t-il

— J'ai ben essayé de te le dire mais t'as pas l'air vite, répondit-elle sans arriver à se départir de son sourire.

— Un maudit Français !

Lancée sans agressivité, cette expression, souvent utilisée par les Québécois de manière amicale envers leurs lointains cousins, sous-entendait une certaine familiarité. Je voulus me débarrasser au plus vite de ce pot de colle, gardant mon réservoir de patience plein pour les soirs où je travaillais. Je n'eus aucun mal, à l'inverse de Falbala, à lui répondre froidement sans l'ombre d'un sourire car j'excellais dans ce domaine.

— Maudit, c'est réservé à mes amis. Pour toi, ça sera juste criss ou ossti de Français.

Falbala se sachant incapable d'avoir l'air peu avenant sur commande, lui tourna ostensiblement le dos pour m'aider. Le message passa et il partit, libérant ma place.

— Faut toujours que tu nous mettes dans des situations embarrassantes.

— Je pensais qu'il voulait juste jaser et comme tu ne revenais pas…

— Seuls les gays veulent <u>juste</u> se contenter de jaser avec toi, et encore, tu serais capable d'en faire douter certains.

— C'est un beau mot d'amour, ça !

Je pense qu'après toutes ces pages, mentionner ma réponse serait superflu.

Dans une telle situation, Louise aurait posé la main sur le tabouret et expliqué poliment qu'il s'agissait de la place de son ami, m'évitant ainsi ces longues minutes où doutant plus de moi que de ma compagne, j'avais laissé la jalousie faire du trampoline sur mon cœur. Mais j'aimais Louise aussi pour d'autres raisons, en nombre suffisant pour après avoir commencé à me l'avouer, penser sérieusement à le lui dire. Mais si pour le reste, je ne traînais jamais, il fallait toujours que je procrastine ce genre de déclaration.

**

Plusieurs semaines s'écoulèrent, sans plus de nuages entre nous que dans le ciel de ce matin de début juin, où Louise me réveilla, me glissant à l'oreille.

— Je t'ai laissé un billet en anglais. Comme ce sont des mots que tu n'utilises jamais, je t'ai mis le dictionnaire à côté pour m'assurer que tu comprennes.

Une fois de plus, nous avions ajouté une nuit à notre calendrier quand elle m'avait suggéré, en partant tôt du Lézard ce Mardi Interdit, de la rejoindre chez elle après la fermeture.

— Tu devrais venir vérifier si je n'ai pas changé la serrure.

Ce genre d'exception se répétait tellement souvent, qu'elle infirmait la règle de ne pas passer la nuit ensemble les soirs de semaine où je travaillais, pour ne pas perturber son repos. Mais si cette transgression la privait un peu de sa dose de sommeil, je faisais le maximum pour lui procurer sa dose d'amour car elle me donnait largement la mienne.

Le bruit de la porte, pourtant doucement refermée, acheva de me réveiller et la curiosité me poussa hors du lit pour prendre connaissance de son mot. J'écartai le dictionnaire, nul besoin de celui-ci pour comprendre le bref message écrit en lettres capitales, sans fioritures ni petit cœur, se terminant bizarrement par sa signature et la date de ce jour. Ce jour que je n'oublierai jamais, ni sa déclaration : I LOVE YOU.

Je m'apprêtais à la rattraper, avant de réaliser que ma pomme n'était pas la seule à être d'Adam. J'enfilai rapidement mon slip, évitant de peu de m'éborgner sur le coin de la table. Le temps de sortir sur le trottoir, elle était déjà au coin de la rue. Ce n'est pas la distance qui me fit hésiter à crier son nom mais la peur de faire erreur sur la personne : pour la première fois, je la voyais habillée d'une robe. Elle marchait vite et la laisse de ma pudeur m'enchaînant au pas de la porte, je n'osai me lancer à sa poursuite, surtout que deux filles passant sur le trottoir d'en face, sifflèrent moqueusement en m'apercevant. J'étais prêt à le lui dire mais non à le hurler dans la rue. Je me contentai d'un maigre : « ME TOO ! »

Ma sirène se retourna en même temps que retentissait celle d'une ambulance passant sur Saint-Laurent.

— MOI AUSSI ! réessayai-je.

Mais cette dernière, assourdissante, était encore trop proche et la mienne déjà trop loin, pour que je ne saisisse de sa réponse, plus que quelques bribes suspendues dans l'air frais matinal. Elle accompagna d'une amusante mimique gestuelle son explication d'être en retard et de n'avoir pas entendu.

— ...tard...ras...demain.

D'accord, j'attendrai demain puisqu'il n'était pas prévu de se revoir ce soir. Ensommeillé, j'avais réagi trop tard. Plutôt que l'écrire, c'était pour m'avouer son amour, vêtue de sa robe, qu'elle avait essayé de me sortir des bras de Morphée, son unique rivale.

***

Le lendemain, le printemps était reparti bouder sous d'autres cieux, vexé que sa courte apparition de la veille n'ait pu faire sortir plus de monde dans les rues. Il fallait vraiment aimer le Québec pour supporter son sale caractère. Beaucoup d'immigrants, ne pouvant s'habituer à ses sautes d'humeur, divorçaient au bout de deux ou trois ans. Mais la petite pluie froide tombant en travers ne suffisait pas à gâcher la mienne alors que je me rendais d'un pas serein, insensible au crachin sur mon visage, en direction du fleuriste situé à quelques centaines de mètres de chez moi. Dites-le avec des fleurs ? Alors une déclaration accompagnée de celles provenant de Marcel Proulx valait sûrement son pesant d'or. Son pesant de fleurs devrais-je même dire, au vu des prix démentiels pratiqués par ce fleuriste. Mais je n'avais pas l'intention de regarder à la dépense et imaginant ce jour faste, je m'arrêtai aussi au dépanneur pour acheter un billet de 6/49. Attendant mon tour, mes yeux tombèrent sur la une du Journal de Montréal, presque quotidiennement composée d'un fait divers à sensation : « Deux morts dans un accident d'ascenseur ». Comme on s'éternisait devant moi dans le choix des *gratteux*, j'ouvris le quotidien, intrigué par cet accident rarissime. La chute de l'ascenseur avait dû être semblable à celle de mon cœur, quand je crus reconnaître, sur une probable mauvaise photo d'identité accolée à celle d'une autre femme... un visage... Celui de Louise ? Je parcourus l'article en diagonale, atterré par ces mots : *chute vertigineuse...13h12...deux victimes...un seul survivant...mortes sur le coup...identité...Marie Sneijder et Louise...*

JEAN-BAPTISTE

1

Tic-tac tic-tac
　Ta Louise t'a quitté
　Tic-tac tic-tac
T'es tout seul t'es paumé
Tic-tac tic-tac
Ta tactique était toc

　Je me levai pour remettre un disque car dès que le silence envahissait ma chambre, cette mélodie de Bobby Lapointe[85], rythmée par le tic-tac de mon réveil à l'effigie de Gaston Lagaffe, en profitait pour s'incruster dans ma tête. L'article du journal et la photo laissaient peu de place à l'incertitude, mais voulant nier cette réalité, j'avais quand même appelé au bureau de Louise. Au ton embarrassé de la réceptionniste dès que je mentionnai son nom, le doute qui planait encore vint s'écraser sur mon dernier espoir ; la nuit où je dormais paisiblement, Louise frappait à la porte du paradis[86], tandis que sans m'en rendre compte, je passais celle de l'enfer, toujours grande ouverte.

　La voix de Nick Cave entonna une des ballades tristes dont j'habillais la peine qui ne me quittait plus depuis plusieurs jours. Je refusais tout appel téléphonique et Claude se sentait impuissant à m'aider. Contraint par des douleurs à l'estomac, je

---

[85] Ta Katie t'a Quitté (Bobby Lapointe)
[86] Knockin' on Heaven's Door (Bob Dylan)

ne sortais de ma chambre que pour avaler quelque chose et j'y retournais toujours aussi mal en point. Puis la culpabilité vint me tenir compagnie. Je m'en voulais de ce réveil trop tardif pour entendre Louise me susurrer la phrase jetée rapidement sur papier. Morte sur le coup ! Peut-être... Mais à quoi avait-elle bien pu penser lors des interminables secondes précédant le choc fatal ? A moi ? Qui n'avais pas eu le temps de lui dire les mots dont je ne savais que faire maintenant.

Je ne voulais pas conserver comme dernière image de Louise, ce vilain portrait paru dans le journal et qui me noircissait les doigts à force de caresses. J'avais toujours les clés de chez elle. Sans trop réfléchir, je sortis de ma réclusion, autant mentale que physique, et me mit en route, espérant y trouver une photo qui m'aiderait à garder un meilleur souvenir d'elle. Il était dit que le pas de sa porte serait toujours le théâtre de mes hésitations, me sentant mal à l'aise d'aller fouiller dans ses tiroirs, je repris ma marche, non sans être resté debout un long moment, à l'endroit même où je l'avais embrassée pour la première fois, il y a une récente éternité. Ce n'était d'ailleurs peut-être plus chez elle, ses proches, dont je ne faisais pas officiellement partie, avaient sûrement été prévenus pour régler ses affaires. Ces réflexions ainsi que mes pas ne m'amenèrent nulle part puisque je me retrouvai de nouveau au coin de sa rue, sans plus d'idée de la conduite à tenir. La vue au loin de deux silhouettes devant son entrée, m'imposa d'elle-même la direction à prendre. Je m'approchai, hésitant, mais mon pas s'accéléra, comme les battements de mon cœur, quand je reconnu Louise, en compagnie d'un autre homme s'apprêtant à ouvrir la porte. Je criai plusieurs fois son nom, haussant de plus en plus le ton, dans l'espoir de faire taire ma raison qui n'avait guère sa place dans ce monde, où le temps n'était plus une valeur sûre. A un point tel, que la Louise qui se retourna à cet appel avait vieilli d'au moins vingt ans.

J'eus le temps d'échafauder plusieurs scénarii car la stupeur avait considérablement ralenti ma marche, mais ils perdirent quelques pages à chacun de mes pas pour n'en garder qu'une,

arrivé face à elle. J'avais deviné avant qu'elle n'ouvre la bouche, reconnaissant ces traits aux contours familiers, quoique différents, et ces yeux rougis par le chagrin.
— Who are you ?
— Désolé… j'ai cru…
— Louise is my daughter. What do you want from her?

Les clichés ont la vie aussi dure que ma tête et ceux qui la peuplaient m'avaient toujours projeté, quand Louise évoquait sa mère, l'image d'une grosse Jamaïcaine en pantoufles qui traînait les pieds en disant : « Soon come ». Stupide ! Et encore plus stupide quand je réalisai qu'elle avait pu, dressée dans un tailleur sombre, aussi svelte que sa fille, la coupe de cheveux identique, sa beauté plus fanée par la peine que par les années, m'induire involontairement en erreur. Son ton sec et impatient m'empêcha de comprendre ses propos. L'homme qui l'accompagnait intervint brièvement pour les traduire, avec encore moins d'aménité.
— Qu'est-ce que tu veux à ma sœur ? Elle n'habite plus ici.

Un peu dérouté, ne sachant que répondre, je tendis les clés.
— Je voulais rendre ça.

Sa mère qui s'apprêtait à entrer, s'arrêta pour lui mentionner quelque chose tout en me désignant du doigt. Je découvrirais par la suite qu'elle aussi parlait français mais que la fatigue, le manque de pratique ou le peu d'intérêt porté jusqu'ici à cette conversation, l'avait laissée tomber dans la facilité.
— On est pressés, dit-il, saisissant les clés, sans sembler tenir compte de sa remarque.
— Ask him ! ordonna-t-elle.

Il soupira mais je vis qu'il avait trop de respect envers elle pour ne pas obtempérer et traduire la phrase initialement ignorée.
— Ma mère demande si c'est toi la seconde brosse à dents.

Peiné de voir notre relation réduite à cet objet laissé dans la salle de bains, je répondis tristement en la regardant.
— I hope that I was more than this.
— Yes… yes, you were, répondit-elle se radoucissant.

— C'est de ta faute. Sans toi, elle nous aurait rejoints à Toronto, rien ne serait arrivé et …, commença-t-il, le ton accusateur.

— Louis ! Stop that ! coupa-t-elle.

Ils échangèrent rapidement avant qu'il ne s'éloigne, furieux. Elle soupira, se tourna alors vers moi et après m'avoir détaillé quelques secondes, demanda.

— What language did you speak with Louise ?

— French principally.

— I was sure about that. Louise always liked to talk in French, dit-elle, ébauchant un triste sourire. I'm gonna try to use my rusty French.

— We can talk in English, if you go slowly.

— No, I wanna do it for Louise.

— Elle vous a parlé de moi ?

Dans un français hésitant, imparfait, bien loin de celui de Louise mais bien meilleur que mon anglais, elle se lança.

— Not directly. On ne parlait pas de ça avec Louise. Mais la dernière fois que je lui ai demandé si elle acceptait le poste à Toronto, elle m'a répondu :

— « Pour une fois, je crois que j'ai de la chance.

— Je suis contente que tu nous rejoignes bientôt alors.

— Non, maman, tu ne comprends pas. Je reste. Je ne veux justement pas laisser passer ma chance.

— Qu'est-ce que tu veux dire ?

— Il n'y a pas que le travail dans la vie. »

Elle fit une courte pause et reprit.

— Elle n'a pas voulu m'en dire plus mais je l'ai sentie tellement heureuse que c'était assez simple à deviner. Louis est trop aveuglé par sa peine pour voir la tienne, mais il devrait se rappeler que jamais personne n'a dicté ses choix à sa sœur et que c'est de ta faute, si elle est morte heureuse. Enfin, j'aimerais être sûre qu'elle l'était…

Je pense qu'elle voulait dire « grâce à toi » mais je ne me permis pas de la corriger. Devinant qu'elle espérait une confirmation de ma part, je tentai de la rassurer, lui montrant ce qui se rapprochait le plus d'un certificat du bonheur, en sortant de ma poche les derniers mots écrits par Louise pour lui tendre par-dessus ma pudeur. Elle les lut et hocha la tête sans la relever.

— I see... such a sad story...

Telle mère, telle fille. Seul le retour de l'anglais laissait transparaître l'émotion. Si elle s'était mise à pleurer, je pense que j'aurais enfin pu laisser couler mes larmes, mais elle releva la tête dignement et me proposa.

— Si tu veux entrer pour prendre quelque chose, dépêche-toi avant que mon mari ne revienne avec Louis.

— Lui aussi est en colère après moi ?

— With everyone. He's angry with everyone.

— Je n'ai pas vraiment d'affaire à prendre.

Elle ouvrit grand la porte et insista.

— Are you sure ? Aucun souvenir de Louise ?

J'avais oublié l'histoire de la photo et me voyais mal fouiller en sa présence. Mais comme elle restait à l'extérieur, je pénétrai dans mon double passé qui m'oppressa immédiatement. Louise assise sur le canapé m'attendait pour le thé, je détournai les yeux, mystérieusement embués par la vapeur s'échappant de la théière fumante et la revis, allongée sur le lit, puis me souriant dans le miroir. Louise était encore partout mais déjà ailleurs. J'avançai tête baissée pour saisir son disque de John Lee Hooker : le mien, quoique identique, n'avait jamais chanté pour elle. Je pris aussi sur la table le stylo, témoin de son dernier message, avant de m'extirper de tous ces souvenirs, remerciant au passage la mère de Louise qui hocha la tête sans mot dire, disparut derrière la porte et la referma à jamais sur mon bonheur avorté avec sa fille.

2

Le poids d'une vie. Tellement léger qu'elle peut s'envoler en un instant mais assez lourd pour qu'elle s'écrase au fond d'une cave, terminus macabre d'un ascenseur. Déprimé, me poursuivait sans cesse le souvenir d'une vieille femme aperçue par hasard, alors que je m'étais égaré dans une unité de soins palliatifs. Ayant fait le deuil de ses cheveux et de sa raison, elle se balançait d'avant en arrière, l'air absent, serrant dans ses bras un enfant d'environ un an. Très sage. Trop sage, m'étais-je dit, découvrant plus proche, une simple poupée. Ramenée au souvenir de son enfance ou à la réalité de sa solitude, ne lui restait que cette tendresse en caoutchouc. Toute la fulgurance d'une vie, résumée dans cette image d'une tristesse infinie.

Je commençais à trouver le prix de mes deux vies élevé. Je n'avais pas le choix de payer la facture mais j'aurais aimé savoir qui me la présentait. Mon éducation m'avait fait catholique, et l'église, devenir lentement agnostique, sans me « athée ». Persistait cependant une pointe de doute, que je laissai s'enfoncer plus profondément durant cette période douloureuse, pour me rassurer en pensant qu'il subsistait quelque part un peu de ce qu'avait été Louise et que tous ses souvenirs en elle ne pouvaient avoir disparu en quelques secondes. « Dieu n'existe pas mais il faut faire semblant d'y croire, cela lui fait tellement plaisir[87] ». Cette citation que je n'aurai jamais l'occasion de lui dire, résumait bien l'ambigüité plus superstitieuse que religieuse m'habitant. L'incompréhension et la colère me donnaient parfois envie de m'agenouiller sur le macadam, tel un Jean de Florette[88] des villes, pour crier en levant les yeux au ciel : « Mais y'a personne là-haut ? ».

***

J'avais repris mon travail mais le bonheur des autres m'enfonçait encore plus profondément mon malheur dans la gorge. Le *groom* automatique servant à refermer la porte du Passeport, ayant l'air plus humain que moi, je proposai, au grand soulagement de mes employeurs, d'utiliser mon solde de congés. Ces jours passés à me morfondre, me poussèrent à aller traîner régulièrement au Carré Saint-Louis, à la recherche vaine du robineux détenant peut-être la clé de ce mystère. Puis mes influences cinématographiques m'incitèrent à croire que la solution était peut-être de noyer mon chagrin. Je m'essayai à cette technique dans un bar où je n'avais jamais mis les pieds ni le foie. Après que la bière eut aussi abondamment coulé que le temps, supporter l'écoute de *Une chance qu'on s'a*[89] enchaîné à celle de *Jenny*[90] fut de trop. Assez de ces chansons me renvoyant à ma solitude ! Falbala n'était plus là pour me faire rire, Marjolaine réfléchir et Louise mûrir. Je me forçai, par simple horreur du gaspillage, à finir le fond tiédasse de ma dernière bière, et rentrant seul dans la nuit, m'en remis au bruit de mes pas pour rythmer mes angoisses. Dans ma chambre, tous les objets valsaient, j'attendis le passage du lit devant moi pour m'y affaler. Le lendemain, j'avais juste ajouté un

---

[87] Philippe bouvard
[88] Jean de Florette (Marcel Pagnol ou Claude Berri)
[89] Une Chance qu'on s'a (Jean-Pierre Ferland)
[90] Jenny (Richard Desjardins)

effroyable mal de tête à ma douleur et eus la confirmation de n'être qu'un buveur social.

Puis, peu à peu mon tempérament de battant reprit le dessus et je me dis qu'après avoir vécu une seconde fois une année complète, il y avait peut-être moyen d'effacer ses conséquences en reproduisant les mêmes événements, au jour de la date anniversaire de mon retour en arrière. Si l'impossible s'était produit une fois, peut-être était-il devenu seulement de l'improbable ? Ce 24 juin en fin d'après-midi, je partis pour une longue marche, écouteurs aux oreilles et Calvin Russel dans le baladeur.

***

— Tu me cherchais ?

Après une errance feinte m'ayant ramené volontairement au Carré Saint-Louis, dans l'espoir d'y trouver la cause de mes malheurs ou du moins quelques explications, je m'étais assis sur le même banc, bredouille, et avais laissé divaguer mes pensées. Au son de cette voix, je levai la tête et le vis, debout devant moi, tel que dans mon souvenir ; la barbe noire, les intenses yeux bleus, même les habits semblaient identiques. Le ton espiègle de sa question et son regard plein de certitude quant à ma réponse ne laissaient aucun doute ; il était au courant de tout. J'avais enfin trouvé quelqu'un sur qui passer ma colère. Je me levai d'un bond pour le prendre par le col, le secouai, l'invectivai, mais il restait enraciné au sol, immobile, me dardant de son regard pénétrant. Je continuai à m'agiter en pure perte, jusqu'à ce qu'il m'offre une porte de sortie en me posant la main sur l'épaule.

— Assieds-toi !

Si cela me calma quelque peu, il en fut tout autre de mes interrogations.

— Mais t'es qui toi ?

— Tu n'as pas deviné ? Je suis Jean-Baptiste !

— Qui ? Jean-Baptiste ? Et... c'est tout ?

— Jean-Baptiste, Agent 1er échelon, Service Chronologie et Réincarnation.

— Quoi ?! Et tu penses que je vais gober ça ?

— Oui, je sais, ça m'étonne aussi de stagner au 1er échelon mais...

— Non ! Je veux dire toutes ces conneries de chronologie.

— Eh bien... si tu ne le croyais pas un peu, tu ne serais pas là, non ?

— N'importe quoi...

— Mais je peux m'en aller si tu veux.

— Non, non... mais tu n'as pas peur que je le répète à quelqu'un ?

— Qui le croirait sans avoir vécu ce qui t'est arrivé ?

— Ben, justement... qu'est-ce qui m'est arrivé ?

— Tu as dit que l'on devrait avoir deux vies, une pour apprendre de ses erreurs et l'autre pour les corriger.

— Je ne t'ai jamais dit ça !

— Tu l'as pensé, et très fort, pour moi c'est pareil. Je t'ai juste donné la chance durant une année, de repasser par certains carrefours récents de ta jeune existence. Pour le reste, tu étais le seul à pouvoir modifier tes choix.

— Le seul ! Et Marjolaine alors ?

— Ca tombe bien que tu en parles, c'est justement pour ça que je suis là.

— Pour Marjolaine ?

— Non. Comment dire... Disons que pour elle, ce n'était pas vraiment prévu, poursuivi-t-il, soudain hésitant.

— Pas prévu ?

— Euh... en fait... la procédure dit qu'il ne doit y avoir qu'une seule personne au courant.

— Ah wouais...Tu t'es trompé quoi, reprochai-je amer.

— Trompé, trompé... Tout de suite les grands mots.

— Ben, étonne-toi pas d'être encore au premier échelon avec des erreurs pareilles !

— C'était pas une erreur ! Juste une petite maladresse... mon doigt a légèrement glissé, murmura-t-il, l'air presque contrit.
— Si c'était juste une petite maladresse, pourquoi tu ne l'as pas réparée dès le lendemain ?
— Je ne pouvais pas, je travaille uniquement le 24 juin.
— Un seul jour par an ?!
— Oui... mais pour l'éternité.
— Ah oui, ça fait long effectivement.
— Seulement si tu n'aimes pas ton travail.
Un ange passa...
Il s'agit bien entendu de la figure de style signifiant qu'un silence, propice à ma réflexion et au repentir de Jean-Baptiste, s'était établi pendant que je ruminais ses dernières paroles, et non de faire croire à quiconque que des êtres asexués nous survolaient en escadrille. Bien que j'aurais été à peine surpris de ne pas l'être car cela faisait plusieurs mois, un an même exactement, que j'avais - faute de le perdre complètement - laissé mon esprit cartésien au vestiaire du théâtre de l'irrationnel. J'étais donc à peine déconcerté d'avoir avec un personnage impensable, ce dialogue insolite qui, s'il me prenait l'envie un jour de le relater sans passer pour un fou, n'aurait sa place que dans une œuvre de fiction. Je voyais bien que le metteur en scène ne m'avait pas attribué le meilleur des partenaires ; sûrement pas une pointure dans son domaine aux arcanes à peine entrevus. Toujours est-il qu'il fallait m'en accommoder, tirer le meilleur parti de cette situation kafkaïenne et puisque ce mystère me dépassait, continuer à en être un acteur[91]. Pragmatique, je m'inspirai ainsi de cette réflexion de Cocteau et repris, plein d'entrain.
— Bon ! L'important c'est que tu sois là pour tout arranger.
— Ah, mais je ne peux pas !
— Comment ça ?

---

[91] Puisque ces mystères me dépassent, feignons d'en être l'organisateur. (Jean Cocteau – Les Mariés de la Tour Eiffel)

— C'est toi qui as peut-être pris de mauvais chemins, moi, j'ai juste brouillé involontairement les cartes... les pistes seraient peut-être un mot plus juste, ajouta-t-il pensif.

— Tu viens de me dire que tu étais là pour ça ! insistai-je.

— Uniquement pour te donner une seconde chance de modifier tes choix.

— Mais ça a été pire en essayant de réparer mes erreurs.

— Tu vois des erreurs partout, toi ! C'était juste des décisions, malheureuses ou pas, ça, c'est à toi d'en juger et de chercher un autre chemin, si tel est ton souhait. Mais pour t'aider, comme je me sens un peu responsable, même si je n'ai pas commis... d'<u>erreur</u>, je veux bien répondre à trois questions. Pas une de plus.

— Quel était le bon chemin, alors ?

— Non, pas aussi précise, corrigea-t-il. Ça, c'est à toi seul de le trouver.

— Et comment faire ?

— C'est ta première question ? N'oublie pas que tu es limité à trois.

— Oui, répondis-je, après une longue réflexion.

— Tu t'évertues à prendre les chemins de la nostalgie, il faut que tu apprennes à regarder ceux qui semblent fermés au départ et ne pas te fier aux apparences. Le bonheur n'est pas toujours une évidence.

— C'est tout ? dis-je, déçu.

— Oui, je ne suis pas un GPS.

— Un quoi ?

— Ah oui ! Tu ne connais pas encore.

— ...

— Mais ma réponse en disait déjà beaucoup.

— Si je retourne à nouveau, est-ce que Louise ressuscitera ?

— C'est ta seconde question ?

— Non ! Non ! criais-je avec empressement.

— Tant mieux, car ressusciter n'est pas le bon mot et la réponse, pas si simple, dépasserait ta compréhension.

— Comment pourrais-je faire pour ne pas modifier la vie de Marjolaine, qui est heureuse ainsi, tout en évitant l'accident de Louise ?

— C'est ta question ?

— Non ! répétai-je énervé. Je réfléchis ! T'es pressé ou quoi ?

— Le temps est un problème seulement pour toi. Mais je n'aurais pas répondu à celle-ci. Elle était trop précise. Tu ne peux poser que des questions d'ordre général.

— Laisse-moi réfléchir alors ! Et arrête de faire du bruit en buvant ta bière, tu me déconcentres !

— C'est pour faire plus vrai.

— Pour qui ?

— Pour toi.

— Pour moi ? Je sais bien maintenant que tu n'es pas un vrai clochard !

— Ah oui ! C'est vrai ! L'habitude, sûrement.

— Tout ce que je veux, c'est ne plus faire de mal aux autres. Mais quelle question poser pour ça ?

— C'est ta question ?

— Si je te demande quelle question poser, tu vas me répondre ?

— Oui, mais ça comptera pour une question. Alors si tu me demandes quelle question poser et ensuite tu me poses la question que je t'ai donnée comme réponse à quelle question posée, il ne te…

— Ça va ! Ça va ! J'ai compris !

Comment ne pas faire de mal aux autres ? J'allais me lancer pour celle-ci, puis songeai que connaître le pourquoi, m'apporterait une réponse plus complète. J'essayai néanmoins une formulation plus large, comptant sur sa mansuétude.

— Pourquoi ça s'est plus mal terminé la seconde fois et comment éviter cela ?

— Ça fait deux questions, ça ! Tu te crois aux *Happy Hours* ?

— Réponds juste à la première alors, concédai-je, dépité.

— Très bon choix. Je vais essayer de vulgariser la réponse et tu ne devrais plus avoir besoin de poser la seconde. Imagine ta vie comme une cassette que tu peux rembobiner jusqu'à l'endroit choisi, mais ce faisant, tu effaces toute la partie située après le point où tu t'es arrêté. Et plus tu réécris sur cette partie déjà utilisée, plus tu risques d'avoir des problèmes car au départ le film de ta vie n'était prévu que pour un usage unique.

— C'est mal fait ! Vous auriez pu prendre des bandes de meilleure qualité !

— Le matériel coûte cher et on a beaucoup de vies en stock.

— C'est vrai ? C'est pour ça ?

— Mais non ! C'est une image pour que tu comprennes. C'est beaucoup plus compliqué que ça.

J'étais tombé sur un comique, en plus. On parlait de ma vie quand même, et surtout de celle de Louise ! Je me remis à penser à voix haute.

— Donc, il faudrait que je recule moins loin, pour ne pas perturber la vie de Marjolaine, mais assez pour laisser partir Louise à Toronto. Mais comment choisir le bon endroit ?

— C'est ta question ?

— Non ! Je réfléchis ! le rembarrai-je.

Je devais donc revenir après le départ de Marjolaine pour ne plus rien modifier la concernant. Il me suffirait ensuite de feindre ignorer Louise, ou du moins, la traiter comme une simple cliente. Il me suffirait ? Ne devrais-je pas dire plutôt qu'il sera certainement très douloureux de mimer le désintéressement, jusqu'à assister, impuissant, à son départ pour Toronto ? Sans l'ombre d'un doute ! Mais ce chagrin serait largement compensé par la certitude de la savoir épargnée.

— Comment fait-on pour revenir à un point précis souhaité pour un nouveau départ ?

— ...

— Hé ! Je te parle !

— Ah bon ? Je croyais que tu réfléchissais !

Facétieux, maladroit et susceptible en plus.

— Alors ?

— Ça dépend de l'endroit où tu t'endors et des événements auxquels tu penses avant d'être surpris par le sommeil. Ton retour se fera toujours le matin même de ceux-ci.

— C'est tout ?

— Oui. Tu n'as plus droit à d'autres questions.

— Je n'ai toujours pas compris quoi faire ensuite.

— Réfléchis bien aux réponses fournies, je t'ai donné bien plus que tu ne sembles croire. Ecoute un peu ton cœur et vois plus loin que ta raison. Alors ? Veux-tu essayer une dernière fois ou tu préfères renoncer ?

Je repensai à Louise et sa vie écourtée par ma faute, à Falbala que je devrais éviter, pour ne pas prendre le risque de lui faire subir ce même sort en revivant notre relation. Elles avaient tout à gagner et moi rien à perdre.

— Comment dois-je faire pour réessayer ?

— Tu as juste à te lever et remettre ton baladeur en marche pour rembobiner ta vie.

— Ah bon ? Mais l'autre fois tu m'as dit que le drapeau était magique.

— C'était pour le folklore, ça fait longtemps que tout est informatisé. Je n'ai plus besoin de faire ces simagrées avec toi. On se connait maintenant.

Je me redressai et au moment où je mettais mon casque sur les oreilles, je l'entendis m'avertir.

— Par contre, il est important de prononcer les bonnes paroles !

— Les bonnes paroles ?! Quelles bonnes paroles ?

Je me retournai mais il avait disparu. Je le cherchai du regard en appelant son nom. Sans succès. J'avisai deux *squeegees* avec leur chien, assis sur le banc en face.

— Vous avez pas vu un grand gars avec une barbe noire ?

— Jean-Baptiste ?

— Oui, c'est ça ! dis-je plein d'espoir. Tu le connais ?

— Non, répondit l'un en rigolant. Mais tu n'arrêtes pas de crier son nom.

Mon père, découragé de me voir avec les cheveux aussi longs, me demandait souvent quand j'allais enfin me décider à les couper. Le second marginal me faisant face n'avait pris sa décision qu'à moitié et quand il tourna son côté rasé vers moi, je tentai ma chance avec lui.

— Et toi ? Tu n'as pas vu le robineux qui était avec moi ?
— Hé man ! Ça fait une heure que tu parles et t'excites tout seul sur ce banc. Y'a jamais eu personne avec toé.
— Bon Ok ! Laisse tomber ! T'es trop faite.
— Pas encore mais si t'en reste, j'en prendrais bien un peu.
— De quoi tu parles ?
— Ben... du stoffe qui te fait voir des gens.

Je m'éloignai, mettant mon baladeur en route sans savoir laquelle prendre, si ce n'est qu'il me fallait un retour dans un passé plus proche, donc plus éloigné de Marjolaine. De nouveau, la musique avait changé. Mais cette fois-ci, pour une chanson familière et je compris les mots à prononcer.

Un peu plus haut, un peu plus loin
Je veux aller encore plus loin
Peut-être bien qu'un peu plus haut,
Je trouverai d'autres chemins[92].

Quand le bouton *Rewind* se mit à clignoter en bleu, je le pressai sans hésiter en répétant ces dernières paroles. Telles des incantations, elles déclenchèrent un coup de tonnerre auquel succéda une pluie torrentielle qui s'abattit sur moi, sans effet sur ma concentration dans le choix de la bonne direction à prendre. Je remontai Saint-Denis avec la certitude de l'avoir trouvée. Arrivé devant le dépanneur Le Spot, je levai les yeux vers les fenêtres de l'appartement du dessus, persuadé à présent de devoir m'y endormir et soulagé de n'y voir filtrer aucune lumière. Mais avant d'y pénétrer et me laisser gagner sereinement par la fatigue, je dus canaliser mon esprit afin que

---

[92] Un Peu Plus Haut, Un Peu Plus Loin (Jean-Pierre Ferland)

mes pensées tendent vers un événement me catapultant à l'endroit charnière pour atteindre mes objectifs. Je n'aurais pas une seconde chance. Figé sur le trottoir, trempé, je laissai mon regard nager entre mes mèches dégoulinantes, et suivre Manon, sortant du Passeport pour traverser la rue et s'engouffrer dans un taxi arrêté devant le Lézard. Le Lézard... Le Lézard ! Lieu de chacune de mes premières rencontres avec Louise ! Je m'empressai de monter les escaliers pour aller border cette image dans mon lit car c'est bien chez moi que je pénétrais, l'obscurité me garantissant de ne pas être intercepté et distrait par Claude, toujours inquiet à mon sujet.

Gardant précieusement en mémoire le souvenir de Louise, bien vivante, pour qu'ainsi demain à mon réveil, elle n'aura été morte que pour moi, je laissais la torpeur m'envahir, m'accrochant à certains détails de notre rencontre : son long manteau noir, son regard intrigué à l'énoncé de mon prénom, son premier sourire, le son de sa voix, sa paume claire et chaude dans ma main. J'allais revivre ces moments avec un mélange de joie et de tristesse ; la joie d'y goûter une dernière fois, la tristesse de devoir me contenter des miettes d'un festin auquel je n'étais plus convié. Je n'habitais plus à l'adresse indiquée ; trop d'histoires d'amour qui ne m'étaient pas adressées avaient été ouvertes par erreur, il fallait découvrir celle qui m'était vraiment destinée. J'essayais d'écouter mon cœur mais il n'a jamais eu l'élocution facile, alors j'en appelai à ma raison pour déchiffrer les réponses de Jean-Baptiste. Il avait évoqué plusieurs chemins, dont ceux de la nostalgie, et d'autres, de manière plus énigmatique, qui pouvaient sembler interdits. Il faudrait peut-être que je me fasse violence et passe outre mes principes ; dès mon plus jeune âge déjà, je respectais la propriété privée, refusant d'enjamber la barrière pour suivre mes copains allant marauder dans les cerisiers voisins.

Malgré les brumes d'un sommeil de plus en plus présent, je commençai à doucement distinguer, derrière Louise, une autre silhouette, étrangement familière, et se précisait peu à peu l'ovale d'un visage, d'où émergeait le sourire de celle qui allait m'accompagner pour cette dernière vie.

EPILOGUE

Debout dans la cuisine, je regarde par la porte patio si les plants de tomates en pots, disposés sur la galerie, ont commencé à fleurir. Je connais très bien cette vue donnant sur la ruelle et sur le souvenir attendri des jeux de mon enfance avec le voisin du dessous ou ceux adolescents avec sa sœur. Mes pensées s'égarent de plus en plus souvent dans ces contrées, ma tendance à la nostalgie s'accentuant en vieillissant. Je la tiens certainement de mes parents qui s'y complaisent un peu trop parfois en évoquant, par leur rencontre, les plus belles années de leur vie. Au point que s'ils ne m'avaient pas entouré d'autant d'amour, j'aurais eu l'impression de n'être que le dommage collatéral de celles-ci. L'amour de ma mère, sans limites, et celui de mon père, borné par sa retenue, mais dont je n'ai jamais douté. Et le jour où il m'avoua, bien conscient de cette carence : « Tu sais, je n'étais peut-être pas fait pour être père », je le rassurai, reconnaissant de toutes les belles valeurs inculquées : « En tout cas, tu étais fait pour être le mien ».

Contrairement à eux, je n'ai guère voyagé, ni cherché le bonheur ailleurs. A force de baisers volés à la voisine du dessous, la coquine ayant pris goût à ces menus larcins, était montée à son tour en commettre, pour ensuite ne jamais redescendre de cet appartement où j'habite avec plaisir depuis trente ans. A l'inverse de beaucoup de Montréalais, je n'ai déménagé qu'une fois dans ma vie, quittant la maternité de l'hôpital pour m'enraciner rue De Lanaudière où mes parents m'ont élevé et plus tard légué ce grand 6 ½ - ils aiment l'appeler le 6 ¾, à cause de la toute petite pièce du fond servant de buanderie et de réserve pour les gigantesques conditionnements du Club Price - avant d'aller s'installer dans un logement plus petit, à l'extérieur du Plateau Mont-Royal. Le quartier ayant trop changé à leur goût au fil des ans, mon père maugréait qu'on ne respectait pas ses souvenirs et qu'il ne se sentait plus au Québec, depuis que l'on rencontrait un Français à chaque coin de rue.

La petite réception d'hier soir, organisée à l'occasion d'une sortie littéraire, s'est terminée tard malgré l'intimité de sa faible affluence et a de beaucoup entamé ma nuit ; je n'ai même pas eu le temps de parcourir quelques pages du roman remis en main propre par l'auteur et mystérieusement dédicacé : « Toute vérité n'est peut-être pas bonne à lire ». Il est étrange pour moi, en tant que lecteur de manuscrits pour cette petite maison d'édition, de n'avoir pas même eu droit à une lecture de celui-ci avant sa sortie, respectant ainsi par affection, le souhait de l'auteur que je connais pourtant intimement.

Maintenant, assis à la table de la salle à manger, face au mur de briques rouges - seul élément du décor immuable depuis mon arrivée - je ne peux m'empêcher de procéder à mon rituel habituel avant de commencer un ouvrage, enfouissant mon nez dans les pages pour y respirer l'odeur d'encre fraîche, comme si je voulais inhaler les mots pour mieux m'en imprégner. Je m'apprête à en découvrir la première, quand je suis interrompu par ma compagne, plus matinale, sortant de la salle de bains.

— Alors ce livre ? me demande-t-elle en m'ébouriffant les cheveux de la main.

— Je ne l'ai pas commencé.

— Tu n'es pas curieux.

— Disons que le sommeil l'a emporté sur la curiosité.

— Pourtant tu as dû rêver à ta mère car tu murmurais son nom.

— A ma mère ?

— A moins que tu ne connaisses une autre Manon ? dit-elle, affectant la suspicion.

— Et quel rapport entre ce livre et ma mère ?

— Tu verras.

— Parce que tu l'as déjà lu ? m'exclamé-je étonné.

— Eh oui !

— Tout le monde a pu le lire sauf moi, quoi ! dis-je un peu vexé.

— N'exagère pas ! Une grande partie du Québec ne l'a pas encore lu.

— C'est un complot !

— Non, juste une surprise. Allez, tu dois avoir hâte de le commencer, je te laisse tranquille.

Elle part éteindre la radio tandis qu'arrivent à mes oreilles les nouvelles du jour : *Les tensions augmentent entre le Québec et le reste du Canada alors que les derniers sondages sur le référendum donnent le oui largement en tête. Les dernières déclarations de la France disant qu'elle reconnaîtrait l'indépendance du Québec, par respect du vote démocratique, si le oui l'emportait en 2031 n'ont pas...*

Maintenant que toute distraction extérieure est écartée, j'ouvre enfin le livre que mon père dit avoir écrit au siècle dernier, bien avant ma naissance, et plonge dans l'incipit :

Longtemps, j'ai cru que le Québec faisait partie du Canada...

NOTE DE L'AUTEUR (cf. page 77)

Plusieurs mois après avoir écrit ce passage, j'ai découvert qu'Elliott Murphy traitait aussi dans ses mémoires[93], et de plus belle manière, de cette pointe de culpabilité à propos des moqueries subies par des gays. Je me suis astreint à citer toutes mes sources mais cette fois-ci, je suis désolé mon cher Elliott, mon esprit s'était déjà libéré de ces lignes sur une de mes pages, bien avant que mes yeux n'absorbent celles écrites par vos soins. J'aimerais même penser que nous nous sommes confessés en même temps, bien que le nombre de lecteurs pouvant m'absoudre sera bien inférieur. Je n'oserais pas dire que les grands esprits se rencontrent, mais un bien plus petit, a peut-être heurté maladroitement le vôtre.

CopyrightDepot.com number 00073664-1

---

[93] Just a Story from America (Page 70)

Remerciements

A Manon, pour avoir lu et corrigé tellement de fois le manuscrit qu'elle a peut-être l'impression d'avoir écrit ce livre.
Elle m'a parfois poussé et d'autres fois tiré pour m'aider à gravir la montagne qu'a été la rédaction de ce roman.

A mes premiers lecteurs, qu'ils m'aient lu par affection ou par curiosité.

Table des matières

LE BERCAIL 9
1 11
2 24
3 34
4 51
5 60
RUE CHABOT 67
1 69
2 75
3 87
4 96
5 110
RUE SAINT-DENIS 125
1 127
2 142
LE LEZARD 161
1 163
2 181
3 190
LE PASSEPORT 203
1 205
2 224
3 241
4 249

5	261
FALBALA	273
1	275
2	285
3	309
4	319
MARJOLAINE	331
1	333
2	341
3	350
LOUISE	367
1	369
2	381
JEAN-BAPTISTE	401
1	403
2	408
EPILOGUE	421

Printed in France by Amazon
Brétigny-sur-Orge, FR